DIANA PALMER

Sutton

Ethan

Connal

TIGARD PUBLIC LIBRARY
13500 SW HALL BLVD
TIGARD OR 97223-8111
A member of Washington County
Cooperative Library Services

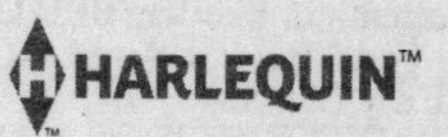

Editado por HARLEQUIN IBÉRICA, S.A.
Núñez de Balboa, 56
28001 Madrid

© 1989 Diana Palmer. Todos los derechos reservados.
SUTTON, N.º 82 - 12.9.12
Título original: Sutton's Way
Publicada originalmente por Silhouette® Books.

© 1990 Diana Palmer. Todos los derechos reservados.
ETHAN, N.º 82 - 12.9.12
Título original: Ethan
Publicada originalmente por Silhouette® Books.

© 1990 Diana Palmer. Todos los derechos reservados.
CONNAL, N.º 82 - 12.9.12
Título original: Connal
Publicada originalmente por Silhouette® Books.
Estos títulos fueron publicados originalmente en español en 2003 y 2006.

Todos los derechos están reservados incluidos los de reproducción, total o parcial. Esta edición ha sido publicada con permiso de Harlequin Enterprises II BV.
Todos los personajes de este libro son ficticios. Cualquier parecido con alguna persona, viva o muerta, es pura coincidencia.
® Harlequin, Harlequin Deseo y logotipo Harlequin son marcas registradas por Harlequin Books S.A.
® y ™ son marcas registradas por Harlequin Enterprises Limited y sus filiales, utilizadas con licencia. Las marcas que lleven ® están registradas en la Oficina Española de Patentes y Marcas y en otros países.

I.S.B.N.: 978-84-687-0558-3
Depósito legal: M-23440-2012
Editor responsable: Luis Pugni
Imagen de cubierta: Rido-Dreamstime.com
Fotomecánica: M.T. Color & Diseño, S.L. Las Rozas (Madrid)
Impresión en Black print CPI (Barcelona)
Fecha impresion para Argentina: 11.3.13
Distribuidor exclusivo para España: LOGISTA
Distribuidor para México: CODIPLYRSA
Distribuidores para Argentina: interior, BERTRAN, S.A.C. Vélez Sársfield, 1950. Cap. Fed./ Buenos Aires y Gran Buenos Aires, VACCARO SÁNCHEZ y Cía, S.A.
Distribuidor para Chile: DISTRIBUIDORA ALFA, S.A.

ÍNDICE

SUTTON

Diana Palmer

Capítulo Uno

El viento había comenzado a aullar de nuevo fuera de la cabaña. Amanda se arrebujó en el sofá frente a la chimenea donde crepitaba el fuego, sin levantar la vista de la novela que tenía sobre el regazo. Aunque fuera debía haber más de medio metro de nieve, no le preocupaba en absoluto: se había abastecido de todo lo que pudiera necesitar durante las próximas semanas si el tiempo continuaba igual.

Aquello sí que era estar alejada del mundanal ruido, sin un teléfono que la molestara a todas horas, ni vecinos. Bueno, sí tenía uno, Quinn Sutton, dueño de un rancho en la montaña, pero era un hombre tan huraño, que Amanda dudaba que fuera a tener mucho trato con él... y tampoco ansiaba llegar a tenerlo.

Solo lo había visto una vez, y con esa había sido suficiente. Había sido el sábado de la semana anterior, el día que había llegado. Nevaba, y estaba subiendo por la carretera de la montaña en el todoterreno que había alquilado, cuando divisó la enorme casa del rancho Sutton en la lejanía, y a su propietario a unos metros del camino, bajando pesadas pacas de heno de un trineo tirado por caballos para alimentar a sus reses. Amanda observó incrédula la facilidad con que lo hacía, como si fueran almohadas de plumas. Debía tener muchísima fuerza.

Detuvo el vehículo, bajó la ventanilla y sacó la cabeza para preguntarle si podía indicarle cómo llegar a la cabaña de Blalock Durning. El señor Durning era el novio de su tía, que amablemente había accedido a dejarle la cabaña para pasar allí unas semanas de descanso.

El alto ranchero se había girado hacia ella, escrutándola con una mirada fría en sus ojos negros. Tenía barba de unos días, los pómulos muy marcados, frente amplia, barbilla prominente, y una gran cicatriz en la mejilla izquierda. No, no era un hombre atractivo, pero eso no había sido lo que había hecho a Amanda dar un respingo. Hank Shoeman y los otros tres compañeros de su grupo musical tampoco eran bien parecidos, pero al menos tenían buen humor. Aquel hombre, en cambio, parecía incapaz de esbozar una sonrisa.

–Siga la carretera, y gire a la izquierda cuando vea las tuyas –le respondió con una voz profunda.

–¿Las qué? –balbució Amanda frunciendo las cejas.

–Son árboles, coníferas –farfulló él molesto, como si fuera algo que todo el mundo debiera saber.

–Oh, ¿y qué aspecto tienen?

–¿Es que nunca ha visto un pino? –resopló el hombre perdiendo la paciencia–. Son altos y tienen agujas.

–Sé lo que es un pino –murmuró Amanda ofendida–, pero no sé…

–Déjelo. Gire a la izquierda en la bifurcación –le cortó él–. Mujeres… –masculló meneando la cabeza.

–Gracias por su amabilidad –dijo ella con sarcasmo–, señor…

–Sutton –contestó él ásperamente–, Quinn Sutton.

–Encantada –farfulló Amanda con idéntica aspereza–. Yo soy Amanda... –se quedó dudando un momento. ¿La conocería la gente en aquel lugar apartado de la mano de Dios? Ante la duda, prefirió darle el apellido de su madre–, Amanda Corrie. Voy a pasar unas semanas en la cabaña.

–No estamos en la temporada turística –apuntó él, como si le molestara la idea.

–Yo no he dicho que venga a hacer turismo –respondió ella.

–Bien, pues no venga a mí si se le acaba la leña o la asustan los ruidos –le espetó él en un tono cortante–. Por si aún no se lo han dicho en el pueblo, no aguanto a las de su sexo. Las mujeres solo sirven para dar problemas.

Amanda se había quedado observándolo aturdida, cuando se oyó una voz infantil. Amanda giró la cabeza y vio a un chiquillo de unos doce años corriendo hacia ellos.

–¡Papá!

Amanda alzó la vista incrédula hacia Quinn Sutton. ¿Ese hombre, padre de un niño?

–¡Papá, papá, ven, creo que la vaca preñada está pariendo!

–Está bien, hijo, sube al trineo –le dijo el ranchero al chico. A Amanda la sorprendió que sonara suave, casi cariñoso, pero al girarse hacia ella volvía a ser tan brusco como antes–. Asegúrese de cerrar bien la puerta por las noches –le dijo–... a menos que esté esperando una visita de Durning, claro está –añadió con una media sonrisa burlona.

Amanda lo miró con el mismo desdén con que él la estaba mirando a ella, y estuvo a punto de decirle que ni siquiera conocía al señor Durning, pero decidió que no iba a picar el anzuelo.

–Lo haré, no se preocupe –le respondió. Y, echando un vistazo en dirección al muchacho, que estaba subido ya en el trineo, añadió sarcástica–. Por lo que veo… al menos una mujer sí que le sirvió para algo. Compadezco a su esposa.

Y antes de que él pudiera contestar a eso, había subido la ventanilla y pisado el acelerador para alejarse de allí.

Uno de los troncos de la chimenea se desmoronó hacia el lado, sacándola de sus pensamientos. Amanda observó las llamas irritada por el recuerdo de la grosería de su vecino, y deseó no tener que necesitar jamás su ayuda.

De pronto, pensando en Quinn Sutton, le vino a la mente su hijo. La había sorprendido lo poco que el muchacho se parecía a él, no solo por el pelo rojo y los ojos azules, sino también porque sus facciones no tenían ni el más pequeño rasgo que indicara parentesco.

Sutton padre, en cambio, tenía todo el aspecto de un bandido, con el rostro sin afeitar, aquella cicatriz en la mejilla, la nariz torcida y esa mirada torva en los ojos.

Cerró el libro con un bostezo y lo puso sobre la mesita que había frente al sofá. La verdad era que no tenía demasiadas ganas de leer.

El trauma por el que había pasado durante las últimas semanas finalmente había acabado por atraparla en el último concierto del grupo. Se había encontrado sobre el escenario, con los focos iluminándola y el micrófono en la mano, dispuesta para cantar, pero al abrir la boca había descubierto para su espanto que era incapaz de emitir una sola nota. El público había empezado a murmurar, y ella, en un estado de shock total, había caído de rodillas, temblando y llorando.

La habían llevado inmediatamente al hospital. Extrañamente, podía hablar, pero no cantar, aunque el médico le había explicado que se trataba de un bloqueo que tenía su origen en la psique y no en las cuerdas vocales, causado probablemente por el cansancio, el estrés y la tragedia que había vivido recientemente. Lo único que necesitaba era descansar.

Cuando su tía Bess se enteró, recurrió a su último novio, Durning, un hombre rico con el que estaba saliendo, para que le prestase a su sobrina la cabaña que tenía en las Grandes Montañas Teton de Wyoming durante unas semanas. Él había accedido, encantado de poder complacer a tía Bess, y aunque al principio Amanda se había negado, diciendo que no era necesario irse a un lugar tan apartado para descansar, finalmente se había visto obligada a aceptar ante la insistencia de su tía, Hank, el líder del grupo, y los demás miembros de la banda.

Por eso se encontraba allí en ese momento, en pleno invierno, nevando, sin televisión, ni teléfono, ni aparatos eléctricos más complejos que una tostadora y un frigorífico. Hank, tratando de animarla, le había dicho que así tendría más «encanto».

Amanda sonrió al recordar lo cariñosos y amables que se habían mostrado sus compañeros con ella cuando se despidieron. Su grupo se llamaba Desperado, y estaba compuesto por cuatro músicos y ella misma. Los «chicos», como ella los llamaba, podían tener el aspecto de moteros, pero en realidad eran unos tipos inofensivos, unos auténticos buenazos.

Hank, Deke, Jack y Johnson habían entrado a un club nocturno de Virginia para ofrecerse como músicos cuando se encontraron con ella. Curiosamente resultó que el dueño del club estaba buscando una banda y una cantante, así que les propuso contratarlos conjuntamente. Amanda, que se había criado en un ambiente muy protegido, se asustó un poco al ver sus greñas y sus chaquetas de cuero, y ellos, al verla tan bonita y distinguida, tan tímida y encantadora, habían dudado también, sintiéndose inferiores, pero ambas partes decidieron finalmente darse una oportunidad, a instancias del dueño del local.

Esa primera actuación juntos fue un éxito arrollador, y desde entonces no se habían separado. De eso hacía ya cuatro años.

Desperado había conseguido alcanzar la fama. Habían aparecido en distintos programas de televisión, incluidos los mejores de música, como el del canal MTV; varias revistas los habían entrevistado; hacía dos años que habían empezado a grabar sus propios videoclips; y los reconocían allí donde iban, pero sobre todo a su cantante, Amanda, quien se había puesto el nombre artístico de Mandy Callaway.

Además, podían decir que habían tenido la suerte de dar con un buen manager. Cuando estaban empezando, Jerry Allen los había salvado de morir de hambre, consiguiéndoles pequeñas actuaciones en locales modestos, y poco a poco había logrado para ellos mejores escenarios.

Era tal y como lo habían soñado: estaban ganando montones de dinero, y el calor de los fans compensaba los esfuerzos que habían tenido que hacer para llegar hasta allí. Sin embargo, la fama no les dejaba mucho tiempo para su vida personal. Hank, el único que estaba casado, estaba en trámites de divorcio, ya que su esposa estaba harta de quedarse sola en casa mientras él estaba de gira con el grupo.

Después de la tragedia que había vivido, Amanda le había pedido a Jerry que les diera unas semanas de descanso, y aunque este se había negado en un principio, diciéndoles que no podían descuidarse bajando el ritmo, al final no había tenido más remedio que acceder cuando ella no pudo cantar aquel día. Así pues, todo el grupo había acordado hacer un alto en el camino durante un mes. Tal vez, se había dicho Amanda, pasado ese tiempo lograría hacer frente a sus problemas. La verdad era que, para haber transcurrido solo una semana, ya se sentía algo mejor. Quizá aquel retiro no había sido una mala idea después de todo. Si al menos el viento no aullara de ese modo tan horrible y la casa no crujiera como crujía por las noches...

En ese momento, la sobresaltaron unos golpes en la puerta. Se quedó escuchando sin levantarse. Volvieron a llamar. Agarró el atizador de la chimenea y fue de puntillas junto a la puerta.

–¿Quién es? –preguntó vacilante.

–Señorita, ¿es usted? –la llamó la voz de un chiquillo desde el exterior–. Soy Elliot, Elliot Sutton.

Amanda dejó escapar un suspiro de alivio, pero apretó los dientes contrariada. ¿Qué podría querer el muchacho? Si su padre se daba cuenta de que no estaba en el rancho, iría a buscarlo, y lo último que quería era tener a ese hombre por allí.

–¿Qué es lo que quieres? –inquirió con fastidio aún sin abrir la puerta.

–Es mi padre... –le llegó la angustiada voz del muchacho desde el otro lado.

Parecía serio. Amanda abrió la puerta avergonzada.

–¿Le ha ocurrido algo, Elliot?

El chiquillo parecía al borde de las lágrimas.

–Está enfermo, y delira, pero no me deja ir a buscar al médico.

–¿Y tu madre?, ¿no puede hacer ella algo?

El chico se mordió el labio inferior y bajó la vista.

–Mi madre se fugó con el señor Jackson, de la asociación de ganado, cuando yo era pequeño –murmuró–. Mi padre y ella se divorciaron, y mi madre murió hace años –volvió a alzar la vista ansioso hacia ella–. ¿No podría venir usted, señorita?

–Pero yo no soy médico, Elliot –balbució ella entre aturdida y apenada por el chico–, no sé qué podría...

–Sé que no es médico –asintió el muchacho al instante–, pero usted es mujer, y las mujeres saben cuidar de los enfermos, ¿no es verdad? –había una mirada aterrada en sus ojos–. Por favor, señorita –suplicó–, estoy asustado, yo no sé qué hacer, y está ardiendo, y tiembla todo el tiempo y...

–Está bien –decidió Amanda–, espera un minuto.

Se puso a toda prisa las botas, un gorro de lana y un abrigo, y salió de la cabaña con él.

–¿Tenéis medicamentos en casa? –le preguntó mientras caminaban hacia el trineo.

–Sí, señorita –contestó Elliot–. Mi padre se niega a tomar nada, pero sí tenemos.

–¿Cómo que se niega? –exclamó Amanda entre incrédula e indignada. Se subió al trineo junto a Elliot.

–Es muy cabezota –explicó el chico–. Dice que no tiene nada, que está perfectamente, pero yo nunca lo había visto así antes y me da miedo que... Él es todo lo que tengo –musitó bajando la cabeza.

–No te preocupes, yo me ocuparé de él –le prometió Amanda–. Vamos.

–¿Le ha vendido el señor Durning su cabaña? –inquirió el chico cuando hubieron subido al trineo y emprendido el camino.

–No –contestó ella–, es amigo de una tía mía, y me la ha prestado por unas semanas para… recuperarme de algo –le explicó vagamente.

–¿Usted también ha estado enferma? –preguntó Elliot curioso.

–Bueno, sí, en cierto modo –murmuró Amanda sin mirarlo.

Al cabo de un rato alcanzaron a ver la casa del rancho en la lejanía.

–Tenéis una casa muy bonita –comentó la joven.

–Mi padre la estuvo arreglando especialmente para mi madre, antes de que se casaran –respondió él, encogiéndose de hombros–. No la recuerdo porque era un bebé cuando murió –de pronto se volvió hacia Amanda, mirándola como si quisiera disculparse por lo que iba a decir–. Mi padre odia a las mujeres. No le va a hacer ninguna gracia que la haya traído. Tenía que advertirla…

–Tranquilo, sé cuidar muy bien de mí misma –dijo Amanda, sonriendo divertida. Elliot detuvo el trineo frente al establo, que estaba iluminado–. Vamos a ver si es tan terrible como lo pintas –bromeó.

Al oírlos llegar, había salido del establo un hombre de unos setenta años y cabello y barba canosos.

Tras presentárselo brevemente a Amanda, Elliot le dejó que se ocupara de desenganchar al caballo y lo metiera en el establo y condujo a la joven a la casa.

–Harry lleva años trabajando aquí –le explicó a Amanda–. Ya estaba en el rancho cuando mi padre era un niño –entraron en la casa–. Hace un poco de todo. Incluso cocina para los hombres –le dijo. Subieron las escaleras, y el chiquillo se detuvo frente a una puerta cerrada. Se volvió a mirar a la joven con una mirada preocupada–. Prepárese: estoy seguro de que le gritará en cuanto la vea.

Amanda esbozó una media sonrisa, y pasó detrás del chico, que abrió la puerta sin apenas hacer ruido.

Quinn Sutton estaba tendido boca abajo en la cama, vestido solo con unos pantalones vaqueros. Sus musculosos brazos estaban extendidos hacia el cabecero, y la espalda y el cabello negro le brillaban por el sudor. En la habitación no hacía ningún calor, así que Amanda dedujo que, como le había dicho el muchacho, debía tener mucha fiebre. Al acercarse con el niño al ranchero, este gimió y emitió algunas palabras ininteligibles.

–Elliot, ¿podrías traerme una palangana con agua caliente, una esponja y una toalla? –le dijo al pequeño, quitándose el abrigo y remangándose la blusa.

–Enseguida –contestó él. Salió del dormitorio y corrió escaleras abajo.

–Señor Sutton, ¿puede oírme? –lo llamó Amanda suavemente. Se sentó junto a él en la cama y lo tocó ligeramente en el hombro. Estaba ardiendo–. Señor Sutton… –lo llamó de nuevo.

Aquella vez surtió efecto, porque el hombre se giró sobre el colchón y abrió los ojos. Amanda se había quedado paralizada observándolo, maravillada por la perfección de su cuerpo desnudo. No podía dejar de mirarlo. Tenía la piel bronceada, sin duda por el trabajo bajo el implacable sol, una espesa mata de vello negro alfombraba su pecho y bajaba hacia el estómago, desapareciendo bajo la hebilla del ancho cinturón que llevaba, y los músculos estaban desarrollados en su punto justo.

–¿Qué diablos quiere? –farfulló Quinn con voz ronca.

Aquella brusca interpelación la sacó al momento

de la ensoñación en que se hallaba sumida. Alzó los ojos hacia los de él.

–Su hijo estaba preocupado y vino a pedirme ayuda –le contestó–. Haga el favor de no alterarse. Tiene muchísima fiebre.

–Eso no es asunto suyo –masculló el hombre en un tono peligroso–. Salga de aquí.

–No puedo dejarlo así –se obstinó Amanda.

En ese momento reapareció Elliot con lo que le había pedido.

–Aquí tiene, señorita –le dijo–. Te has despertado, papá –murmuró, dirigiendo a su padre una sonrisa de fingida inocencia.

–Elliot, ve a buscar a Harry y dile que saque a esta mujer de nuestras tierras –le dijo Quinn furioso.

–Vamos, vamos, señor Sutton, está usted enfermo, no se sulfure. No querrá ponerse peor… –Amanda se volvió hacia el chiquillo–. Elliot, tráeme unas aspirinas con un vaso de agua, y mira a ver si tenéis jarabe para la tos. Oh, y le vendría bien algo de comer… Algo ligero.

–En la nevera queda un poco de consomé de pollo que Harry hizo ayer –dijo el muchacho.

–Estupendo. Y cuando bajes sube un poco la calefacción. No quiero que tu padre se destemple cuando lo lave.

–¡Usted no va a lavarme! –bramó Quinn. Pero Amanda no le hizo caso.

–Ve a hacer lo que te he dicho, Elliot, por favor –le pidió al niño.

–A la orden, señorita –contestó él sonriendo, al ver que no se dejaba acobardar por su padre.

–Puedes llamarme Amanda.

–Amanda –repitió él, y salió corriendo de nuevo, escaleras abajo.

–Que Dios la asista cuando pueda volver a tenerme en pie –masculló Quinn enfurruñado. Amanda había mojado la esponja y, tras escurrirla un poco, se la aplicó de improviso. Quinn se estremeció–. ¡Le he dicho que no haga eso!

–Cállese, está ardiendo. Tenemos que bajarle la fiebre. Elliot me dijo que estaba delirando y...

–Era él quien debía estar delirando para traerla aquí sabiendo que... –pero no terminó la frase. Los dedos de Amanda le habían rozado accidentalmente el estómago, y se había arqueado involuntariamente, tembloroso–. ¡Por amor de Dios, estese quieta! –gruñó.

–¿Le duele el estómago? –inquirió ella preocupada.

–No, no me duele nada, así que ya puede irse por donde ha venido –fue la grosera contestación.

Amanda volvió a ignorarlo y, mojando y escurriendo de nuevo la esponja, empezó a pasársela por los hombros, el pecho, los brazos y la cara.

Quinn había cerrado los ojos, estaba respirando trabajosamente y su rostro estaba contraído. «Debe ser la fiebre», pensó la joven remetiéndose un mechón por detrás de la oreja. Tenía que haberse recogido el cabello.

–Maldita sea –gruñó Quinn.

–Maldito sea usted, señor Sutton –le espetó ella sonriéndole dulcemente. Terminó de enjugarle el rostro y volvió a meter la esponja en la palangana–. ¿Dónde tiene una camisa de manga larga?

–No va a ponerme ninguna camisa. ¡Salga de aquí de una vez!

En ese instante entraba Elliot con las medicinas.

–Harry está calentando el consomé –le dijo a Amanda con una sonrisa–. Lo subirá enseguida.

–Gracias. ¿Tiene tu padre una camisa de pijama que sea de manga larga?

–Creo que sí. Se la buscaré –respondió el chiquillo dirigiéndose a la cómoda.

–Traidor –masculló Quinn.

–Ten –le dijo Elliot a Amanda tendiéndole una camisa de pijama de franela.

–La odio –le dijo Quinn a la joven en un tono cargado de veneno.

–Y yo a usted.

Amanda lo hizo incorporarse un poco para poder ponerle la camisa, tuvo que pasarle los brazos por detrás de su espalda para ayudarlo a meterse las mangas, y aquello acortó la distancia peligrosamente. Turbada, sintió cómo su mejilla rozaba el vello de su tórax, y cómo su largo cabello se desparramaba sobre el ranchero. Se estremeció ante el contacto, pero trató de controlar su creciente nerviosismo, terminó de meterle las mangas, y le abrochó la camisa.

–¿Ha acabado ya? –exigió saber Quinn con la misma brusquedad.

–Casi –murmuró Amanda. Lo tapó con la sábana y la colcha, le dio un par de cucharadas de jarabe para la tos, y le hizo tomarse una aspirina.

–Aquí traigo el consomé –dijo Harry uniéndose a ellos. En realidad había subido con una bandeja y traía un tazón para cada uno. Le tendió a Amanda el suyo y el de Quinn.

–Mmm... Esto huele delicioso –le dijo ella con una sonrisa tímida.

El hombre le devolvió la sonrisa.

–Es agradable que alguien aprecie mis esfuerzos. Hay quien ni siquiera dice «gracias» –farfulló mirando a Quinn. No se morirá –le dijo a Amanda: «hierba mala nunca muere...».

Amanda hizo que el ranchero se tomara todo el tazón de consomé, y al cabo de un rato, mientras el viejo, el niño y ella tomaban el suyo, se quedó dormido.

–¿Vas a quedarte? –le preguntó en voz baja el pequeño a Amanda.

–Creo que será lo mejor. Alguien tiene que vigilar a tu padre esta noche –contestó ella tomando asiento en un silloncito junto a la cama–. Pero mañana debería verlo un médico –le dijo a Harry–. ¿Hay alguno por aquí cerca?

–El doctor James... vive en el pueblo –respondió el viejo.

–Bien –asintió ella. Se volvió hacia Elliot–. Tendremos que esperar a ver cómo se encuentra tu padre por la mañana –le dijo con una sonrisa tranquilizadora–. Anda, vete a la cama.

–Gracias por venir, señorita... Amanda –se corrigió el chico rápidamente–. Buenas noches.

–Buenas noches.

El anciano se despidió también y salieron cerrando suavemente la puerta del dormitorio tras de sí. Amanda se recostó en la silla y escrutó el rostro del ranchero dormido. Visto así parecía vulnerable. Tenía las pestañas espesas, y unas cejas perfectamente dibujadas. Los labios eran finos, pero el inferior era muy sensual, y le gustaba el aire obstinado que le daba la barbilla prominente. Y la nariz... la nariz tenía mucho carácter. La verdad es que así, dormido, era incluso atractivo. Tal vez fuera la dureza de su mirada lo que lo hacía parecer un forajido cuando estaba despierto.

Pasado un rato, la joven extendió la mano y le tocó la frente. Gracias a Dios parecía que la fiebre iba remitiendo. En algún momento, a lo largo de la noche, se quedó dormida con la cabeza apoyada en el antebrazo, y la despertaron las voces roncas de Harry y Quinn hablando entre sí en murmullos.

–¿Lleva ahí toda la noche? –le estaba preguntando Quinn al anciano.

–Eso parece. Pobre criatura, debe estar rendida.

–Te juro que cuando Elliot se despierte...

–Oh, vamos, jefe... El chico se asustó, y yo no sabía qué hacer. Fue una buena idea que fuera a buscarla. Las mujeres entienden de enfermedades. Yo tenía una tía a la que iba a ver toda la gente del pueblo cuando tenían alguna dolencia. No sabía nada de medicina, pero conocía los usos de cada hierba.

Amanda abrió los ojos, guiñándolos por la luz que entraba por la ventana. Quinn estaba sentado en la cama y la estaba observando fijamente.

–¿Cómo se siente? –le preguntó soñolienta, sin levantar la cabeza del antebrazo.

–Como si me hubieran dado una paliza –respondió él–, pero supongo que algo mejor que ayer.

–¿Por qué no baja a desayunar algo, señorita? –le ofreció Harry a Amanda con una sonrisa.

–Gracias, pero solo tomaré café, no querría ser una molestia –murmuró ella levantando la cabeza.

El anciano salió del dormitorio, y Amanda bostezó y se desperezó, haciendo que sus senos pusieran tirante la tela de la blusa que llevaba.

Quinn sintió que todo su cuerpo se ponía en tensión, como le había ocurrido la noche anterior, cada vez que los dedos de la joven o su cabello le habían rozado la piel, embriagado por aquel delicioso perfume con olor a gardenias.

–No tenía que haber hecho usted caso a Elliot. Debió quedarse en la cabaña –masculló, molesto por lo vulnerable que lo hacía sentir.

Amanda se apartó el cabello del rostro, tratando de no pensar en el mal aspecto que debía tener, sin maquillaje, y con el cabello sin peinar. Excepto en los conciertos, casi nunca lo llevaba suelto, sino que solía llevarlo recogido en una trenza.

–Su hijo solo es un chiquillo –le contestó–. Estaba aterrado ante la idea de que pudiera pasarle algo. Esa responsabilidad era demasiado grande para él. Sé muy bien lo que es eso. A su edad yo tampoco tenía madre, y mi padre bebía y se metía en peleas. Más de una vez tuve que ir a buscarlo a la comisaría –explicó–. Después, durante mi adolescencia, la cosa no mejoró: no podía llevar a nadie a casa, no me dejaba salir con chicos... Así que en cuanto cumplí los dieciocho me escapé. No sé si sigue vivo o no, y la verdad es que tampoco me importa.

–Vaya, así que es de las que van por ahí dándoselas de mujer fuerte, ¿eh? –inquirió él entrecerrando los ojos.

–Y usted de los que van por ahí etiquetando a la gente, ¿no? –le espetó ella–. Si nada más despertarse ya está pinchándome, debe ser que se encuentra mucho mejor, de modo que no tengo nada más que hacer aquí. Pero si la fiebre le vuelve, debería ir a que lo vea un médico.

–Yo decidiré lo que debo o no hacer –repuso él con aspereza–. Vuelva a la cabaña.

–Es lo que pensaba hacer –farfulló ella levantándose.

Agarró el abrigo y se lo puso malhumorada, sin pararse a abrochárselo, y se colocó el gorro de lana, consciente todo el tiempo de que él estaba observándola.

–Es curioso. Por su aspecto nunca la hubiera tomado por una de esas mujeres parásito –dijo el ranchero de repente.

Amanda lo miró, parpadeando incrédula.

–Perdón, ¿cómo ha dicho?

–No se parece en nada a las anteriores amantes de Durning. Claro que tal vez ahora le vayan las jóvenes. En fin, si va detrás de su dinero es posible que tenga suerte después de todo. Siempre le han gustado las pequeñas golfas que... ¡Maldita sea!, ¿qué hace?

Amanda le había arrojado a la cara el caldo que quedaba en el tazón que había sobre la mesilla, y le chorreaba a través de la camisa a medio abrochar del pijama. La joven estaba de pie junto a él, temblando de ira, con el cuenco vacío en la mano, mirándolo con desprecio.

–Es usted un hombre horrible y no tiene derecho a juzgarme. Ni siquiera me conoce.

Se giró sobre los talones y se dirigió hacia la puerta ignorando sus imprecaciones entre dientes.

–Yo también maldeciría –le dijo volviéndose un momento, con el pomo en la mano–. Le costará quitarse ese caldo tan pegajoso. ¡Qué lástima que no tenga una «mujer parásito» que lo frote en la ducha! Claro que... tampoco tiene usted el dinero que tiene el señor Durning, ¿verdad?

Y salió del dormitorio con la cabeza bien alta. Mientras bajaba las escaleras, habría jurado que oyó risas.

Capítulo Dos

¿Cómo se había atrevido a llamarla golfa? ¡Si supiera lo equivocado que estaba respecto a ella...! Los ejemplos de su padre alcohólico y su tía excesivamente permisiva habían actuado como un revulsivo, y Amanda había terminado por convertirse en una chica anticuada para su edad, que ansiaba una vida tranquila y equilibrada. De hecho, en los últimos meses apenas había tenido citas, precisamente porque le fastidiaba que los hombres creyeran que era la mujer sexy y cautivadora en la que se convertía cuando subía al escenario. Mandy era solo un personaje, no era ella.

El resto de la semana fue pasando lentamente y, aunque la irritaba preocuparse por el ranchero después de lo grosero que había sido con ella, no podía evitar preguntarse cómo estaría.

Aquellas vacaciones en la cabaña, pasada la novedad inicial, estaban resultando bastante aburridas: no podía llamar a nadie por teléfono para charlar un rato, no podía ver la televisión... Rebuscó por todos los cajones, pero ni siquiera encontró una baraja de cartas. El señor Durning tenía únicamente una pequeña minicadena, pero los discos de su colección no podían ser más aburridos: ¡todos de ópera! Seguramente los usaba para deslumbrar a sus conquistas, para que pensasen que era muy refinado.

Para colmo de males, el domingo por la noche se

fue la luz. Amanda se quedó sentada en la oscuridad, riéndose por no llorar. Aquello era lo más surrealista que le había ocurrido nunca: estaba atrapada en una casa sin calefacción, sin luz, los troncos que había apilados fuera estaban cubiertos por varios metros de nieve, y había sido incapaz de encontrar siquiera cerillas.

¿Qué iba a hacer? Se había puesto el abrigo, pero aun así estaba tiritando y, en aquella soledad, tenía miedo de que la pesadilla de hacía unas semanas volviera a su mente para atormentarla.

De pronto, sin embargo, escuchó unos golpes en la puerta de la cabaña.

–¡Señorita Corrie!, ¿está usted ahí? –la llamó una voz masculina a gritos en medio del fuerte viento.

Amanda se levantó y fue hasta la puerta, tanteando para no tropezarse con nada.

Cuando abrió la puerta, se encontró con Quinn Sutton, la última persona a la que quería ver en ese momento.

–Vaya a buscar lo que necesite para un par de días y marchémonos –le dijo–. Si se queda aquí esta noche sin electricidad se congelará. En el rancho tengo un generador para estas emergencias –le explicó.

–Prefiero morir congelada a irme con usted, pero gracias por venir –le espetó Amanda con aire indignado.

–Mire, está bien, no debí meterme con su moralidad. No es asunto mío que vaya detrás del dinero de un ricachón, pero...

Amanda hizo ademán de cerrarle la puerta en las narices, pero Quinn fue más rápido e interpuso una pierna para que no pudiera hacerlo, y entró en la cabaña.

–No tenemos tiempo para estas tonterías gruñó. Le

he dicho que se viene conmigo y vendrá conmigo –le dijo alzándola en volandas y volviéndose para abrir la puerta.

–¡Señor... Sutton! –protestó ella–. ¡Bájeme! ¡Además, no me ha dejado recoger mis cosas!

–Pues se aguantará y se irá con lo puesto –le espetó él mientras salía y cerraba la puerta de una patada.

A la joven la sorprendió ver que la nieve le llegaba al ranchero casi a la cintura. Hacía dos días que no había salido de la cabaña, así que no tenía ni idea de que hubiera nevado tantísimo. El viento gélido le cortaba el rostro como un millar de pequeñas cuchillas. Era una sensación extraña la de que la llevara en brazos. La hacía sentir pequeña e indefensa... pero, a la vez, a salvo. No estaba segura de que aquello le gustase. Le asustaba la idea de depender de alguien.

–No me gustan nada sus maneras –le dijo.

–Puede, pero funcionan –repuso él sentándola en el trineo y sentándose junto a ella.

Tomó las riendas y jaleó al caballo para que se pusiera en marcha. Amanda quería haber protestado, haberle dicho que la dejara, que se fuera al infierno, pero el frío era tan intenso que se le habían quitado las ganas de discutir. Era cierto que habría muerto congelada de haberse quedado en la cabaña.

–¿Ya se le ha pasado el berrinche? –inquirió Quinn.

–No tenía ningún berrinche –replicó ella–. Lo que pasa es que no quiero ser una molestia –mintió por educación.

–Bueno, no crea que a mí me hace mucha gracia, pero no tenía otra elección: o la traía a mi casa, o la enterraba.

–Qué raro que no prefiriera lo segundo, siendo tan misógino como es...

–No tiene nada que ver con eso –murmuró él girando la cabeza para mirarla–: intente cavar un agujero en la nieve... está dura como el cemento.

Habían llegado al rancho. Quinn hizo que el caballo entrara directamente en el establo, y mientras lo desenganchaba y lo metía en su pesebre, Amanda recorrió el edificio, mirando los demás caballos. En uno de los pesebres del fondo había un ternero. Parecía bastante desnutrido.

–¿Qué le ha pasado a esta cría? –le preguntó al ranchero.

–Su madre murió de hambre ahí fuera porque no pude encontrarla a tiempo –murmuró Quinn con voz queda.

Amanda lo miró sorprendida. Parecía que aquello lo había afectado mucho. Era curioso como, de nuevo, bajo la coraza de hombre duro, había vuelto a abrirse una grieta.

–Pero tendrá muchas más... quiero decir... no creí que una vaca más o menos importara tanto –dijo.

–Lo perdí todo hace unos meses –le contestó Quinn–, todo lo que tenía. De hecho, todavía estoy intentando salir de la bancarrota. Todo cuenta. Cada vaca cuenta –explicó mirándola a los ojos–. Pero no se trata solo del dinero, me duele ver morir a cualquier ser vivo por falta de atención, incluso a...

–¿... incluso a una mujer como yo? –lo cortó Amanda con una media sonrisa–. No se preocupe, ya sé que no me quiere aquí. Yo... le estoy agradecida por que viniera a rescatarme. La madera estaba cubierta de nieve, y parece que el señor Durning no fuma, porque he sido incapaz de encontrar una caja de cerillas o un encendedor.

Quinn frunció el entrecejo.

–No, Durning no fuma, ¿no lo sabía?

–Nunca se me ocurrió preguntarle –contestó ella encogiéndose de hombros. Le daba igual lo que pensara de ella, no iba a corregirlo y a decirle que era su tía y no ella quien conocía al señor Durning.

–Elliot me dijo que ha venido a las montañas porque había estado enferma.

–Sí... en cierto modo –respondió Amanda vagamente, alzando la vista.

–¿Tan poco significa para Durning que no ha tenido siquiera el detalle de pasar con usted estos días?

–Señor Sutton, mi vida privada no es asunto suyo –repuso ella con firmeza–. Piense lo que quiera de mí, me da igual.

Las facciones de Quinn se endurecieron ante esa respuesta, pero no dijo nada. Se quedó mirándola a los ojos un instante, y le indicó que lo siguiera.

Elliot se mostró entusiasmado al saber que iban a tener un huésped. En el salón había un televisor con video, un equipo de estéreo, y, sorprendentemente, hasta un pequeño teclado electrónico. Amanda pasó las puntas de los dedos amorosamente por las teclas, y Elliot le dirigió una sonrisa.

–¿Te gusta? –le preguntó orgulloso–. Me lo regaló mi padre por Navidad. No es de los caros, pero me vale para practicar. Escucha.

Lo encendió e interpretó con bastante fidelidad una canción del grupo Genesis.

–¡Eh, no está nada mal! –lo elogió Amanda con una sonrisa–. Pero prueba con si bemol en vez de si al final de ese compás, a ver si no te suena mejor.

Elliot ladeó la cabeza.

–Es que... solo sé tocar de oído –balbució.

–Oh, lo siento –le dijo Amanda–. Me refería a esta tecla –le dijo señalándosela y apretándola–. De todos modos, debo decir que tienes muy buen oído –añadió.

El chico enrojeció de satisfacción.

–Pero no sé leer las partituras –suspiró. Alzó sus ojos azules hacia el rostro de la joven–. Tú si sabes, ¿no es cierto?

Amanda asintió con la cabeza y sonrió.

–Iba a clases de piano cuando podía, y practicaba con un viejo piano que había en casa de una amiga. Me llevó bastante aprender, pero ahora no lo hago mal.

«Mal» significaba que ella y los chicos habían ganado un Grammy con su último disco, gracias precisamente a una canción que ella había compuesto. Claro que no podía decirle eso a Elliot. Estaba convencida de que Quinn Sutton la habría echado con cajas destempladas si se hubiera enterado de lo que hacía para ganarse la vida... porque desde luego no parecía un fan de la música moderna. Si la viera vestida con la ropa que solía llevar sobre el escenario y a los demás componentes del grupo, probablemente le parecería incuso peor que la idea de que fuera la amante de su vecino. No, no iba a dejar que se enterara de quién era en realidad.

–¿Podrías enseñarme a leer las partituras? –le preguntó Elliot–. Ya sabes, mientras estés aquí. Así tendrías algo en lo que entretenerte, porque cuando hay nevadas como esta duran varios días.

–Claro, lo haré encantada –consintió ella al instante–... si a tu padre no le importa –añadió lanzando una rápida mirada hacia donde estaba este, observándolos.

–Mientras no sea esa música demoníaca de hoy en día... –concedió Quinn–. El rock es una mala influencia para los chicos.

«Justo como había imaginado», se dijo Amanda.

–Esas letras tan atrevidas, la ropa tan indecorosa que llevan las cantantes... Y eso del satanismo... –continuó Quinn entre dientes–. Es indecente. Elliot tenía unas cuantas cintas, pero se las confisqué todas y las he escondido.

–Es cierto que hay grupos así –asintió Amanda muy calmada–, pero no puede meterlos a todos en el mismo grupo. Le sorprendería saber que muchos grupos americanos hacen campaña contra las drogas y la guerra y...

–¿Y usted se cree todas esas patrañas? No es más que basura publicitaria –le espetó él fríamente–, para vender más discos.

–Pero lo que dice Amanda es verdad, papá –intervino su hijo.

–Elliot, no vamos a empezar a discutir otra vez este tema. Tú eres muy joven aún y no entiendes estas cosas –le dijo Quinn alzando el índice en una señal de advertencia–. Además, tengo que poner al día la contabilidad, así que no quiero que le subas el volumen a ese chisme, ¿entendido? –volvió la cabeza hacia Amanda–. Harry le enseñará dónde dormirá en cuanto quiera, señorita Corrie... o Elliot.

–Gracias de nuevo –dijo Amanda sin subir la vista. Sus críticas la habían hecho sentir fuera de lugar, e incluso culpable. En cierto modo, era como volver atrás en el tiempo a aquella noche...

–No te acuestes después de las nueve, Elliot –le dijo Quinn al chiquillo.

–Sí, papá.

Amanda se quedó mirando boquiabierta al ranchero mientras salía por la puerta.

–¿Ha dicho« las nueve»? –inquirió atónita.

Si tenía que seguir la máxima de «allí donde fueres, haz lo que vieres», tendría que irse a dormir a la misma hora que las gallinas, y probablemente levantarse con ellas también.

–Siempre nos acostamos a esa hora –respondió el niño riéndose de su asombro–. Ya te acostumbrarás. La vida en un rancho es así. Bueno, ¿cómo era eso que me estabas diciendo de un sí bemol? ¿Qué es un sí bemol?

Dejando a un lado sus pensamientos, Amanda comenzó a explicar los principios básicos de la música.

–¿De verdad te confiscó las cintas que tenías? –le preguntó curiosa.

–Sí, pero sé dónde las escondió –contestó el niño entre risas, volviéndose a mirarla. Se quedó un momento escrutando su rostro, con los labios fruncidos–. ¿Sabes que me resultas muy familiar? Es como si te hubiese visto en otro sitio.

A pesar del susto, Amanda logró mantener la calma y no dejar que su expresión la delatara. Su foto, junto con el resto del grupo, aparecía en las portadas de sus álbumes. Si Elliot tuviera uno de ellos…

–Bueno, según dicen, todos tenemos un doble en algún lugar del mundo –respondió sonriendo–. Tal vez hayas conocido a alguien que se me pareciera. Mira, voy a enseñarte la escala del do…

Por suerte, Elliot aceptó el cambio de tema, pero hasta media hora más tarde, cuando subieron al piso de arriba para dormir, Amanda no pudo respirar tranquila, sin el miedo a ser descubierta.

Dado que el autocrático señor Sutton no le había dado tiempo para recoger sus cosas, no tuvo más remedio que dormir vestida. Solo esperaba no tener la pesadilla recurrente que había tenido durante las últimas semanas. Sería muy embarazoso si saliese chillando en mitad de la noche… Si Quinn Sutton la oía e iba a preguntarle qué le pasaba, y se lo contaba, probablemente le diría que se merecía lo que le había ocurrido.

Sin embargo, para sorpresa suya, no le sobrevino ninguna pesadilla esa noche, y al despertar por la mañana, cuando Elliot golpeó su puerta para decirle que Harry ya tenía listo el desayuno, se encontró maravillosamente descansada.

Tras lavarse y peinarse, bajó las escaleras. Quinn y Elliot ya estaban sentados a la mesa. En el momento en que ella estaba sentándose, entró Harry con una jarra de café recién hecho.

–¿Le apetecen unas tortitas y unas salchichas con huevos revueltos?

–Um... Con una tostada bastará –contestó ella–. La verdad es que nunca suelo comer mucho en el desayuno.

–No me extraña que esté tan flaca –farfulló Quinn mirándola–. Ponle lo mismo que a Elliot, Harry.

–Oiga, señor Sutton, escuche... –comenzó Amanda airada.

–No, escuche usted –le espetó él tomando un sorbo de su café solo–: esta es mi casa, y yo pongo las reglas.

Amanda suspiró. Aquello le recordaba a las temporadas que había pasado en el orfanato, cuando su padre bebía tanto que no podía hacerse cargo de ella. Allí había tenido que obedecer a rajatabla las órdenes de la señora Brim.

–Como usted diga, *señor* –masculló.

A Sutton casi se le atragantó el café ante aquel apelativo.

–¿Podríamos dejar de hablarnos de usted? –le dijo cuando hubo dejado de toser–. No soy tan mayor, tengo treinta y cuatro años.

–¿Solo treinta y cuatro?

En cuanto las palabras hubieron abandonado sus labios, Amanda lo lamentó, pero no había podido evitarlo. La verdad era que parecía mayor.

–Lo siento. Eso ha sonado muy poco cortés.

–Sé que parezco mayor de lo que soy –la tranquilizó él–. Tengo un amigo en Texas que creía que tenía los cuarenta, y hace años que nos conocemos. No hace falta que te disculpes –lo que no añadió fue que, si había envejecido prematuramente, había sido gracias a los disgustos que le había dado su ex esposa–. Además, tú tampoco pareces tan joven como para llamarme «señor». ¿Qué edad tienes?, ¿veintiuno... veintidós...?

–Veinticuatro.

Durante un buen rato, se quedaron callados mientras comían, y fue Elliot quien rompió el silencio.

–Papá, Amanda me estuvo enseñando anoche varias escalas con el teclado –le dijo excitado a su padre–. Sabe música «de verdad».

–¿Cómo aprendiste? –inquirió Sutton, recordando lo que le había contado de su padre alcohólico.

–Mi padre tenía épocas en las que se emborrachaba un día sí y otro también, y entonces me acogían en el orfanato local. Había una mujer mayor que tocaba el órgano en la iglesia, y fue ella quien me enseñó.

–¿No tenías hermanos o hermanas? –inquirió Quinn.

–No, no tenía a nadie más en el mundo, excepto una tía –le explicó llevándose la taza de café a los labios–. Es artista, y ha estado viviendo con su último amante que...

–Elliot, vas a llegar tarde al colegio –la interrumpió Quinn enfurruñado, girándose hacia el chiquillo.

El niño miró el reloj de la cocina y aspiró sobresaltado.

–¡Diantres, es cierto! ¡Hasta luego, papá, hasta luego, Amanda, hasta luego, Harry! –dijo muy deprisa, levantándose, agarrando la mochila y corriendo hacia la puerta.

Harry se levantó también, y empezó a recoger los platos y a llevárselos a la cocina.

–Haz el favor de no hablar de esas cosas delante de Elliot –le dijo Quinn a Amanda en un tono imperativo.

Amanda lo miró de hito en hito con una media sonrisa.

–Oh, vamos, Quinn, te aseguro que hoy en día la mayoría de los chicos de su edad saben más de la vida que nosotros mismos.

–Tal vez en tu mundo sea así, pero no en el mío.

Amanda quería haberle replicado que estaba hablando de cómo eran las cosas en la realidad, no de cómo le gustarían que fueran, pero sabía que no serviría de nada. Quinn estaba convencido de que era una mujer sin ninguna moralidad.

–Soy un hombre chapado a la antigua –prosiguió Quinn–, y no quiero ver a Elliot expuesto a la visión liberada de lo que llaman «el mundo moderno» hasta que tenga la edad suficiente como para comprenderlo y hacer sus elecciones. No me gusta que la sociedad ridiculice valores como el honor, la fidelidad y la inocencia, así que lo combato del único modo que puedo hacerlo: yendo a misa los domingos y llevando a Elliot conmigo –sonrió con ironía al ver la expresión sorprendida de Amanda–. Oh, sí, aunque no lo reflejen la televisión o el cine, todavía hay personas en América que van a misa los domingos, personas que trabajan de sol a sol toda la semana y se divierten sin necesidad de tomar drogas, emborracharse, o tener relaciones solo por el sexo.

–Bueno, no creo que nadie diga que Hollywood refleja la realidad –contestó ella con una sonrisa–, pero si quieres mi honesta opinión, yo misma estoy bastante asqueada del sexo gratuito, el lenguaje grosero y la violencia gráfica que hay en las películas modernas. De hecho, las películas que me encantan son las de los años cuarenta –esa vez fue ella quien se rio del asombro de él–. Sí, precisamente porque no podían hacer uso de esos recursos tan fáciles, porque los actores no podían quitarse la ropa ni decir palabrotas, aquello suponía un desafío para la creatividad de los guionistas y los directores. Algunos de los dramas de esa época son los mejores que se han hecho jamás. Y lo mejor de todo es que puedes verlos tengas la edad que tengas.

Quinn estaba mirándola con los labios fruncidos, como si estuviera gratamente sorprendido pero aún un poco incrédulo.

–A mí también me gusta el cine de esa época –confesó–: Humphrey Bogart, Bette Davis, Cary Grant... Esos eran grandes actores, no los fantoches de hoy en día.

–Yo... no soy tan moderna como crees, Quinn –murmuró Amanda jugando con el dobladillo del mantel–. Vivo en la ciudad, sí, pero no porque me guste, sino porque es práctico –dejó la taza de café en el platillo–. Entiendo cómo te sientes respecto a esas cosas, y lo de que lleves a Elliot a la iglesia y todo eso. Él me dijo que su madre...

Quinn apartó la vista y echó la silla hacia atrás, levantándose.

–No acostumbro a hablar con extraños de mi vida privada –la interrumpió–. Si quieres puedes ver la televisión o escuchar música. Tengo mucho que hacer.

–¿No puedo ayudar? –inquirió ella al momento.

–Esto no es la ciudad –contestó Quinn enarcando las cejas.

–El orfanato en el que pasé algunas temporadas estaba dentro de una granja, y aprendí a hacer muchas tareas del campo. Incluso sé ordeñar.

–Si quieres puedes dar de comer al ternero que viste ayer en el establo –le dijo Quinn. Aquella chica de ciudad era una caja de sorpresas–. Harry te enseñará dónde está el biberón.

Amanda asintió.

–De acuerdo.

Quinn se quedó un instante mirándola.

–Bien, en cualquier caso, si se te ocurriera ir a dar un paseo, no salgas del perímetro del rancho –le advirtió–, esto es la montaña, y hay osos, lobos y un vecino que pone trampas.

Amanda asintió de nuevo con la cabeza.

–¿No tienes a alguien que te ayude en el rancho, aparte de Harry? –le preguntó.

–Sí, cuatro peones… todos casados.

Amanda enrojeció irritada.

–Me encanta la opinión que tienes de mí –masculló.

–Puede que te gusten las películas de los años cuarenta –le dijo él mirándola fijamente–, pero a ninguna mujer de ciudad, que sea atractiva como tú, sigue siendo virgen a los veinticuatro –añadió–. Yo soy un hombre de campo, pero he estado casado, y no soy estúpido. Sé muy bien cuál es vuestro juego.

Amanda se preguntaba qué diría si supiera toda la verdad sobre ella. Bajó la vista a la taza de café.

–Piensa lo que quieras, de todos modos ya lo haces...

Sutton salió de la casa sin mirar atrás. Amanda ayudó a Harry a terminar de recoger la mesa del desayuno, y después fue con él al establo.

–Solo tiene unos días –le dijo el anciano cuando llegaron al pesebre donde estaba el ternero. Le tendió un enorme biberón lleno de una mezcla de leche caliente y afrecho–. Arrodíllese aquí... bueno, si no le importa mancharse un poco...

–La ropa puede lavarse –dijo Amanda sonriendo. Sin embargo, solo contaba con lo puesto, y si no quería tener que lavarla todos los días, tendría que convencer a su anfitrión para que la llevara a la cabaña a recoger algo más de ropa. Se arrodilló sobre el heno y le acercó la tetina del biberón al hocico del ternero. Una vez que hubo olido la leche, no fue difícil hacer que empezara a mamar. Amanda acarició su suave y cálido pelaje mientras lo alimentaba.

–Pobrecito –murmuró, acariciándolo entre los ojos–, has perdido a tu mamá...

–Crecerá –dijo Harry–, son criaturas con instinto de supervivencia –dijo Harry–, igual que el jefe.

–Quinn me contó que lo perdió todo hace unos meses. ¿Cómo ocurrió?

–Lo acusaron de vender carne en mal estado.

–¿En mal estado?

–Es una historia muy larga. El jefe compró una partida de reses del Sureste. Tenían el sarampión. No, no es como en las personas –aclaró al ver la expresión sorprendida en el rostro de Amanda–. A las vacas no les salen manchas, pero desarrollan unos quistes en el tejido muscular –le explicó–. No había manera de que hubiéramos podido saberlo, porque los síntomas no son definidos, y además tampoco existe un tratamiento que lo cure. Hay que matar a las reses infectadas y quemar los cadáveres. Bien, pues esas reses contagiaron a las nuestras. El señor Sutton había vendido unas cuantas cabezas a la planta de envasado de carne. Cuando vieron que estaban enfermas, ordenaron que destruyeran la carne, y el dueño de la planta vino a ver al jefe para que le devolviera su dinero, pero el señor Sutton ya lo había gastado para comprar nuevo ganado. El caso es que tuvo que ir a juicio y... en fin, al final lo libraron de todos los cargos. Oh, y por supuesto el señor Sutton puso una demanda a los tipos que le habían vendido aquellas reses... y ganó –añadió sonriendo–. Estábamos al borde de la quiebra, y la compensación que obtuvo de la demanda lo ayudó a empezar de nuevo. La situación aún está complicada, pero el jefe es un hombre tenaz, y el rancho es un buen negocio. Saldrá de esta mala racha, estoy seguro.

Amanda se quedó reflexionando un momento en lo que acababa de contarle Harry. Parecía que la vida de Quinn había sido tan difícil como la de ella. Pero al menos tenía a Elliot, pensó, tener por hijo a un chico tan estupendo debía ser un consuelo para él, y así se lo dijo al anciano. Este, para su sorpresa, la miró de un modo extraño.

–Um... sí, bueno, Elliot es especial para él, claro –farfulló.

Amanda lo miró con el entrecejo fruncido. ¿Acaso habría algo que ella no sabía? En cualquier caso, le pareció que sería indiscreto insistir en el tema, y volvió la vista hacia el ternero.

–Aquí traigo otro –dijo Quinn entrando en ese momento en el establo.

Amanda giró la cabeza y lo vio acercarse a ellos con otro pequeño ternero en brazos, solo que aquel tenía mucho peor aspecto.

–Está muy flaco –musitó.

–Tiene diarrea –contestó Quinn depositando al animalillo junto a ella–. Harry, prepara otro biberón.

–Enseguida, jefe.

Amanda acarició la cabeza del ternero enfermo, y a Quinn le sorprendió ver la preocupación en su rostro. Era injusto por su parte sorprenderse, se dijo de inmediato, al fin y al cabo había aceptado acompañar a Elliot en medio de la noche para atenderlo, incluso a pesar de lo incivilizado que se había mostrado con ella. Claro que aquello chocaba bastante con la clase de mujer que era…

–No creo que sobreviva –dijo–, lleva demasiado tiempo solo ahí fuera.

En ese instante regresaba Harry con otro biberón, y Amanda y Quinn extendieron la mano al mismo tiempo para tomarlo.

La joven se sonrojó ligeramente y apartó la mano, pero el turbador cosquilleo que le había provocado el contacto tardó en pasar.

–Vamos allá –dijo Quinn acercando el biberón al hocico del ternero.

El animal apenas tenía fuerzas para succionar, pero por fin, al cabo de un rato, empezó a hacerlo con fruición.

–Gracias a Dios –suspiró Amanda aliviada, sonriendo a Quinn.

Los ojos del ranchero, oscuros y llenos de secretos, relampaguearon cuando se encontraron con los suyos. Después se entrecerraron y descendieron hacia la suave boca de la joven, donde permanecieron un largo instante, con una mirada irritada, como si estuviera deseando besarla y a la vez se odiara por ello. El corazón de Amanda dio un vuelco ante ese pensamiento. De pronto había empezado a ver con otros ojos a aquel hombre distante y reservado, pero no lograba comprender su forma de ser, ni los sentimientos que parecían estar surgiendo en su interior. Era dominante, cabezota, impredecible... debería encontrarlo detestable y, aun así, podía entrever en él una sensibilidad que le había llegado al corazón.

–Ya me encargo yo de esto –le dijo Quinn de pronto, sacándola de sus pensamientos–, ¿por qué no vuelves dentro?

¡Lo ponía nervioso!, pensó la joven fascinada. Sí, aunque no quisiera mostrarlo abiertamente, ella le gustaba. Observó como evitaba mirarla a los ojos, y la expresión irritada en su rostro.

En cualquier caso no le convenía ponerlo furioso, sobre todo cuando era una invitada no deseada y probablemente tendría que permanecer varios días allí.

–De acuerdo –asintió, poniéndose de pie–, veré si puedo encontrar algo que hacer.

–A Harry no le vendría mal un poco de compañía mientras trabaja en la cocina, ¿verdad Harry? –dijo Quinn, lanzando al anciano una mirada que le advertía que no lo contradijera.

–Claro, claro... por supuesto –balbució este al instante.

Amanda se metió las manos en los bolsillos y se volvió a mirar con una sonrisa a los terneros antes de salir del establo.

–¿Puedo venir a darles de comer mientras esté en el rancho? –inquirió.

–Si quieres hacerlo, por mí no hay problema –contestó Quinn sin alzar la vista.

–Gracias –murmuró ella.

Querría haberle dicho algo más, pero el pensamiento de que él se sentía tan atraído por ella como ella por él, la había hecho sentirse de repente muy tímida y fue incapaz de pronunciar otra palabra, así que se giró sobre los talones y siguió a Harry fuera y de vuelta a la casa.

Lo cierto era que Harry se manejaba muy bien en la cocina, y ella no hacía más que estorbar, así que, tras observarlo un rato, se ofreció para planchar un poco con tal de sentirse útil. Harry la llevó a un cuartillo donde estaba abierta la mesa de la plancha. Le señaló un armario, diciéndole que allí encontraría la plancha, pero cuando ella lo abrió y fue a extender la mano…

–¡No, esa no! –exclamó Harry yendo a su lado. La apartó suavemente y tomó una segunda, más nueva que había un par de baldas más abajo–. La otra es del señor Sutton, la utiliza para aplicarle cera a la parte inferior de sus esquís. A sus veintitantos participó en varias competiciones de eslalon gigante. Estuvo a punto de entrar en el equipo olímpico, pero se casó, y nació Elliot, así que lo dejó. Todavía esquía de vez en cuando, pero solo como afición. Aun así puede decirse que no ha perdido la práctica –le aseguró–: es de los pocos que se atreven a esquiar Ironside Peak.

Amanda estaba realmente impresionada. ¿Quién lo hubiera dicho? Bueno, lo cierto era que el descenso de eslalon requería destreza, seguridad, y cierta temeridad, cualidades que sin duda poseía Quinn Sutton.

Capítulo Tres

Cuando hubo acabado de planchar las pocas cosas que había, mientras Harry lavaba los platos, Amanda se puso a sacar la ropa de la secadora y se fijó en que a algunas de las camisas de Quinn les faltaban botones, y otras tenían descosidas las costuras.

Harry le proporcionó aguja, hilo y botones, y la joven se sentó a coserlas y pegarles los botones mientras veía una vieja serie en la televisión.

Un par de horas más tarde aparecieron Quinn y Elliot.

–Tío, qué forma de nevar… –farfulló Elliot frotándose las manos frente al fuego que Harry había encendido en la chimenea–. Papá tuvo que venir a buscarme en el trineo porque el autobús de la escuela no podía ni avanzar por la carretera.

–Oh, hablando del trineo… –intervino Amanda mirando a Quinn–, necesito recoger algunas cosas de la cabaña. No puedo ni cambiarme de ropa.

–Bien, ve a ponerte el abrigo. Te llevaré un momento antes de regresar al trabajo –se ofreció Quinn–. Elliot, tú también puedes venir –añadió ignorando la cara de extrañeza del pequeño.

Amanda se puso de pie y subió a por su abrigo. Estaba muy claro por qué quería que Elliot fuera con ellos: se sentía atraído por ella, pero, según parecía, estaba decidido a luchar con todas sus fuerzas contra ello. ¿Por qué la consideraría una amenaza?

Cuando volvió a bajar se encontró con que Quinn estaba examinando una de las camisas que había estado arreglando. Alzó la mirada hacia ella con una expresión irritada.

–No tenías por qué hacer esto –le dijo con aspereza.

Amanda se encogió de hombros tímidamente.

–Es que me sabe mal estar aquí sin ayudar… –murmuró–. Además, no sé estar mucho tiempo ociosa, me pone nerviosa –añadió.

Una expresión extraña cruzó por el rostro del ranchero. Se quedó un momento estudiando el remiendo en la manga, que se había desgarrado con la alambrada, para dejar la camisa suavemente sobre el sofá y dirigirse a la puerta sin mirar a la joven.

A Amanda no le llevó demasiado tiempo recoger las cosas que necesitaba. Cerró la maleta, salió del dormitorio y se dirigió al salón, pero recordó que se había dejado unos guantes sobre la cama y regresó a por ellos. Cuando volvió, se agachó para levantar la maleta del suelo, pero Elliot se le adelantó.

–Yo la llevaré –le dijo con una sonrisa.

Amanda se la devolvió. Verdaderamente era un chico estupendo. Qué curioso que se pareciera tan poco a su padre… Elliot le había dicho que su madre era pelirroja, así que debía salir a ella, pero, aun así, que no hubiera nada en sus rasgos que recordara a Quinn…

El ranchero estaba esperándolos fuera, sentado en su trineo con expresión inescrutable y fumando un cigarrillo. La joven y el niño subieron al vehículo y Quinn agitó las riendas impaciente. El caballo se puso en marcha de regreso a la casa.

Nevaba ligeramente y la brisa soplaba, haciendo que los copos se dispersaran en todas direcciones.

Amanda suspiró y alzó el rostro hacia las copas de los abetos, sin preocuparle que se le hubiera caído la capucha, dejando al descubierto su dorado cabello. Se sentía más viva que nunca. Había algo en aquel paraje sin domar que la hacía sentir en paz consigo misma... por primera vez desde aquella tragedia.

–¿Disfrutas del paseo? –inquirió Quinn de repente.

–No te lo puedes imaginar –contestó Amanda–. Este lugar es tan hermoso...

Quinn asintió. Sus ojos negros recorrieron el rostro de la joven, deteniéndose en las mejillas arreboladas por el frío, antes de volver a fijar la vista en el camino. Amanda notó que había estado mirándola, pero aquello, lejos de alegrarla, la llenó de preocupación, porque Quinn parecía nuevamente enfadado.

Y de hecho lo estaba. De regreso en la casa quedó patente que se había encerrado en sí mismo y no tenía intención de salir: apenas le dijo dos palabras seguidas a Amanda antes de que ella y Elliot subieran a sus dormitorios.

–Ya se ha enfurruñado –le dijo el niño a la joven–. Le pasa a veces. No le dura mucho, pero cuando está así es mejor no buscarle las cosquillas.

–Oh, te doy mi palabra de que no lo haré –le prometió Amanda.

Sin embargo, no le sirvió de mucho, ya que, durante el desayuno a la mañana siguiente y durante la comida, Quinn la obsequió con miradas furibundas. Estaba empezando a sentir verdaderamente que su presencia allí era non grata.

Decidida a no dejarse influir por su ánimo, Amanda se entretuvo ayudando a Harry a cocinar y cosiendo el bajo de una cortina, y después fue a dar de comer a los terneros, la tarea que más le agradaba.

Cuando regresó a la casa, Harry le pidió que fuera poniendo la mesa para la cena. Había terminado, y estaba en la cocina aliñando la ensalada, cuando vio por la ventana detenerse el trineo frente a la casa. Quinn bajó de él y al cabo de un rato escuchó abrirse y cerrarse la puerta de la casa.

Amanda sintió que los latidos de su corazón se aceleraban. Quinn había entrado en la cocina y se había quedado parado observándola. Sus ojos fueron del delantal que llevaba puesto al bol de ensalada que tenía en la mano.

–Vaya, ¡si hasta pareces un ama de casa...! –exclamó sarcástico.

Aquel ataque la sorprendió, aunque, irritado como había estado desde el día anterior, no debiera haberla sorprendido su actitud.

–Solo estoy ayudando a Harry –contestó ella.

–Ya lo veo.

Mientras el ranchero se lavaba las manos en el fregadero, Amanda no pudo evitar quedarse admirando cómo el musculoso torso se marcaba bajo la camisa de cuadros. Quinn la pilló mirándolo, y sus ojos oscuros relampaguearon furiosos.

La joven, fascinada por las reacciones que provocaba en él, olvidó que no debía forzar su suerte, y se acercó a él en silencio, envolviendo sus manos mojadas en el paño de la cocina. Lo miró a los ojos mientras las secaba.

Quinn entrecerró los ojos y dejó por un instante de respirar. Un tropel de sensaciones se arremolinaron en su interior: soledad, ira, ansiedad, lujuria... El perfume dulzón de Amanda invadía sus orificios nasales embriagándolo. Bajó la mirada al perfecto y suave arco que formaban sus labios, preguntándose cómo sería inclinarse hacia ellos y besarlos. Hacía tanto que no besaba a una mujer, que no tenía a una mujer entre sus brazos... Y Amanda era tan femenina que hacía que despertaran sus instintos más básicos. Casi se sentía vibrar de necesidad cuando la tenía tan cerca.

No, no podía dejarse llevar por esas emociones, se dijo con firmeza. Si lo hacía estaba abocado al desastre. No era más que otra loba con piel de cordero. Seguramente la aburría aquel aislamiento, aquel confinamiento en las montañas, y quería divertirse con él un rato. Si creía que iba a camelarlo con sus encantos estaba muy equivocada. Dio un resoplido y le arrancó la toalla de las manos.

–Oh... Lo siento –balbució la joven.

Esa violencia repentina la asustó, porque demostraba que el ranchero no controlaba del todo sus emociones, y se apartó de él. Esa agresividad inherente al género masculino siempre la había hecho mantenerse a cierta distancia de los hombres, porque la había sufrido hasta que se escapó de casa.

Se dio la vuelta para no tener que mirarlo, y se puso a remover una salsa que estaba calentando.

–No te acomodes demasiado –le advirtió Quinn–, la cocina es el territorio de Harry, y no le gustan los intrusos. Tú solo estás de paso por aquí.

–No hace falta que me lo recuerdes –le espetó ella enfadada, girando la cabeza y mirándolo directamente a los ojos–. En cuanto se derrita la nieve me marcharé y te dejaré tranquilo para siempre.

–Esperemos que ocurra muy pronto –masculló él con veneno en la voz.

Amanda sintió deseos de zarandearlo. ¿Qué le había hecho ella? ¿Qué había hecho para merecer aquella hostilidad? Era irónico que hubiese ido a las montañas para descansar después de un suceso traumático, y que se encontrara en medio de una batalla que ella no había comenzado.

–Haces que me sienta tan a gusto… –le dijo con sarcasmo–, como si fuera de la familia. Gracias por tu generosa hospitalidad, Quinn. ¿Qué más podría pedir? No sé, ¿un poco de cianuro en mi vaso?

Quinn la miró airado y salió de la cocina a grandes zancadas.

Después de la cena, Amanda se ofreció para fregar los platos, pero Harry insistió en que no era necesario. Quinn, como cada noche, se encerró en su estudio con sus libros de cuentas, así que Amanda se sentó con Elliot a ver una película de ciencia-ficción, y después accedió a darle una nueva lección de música con el teclado.

–Creo que ya me sale la escala del do mayor –anunció Elliot tocándola.

–¡Eh, muy bien! –lo aplaudió Amanda–. Pues entonces pasaremos a la del sol mayor.

Se la explicó, y mientras Elliot practicaba, no pudo evitar que su mente volviera a Quinn.

–¿En qué piensas? –inquirió el chiquillo viendo que se había puesto muy seria.

–Oh, en nada… bueno, la verdad es que estaba pensando en que tu padre no me quiere aquí –murmuró encogiéndose de hombros.

–No es culpa tuya –la consoló Elliot–. Mi padre odia a todas las mujeres, creía que ya lo sabías.

–Sí, pero… ¿por qué?

El muchacho meneó la cabeza.

–Es por mi madre. Le hizo algo terrible. Nunca habla de ella. Tengo suerte de que me quiera a pesar de todo.

«¡Qué modo tan extraño de hablar de su padre!», pensó Amanda escrutando el rostro del pequeño. Sin embargo, prefirió no hacer ningún comentario al respecto.

–¿Por qué no tocas una canción? ¿Algo de rock? –propuso Elliot cambiando de tema.

–De acuerdo –aceptó Amanda con una sonrisa–, pero tendrá que ser algo suave –añadió mirando con aprensión la puerta cerrada del estudio.

Elliot siguió su mirada.

–¡Ah, no, vamos a hacerlo de rabiar! –dijo con una sonrisa traviesa.

–¡Elliot! –se rio la joven sorprendida.

–Le hace falta un poco de ritmo. Tendrías que verlo cuando vamos a la iglesia y se le acerca alguna de las mujeres solteras del pueblo. Se pone rojo y muy vergonzoso –le dijo entre risas–. Tenemos que salvarlo, Amanda, o morirá siendo un solterón –añadió con mucha solemnidad.

Amanda meneó la cabeza y suspiró, pero después sonrió.

–Muy bien, prepárate: este puede ser tu funeral, amiguito... –subió el volumen casi al máximo, y empezó a tocar una canción muy movida de un grupo del momento, al tiempo que Elliot y ella se ponían a cantarla.

No hubo pasado ni un minuto cuando, hecho una furia, salió Quinn de su estudio pegando un portazo.

–¡Por todos los demonios...! –mascculló.

Amanda, rápida como el rayo, había arrastrado el teclado para ponerlo frente a Elliot.

–¡No! –gimió el muchacho–. ¡Ha sido ella, lo juro! –exclamó señalándola acusador ante la mirada furibunda de su padre.

La joven miró a Quinn y fingió estar muy ofendida.

–¿Me pondría yo a tocar a todo volumen en tu casa habiéndome advertido que no lo hiciera? –preguntó con aire de no haber roto un plato en su vida.

Quinn entornó los ojos y volvió la cabeza hacia Elliot.

–Bajadle la voz a ese chisme –dijo alzando el índice amenazador–, o le daré el enterramiento que se merece. ¡Y no quiero volver a oír más esa música demoníaca en mi casa! Además, tienes los cascos, ¿verdad? ¡Pues úsalos!

–Sí señor –balbució el chico tragando saliva. Iba a matar a Amanda...

La joven, que no se había asustado en absoluto de aquel arranque de ira, hizo un gesto de saludo militar.

–A la orden.

Si hubiera podido, Quinn la habría fulminado con la mirada. Se giró sobre los talones, volvió al estudio malhumorado y cerró dando otro portazo.

Amanda prorrumpió en risas, mientras Elliot la golpeaba en la cabeza con un cojín.

–¡Eres un diablo! –le espetó–, ¡mintiéndole a mi padre y acusándome de algo que no he hecho!

–Lo siento, no lo he podido evitar –se disculpó ella entre risas ahogadas–. Además, fue idea tuya.

–Nos matará a los dos –le aseguró Elliot parando, con una sonrisa maliciosa–. Se quedará toda la noche despierto pensando en como hacérnoslo pagar y cuando menos nos lo esperemos... ¡bang!

–Que lo intente –se rio Amanda tratando de recuperar el aliento–. Anda, venga, prueba otra vez con la escala de sol mayor.

Elliot hizo caso, pero, por si las moscas, bajó el volumen al mínimo.

Hacia las nueve, Quinn volvió a salir del estudio y apagó una de las luces del salón.

–A la cama –ordenó.

Amanda quería haber visto una película que habían anunciado para más tarde, pero prefirió no decir nada.

–Buenas noches, papá, buenas noches, Amanda –dijo Elliot sonriendo a la joven mientras subía las escaleras.

–¿Has hecho los deberes? –le preguntó Quinn siguiéndolo con la mirada.

–Casi –contestó el niño parándose en un escalón.

–¿Qué diablos significa eso de «casi»? –exigió saber su padre.

–Que los terminaré mañana a primera hora –contestó el niño terminando de subir los escalones de dos en dos antes de que pudiera reñirle–. ¡Hasta mañana!

Se oyó cómo se cerraba la puerta de su dormitorio, y Quinn se volvió hacia Amanda con una mirada peligrosa.

–No quiero que esto vuelva a pasar –le dijo con aspereza–. Los deberes de Elliot son lo primero. La música puede que sea una afición muy bonita, pero no le va a dar de comer.

«¿Y por qué no?», querría haberle preguntado ella, «a mí me da una bonita suma de ingresos anuales».

–Tranquilo, me aseguraré de que haya hecho los deberes antes de darle más lecciones de música.

–Eso está mejor –farfulló Quinn–. Muy bien, vámonos a la cama.

Amanda, fingiéndose escandalizada, se llevó las manos al pecho y aspiró aire por la boca, abriendo los ojos como platos.

–¿Juntos? ¡Señor Sutton!, ¡nunca hubiera pensado esto de usted! –exclamó.

Quinn entornó los ojos sin esbozar siquiera una sonrisa.

–Nevará en el infierno antes de que yo me meta en una cama contigo –le respondió en un tono gélido–. Ya te dije que no me gustan las cosas de segunda mano.

–Pues tú te lo pierdes –replicó ella con descaro, optando por el humor para contener el impulso de tirarle algo a la cabeza–. En mi mundo la experiencia es algo a lo que se le da mucho valor –murmuró pasándose las manos por la cintura y las caderas y parpadeando con coquetería–. Y yo, soy «muy» experta... –«...en lo que se refiere a la música», añadió para sí.

–Sí, eso salta a la vista –dijo Quinn apretando la mandíbula–, y te agradecería que no fueras exponiendo tu visión del mundo delante de mi hijo, no quiero que nadie lo corrompa.

–Si de verdad quieres que se convierta en un hombre juicioso el día de mañana, deberías dejarle formarse sus propias opiniones.

–Solo tiene doce años.

–Sí, y tú no estás preparándolo para vivir el mundo real –repuso ella.

–«Esto» es el mundo real para él, no la ciudad, donde mujeres como tú van de bar en bar, seduciendo a los hombres.

–¡Oye, oye, espera un momento! –protestó ella al instante–, yo no voy de bar en bar seduciendo a los hombres... –esbozó una sonrisa traviesa–. En realidad voy de parque en parque, tapada solo con una gabardina, y abriéndola cada vez que me encuentro con un anciano.

Quinn no lo encontró gracioso.

–Vamos, arriba –ordenó de nuevo girándose hacia la escalera.

–De acuerdo, de acuerdo... ¿tu habitación o la mía?

Quinn se giró en redondo con una mirada furibunda en sus ojos negros. Vio que la joven estaba sonriendo provocativa. Solo quería picarlo, lo sabía. Entonces... ¿por qué se sentía excitado? Odiaba aquellas estúpidas reacciones automáticas de su cuerpo.

–Está bien, está bien, no haré más bromas... –murmuró Amanda, haciendo un gesto apaciguador con las manos. Podía ver que estaba llegando al límite del control sobre sí mismo, y no se sentía tan valiente como para ponerlo a prueba más allá de esas barreras–. Buenas noches.

Y comenzó a subir las escaleras. Quinn se quedó un instante abajo, tratando de recobrar el dominio sobre sí mismo, y al cabo de un rato subió también.

Amanda estaba sacando su pijama de la cómoda cuando escuchó cerrarse la puerta de la habitación de Quinn, y cómo echaba el pestillo. Dejó escapar una risa incrédula, sorprendida de esa niñería. Se sentó en la cama con un profundo suspiro. No acababa de saber cómo tenía que tratar a aquel hombre. En fin, tenía que intentar tomárselo con filosofía. Al fin y al cabo, aquello era solo algo temporal...

Quinn estaba pensando exactamente lo mismo en su dormitorio. Sin embargo, cuando apagó la luz y cerró los ojos, era incapaz de quitársela de la cabeza, de dejar de recordar la cosquilleante sensación de sus cabellos de oro rozándole el tórax.

En medio de la noche se despertó, bañado en

sudor, y no consiguió volver a dormirse. Aquella fue la peor noche de toda su vida, y la más larga también.

A la mañana siguiente, en cuanto Elliot hubo salido por la puerta para irse al colegio, Quinn alzó la vista hacia Amanda, sentada frente a él en la mesa, mirándola fijamente con el ceño fruncido.

–Ayer se me olvidó decirte que no quiero que vuelvas a tocar ni una sola de mis camisas –le dijo–. Si les faltan botones, o hay que remendarlas o plancharlas, Harry se encargará de ello, para eso le pago.

Amanda enarcó las cejas.

–No tengo ninguna enfermedad contagiosa ni nada parecido –le espetó–, no voy a pegarte nada solo por coserlas.

–He dicho que no vuelvas a tocarlas –repitió Quinn con dureza.

–Muy bien, como quieras... –suspiró ella encogiéndose de hombros–, me entretendré haciendo almohadones de encaje para tu cama.

Quinn masculló por lo bajo una ristra de improperios. Amanda se quedó observándolo boquiabierta. Nunca lo había oído usar esa clase de lenguaje.

Lo cierto era que él también parecía sentirse mal por haberlo usado, ya que soltó el tenedor, se levantó de la mesa y salió de la casa como si lo estuvieran persiguiendo.

Amanda se sintió culpable por haberlo pinchado. Ni siquiera se había terminado el desayuno... La verdad era que ni siquiera sabía por qué lo hacía. Tal vez, se dijo, tal vez lo hiciera para mantenerlo a raya, o para que no se diera cuenta de lo mucho que la atraía.

–Harry, voy a dar de comer a los terneros –le dijo al anciano, yendo a la cocina.

–Pues abríguese, señorita, está nevando otra vez.

La joven se puso el abrigo, los guantes y el gorro de lana, y se encaminó al establo por el camino que Quinn había abierto en la nieve. Sin embargo, cuando llegó allí, se encontró con que el ranchero estaba preparando los biberones.

–No hace falta que me sigas para llamar mi atención –le dijo la joven con una sonrisa maliciosa–. Ya me he dado cuenta de lo sexy y atractivo que eres.

Quinn resopló, y estaba a punto de decir algo, cuando ella se acercó y le tapó la boca.

–No vuelvas a utilizar ese lenguaje conmigo –le advirtió–. No te preocupes, no te molestaré. Me quedaré ahí, junto a ese poste, admirándote desde la distancia. De momento me parece más seguro que tirarme sobre ti.

Quinn parecía estar debatiéndose entre sacarla de allí sin miramientos o besarla. Amanda se quedó muy quieta, y los ojos suspicaces del ranchero descendieron hacia sus mejillas arreboladas y los labios entreabiertos.

De pronto, sin saber muy bien cómo, Amanda se dio cuenta de que tenía las manos sobre el tórax de Quinn, y de que este la había rodeado con sus brazos. La joven apenas podía respirar. ¡La había tocado voluntariamente! El ranchero la tomó por la barbilla y se la alzó, obligándola a mirarlo a los ojos. Había ira en ellos y también resentimiento.

–¿Qué es lo que buscas? –inquirió con frialdad.

–Pues... me conformaría con una sonrisa, unas palabras amables y... no sé, tal vez unas risas –musitó ella.

Los ojos de Quinn volvieron a bajar a sus labios.

–¿Estás segura? –preguntó–, ¿nada más?

Amanda dejó escapar un suspiro tembloroso por entre los dientes.

–T… tengo que… alimentar a los terneros.

Quinn entornó los ojos aún más, y la tomó por los brazos, apretando sus dedos de modo que ella podía sentirlos a través del abrigo.

–Ten cuidado con lo que me ofreces –le dijo en un tono gélido–: hace demasiado tiempo que no he estado con una mujer, y un hombre puede sentirse muy solo aquí arriba, en las montañas. Si como dices no eres lo que yo creo que eres, será mejor que dejes de provocarme, o te meterás en problemas.

Amanda lo miró a los ojos, comprendiendo solo a medias lo que quería decirle. Sin embargo, poco a poco el significado de sus palabras fue calando en ella, haciendo que sus mejillas se encendieran y se le secara la garganta.

–Eso… me ha sonado a amenaza –balbució.

–Es una amenaza, Amanda –contestó Quinn–. No creo que quieras dar pie a algo de lo que luego quieras escapar.

La joven se mordió el labio inferior, nerviosa. Nunca hasta entonces había tenido miedo de él, pero en ese momento, al ver aquel brillo de advertencia en los ojos, temió estar jugando con fuego.

Quinn la soltó al fin, tomó los biberones del suelo y se los tendió.

–No tienes que preocuparte –murmuró ella, recuperando su ironía–, no te atacaré por la espalda. No suelo violar a los hombres.

El ranchero enarcó una ceja, pero no sonrió.

–Eres una loca temeraria –mascculló entre dientes.

–Y tú un mojigato sin sentido del humor –masculló ella a su vez.

Amanda hubiera jurado que, por un instante, los labios de Quinn se habían arqueado en una leve sonrisa.

–Dales de comer y vuelve a la casa. No querría que te perdieras en la nieve.

–Estoy segura de ello –murmuró ella con una dulce sonrisa. Pero en cuanto el ranchero se dio la vuelta y salió del establo le sacó la lengua.

Se arrodilló junto a los terneros, aún agitada por aquella confrontación con Quinn. Era un verdadero enigma. En cualquier caso era obvio que no se reía mucho.

El ternero más pequeño no estaba respondiendo tan bien como había parecido al principio. Lo acarició con ternura y lo instó a chupar el biberón, pero lo hizo sin demasiado entusiasmo. Amanda dejó que volviera a echarse con un suspiro de desesperanza. No tenía buen aspecto. El resto del día estuvo preocupada por él. Tanto, que cuando Quinn apagó el televisor a las nueve no protestó, y se fue derecha a la cama, bajo las miradas extrañadas de Elliot y de su padre.

Capítulo Cuatro

Amanda estuvo muy callada durante el desayuno a la mañana siguiente. Seguía preocupada por el ternero, y no se atrevía casi a alzar la vista de su plato y su taza, ya que el ranchero estaba observándola con el mismo aire suspicaz e irritado de siempre, como si lo molestara su sola presencia. La verdad era que ella sola se lo había buscado, pinchándolo como lo había pinchado durante los últimos días... El problema era que se sentía atraída por él, y cuanto más lo conocía, más le gustaba. ¡Era tan distinto de los hombres superficiales y materialistas de su propio mundo! Cierto que era muy cabezota, y algo brusco, pero era innegable que tenía también grandes valores que se reflejaban en su día a día. Vivía de acuerdo con un rígido código ético, y cosas como el honor significaban mucho para él. Además, en el fondo era un hombre sensible y cariñoso. No, Amanda no se arrepentía de aquellos sentimientos que estaban surgiendo en su interior hacia él, y, de hecho, quería ir más allá, pero le preocupaba haber empezado con mal pie.

Al levantarse de la cama aquella mañana había decidido que iba a intentar acercarse a él, y estaba segura de que solo podría conseguirlo si actuaba siendo como ella era en realidad.

A pesar de que Quinn gruñó y se enfadó cuando la vio haciendo tareas domésticas, ella no se amilanó. Estaba convencida de que lo ponía de tan mal humor precisamente porque se sentía atraído por ella, y no quería admitirlo. La verdad era que no se comportaba como un hombre experimentado, a pesar de que había estado casado, y la miraba con una intensidad inusitada. Si pudiera lograr que sacara fuera sus sentimientos…

Un poco más tarde fue a dar de comer a los terneros, y la preocupó aún más ver que el más pequeño respondió aún peor que el día anterior a sus intentos de alimentarlo.

Cuando Elliot llegó a casa, le dijo que hasta que no hubiera terminado los deberes no se pondrían con las lecciones de música. El chiquillo lanzó una breve mirada a su padre con el rabillo del ojo, sabiendo que era cosa suya, pero dirigió una sonrisa resignada a la joven y subió a su cuarto.

Harry había salido a por más leña, y Amanda se quedó en el salón con Quinn viendo un telediario. Como siempre, pensó el ranchero, todas las noticias eran malas: accidentes, asesinatos, terrorismo, huelgas… Apagó el cigarrillo irritado.

–¿No echas de menos la ciudad? –le preguntó de repente a Amanda, que estaba sentada en el sofá frente al sillón orejero que él ocupaba.

–Bueno –contestó ella con una sonrisa, levantándose–, echo de menos el bullicio y a mis amigos, pero esto es muy agradable –se acercó lentamente al sillón de Quinn, fijándose en cómo este la miraba suspicaz, como si fuera a saltar sobre él–. Espero que no te moleste… tenerme aquí, quiero decir.

El ranchero la miró un momento a los ojos antes de apartar la vista.

–Supongo que podría decirse que me estoy acostumbrando a ti –le dijo con tirantez–, pero no te acomodes demasiado.

–¿Sí que te molesta que esté aquí, verdad? –inquirió Amanda quedamente.

–No, lo que pasa es que no me gustan las mujeres –masculló él con un resoplido irritado.

–Eso ya lo sé –dijo ella sentándose en el brazo del sillón de Quinn–, pero no por qué.

El cuerpo de Quinn se puso rígido ante la proximidad de Amanda. Olía tan bien… Se removió incómodo en el sillón.

–No es asunto tuyo –le espetó–. Haz el favor de volver al sofá.

¡De modo que sí lo ponía nervioso!, se dijo Amanda con satisfacción. Sonrió dulcemente al tiempo que se inclinaba hacia él.

–¿Seguro que es eso lo que quieres? –le preguntó en un susurro.

Y, de pronto, sin apenas darse cuenta de lo que estaba haciendo, mandó la prudencia a paseo y se deslizó sobre su regazo, apretando ávidamente sus labios contra los de él.

Quinn se puso muy tenso de momento, incluso dio un respingo, y la agarró por los antebrazos con tal fuerza, que le estaba haciendo un poco de daño, pero al instante siguiente, durante un largo y dulce minuto, respondió al beso y gimió profundamente, como si todos sus sueños se hubieran hecho realidad de repente.

Sin embargo, en cuanto se dio cuenta de lo que estaba pasando, rompió el hechizo del momento, poniéndose en pie hecho una furia, haciendo que la joven cayera al suelo.

–Maldita seas –masculló con veneno en la voz. Tenía los puños apretados a los costados, y todo su cuerpo parecía vibrar de ira–, ¡pequeña zorra barata!

Amanda estaba temblando, asustada por la violencia que se reflejaba en su rostro tenso y en los negros ojos relampagueantes.

–Yo no soy...

–¿No puedes vivir sin sexo durante unos pocos días, o es que estás tan desesperada como para intentar seducirme? –siseó, mirándola con desprecio–. Ya te he dicho que conmigo no funcionará. No quiero lo que cualquier hombre puede tener. No quiero nada de ti, y menos ese cuerpo que ha pasado de mano en mano.

Amanda se puso de pie, con las piernas temblándole. No podía articular una palabra. Su padre se ponía exactamente igual cuando bebía: el rostro enrojecido, los músculos tensos, totalmente fuera de control... y terminaba golpeándola. Dio unos pasos atrás, para alejarse de Quinn, y cuando él hizo ademán de ir hacia ella, se volvió rápidamente y salió corriendo del salón.

Quinn se había quedado de pie, allí plantado, totalmente confuso por su reacción. ¿Por qué se había asustado? Solo le había dicho la verdad. Tal vez no le gustara tener que oírla, pero era la verdad.

Volvió a sentarse.

–¿Dónde iba Amanda? – preguntó Elliot bajando de repente por la escalera.

–¿Qué? –inquirió Quinn enarcando una ceja.

–¿Dónde iba Amanda con tanta prisa? –repitió el chiquillo–. La he visto por la ventana, alejándose por en medio de la nieve. ¿Le dijiste lo de las trampas de McNaber? ...porque va exactamente en esa dirección, y si... ¡papá!, ¿dónde vas?

Quinn se había puesto de pie y se dirigía ya a la puerta. Fue a ponerse a toda prisa la chaqueta y el sombrero, el rostro lívido, y una mezcla de ira y temor en los ojos.

–Creo que estaba llorando –murmuró Elliot siguiéndolo al vestíbulo.

–Quédate aquí –le ordenó su padre saliendo de la casa.

Siguió el camino que el cuerpo de Amanda había abierto entre la nieve al avanzar. No alcanzaba a verla en la lejanía. ¡Dios!, ¿cómo podía haber hecho una locura semejante? Las trampas de McNaber estaban enterradas muy profundas en la nieve, y no habría manera de que las viera hasta que estuviera encima de ellas y... No quería ni pensarlo. Era todo culpa suya, por haberla herido como lo había hecho.

Unos metros más adelante, ya en el bosque, Amanda maldecía a Quinn en silencio mientras avanzaba contra la ventisca de nieve, las lágrimas rodándole por las mejillas. Ojalá lo devoraran los lobos, pensó, o que su caballo se encabritara y lo tirara. ¡Solo había sido un beso!, ¿por qué había tenido que reaccionar así? Además, durante unos instantes le había respondido...

¡Maldito Quinn Sutton! Ella solo había tratado de mostrarse amistosa con él, pero la había malinterpretado por completo. Estaba segura de que la odiaba, lo había visto en sus ojos, cuando la había llamado «pequeña zorra barata».

Se detuvo un momento a recobrar el aliento y siguió adelante. La cabaña no debía estar muy lejos. Se quedaría allí aunque muriera de frío. Cualquier cosa era preferible a tener que pasar un segundo más bajo el mismo techo que aquel hombre abominable.

–¡Amanda!

La joven volvió a pararse. Le había parecido oír su nombre, pero era imposible, debía haber sido el viento... Continuó avanzando. Distinguió una cabaña en la lejanía, pero no era la del señor Durning.

–¡Amanda!

Era un grito desesperado, y parecía la voz de Quinn. Giró la cabeza para mirar por encima del hombro y lo vio.

–¡Déjame en paz!, ¡márchate! –le gritó–, ¡me vuelvo a la cabaña!

Y continuó hacia delante, empujando la nieve con todas sus fuerzas. Sin embargo, Quinn tenía ventaja sobre ella, ya que avanzaba por el camino que ella iba abriendo, y pronto le dio alcance, agarrándola por la cintura. Amanda pataleó, pero Quinn era más fuerte y al cabo no tuvo más remedio que rendirse.

–¡Te odio! –masculló, con los dientes castañeteándole por el frío–. ¡Te odio!

–Me odiarías más aún si no te hubiera detenido –le aseguró Quinn esforzándose por recobrar el aliento–. Esa es la cabaña de McNaber, y tiene puestas trampas para osos por todo el lugar. Si hubieras dado unos pasos más ahora estarías atrapada en alguna de ellas. Ni siquiera podrías haberlas visto con todo este espesor de nieve.

–¿Y acaso te habría importado? –le espetó ella–. Sé que no me quieres cerca de ti, y no pienso quedarme más tiempo en tu casa. Prefiero arriesgarme y quedarme en la cabaña.

–Ni hablar –dijo él haciéndola y girarse y sacudiéndola–. Vas a volver conmigo, ¡aunque tenga que llevarte a rastras!

La joven se estremeció. Aquellos arranques violentos de Quinn la asustaban, porque le recordaban a su padre. El labio inferior le temblaba, y trató nuevamente de zafarse.

–Déjame ir... –gimió.

Quinn frunció el ceño al ver que Amanda estaba blanca como una sábana. Al fin se dio cuenta de lo que ocurría y la soltó. La joven dio un vacilante paso atrás para alejarse de él, y se quedó mirándolo con los ojos muy abiertos, como un cervatillo asustado.

–¿Tu padre te pegaba? –inquirió Quinn con voz queda.

Amanda se estremeció.

–Solo cuando bebía –musitó–. Claro que eso era casi todos los días –añadió riéndose con amargura.

Quinn inspiró y bajó la cabeza avergonzado.

–Lo siento –le dijo–, lo siento de verdad, Amanda. Soy un hombre un poco brusco –se disculpó–, pero nunca te pegaría, si era eso lo que estabas pensando. Solo un cobarde levantaría la mano contra una mujer –le dijo con firmeza.

Amanda se rodeó con los brazos, y se quedó allí en silencio, mirando al suelo y temblando de frío.

–Anda, volvamos a casa o te congelarás –murmuró él.

Aquel repentino aire indefenso lo había desarmado por completo. Sentía al mismo tiempo culpabilidad y deseos de protegerla. Quería abrazarla y acunarla contra sí, decirle que todo estaba bien, pero cuando hizo ademán de dar un paso hacia ella, vio que Amanda daba un respingo y retrocedía. Hasta ese momento nunca había imaginado lo que podría dolerle su rechazo, y eso le confirmó aún más lo que sentía por ella. Se quedó quieto y alzó las manos en actitud tranquilizadora.

–No voy a tocarte –le prometió. Se hizo a un lado–. Vamos, cariño, ve tú delante si quieres.

Amanda sintió que los ojos se le llenaban de lágrimas. «Cariño...» Era la primera vez que utilizaba un término así con ella, y aquello la conmovió profundamente. Sin embargo, se dijo que no debía engañarse. Si la estaba tratando con tanto tacto era solo porque se sentía culpable. Dejó escapar un suspiro, y pasó a su lado, desandando el camino.

Quinn la siguió, dando gracias a Dios en silencio por que no se hubiera alejado más y se hubiera tropezado con las trampas del viejo McNaber. Sin embargo, había algo que lo había dejado muy preocupado: la había asustado, había hecho que le tuviera miedo.

Cuando llegaron a la casa, Harry y Elliot miraron primero el rostro de Amanda y luego el de Quinn, y supieron al instante que era mejor no hacer preguntas.

Durante la cena, la joven estuvo sentada en la silla como una estatua. Ni siquiera habló cuando Elliot intentó hacerla entrar en la conversación, y después se acurrucó en el sofá del salón como un ratoncillo frente al televisor.

Quinn no podía imaginar los terribles recuerdos que había hecho aflorar en su memoria, como había vuelto a sacar a flote el miedo que la había atenazado durante toda su infancia. Su padre era un hombre alto y corpulento, y siempre se ponía violento cuando bebía. Después, cuando volvía a estar sobrio le decía que estaba arrepentido, y lloraba al ver los cardenales y heridas que le había hecho, pero al cabo de un par de días volvía a ocurrir lo mismo. No podía soportarlo más, y por eso cuando tuvo edad suficiente se escapó.

Aquella noche, Elliot, prudentemente, no le pidió que siguieran con las lecciones de música, y media hora antes de la que acostumbraban a acostarse dijo que estaba cansado y subió a su dormitorio. Harry lo siguió al poco rato.

Quinn estaba sentado en su sillón, absorto, fumando un cigarrillo, pero alzó el rostro cuando vio que ella se levantaba y se dirigía a las escaleras.

–Espera –le dijo–, no te vayas todavía. Tenemos que hablar.

–No tenemos nada de qué hablar –murmuró ella–. Siento mucho lo que hice esta tarde. Fue algo estúpido e impulsivo, pero te doy mi palabra de que no volverá a ocurrir. Tal vez dentro de poco deje de nevar, y se derrita la nieve. Si puedes aguantarme entretanto... después no volverás a saber de mí.

Quinn dejó escapar un suspiro exasperado.

–¿Es eso lo que crees que quiero? –inquirió escrutando su rostro.

–¿Acaso puedo creer otra cosa, tal y como me has tratado desde que llegué?

–Tengo razones que tú no conoces para desconfiar de las mujeres, Amanda –dijo Quinn apartando el rostro. Cada vez que la miraba revivía el beso, y eso lo turbaba–. Lo que quiero saber, es por qué pensaste que iba a pegarte.

Amanda bajó la vista.

–Pues... porque eres grande y fuerte, como mi padre –murmuró–. Y por que cuando perdía los estribos me pegaba.

–Pero yo no soy él –apuntó Quinn–. Además, no voy por ahí pegando a la gente, ni siquiera cuando pierdo los estribos, como tú dices. Bueno, una vez le di un puñetazo a un tipo en un bar, pero se lo merecía. Y jamás levanté la mano contra la madre de Elliot, aunque siendo sincero te juro que un par de veces me sentí tentado de hacerlo... ni siquiera cuando me dijo que estaba embarazada de Elliot.

–¿Y por qué ibas a haberla pegado? –inquirió ella extrañada–. Es tu hijo...

Quinn dejó escapar una risa amarga.

–No, no lo es.

Amanda se quedó mirándolo boquiabierta.

–Elliot... ¿no es hijo tuyo? –repitió quedamente.

Él meneó la cabeza.

–Su madre tenía una aventura con un hombre casado y los descubrieron –explicó–. Yo solo tenía veintidós años y estaba todavía muy verde. No sabía nada de la vida, y por supuesto no tenía ni idea de aquello. Ella se propuso seducirme para que le pidiera que se casara conmigo y no ser madre soltera. Era muy bonita, y enseguida me tuvo comiendo de su mano. Nos casamos y, justo después de la ceremonia, me dijo lo que había hecho, riéndose de lo ingenuo que había sido, y de lo torpe que era; me dijo incluso que le repugnaba, que cada vez que me había besado había tenido que contener las náuseas, y que no soportaba la idea de hacer el amor conmigo. Me habló del padre de Elliot, y de cuánto lo amaba. Yo estaba furioso, pero como ella apuntó, si le contaba a la gente la verdad, acabaría siendo el hazmerreír en toda la región. En aquella época yo tenía un orgullo de mil demonios, peor aún que ahora, y no podía soportar la idea de que todo el mundo se riera de mí. Así que no tuve más remedio que seguir su pantomima… hasta que nació Elliot, porque, siendo solo un bebé, huyo con su amante. Por desgracia para ellos tuvieron un accidente en la autopista y se mataron los dos.

–¿Y sabe Elliot que no eres su padre? –inquirió Amanda mirando hacia la escalera y bajando la voz.

–Por supuesto que lo sabe –contestó Quinn–. Yo jamás le mentiría, pero me he ocupado de él desde que era un bebé, así que para mí es como si verdaderamente fuera mi hijo. Lo quiero con toda mi alma.

La joven escrutó su rostro, leyendo en sus ojos lo que debía haber sufrido.

–La amabas, ¿verdad?

–No era más que un enamoramiento juvenil –repuso él–. Siempre fui muy tímido y torpe con las chicas, y cuando apareció ella y empezó a prestarme un poco de atención… No sé, supongo que me sentía tan solo que me agarré a ella como a un clavo ardiendo –añadió encogiéndose de hombros–. Pero aprendí la lección, y no volveré a dejar que otra mujer juegue conmigo.

Entonces Amanda comprendió:

–Eso es lo que pensaste esta tarde cuando te besé, que estaba jugando contigo… –murmuró–. Lo siento, no imaginé que…

–¿Por qué lo hiciste, Amanda?, ¿por qué me besaste?

La joven se sonrojó ligeramente al recordarlo. Por lo general no era tan lanzada.

–¿Me creerías si te dijera que porque lo deseaba? –inquirió con una leve sonrisa–. Eres un hombre muy atractivo, y hay algo en ti que hace que me tiemblen las rodillas cada vez que me miras. Pero no tienes que preocuparte, no volveré a besarte –le dijo–. Buenas noches, Quinn. Y tampoco tienes que preocuparte por que vaya a difundir lo que me has contado. No soy una chismosa, y detesto los cotilleos.

Se giró hacia las escaleras y empezó a ascender por ellas. Los negros ojos de Quinn la siguieron fascinados. Tenía un porte tan elegante, tan lleno de gracia y de orgullo… En ese momento lamentó haberla tratado con tanta brusquedad, y las palabras que le había dicho. Había estado tan obsesionado con la idea de que iba a hacerle una jugarreta, a aprovecharse de él, que había sido incapaz de pensar siquiera que pudiera encontrarlo atractivo.

Se había equivocado totalmente y la había herido. Ojalá pudiera dar marcha atrás, se decía. Amanda era tan distinta de las demás mujeres a las que había conocido… Incluso parecía ignorar lo hermosa que era. ¿Sería verdad que se sentía atraída por él?

En el piso de arriba, Amanda estaba tirada en la cama, llorando. Había sido un día horrible, y odiaba a Quinn por cómo la había tratado. Sin embargo, de pronto recordó lo que él le había contado: no había hecho el amor con su esposa, y, por lo que había dicho, era muy probable que tampoco hubiera salido con muchas chicas antes de casarse. Amanda frunció el entrecejo, recordando lo tenso que se ponía cada vez que ella se le acercaba. ¿Sería posible que no tuviera ninguna experiencia?

La mañana siguiente, Amanda estaba ayudando a Harry en la cocina cuando Quinn bajó las escaleras. Había tenido un sueño de lo más erótico y salvaje, del que se había despertado sudando y maldiciendo, un sueño en el que aparecía ella, con el cabello suelto cayéndole por la espalda desnuda mientras hacían el amor. Había sido tan vívido que, cuando entró en la cocina y la miró, pudo imaginar con claridad los sonrosados senos debajo del suéter blanco de punto que llevaba. Quinn casi gimió cuando sus ojos observaron embelesados, por un instante, el subir y bajar del pecho de la joven.

Amanda lo miró, sonrojándose, antes de apartar la vista y volver a concentrarse en las galletas que estaba colocando sobre una bandeja de horno.

–¿Quién lo habría dicho? –murmuró Quinn con un ligero sarcasmo–. También haces galletas...

–Me ha enseñado Harry –lo corrigió Amanda, lanzándole una mirada furtiva antes de introducir la bandeja en el horno.

Quinn frunció el ceño, preguntándose el porqué de esa repentina timidez, hasta que se dio cuenta de a qué se debía: normalmente solía llevar la camisa abrochada hasta el cuello, pero, aquella mañana, sudando como había sudado durante la noche, se la había dejado abierta hasta el pecho. Frunció los labios y se quedó mirando a la joven pensativo. ¿Sería posible que la turbara tanto como ella lo turbaba a él? Estaba decidido a averiguarlo antes de que se fuera del rancho, aunque solo fuera para salvar su dañado ego.

Harry subió a arreglar las habitaciones, dejándolos solos.

–¿Cómo estaba el ternero pequeño ayer? –inquirió Quinn.

–No demasiado bien –contestó ella con un suspiro–. Tal vez esta mañana esté mejor.

–Iré a echarle un vistazo después de desayunar –dijo Quinn, acercándose a la ventana y admirando el paisaje nevado–. Por cierto, no vayas a intentar regresar a la cabaña otra vez, ¿quieres? Como te dije, podrías quedar atrapada en una de las trampas de McNaber.

Parecía preocupado, pensó Amanda estudiando su rostro en silencio. Aquello era un cambio agradable para variar… a menos que lo hubiera dicho solo porque le preocupaba que se hiriera y tuviera que tenerla allí unos cuantos días más.

–¿Crees que parará alguna vez de nevar? –suspiró exasperada.

–He visto nevadas peores.

–¡Qué consuelo! –exclamó ella sarcástica.

Quinn se puso la chaqueta y el sombrero vaquero.

–Estamos de mal humor esta mañana, ¿eh?

La joven lo miró incómoda y se apoyó en la encimera.

–No estoy de mal humor. Las «pequeñas zorras baratas» nunca se ponen de mal humor.

Quinn enarcó una ceja.

–Sé que no debería haberte llamado eso –dijo recorriendo su cuerpo con la mirada–, pero tú tampoco debiste besarme de ese modo. No estoy acostumbrado a las mujeres agresivas.

¿Mujeres agresivas? Amanda dejó escapar una risotada irónica.

–Tranquilo, señor puritano, no volveré a atacarlo.

Quinn se rio suavemente, con cierto sarcasmo.

–Vaya, qué desilusión…

Amanda no podía creer que se estuviera comportando de un modo tan arrogante después de cómo la había tratado.

–Fuiste muy grosero y brusco conmigo –le espetó.

–Supongo que sí –murmuró él. La intensidad de su mirada hizo que Amanda sintiera un cosquilleo por toda la espina dorsal–, pero es que creí que estabas jugando conmigo. Ya sabes, que pensaste: «Voy a divertirme un poco a costa de este paleto».

–Yo jamás jugaría con los sentimientos de un hombre –le aseguró Amanda en un tono tirante–, y jamás diría de ti que eres un paleto. Creo que eres un hombre muy masculino, trabajador, y con sentido de la responsabilidad. Jamás me burlaría de ti.

Quinn esbozó una leve sonrisa.

–Bueno, en ese caso, tal vez podríamos pactar una tregua.

–¿Crees que serías capaz de tratarme con amabilidad siquiera veinticuatro horas? –inquirió ella amargamente.

–No soy un mal hombre, es solo que no sé apenas nada de las mujeres –contestó Quinn–. ¿No se te había ocurrido? –preguntó al advertir su asombro.

–No –respondió ella mirándolo a los ojos.

–Un día de estos tendremos una larga charla acerca de eso –dijo Quinn calándose el sombrero hasta los ojos–. Voy a ver a los terneros.

Amanda lo observó salir por la puerta, con el corazón latiéndole a toda velocidad. Cada día que pasaba se sentía más nerviosa y tímida en su presencia.

Capítulo Cinco

Amanda terminó de fregar los cacharros del desayuno antes de ir al establo y cuando llegó se encontró allí con Quinn arrodillado junto al ternero más pequeño. La joven supo inmediatamente que algo no iba bien. El animalillo estaba tumbado sobre el costado, se le marcaban las costillas a través del pelaje castaño, tenía los ojos vidriosos y le costaba respirar.

Amanda se arrodilló al lado de Quinn y este la miró preocupado.

–Será mejor que vuelvas a la casa –le dijo.

La joven bajó la vista al animal. Había tenido varias mascotas y las habías visto morir, así que conocía los signos. El pequeño ternero se estaba muriendo. Quinn también lo sabía, y por eso quería protegerla, evitarle el dolor. Se sintió conmovida.

–Eres un buen hombre, Quinn Sutton.

Él esbozó una débil sonrisa.

–¿Quieres decir cuando no me revuelvo como un gato furioso? –dijo–. Siento lo que ocurrió ayer, Amanda. No sabes lo mal que me sentí cuando vi que te apartabas de mí, como si me tuvieras miedo.

–Yo también lo siento –musitó ella–. No debía haberme comportado de un modo tan... –se quedó callada y apartó la mirada de él–. La verdad es que yo tampoco sé mucho de los hombres, Quinn –dijo finalmente–. Desde que me fui de casa he estado rehuyendo comprometerme en una relación. Flirteo, pero nunca he ido más allá de unos pocos besos –alzó el rostro y miró a Quinn–. El señor Durning es el novio de mi tía. Es artista, un poco frívola quizá, pero es una buena mujer –explicó–. Yo, en cambio… no tengo casi experiencia con los hombres.

Quinn asintió en silencio.

–Esa es la impresión que me dio ayer, cuando traté de acercarme en medio de la nieve –miró al animal agonizante–. Vuelve a la casa, yo me ocuparé de esto.

–No me asusta la muerte –replicó Amanda–. Vi a mi madre morir, y no me dio ningún miedo. Fue como si se quedara dormida. Cerró los ojos… y eso fue todo.

Quinn la miró.

–Mi padre murió igual –dijo volviendo la vista al ternerillo–. Ya no falta mucho.

La joven se sentó a su lado en el heno y entrelazó sus dedos con los de él, mientras acariciaba despacio al animal.

–Se acabó –murmuró Quinn al cabo de un rato–. Al menos ahora descansará. Vuelve a la casa, Amanda. Voy a enterrarlo.

Amanda no quería llorar delante de Quinn, pero no pudo evitarlo. Un animal tan pequeño e indefenso… El ranchero la atrajo hacia sí y la abrazó mientras las lágrimas rodaban una tras otra por sus mejillas. Cuando se hubo calmado un poco, se apartó de él, y Quinn le secó las mejillas con los pulgares.

–Anda, ve a la casa –murmuró con una sonrisa. La sensibilidad y el valor eran una buena combinación en una mujer, se dijo.

Amanda estaba pensando exactamente lo mismo de él. Logró esbozar una sonrisa entre las lágrimas y, mirando con tristeza al ternero por última vez, se levantó y salió del establo.

Cuando entró en la cocina encontró allí a Harry, y le contó lo sucedido, derramando algunas lagrimillas más mientras este le servía una taza de café bien cargado.

–¿No podría ayudar en algo aquí? –le preguntó al anciano.

–Ya hace bastante, señorita –repuso él sonriendo–. Es agradable tenerla en el rancho.

–Bueno, no estoy muy segura de que Quinn opine lo mismo –murmuró ella.

–Pues claro que sí –replicó Harry con firmeza–. El jefe la habría podido llevar con la señora Pearson si hubiera querido. Vive solo a unos kilómetros montaña abajo –sonrió ante la expresión de sorpresa de la joven–. Ha estado observándola últimamente. Para él es nuevo tener a una mujer por aquí, y siempre le ha resultado difícil hacerse a los cambios.

–Como a todos, supongo –respondió ella vagamente–. ¿Cuándo dejará de nevar? –se preguntó con un suspiro, mirando por la ventana.

Harry se encogió de hombros.

–Días... semanas... estamos en plena montaña, señorita. No se puede predecir cuándo llegará el *chinook* –ante la mirada perpleja de la joven, explicó–: un viento cálido del noroeste. Así lo llamaban los indios.

Cuando Quinn regresó a la casa, Amanda estaba más calmada, pero aún triste por la muerte del ternero. Quinn le dirigió una breve mirada antes de lavarse las manos en el fregadero. Harry, sabio como era, supo que estaba de más y salió de la cocina para dejarlos a solas, y Quinn fue junto a la joven.

–¿Estás bien?

Amanda asintió con la cabeza, quizá con demasiada vehemencia, lo que indicó a Quinn que aún estaba sobrecogida por lo que había ocurrido.

–Es que... era tan pequeño... –murmuró con la voz quebrada por la emoción–. Supongo que pensarás que soy una blandengue –dijo bajando la vista.

–No, no lo pienso.

Y, sin pararse a pensar en las consecuencias, la tomó por los hombros y la atrajo hacia sí, mirándola a los ojos. Amanda sintió que las rodillas le temblaban ante aquella inesperada proximidad. Era algo nuevo, y también tremendamente excitante, sobre todo porque había sido él quien se había acercado a ella por primera vez. No sabía qué esperar, y podía notar que se le estaba desbocando el corazón.

Bajó la vista a la garganta de Quinn. La vena le latía con rapidez, y su respiración se había tornado entrecortada. Ciertamente a él le costaba trabajo respirar en ese momento, con el dulce aroma a perfume y champú embriagándolo y quitándole el sentido. Apretó los dientes. Estando lejos de ella ya le costaba contener la excitación que le producía, con que teniéndola tan cerca...

Apenas tenía conciencia de lo que estaba haciendo, pero necesitaba desesperadamente besarla.

–Hueles a flores –le dijo con voz ronca.

Aquel era un comentario interesante viniendo de un hombre tan poco poético, se dijo Amanda esbozando una sonrisilla.

–Es el champú que uso –murmuró.

–¿Nunca te sueltas el pelo? –inquirió mirándola embelesado. Solo recordaba habérselo visto así aquella noche que había estado enfermo.

–Solo cuando me voy a dormir –contestó ella, estremeciéndose al sentir el aliento de Quinn en su frente.

–Siento que tuvieras que ver morir al ternero –le dijo Quinn–. Perdemos alguno cada invierno.

La joven alzó el rostro y lo miró a los ojos, pensativa.

–No debí ponerme tan sentimental. Supongo que las mujeres reaccionamos de un modo distinto a los hombres.

–No es eso –repuso él–. Yo también acabo encariñándome con los animales. Además, uno se siente protector con las crías, tan pequeñas e indefensas... La naturaleza les da pocas oportunidades.

La mirada en los ojos de Amanda se dulcificó mientras lo observaba. Parecía un hombre totalmente distinto cuando hablaba así: vulnerable, casi tierno, y tan solitario...

–Amanda, yo... ¿no te daré miedo, verdad? –le preguntó de pronto, como si el solo pensamiento lo atormentara.

La joven frunció el entrecejo.

–No, por supuesto que no –le aseguró–. Me sentía avergonzada por haberte besado, y un poco nerviosa por cómo reaccionaste, eso es todo. Sé que nunca me harías daño –murmuró. Dejó escapar un suspiro–. Sé que no te sientes cómodo conmigo aquí, y yo me siento mal por estar molestando, pero pronto se derretirá la nieve y me marcharé.

Quinn no respondió, pero al cabo de un rato comentó:

–Yo creía, por la seguridad que demostrabas, que eras una de esas mujeres que han estado con varios hombres. Me temo que te juzgué basándome solo en el exterior.

Amanda sonrió.

–Era todo fingido. Ni siquiera sé por qué lo hacía. Supongo que me irritaba tanto esa imagen que te habías formado de mí, que me comportaba así para fastidiarte.

Sin darse cuenta de lo que hacía, Quinn apretó un poco las manos en torno a sus brazos.

–¿Nunca has estado con un hombre? –inquirió suavemente.

La joven advirtió curiosa que se había sonrojado un poco al hacer la pregunta, y sintió que a ella misma se le estaban subiendo los colores.

–No, nunca –balbució.

–Resulta difícil de creer, con el aspecto que tienes.

–¿Qué quieres decir con eso? –inquirió Amanda poniéndose en guardia.

–No me puedo creer que no sepas lo bonita que eres –contestó Quinn mirándola a los ojos–. Una mujer tan preciosa como tú podría escoger al hombre que quisiera.

–Tal vez –concedió ella–, pero nunca he querido a un hombre en mi vida. Desde que me escapé de casa he tenido que abrirme camino por mí misma, y no estoy segura de querer perder mi independencia. Soy músico –le dijo, sin querer entrar en más detalles–, me gano la vida tocando el teclado.

–Lo sé, Elliot me lo contó –contestó Quinn–. Te he oído tocar, y eres buena.

Quinn no podía dejar de mirarla, y cada vez que sus ojos se posaban en los labios de la joven, recordaba el breve momento durante el cuál lo había besado con tanta inocencia. ¿Le dejaría ella que la besara? Sabía tan poco de los sutiles mensajes que emitían las mujeres cuando querían que un hombre diera el primer paso con ellas. No podía comprender las emociones que se translucían en los ojos oscuros de Amanda, pero tenía los labios entreabiertos y su respiración se había vuelto rápida y entrecortada, y sus mejillas estaban teñidas de rubor.

La joven alzó el rostro hacia él, y se encontró con que no podía apartar la vista. Quinn no era guapo, pero sus facciones eran tan masculinas... y sus labios la atraían como un imán. Recordó el efecto que su beso había tenido en él, y se preguntó cómo reaccionaría si lo besase de verdad, con la pasión que despertaba en ella.

–¿En qué piensas? –inquirió Quinn con voz suave.

–Yo... me estaba preguntando cómo... –comenzó balbuceante–, cómo sería besarte...

El corazón de Quinn pareció saltarse un latido, para seguir después con un ritmo frenético.

–Ya lo has hecho antes –contestó tras un pequeño carraspeó–, ya me has besado.

–No, me preguntaba cómo sería... besarte «de verdad».

Quinn no podía entender qué quería decir con aquello. Su esposa solo lo había besado en contadas ocasiones, durante su breve noviazgo, y siempre acababa apartándolo, murmurando que iba a estropearle el maquillaje. No habían sido besos verdaderos, no había habido amor ni pasión en ellos. ¿Se refería a eso Amanda?

Tomó el suave rostro oval de la joven entre sus trabajadas manos, e inclinó la cabeza hacia ella.

–Enséñame a qué te refieres con... «de verdad» –susurró.

Los labios de Quinn descendieron sobre los de Amanda. Sabían a viento y a sol, pensó la joven, que estaba en éxtasis. Colocó las palmas de las manos sobre el pecho masculino y, poniéndose de puntillas, apretó sus labios más contra los de él. De un modo automático, instintivo, abrieron la boca al mismo tiempo. Amanda sintió cómo Quinn se ponía tenso un instante, para gemir de puro placer al instante siguiente.

Al cabo de un rato, la joven se apartó con los ojos muy abiertos, escrutando curiosos la intensa mirada en los iris castaños del ranchero.

–¿Así? –murmuró Quinn, inclinándose de nuevo hacia ella para imitarla–. Nunca lo había hecho... con la boca abierta –susurró contra los labios de Amanda.

La joven no podía dar crédito al increíble cosquilleo que la recorría de los pies a la cabeza, como en ondas. Finalmente se dejó arrastrar por el ardor de Quinn, rindiéndose a sus labios algo bruscos y exigentes, mientras la mano de él se deslizaba hasta su nuca, enredándose en sus cabellos.

Amanda emitió un suave gemido. Quería estar aún más cerca de él. Se apretó contra él, quedando sus senos levemente aplastados contra el ancho y varonil tórax. Podía sentir incluso los fuertes latidos de su corazón. Lo quería aún más cerca, quería fundirse con él. Sus uñas rasparon en círculos la camisa, y él se tensó ligeramente.

–Oh, Quinn, es maravilloso... –murmuró, frotando su frente contra la de él, e inhalando su olor masculino–. ¿Puedo quitarte la camisa? –susurró.

Lo cierto era que él deseaba hacer eso precisamente, porque sus caricias lo estaban volviendo loco, pero entonces recordó que Harry podía entrar en cualquier momento, y resultaría bastante embarazoso si lo encontrase de esa guisa. Por otra parte, a él mismo lo turbaba la idea, por mucho que lo desease, ya que estaba sintiendo que su cuerpo se estaba tensando. Aquel deseo lo hacía sentirse vulnerable, y no quería sentirse vulnerable. Volvió a tomarla por los brazos y la apartó suavemente, maldiciendo entre dientes.

Amanda enrojeció y dio un paso atrás, con el pecho subiendo y bajando por la respiración agitada.

–No tienes por qué sentirte amenazada –dijo Quinn malinterpretando esa retirada. ¿Había vuelto a asustarla?–. Si te disgusta, no volveré a hacerlo.

–Oh, no es eso –se apresuró a aclarar ella–. No me has asustado. Es solo que... –murmuró bajando la vista al suelo–, creí que estarías pensando que soy una mujer fácil.

–Yo no...

Pero ella lo calló poniéndole el índice en los labios para que la dejara explicarse.

–No, Quinn, quiero que lo sepas: no suelo dar el primer paso con los hombres. Y nunca... nunca antes le había pedido a ninguno que me dejara quitarle la camisa –alzó el rostro para mirarlo–. No soy una mujer fácil. Es solo que... me he dejado llevar por la emoción del momento...

–... como ayer –concluyó Quinn–. Lo siento, Amanda, sé que te acusé de haberte tirado sobre mí.

–Pues sí, parece que pienses que soy una especie de maníaca sexual.

–¿Y no lo eres? –inquirió Quinn con una sonrisa maliciosa.

–¡Quinn!, ¡eso no tiene gracia! –exclamó la joven dando un taconazo en el suelo–. No estoy muy segura de querer quedarme aquí.

–Yo tampoco estoy seguro de que sea una buena idea dejar que te quedes –murmuró él admirando la irritación en sus ojos. Era tan preciosa...–. Quiero decir... si trataras de seducirme, las cosas podrían complicarse...

La joven se sonrojó airada.

–Haces que suene como si tuviera planeado seducirte –le espetó.

Quinn sonrió divertido.

–Bueno –dijo sacando un cigarrillo del bolsillo

de la camisa–, si lo estuvieras planeando, será mejor que me avises antes... así estaré preparado para combatir tus encantos.

Amanda lo miró maravillada. De pronto era un hombre distinto, lleno de arrogancia masculina y sentido del humor. Aquel beso apasionado lo había cambiado. La distancia entre ellos se había acortado.

–Dime una cosa... ¿Cómo has llegado a tu edad sin tener ninguna relación? –inquirió Quinn de pronto.

La timidez de la joven y sus continuos sonrojos lo habían convencido al fin de que le estaba diciendo la verdad, que no era una cualquiera.

Amanda se rodeó la cintura con los brazos y se encogió de hombros, pero Quinn había encendido el cigarrillo y la estaba mirando, como esperando una respuesta.

–No podía renunciar a mi independencia –contestó la joven finalmente–. Durante mi infancia y adolescencia viví dominada por mi padre, maltratada, así que me parecía que rendirme a un hombre, entregarle mi corazón, sería lo mismo que renunciar a mi individualidad. Además, la idea de entregarme a un hombre en la cama siempre me ha dado un poco de miedo –dijo apartando la vista–, porque si hay un lugar en el que el hombre es el amo, el que manda, es en el dormitorio, a pesar de la libertad de la que se dice gozamos hoy día las mujeres.

–Entonces, ¿crees que deberían ser las mujeres las que mandaran en el dormitorio?

–Lo que creo es que no es justo que algunos hombres usen a las mujeres simplemente por su condición de mujeres.

Quinn esbozó una sonrisa extraña.

–Tampoco es justo que algunas mujeres utilicen a los hombres.

–Yo no te estaba utilizando –protestó Amanda al instante.

–¿Acaso te he mencionado yo?

La joven tragó saliva, sintiéndose tímida de pronto por la intensidad de su mirada.

–No, supongo que no –balbució.

Se cruzó de brazos, dando un respingo al darse cuenta de que sus pezones se habían puesto duros y erguidos de repente.

–Vaya... entonces es cierto que se ponen erectos cuando sentís deseo... –dijo Quinn sonriendo como un niño–. Lo leí en un libro... –le explicó enrojeciendo–. La mayoría de las cosas que dice no tenían mucho sentido para mí hasta ahora, pero estoy empezando a entender...

–¡Eh!, ¡no soy un modelo vivo para educación sexual!

–Pues es una verdadera lástima. A mí no me vendrían nada mal unas clases...

–Pero, ¿qué dices, Quinn?, tú has estado casado –replicó ella sin comprender.

–Sí, lo estuve –admitió él encogiéndose de hombros. Frunció los labios y sus ojos recorrieron el cuerpo de la joven–, solo que ella jamás sintió el menor deseo por mí: ni antes ni después de casarnos.

Amanda entreabrió los labios, sin saber qué decir.

–Oh, Quinn... –musitó–. Lo siento.

–Al principio me preguntaba por qué se apartaba de mí cada vez que empezaba a besarla. Creía que por sus principios morales no quería hacer nada antes de pasar por el altar, pero luego descubrí que lo que ocurría era que no tenía una pizca de moralidad y me había engañado para cazarme y no ser madre soltera –se quedó callado un momento, reflexionando sobre lo sencillo que le resultaba contarle a Amanda esas cosas, cosas que no compartiría con nadie más–. Después, cuando comprendí qué clase de persona era, el deseo de compartir el lecho con ella... simplemente se esfumó –se llevó el cigarrillo a los labios y dio una breve calada–. Elliot es mi vida entera. He cuidado de él desde que nació, y he procurado que sea feliz. Sabe que no hay lazos de sangre entre nosotros, pero me quiere como a un padre, y yo a él como a un hijo.

–Te quiere muchísimo –asintió ella con una sonrisa–. Habla de ti todo el tiempo.

–Es un chico estupendo –dijo Quinn. Dio un paso hacia ella, observando curioso cómo la joven se tensaba. Le encantaba esa reacción, porque significaba que era muy consciente de él, aunque se mostrara tímida y reticente–. Y ya que estamos haciéndonos confesiones –murmuró–, te diré que, al igual que tú, yo tampoco he tenido relaciones.

–¿Quieres decir que no las has tenido en los últimos meses? –inquirió ella.

Quinn meneó la cabeza, y se encogió de hombros incómodo.

–En realidad hace un poco más de tiempo. Aquí en las montañas no se presentan muchas oportunidades –le dijo–, y no voy a dejar aquí a Elliot para irme al pueblo a ligar. La verdad es que hace trece años.

–¡¿*Trece*?! –repitió Amanda anonadada. Al instante enrojeció avergonzada–. Lo siento. No es que piense que...

Quinn la miró, esbozando una sonrisa divertida por el asombro de la joven.

–De adolescente no sabía nada de las chicas. Era alto, patoso y tímido... así que eran los otros chicos los que se llevaban el gato al agua –dio otra calada al cigarrillo–. En realidad sigo teniendo el mismo problema con las mujeres. No sé cómo abordarlas –le confesó con una débil sonrisa.

Amanda sintió como si el sol estuviera saliendo en ese momento, y sonrió también.

–¿En serio? –inquirió con suavidad–. Yo creí que me rechazabas porque me encontrabas poco atractiva, porque no era suficiente mujer para ti.

Quinn sintió deseos de reír ante aquella disparatada idea.

–La verdad es que tú tampoco me dabas pie a tratar de hacer las paces –repuso–, contestando a cada una de mis puyas.

–Eso era porque herías mis sentimientos al pensar que era una cualquiera, una mujer sin principios. No sabes cuánto me indignaba, sobre todo porque nunca en mi vida me he echado encima de ningún hombre.

–Lo siento, me comporté como un idiota prejuicioso –murmuró Quinn. Se quedó callado un momento, pero al cabo de un rato esbozó una sonrisa–. Por cierto, creo que tenemos algo más en común que nuestra inexperiencia y nuestra falta de técnica.

–¿El qué? –inquirió ella curiosa.

Quinn apagó el cigarrillo en el cenicero que había en la mesa junto a ellos. Se irguió y la miró a los ojos unos segundos antes de decidirse a hablar:

–Bueno, creo que es bastante obvio... No eres la única persona virgen aquí.

Capítulo Seis

Creo que no te he oído bien –dijo Amanda con los ojos como platos. Era imposible. «¿Quinn Sutton… virgen?».

–Me has oído bien –contestó él–, y no es tan disparatado como debe parecerte. El viejo McNaber, nunca ha estado con ninguna mujer, y tiene ya unos setenta y tantos. Puede haber muchas razones para que un hombre no llegue a tener esa clase de experiencia: la moralidad, los escrúpulos, el aislamiento, o simplemente la timidez. Además, yo nunca he querido acostarme con una mujer solo para poder decir que lo había hecho. Necesitaba que fuera una mujer que me importara. Supongo que soy uno de esos idealistas que, si no encuentran nunca a la persona adecuada, se mantienen en el celibato de por vida. Además, creo que son más bien una minoría los que se acuestan con cualquiera, incluso en estos tiempos en que todo el mundo presume de ser tan liberado. Solo un idiota se arriesgaría tanto con las enfermedades que se pueden contraer.

–Es cierto –asintió Amanda mirándolo pensativa–. ¿Y nunca has…? Bueno, ¿nunca has sentido deseo de…?

–Ese es el problema –contestó Quinn mirándola fijamente a los ojos.

–¿Cuál?

–Que sí he sentido deseo. Por ti.

La joven se apoyó contra la encimera para asegurarse de que no perdía el equilibrio.

–¿Por mí?

–La noche que llegaste, cuando yo estaba enfermo y me estabas enjugando el sudor con la esponja, cada vez que tus cabellos rozaban mi pecho... Esa es la razón por la que te he estado poniendo las cosas tan difíciles, la razón por la que he sido tan brusco contigo –añadió dejando escapar un suspiro–. No sé cómo controlar mi deseo, y tampoco sería capaz de levantarte, echarte sobre mi hombro y llevarte a mi habitación... y menos con Elliot y Harry aquí. Ni siquiera aunque hubieras sido la clase de mujer libertina que pensaba que eras... Pero lo cierto es que el que tú seas tan inocente respecto al sexo como yo lo pone aún más difícil.

De pronto las piezas del rompecabezas habían empezado a encajar en la mente de Amanda, y lo estaba admirando fascinada. No, no era un hombre mal parecido. Era fuerte y tremendamente sexy, y muy terrenal. Y le encantaban sus ojos, tan expresivos.

–Pues, afortunadamente para ti, yo también soy bastante tímida –murmuró.

–Excepto cuando quieres arrancarme la camisa –replicó Quinn entre risas.

Fue hasta la mesa, donde había dejado el sombrero vaquero, se lo colocó en la cabeza y se puso también la chaqueta, que había colgado en el respaldo de la silla.

Mientras la abrochaba, observó que la expresión en el rostro de Amanda se había tornado triste y seria. Seguramente estaba acordándose otra vez del ternero.

–Si te mantienes ocupada no pensarás tanto en ello –le dijo con voz queda–. Es parte de la vida, Amanda, no te quiebres la cabeza.

–Lo sé –musitó ella, esbozando una sonrisa–. Estoy bien.

Quinn le dirigió una cálida mirada, haciéndola enrojecer ligeramente, y salió por la puerta trasera.

Esa noche, después de la cena, Harry subió a acostarse en cuanto terminó de recoger los platos. Quinn estaba como de costumbre en su despacho con los libros de cuentas y Elliot había persuadido a Amanda para que siguieran con las lecciones de música. Estaban sentados los dos en el salón, frente al teclado, cuando el muchacho le confesó que había estado presumiendo ante sus amigos del colegio de que su invitada era músico profesional.

–¿Dónde tocas, Amanda? –le preguntó mirándola con curiosidad–. Tal vez te haya visto tocando en algún sitio. Es que… me resultas tan familiar…

La joven se puso tensa al instante. Elliot le había dicho que le gustaba la música rock, y también que su padre le había escondido las cintas que tenía. Si entre ellas había alguna de su grupo, Desperado, tendría una foto de ella y del grupo en la carátula, y tal vez por eso su cara le sonaba.

–Es que tengo un rostro muy común –repuso con una sonrisa.

–¿Tocas en alguna orquesta? –insistió él.

–No, toco sola, en clubs nocturnos –improvisó Amanda. Bueno, tampoco era mentira después de todo: una vez había cantado en uno para sustituir a una amiga enferma–. Principalmente hago acompañamientos a grupos.

–¡Caray! –exclamó Elliot–. Me apuesto algo a que conoces a un montón de cantantes y músicos famosos.

–Bueno, sí, a algunos –asintió ella.

–¿Y en qué ciudades has tocado?

–En Nueva York, en Nashville... donde me den trabajo.

Elliot bajó la vista y pasó suavemente los dedos por las teclas.

–No te molesta tener que enseñarme... ¿verdad?

–Por supuesto que no, Elliot –replicó ella mirándolo con cariño–. ¿Te está resultando difícil?

–La verdad es que un poco sí –admitió él–. Nunca pensé que hubiera tantas escalas y todo eso.

–Bueno, la música es un arte, y como tal es algo complejo, pero, como te dije, una vez aprendas lo básico, podrás tocar cualquier cosa.

El chico miró su reloj de pulsera.

–Será mejor que suba a pasar a limpio esa redacción de lengua antes de cenar, o papá se enfadará conmigo –le dijo levantándose con un suspiro–. Hasta luego.

Amanda le hizo un gesto de despedida con la mano mientras el chico subía las escaleras.

La joven suspiró también, y comenzó a tocar una canción que su grupo había grabado dos años atrás. Era una balada triste y melancólica acerca de un amor imposible, que les había hecho ganar un Grammy. Solo al cabo de unos instantes se percató de que... ¡estaba cantando! Después de aquel trágico suceso había pensado que nunca podría volver a cantar, pero su voz, dulce y pura como la de una alondra, estaba inundando quedamente el salón.

–Elliot, por el amor de Dios... ¿te importaría apagar esa radio? –dijo de pronto Quinn desde su estudio.

Amanda se calló al momento, con el corazón en la garganta. Se había olvidado de su anfitrión. Era una suerte que hubiera tenido la puerta cerrada, y que no se hubiera asomado. Apagó el teclado y se fue a la cocina, feliz por poder volver a cantar de nuevo.

Una parte de ella quería quedarse viendo la televisión un rato, con la esperanza de que Quinn saliera de su cubil, pero otra lo temía un poco después del beso de aquella mañana. Cada vez se sentía más atraída por él, pero él no sabía quién era en realidad, y ella no tenía valor para decírselo, porque estaba segura de que se enojaría al enterarse del engaño.

Subió las escaleras y se fue a su dormitorio. Se sentó en la cama, frente al espejo que había en el armario, y se soltó el cabello, cepillándolo abstraída con largas pasadas. De pronto, unos golpecitos tímidos en la puerta la sobresaltaron.

Se sonrojó y se puso nerviosa, pensando que pudiera ser Quinn, pero cuando fue a abrir, se encontró con Elliot. El muchacho se quedó mirándola boquiabierto.

–¿Sí? –lo instó ella perpleja–. ¿Qué ocurre, Elliot?

–Um… no –balbució el chico–. Em… es que… olvidé decirte buenas noches… Bueno, pues… buenas noches –le dijo con una sonrisa.

Amanda le deseó también buenas noches y cerró la puerta. Elliot se quedó un instante allí de pie, con la sonrisa aún en sus labios. Se dio media vuelta y echó a correr, pero no a su habitación, sino a la de su padre. Abrió sigilosamente el armario y sacó una caja de entre unas bolsas de viajes que la cubrían, y levantó la tapa. Allí estaban todas las cintas que le había confiscado su padre. Rebuscó entre ellas, hasta dar con la que buscaba, y la sostuvo frente a sí: en la carátula aparecían cuatro hombres con aspecto de duros, rodeando a una mujer joven muy guapa, con el cabello rubio y suelto. El grupo era Desperado, uno de sus favoritos, y la joven... Mandy Callaway... ¡pues claro!, ¡Amanda!, ¡su Amanda! No podía creerlo. Si su padre se enteraba, se enfadaría muchísimo, se dijo. Metió la cinta en el bolsillo de su pijama. Su padre no le dejaría salir en dos semanas si se llegaba a dar cuenta de que faltaba, pero las circunstancias eran desesperadas. Tenía que proteger a Amanda antes de que su padre averiguara de quién se trataba. ¡Caray!, ¡tenía a una estrella del rock en su casa! Hubiera dado cualquier cosa por contárselo a sus amigos y compañeros de clase, pero sabía que si lo hacía, podría llegar a oídos de su padre. Volvió a cerrar la caja y a dejarlo todo como estaba, y salió del dormitorio.

Amanda casi se perdió el desayuno a la mañana siguiente por lo tarde que se despertó. Al entrar en la cocina, la sorprendió ver que el cielo estaba azul por primera vez en todos aquellos días, y que había dejado de nevar.

–Parece que se aproxima el *chinook* –dijo Harry con una sonrisa al verla entrar.

Quinn escrutó el rostro de la joven.

–Bueno, yo diría que aún faltan unos días –murmuró.

–¿Qué vamos a hacer hoy, papá? –inquirió Elliot.

Era sábado, y por tanto no había colegio.

–Pues podrías venir conmigo y ayudarme a dar de comer al ganado –respondió Quinn.

–Y yo me quedaré aquí echándole una mano a Harry –dijo Amanda al instante.

Quinn entornó los ojos.

–Harry se las apaña muy bien solo. Puedes venir con nosotros.

Después de todo, fue bastante divertido. Amanda

se sentó con Elliot en la parte trasera del trineo, ayudándole a empujar las pacas de heno. Quinn cortaba las cuerdas, e inmediatamente todas las reses se aproximaban a la carrera. Era bastante cómico. A la joven le recordaban a esas mujeres que se abalanzaban sobre los cajones de bikinis y bañadores durante las rebajas, y no pudo evitar prorrumpir en carcajadas.

Cuando regresaron a la vivienda, se había establecido entre ellos una especie de armonía y, por primera vez, Amanda comprendió lo que era ser parte de una familia. Mirando a Quinn, a Elliot y a Harry durante el almuerzo, se preguntó cómo sería si pudiera quedarse a vivir allí con ellos. Pero no, era imposible, se dijo con firmeza. Solo estaba allí de vacaciones. El mundo real estaba esperándola al otro lado de la puerta.

Quinn permitió que Elliot se acostará más tarde aquella noche, así que Amanda y él se quedaron viendo una película de intriga mientras el ranchero una vez más se encerraba en el estudio con su papeleo.

A la mañana siguiente, fueron a la iglesia en el trineo. Amanda se había puesto la blusa y la falda más clásicas que tenía para no atraer demasiado la atención de la gente de la comunidad.

A pesar de todo, cuando regresaron al rancho, se sentía muy incómoda. La habían estado observando con descaro, como si fuera su amante o algo así.

Quinn se acercó a ella por detrás en silencio mientras ella secaba unos platos en la cocina después del almuerzo.

–Lo siento, no pensé que fueran a reaccionar de ese modo –murmuró.

–No pasa nada –le aseguró ella, conmovida por su preocupación–, de verdad, es solo que ha sido algo embarazoso.

Quinn suspiró.

–Todo el mundo por aquí sabe que no le tengo precisamente afecto a las mujeres –le dijo–. Ese y no otro es el motivo de que te miraran: sentían curiosidad por verme acompañado. Es normal que la gente se quede sorprendida al ver a un supuesto misógino con una rubia preciosa.

–Yo no soy preciosa –balbució Amanda tímidamente.

Quinn dio un paso hacia ella. Aquel día, para ir a la iglesia, se había puesto un elegante traje gris perla, con una camisa blanca y corbata a juego con el pantalón y la chaqueta. A Amanda le pareció que estaba más atractivo que nunca, tan fuerte y masculino, y le encantaba la colonia que se había echado.

–Ya lo creo que eres preciosa –murmuró.

Le acarició suavemente la mejilla, y su mano fue descendiendo hasta rozar los labios de la joven.

Amanda se quedó un momento sin respiración al mirarlo a los ojos.

–¿Quinn? –susurró.

Él tomó los brazos de la joven y los puso en torno a su cuello, rodeando a su vez con los suyos la cintura de ella, atrayéndola hacia sí.

Amanda se estremeció ante la sensualidad de sus manos, tomando posesión de sus caderas, y alzó el rostro hacia él ansiosa. Quinn se inclinó despacio y rozó suavemente sus labios contra los de ella. Tras una ligera presión, la hizo abrir la boca para adentrarse en ella y explorarla con la lengua.

–Me encanta besarte así –murmuró apartándose–. Me produce cosquillas por toda la espalda.

–A mí también –asintió ella enredando los dedos en su cabello y poniéndose de puntillas para darle mejor acceso a su boca.

Quinn aceptó la invitación en silencio, besándola despacio y apasionadamente. Gimió dentro de su boca, y la levantó del suelo en su abrazo, mordisqueando dulcemente sus labios, haciéndola gemir a ella también.

–¿Has dicho algo, Amanda? –inquirió Elliot desde el salón.

Quinn la bajó al momento y se apartaron el uno del otro sonrojados.

–No… no, Elliot –contestó la joven en un tono más agudo de lo normal.

Por suerte, sin embargo, debió darse por satisfecho con la respuesta, porque no fue a la cocina. Harry estaba fuera de la casa, pero probablemente regresaría pronto.

La joven alzó la vista hacia Quinn, y la tomó por sorpresa la intensidad de su mirada. Él estaba admirando sus mejillas teñidas de rubor, los labios hinchados por los besos y los ojos brillantes por la emoción.

–Será mejor que me marche –balbució Quinn.

–Sí –dijo ella tocándose suavemente la boca, como si creyera que todo había sido un sueño.

Quinn le dirigió una sonrisa y salió de la cocina, regresando al salón sin decir nada más.

Fue una tarde muy larga, y se hizo más larga aún precisamente por la necesidad que sentía Amanda de estar cerca de Quinn. Cada vez que levantaba los ojos durante la cena, y después, mientras veían la televisión, se encontraba con él mirándola también, y cada vez ambos se sonrojaban. Su cuerpo tenía hambre de él, y estaba convencida de que a él le ocurría lo mismo.

Harry y Quinn subieron a acostarse, pero la joven se quedó sentada en el sofá, expectante e ilusionada como una quinceañera.

Quinn apagó su cigarrillo con el aire de quien tiene todo el tiempo del mundo, se levantó de su sillón, fue junto a Amanda y la alzó en brazos.

–No debes tener nada que temer –le dijo en un susurro, mirándola a los ojos

La llevó a su estudio, cerró la puerta tras ellos y se sentó en un sillón de cuero con Amanda sobre sus rodillas.

–Aquí no nos molestaran –le explicó Quinn. Tomó una de las manos de la joven y la puso sobre su corazón–. Ni siquiera Elliot entra aquí cuando tengo la puerta cerrada –le dijo–. ¿Sigues queriendo quitarme la camisa?

–Pues sí... –tartamudeó Amanda–. Pero nunca he desvestido antes a un hombre...

–Yo tampoco tengo ninguna experiencia –le recordó él con una sonrisa cómplice–. Podríamos aprender juntos.

Amanda sonrió también.

–Eso sería maravilloso.

Bajó los ojos a la corbata y trató de desanudarla sin demasiado éxito.

–Deja, yo lo haré –se ofreció Quinn riéndose. Con un hábil movimiento se deshizo de ella en un instante–. El resto te toca a ti –le dijo a la joven con una sonrisa pícara.

Los dedos de Amanda, que con tanta pericia recorrían el teclado, estaban de pronto temblorosos por el nerviosismo, pero poco a poco fue abriendo la camisa. Pronto quedó al descubierto el tórax musculoso, de piel aceitunada bajo una mata de denso y rizado vello negro.

La joven posó las palmas de sus manos al masculino torso, admirándose de la fuerza con que le latía el corazón. Lo miró a los ojos.

–¿No te me estarás poniendo vergonzosa? –sugirió Quinn suavemente.

–Un poco. Hasta ahora, cada vez que un hombre se me acercaba a medio metro salía corriendo –confesó la joven–. Los tipos a los que estoy acostumbrada no se parecen nada a ti. La mayoría de ellos son unos donjuanes, con un gran número de conquistas a sus espaldas. Para ellos el sexo es algo tan normal como tomarse un caramelo –se quedó callada un momento–. Pero para mí esta intimidad es algo nuevo –le dijo sonrojándose un poco.

–Para mí también –asintió Quinn. Su pecho subía y bajaba por la excitación del momento. Le acarició la cabeza–. ¿Por qué no te sueltas el pelo, Amanda? –le pidió–. Llevo días soñando con ello.

–¿Con que me soltara el pelo? –inquirió ella entre divertida e incrédula.

Deshizo la trenza y lo abrió, encantada al ver la fascinación en el rostro de Quinn. Él inclinó la cabeza y la besó en la garganta, a través del pelo, y la atrajo hacia sí.

–Tu cabello huele a flores… –susurró.

La joven se relajó con un suspiro, frotando el rostro contra el hueco del cuello de Quinn, y enredó los dedos en el vello del pecho.

–… Y es tan sedoso… –continuó el ranchero.

La tomó por la barbilla y le hizo alzar el rostro hacia él, tomando sus labios en el silencio del estudio. Quinn gimió suavemente cuando ella le dejó entrar en su boca. Tomó a la joven por los brazos y la hizo girarse un poco, colocándola a horcajadas sobre él, de modo que sus senos quedaron pegados contra su pecho, y su mejilla contra su hombro.

Quinn sabía a tabaco y café, pensó Amanda, y era muy apasionado. Le rodeó el cuello con los brazos y se apretó un poco más contra él, notando de pronto su creciente excitación al moverse hacia sus caderas.

Quinn emitió un gemido gutural. Los dos abrieron los ojos y se miraron largo rato, ella bastante sonrojada.

–Lo siento –murmuró él, como si aquella natural reacción física lo avergonzara.

–No, Quinn –lo tranquilizó ella estremeciéndose un poco–. No tienes por qué disculparte. Me… me gusta saber que me deseas –susurró, bajando la vista a los labios de él–. Es solo que… no lo esperaba. Nunca antes había hecho esto con nadie.

El pecho de Quinn se hinchó de orgullo ante esa confesión.

–Me alegro –dijo–, pero lo que siento por ti no es solo físico.

La joven apoyó la cabeza en su hombro y sonrió.

–Para mí tampoco es solo algo físico –admitió acariciando su rostro y deteniéndose en los labios. Le encantaba el olor de su cuerpo, su calidez, su fuerza…–. ¿Verdad que esto es increíble? –le preguntó riendo suavemente–. Quiero decir, que estemos tan verdes a nuestra edad…

Quinn se rio también.

–Nunca me ha importado menos el no tener ninguna experiencia –murmuró.

–Tampoco a mí –le aseguró ella suspirando feliz.

La mano de Quinn acarició el hombro de la joven, bajó hasta la cintura y ascendió después hacia sus costillas. Ansiaba tocarle el pecho, pero se detuvo, pensando que quizá fuese ir demasiado lejos y también que era demasiado pronto.

Amanda sonrió al verlo dudar y, mirándolo a los ojos, tomó su mano y la puso sobre uno de sus senos, entreabriendo los labios ante la deliciosa sensación que aquel contacto provocó en ella. Sintió que su pezón se endurecía, y contuvo el aliento cuando el pulgar de Quinn comenzó a frotarlo en círculos.

–¿Has visto a alguna mujer... desnuda de cintura para arriba? –susurró Amanda.

–No, solo en las fotos de las revistas y en las películas –respondió él–. Me encantaría verte así y acariciar tu piel.

La joven tomó de nuevo su mano y la llevó a la hilera de botones de su blusa. Quinn fue desabrochándolos uno a uno y, tras sacar el último de su ojal, abrió la blusa. El sostén pareció dejarlo fascinado, y se quedó mirándolo largo rato, con el entrecejo ligeramente fruncido, como si estuviera tratando de averiguar cómo desabrocharlo.

–Lleva un enganche frontal –susurró Amanda, llevándose las manos al pecho para abrirlo.

Sus dedos temblaron al hacerlo, y cuando lo hubo conseguido, alzó los ojos para observar la expresión en el rostro de Quinn cuando descubriera sus senos palpitantes. Este contuvo el aliento extasiado.

–Dios mío –murmuró con verdadero fervor. La tocó con dedos temblorosos y los ojos fijos en las cumbres sonrosadas y erectas–. Dios mío, es lo más hermoso que he visto nunca...

Quinn la hacía sentir increíblemente femenina. La joven cerró los ojos y se arqueó hacia el brazo que la rodeaba, gimiendo suavemente.

–Bésalos... –le susurró con voz ronca, ansiando el tacto de su boca.

Él se inclinó, deleitándose en la fascinación de la joven ante sus besos y las caricias de su lengua. Sus manos la atrajeron aún más hacia sí. La piel de Amanda era tan suave al tacto como pétalos de flores, y temblaba bajo sus ardientes labios, mientras el aliento abandonaba la boca de la joven en pequeñas ráfagas intermitentes. Tenía los ojos cerrados; estaba abandonada al placer.

–Oh, Quinn... Esto es tan dulce... –gimió con la voz quebrada por la emoción.

Los labios masculinos abandonaron sus senos para ir ascendiendo hasta llegar a su garganta, mientras la atraía contra su pecho. Quinn la sintió estremecerse antes de que ella le rodeara el cuello con los brazos y se apretara más contra él, frotándose y dejando escapar un glorioso gemido.

Entonces se detuvo y abrió los ojos, sendos estanques de oscuras y serenas aguas, el cabello cayéndole desordenadamente sobre los hombros y las mejillas arreboladas. Estaba tan hermosa que volvió a robarle el aliento a Quinn, que se quedó allí sentado, admirándola y devorándola con la mirada. Amanda se quedó quieta, sin apenas respirar por miedo a romper el hechizo del momento.

–Estos recuerdos me sustentarán durante el resto de mi vida –susurró él.

–A mí también –murmuró Amanda. Extendió las manos para acariciarle el rostro–. No deberíamos haber hecho esto –dijo sintiéndose culpable–, hará que mi marcha sea más difícil.

Quinn le impuso silencio besándola suavemente.

–Vivamos solo el presente –le dijo–. Además, aunque tengas que marcharte, no permitiré que te alejes de mí para siempre. No, no dejaré que te vayas.

Los ojos castaños de Amanda estaban llenos de lágrimas, que empezaron a caer por sus mejillas antes de que pudiera contenerlas. Quinn la miró preocupado.

–¿Qué ocurre? –inquirió tomando su rostro entre sus manos.

–Nadie antes me había hecho sentirme querida –le explicó ella, logrando esbozar una sonrisa entre las lágrimas–. Durante toda mi vida siempre me ha parecido que estaba de más en todas partes.

–Aquí no estás de más. Ahora este es también tu hogar.

Amanda suspiró y se acurrucó contra él, cerrando los ojos para concentrarse en la deliciosa sensación de piel contra piel y en el latido de su corazón. Quinn la tomó de la barbilla y volvió a besarla con fruición. Pronto volvieron a estar enredados el uno en el otro, pero de repente, ella se notó temblar y se apartó un poco de él, algo asustada ante esas reacciones que no comprendía.

–Es deseo –le susurró Quinn, acariciándole el pecho y mirándola a los ojos–. Me deseas tanto como yo te deseo a ti, ¿no es cierto, Amanda?

–Sí, sí... –gimió la joven cerrando los ojos.

Sin embargo, la mano de Quinn se detuvo. La joven abrió los ojos.

–No podemos hacerlo, Amanda, no de este modo. Yo... soy un hombre chapado a la antigua –dijo dejando escapar un profundo suspiro.

La joven estaba temblando aún más ante la idea de interrumpir aquella escalada de placer. ¿Por qué? Sintió deseos de decirle que mandara la honorabilidad a paseo, pero Quinn la abrazó y le susurró dulcemente:

–Agárrate a mí, cierra los ojos y respira. Pasará pronto.

La joven hizo lo que le decía. No podía comprender cómo iba a apagarse aquel fuego que la consumía cuando sus senos estaban pegados a su cálido tórax, pero al cabo de unos segundos la ansiedad empezó a diluirse, hasta que los temblores desaparecieron por completo con un profundo suspiro que exhalaron sus labios.

–¿Cómo puedes saber tanto si nunca has…? –inquirió curiosa.

–Ya te lo dije –murmuró riéndose–, leí un libro que… bueno, la verdad es que he leído varios. Pero, Dios mío, leer acerca de ello no puede siquiera compararse con esto.

Amanda se rio también y, dejándose llevar por un impulso malicioso, lo mordió en el hombro derecho a través de la tela de la camisa. Quinn se estremeció.

–No hagas eso –murmuró con voz ronca.

La joven alzó el rostro, y se quedó fascinada por la expresión que vio en su rostro.

–¿Te ha gustado que te haya…? ¿Te he excitado?

–Sí –asintió él con una sonrisa–, demasiado –bajó la vista a su pecho–. Y también me excita ver tus senos desnudos, pero creo que es mejor que paremos mientras aún podamos.

Tomó las copas del sostén y lo abrochó, abrochándole seguidamente la camisa.

–¿Decepcionada? –adivinó al mirarla a los ojos–. Yo también querría haber seguido, Amanda. Cada noche sueño contigo, con que hacemos el amor, pero…

La joven también lo había imaginado varias veces, y lo imaginó en ese momento, el musculoso cuerpo bronceado de Quinn moviéndose suavemente sobre el suyo, bajo las sábanas blancas…

–Oh, Quinn, pero yo quiero que lo hagamos –gimió besándolo con exquisita ternura.

–Y yo –asintió él–. No dejo de verte en mi cama, rodeándome con los brazos, el colchón crujiendo bajo nosotros… –alzó el rostro hacia ella con la respiración entrecortada–. Te haría daño, siendo la primera vez, y no estoy seguro de…

–Pero solo sería un momento –murmuró ella–, y lo soportaría... sabiendo el placer que vendría después.

–Oh, Dios, te daría placer hasta que quedaras exhausta –dijo él con adoración, tomando su rostro entre sus manos y besándola–. Pero ahora debes irte a la cama, Amanda, antes de que acabe doblado de dolor por contener la excitación.

La joven sonrió contra sus labios, y dejó que él la pusiera en el suelo. Al hacerlo, se tambaleó ligeramente y Quinn tuvo que sujetarla.

–¿Te das cuenta de hasta qué punto me afectas? –murmuró–. Me haces sentir mareada.

–Seguro que no tanto como tú a mí –replicó Quinn acariciándole el cabello y mirándola con adoración–. Buenas noches –murmuró.

La joven se apartó de él con desgana y sin dejar de mirarlo a los ojos.

–¿De verdad que nunca antes habías hecho esto? –inquirió entornando los ojos–. Para ser un principiante has estado muy bien.

–Lo mismo digo –contestó él con una sonrisa maliciosa.

Amanda se quedó observándolo un instante: el cabello deliciosamente revuelto, los labios hinchados por los apasionados besos, la camisa arrugada... Caminó de espaldas hacia la puerta, sin dejar de mirarlo, fascinada.

–Yo que tú echaría el pestillo de tu puerta –susurró Quinn.

La joven se rio encantada.

–Oh, no, tú sí que deberías hacerlo... como la otra noche –repuso con una sonrisa pícara.

Quinn se frotó la nuca incómodo al recordar aquella niñería.

–Lo siento, aquello fue un golpe bajo.

–No, no, en realidad me sentí halagada –le aseguró Amanda entre risas–. Nunca en toda mi vida me había sentido tan peligrosa. Ojalá tuviera uno de esos negligés de seda negra.

–¿Quieres salir de aquí de una vez? –insistió Quinn riéndose también–. Si no te marchas soy capaz de lanzarme sobre ti como una fiera y hacerte el amor.

–¿Con Elliot en el piso de arriba? –inquirió ella enarcando una ceja de forma seductora–. Por favor, caballero, pensad en mi buena reputación.

–Es exactamente lo que estoy intentando hacer, pero si no te vas inmediatamente... –dijo fingiendo que iba a levantarse y saltar sobre ella.

–Está bien, está bien –murmuró ella entre suaves risas–. Ya me voy –abrió la puerta y se detuvo a mirarlo con el pomo en la mano–. Buenas noches, Quinn.

–Buenas noches, Amanda. Dulces sueños.

–Lo serán a partir de ahora –asintió ella. Cerró despacio la puerta tras de sí, y subió las escaleras en silencio para no despertar a Elliot ni a Harry.

Solo cuando estuvo a solas en su habitación tuvo plena conciencia de lo que había hecho, y de los problemas que podía causar. Ella no era libre, era Mandy Callaway, la cantante de un grupo de rock de éxito internacional. Se estaba enamorando de Quinn y él de ella, pero, ¿qué diría cuando se enterara de quién era en realidad?, y, más aún, ¿cómo se lo tomaría cuando supiese que le había mentido, que le había ocultado la verdad? Gimió enfadada consigo misma mientras se ponía el camisón. No quería ni pensarlo. Había pasado en un instante del cielo al infierno.

Capítulo Siete

Amanda apenas pudo dormir, recordando por un lado el ardor de Quinn, y por otro atormentada por aquel creciente sentimiento de culpabilidad. «¿Cómo voy a decirle ahora la verdad?», se preguntaba angustiada, «¿cómo va a perdonarme que lo haya engañado?».

Se vistió y bajó a desayunar. En cuanto entró en la cocina, Quinn alzó la vista y le dirigió una mirada muy cálida.

–Buenos días –lo saludó Amanda con una sonrisa.

–Buenos días –respondió él devolviéndosela–. ¿Has dormido bien?

–Em... sí, bueno, más o menos –contestó ella vagamente.

–Tendré que dejaros solos hoy, he prometido a un vecino que le ayudaría a buscar unas reses extraviadas.

–¿No vas al colegio, Elliot? –inquirió la joven enarcando las cejas.

–Hoy tenemos fiesta –le explicó el chico, sentado al lado de su padre–. ¿Y quieres creerte que lo había olvidado? –dijo exasperado–. Si no, no me habría levantado tan temprano, me habría quedado en la cama todo el día.

Amanda se rio.

–Oh, vamos, vamos –lo animó dándole unas palmadas en el hombro–. Si duermes todo el día te perderás la lección de música, y hoy tenía pensado enseñarte una canción que…

–¿Es a eso a lo que te dedicas? –la interrumpió Quinn con curiosidad–. Me dijiste que te ganabas la vida tocando el teclado… ¿Das clases?

–No, en realidad no –murmuró la joven incómoda. Tal vez fuera un buen momento para decirle la verdad–. Yo… toco los acompañamientos para distintos grupos –bueno, una verdad a medias era mejor que una mentira. ¿Por qué no conseguía reunir el valor para decírselo?–. Grupos de rock… –dijo contrayendo el rostro, esperando a que explotara.

Sin embargo, para su sorpresa, aquella explosión no llegó.

–Oh. Vaya –balbució Quinn–. Bueno, en realidad no tiene nada de malo –dijo. Amanda estaba mirándolo de hito en hito. ¿Desde cuándo se había vuelto tan comprensivo a ese respecto?–. Además, hacer acompañamientos no es lo mismo que vestirse de esa forma tan provocativa y cantar esas letras obscenas –añadió. A Amanda se le cayó el alma a los pies–. Bueno, tengo que irme. Portaos bien los dos –se despidió, cortando a la joven, que había abierto la boca para hablar.

Amanda quería haberle dicho la verdad, pero Quinn les hizo un guiño y salió por la puerta sin darle tiempo siquiera a pensar.

La joven se recostó contra el respaldo de la silla con un suspiro.

–Oh, Elliot, qué desastre –murmuró apoyando la barbilla en ambas manos.

–¿Por qué? –inquirió el pequeño, que no sabía qué estaba pasando por su cabeza–. Mi padre estaba sonriendo, y he visto que te sonrojas cuando te mira.

No estoy ciego, ¿sabes? –se quedó mirándola un momento–. ¿Te gusta, aunque no sea mister América?

–Sí, me gusta –admitió ella con una sonrisa tímida, bajando la vista a la mesa–. Es un tipo muy especial.

–Yo también lo creo –respondió Elliot.

Una hora después estaban frente al teclado practicando cuando oyeron el ruido de un motor fuera de la casa. Se miraron extrañados, y Elliot fue a la ventana a ver de quién se trataba.

–Qué raro... –dijo el chico–. Es un flamante todoterreno ... Oh... oh... –murmuró girándose a mirar a la joven–. Me temo que esto puede traerte problemas...

Amanda enarcó las cejas.

–¿Por qué?

Llamaron a la puerta, pero antes de Amanda o Elliot pudieran llegar al vestíbulo, Harry ya estaba allí, con la puerta abierta, el picaporte en la mano y mirando a un tipo enorme que...

–¡Hank! –exclamó Amanda corriendo hacia él. El tipo la alzó por la cintura y la abrazó, estampando un sonoro beso en su mejilla, y raspándola con la barba.

–¡Hola, garbancito! –la saludó sonriendo–. ¿Se puede saber qué estás haciendo aquí? El viejo trampero que vive montaña abajo me dijo que habías dejado la cabaña de Durning hace días, desde que empezó la nevada.

–Hubo un corte de luz y me habría muerto de frío allí sin calefacción. El señor Sutton tuvo la amabilidad de permitirme venir a su casa.

La joven se giró hacia Harry y Elliot, que seguían mirando al grandullón boquiabiertos.

–Este es Hank –les dijo tomándolo de la manaza–. Es un buen amigo, y un músico increíble –se lo presentó–. Ellos son Harry y Elliot –le dijo a Hank. Se quedó mirando al niño y al anciano dudando–. ¿Podríais hacerme un favor? No le digáis a Quinn nada de esta visita, se lo diré yo.

–Su secreto está a salvo conmigo, señorita –le dijo Harry, excusándose y volviendo a la cocina.

–Y conmigo también –dijo Elliot sonriendo–... siempre y cuando el señor Shoeman me firme un autógrafo antes de marcharse.

Amanda aspiró por la boca, con el temor escrito en los ojos.

–Sí, ya sé que eres Mandy Callaway –le dijo el chico–. Tengo una cinta de Desperado. Pero no te preocupes, en cuanto te reconocí la saqué de donde tiene escondidas mi padre las demás. Tú piensas decirle la verdad cuando encuentres el momento, ¿verdad?

La joven suspiró aliviada.

–Sí, Elliot, pienso hacerlo en cuanto pueda –le prometió–. De hecho, ya he intentado hacerlo un par de veces, solo que... bueno, las cosas se complicaron un poco.

–Seguro que encontrarás el modo de decírselo –la animó el chico–. Os dejaré para que habléis –dijo yéndose a la cocina con Harry.

Amanda llevó a Hank al salón, donde se sentó con él.

–De verdad que no entiendo qué haces aquí. Ese McNaber me ha dicho que este Sutton odia a las mujeres.

–Bueno, tiene sus razones, te lo aseguro –murmuró Amanda entrelazando las manos sobre su regazo–. Y no aprueba la música rock –le dijo con un suspiro.

Hubo un silencio.

–¿Cómo te sientes? ¿Has intentado probar a cantar? –inquirió Hank, mirándola esperanzado.

La joven asintió despacio, contenta de poder darle la buena noticia.

–El otro día estaba sola y… empecé a canturrear sin darme cuenta. Casi no me lo creía.

–¡Estupendo! –exclamó el hombretón con una amplia sonrisa–. En ese caso es posible que te interese lo que he venido a contarte. Los chicos y yo hemos pensado participar en un concierto en Larry's Lodge, cerca de aquí –le explicó él–. Ya sé, ya sé que no quieres oír hablar de actuaciones en directo, pero escúchame un momento nada más: es un concierto benéfico para recaudar fondos para una asociación de enfermos de fibrosis. Es un acto de caridad, no un concierto en el sentido estricto de la palabra. Solo tendríamos que cantar un par de temas, y los chicos y yo hemos pensado que te ayudaría a retomar el contacto con el escenario.

–No sé, Hank. Haber podido cantar para mí misma es una cosa, pero frente a un público…

–Bueno, tú piénsalo. Si no te atrevieras no pasa nada. Los chicos y yo te excusaremos y tocaremos temas instrumentales, pero aun así nos gustaría que vinieras –se sacó del bolsillo un taco de entradas y le entregó tres a Amanda–. Puedes llevar al chico y a su padre. Tal vez así ese Sutton se dará cuenta de que el rock no es algo demoníaco.

Volvieron a quedarse callados un instante.

–La familia de la chica mandó una carta a la discográfica –dijo Hank de repente–, para agradecerte que intentaras ayudarla. Decían que eras su heroína y que… oh, Mandy, no, por favor…

La joven se había echado a llorar. Hank la abrazó, acunándola suavemente contra sí.

–Tienes que superarlo. No puedes esconderte en estas montañas por el resto de tu vida. Fue un accidente, solo un accidente.

–Sí, pero si hubiera llegado a ella a tiempo... Si la gente de seguridad hubiera estado más pendiente...

–Si, si, si... –replicó él meneando la cabeza–. No puedes volver atrás en el tiempo y cambiar las cosas.

La joven se secó los ojos con el puño de la blusa.

–Vamos, Amanda. Puedes superar esto, lo sé. Los chicos y yo te echamos mucho de menos.

–Yo también a vosotros –murmuró ella dándole un cariñoso abrazo.

Hank miró su reloj.

–Será mejor que me vaya ya –dijo levantándose–. ¡Eh, chico! –llamó asomándose a la cocina–, ¿aún quieres ese autógrafo?

Elliot saltó al momento del taburete en el que estaba subido, viendo a Harry pelar patatas, y corrió junto al grandullón.

–¡Ya lo creo! –exclamó–. Voy corriendo a por una libreta y un boli.

Al momento estuvo de vuelta, casi sin aliento.

Hank garabateó su firma, y dibujó debajo el logotipo del grupo.

–Ahí tienes, chaval.

–Elliot es un talento musical en ciernes –lo informó Amanda rodeando al chico con el brazo–. Le estoy enseñando a tocar el teclado. Un día de estos, si conseguimos despistar a su padre, nos lo llevaremos de gira para que haga los acompañamientos musicales.

–Seguro que le encantaría –dijo Hank riéndose y despeinándole el cabello a Elliot–. Trabaja duro, ¿eh?

–Lo haré, señor Shoeman.

–Bueno, espero verte en el concierto –le dijo Hank a Amanda–. Hasta pronto.

–¿Qué concierto? –preguntó Elliot muy excitado cuando el músico se hubo marchado.

Amanda le enseñó las entradas.

–Es un concierto benéfico en el que va a participar el grupo.

–¿Tú también?

–Bueno, si reúno el valor para volver a subirme a un escenario... sí.

El chico la miró interrogante, y Amanda le explicó lo que le había ocurrido, luchando por contener las lágrimas.

–Vaya –musitó el chico–, no me extraña que vinieras aquí para alejarte de todo una temporada. Pero, como ha dicho Hank, tendrás que volver a cantar algún día, y cuanto más esperes para enfrentarte a ello, más te costará –le dijo con una sabiduría inusitada para sus doce años.

–Lo sé, pero... Elliot, yo... Yo quiero a tu padre –murmuró bajando la vista al suelo–, lo quiero mucho, y en cuanto se entere de quién soy...

–Aún falta una semana para el concierto –apuntó el chico–, seguro que podrás decírselo antes de que se entere por otro medio.

–Y tú, ¿no estás enfadado por que os engañara? –inquirió mirándolo preocupada.

–No seas tonta –dijo él abrazándola–. Cantante o no, sigues siendo genial.

La joven se rio y lo abrazó también.

–¿Qué te ocurre, Amanda? –le preguntó Quinn aquella noche, sentado junto a ella en el sofá mientras Harry fregaba los platos y Elliot hacía los deberes en su cuarto–. Esta noche no pareces tú.

La joven se sentó un poco más cerca de él, y tocó ligeramente la manga de su camisa de franela.

–Ha dejado de nevar –le dijo–, dentro de poco tendré que marcharme.

Quinn dejó escapar un profundo suspiro y entrelazó su mano con la de ella.

–Yo también he estado pensando en eso... ¿De verdad tienes que volver?

El corazón de la joven dio un vuelco. Quería decirle que deseaba quedarse con ellos, y dejar que el futuro se preocupase de sí mismo, pero no podía.

–Sí, tengo ciertas obligaciones que no puedo desatender –murmuró contrayendo el rostro–, cosas que me comprometí a hacer –le apretó la mano, armándose de valor–. Quinn, el próximo viernes por la noche tengo que ver a unas personas en Larry's Lodge –alzó el rostro para mirarlo a los ojos–. Es un concierto, y tengo entradas... Cantarán algunos grupos de rock, pero también habrá otros tipos de música. ¿Irías conmigo? Elliot podría venir también. Yo... bueno, me gustaría que vieras cómo me gano la vida.

–¿Tú y tu teclado?

–Sí, más o menos –asintió ella, rogando a Dios que le diera fuerzas para decirle la verdad antes del viernes.

–De acuerdo –aceptó Quinn–, tengo allí a un antiguo compañero de la Patrulla de Esquí que aún está en activo. Claro, me encantará ir contigo. Iría contigo a cualquier rincón del mundo.

Amanda lo abrazó con fuerza.

–Yo también –murmuró.

Quinn inclinó la cabeza, buscando su boca, y ella

se la entregó con ardor y devoción, sin pensar en el futuro. Al cabo de un rato, sus labios se abrieron en una muda invitación que él aceptó, tomándola por las caderas y atrayéndola hacia sí para ponerla en íntimo contacto con los duros y masculinos contornos de su cuerpo.

Él gimió haciendo el beso aún más profundo, y Amanda se dijo entre nubes que lo amaba, que lo adoraba. Si pudiera quedarse con él para siempre...

Tuvieron que apartarse un momento para tomar aliento.

–Quinn, podrían entrar Harry o Elliot... –musitó ella con la frente apoyada en la de él.

–No me importaría nada –le dijo él sorprendiéndola–. No me avergüenzo de lo que siento por ti, Amanda.

La joven sonrió y apoyó la cabeza en su pecho mientras veían la televisión. Al rato se les unieron Harry y Elliot, quien le prometió a su padre que ya había terminado sus deberes. El anciano sonrió para sí al verlos abrazados, como si se hubiera imaginado que antes o después ocurriría, y al muchacho no pareció importarle en absoluto, muy al contrario.

Eran casi como una familia, se dijo la joven feliz. Nunca se había sentido tan a gusto.

Un par de horas más tarde, Harry y el chico se fueron a la cama, dejándolos de nuevo a solas, pero Quinn volvió a llevarla a su estudio para que tuvieran más intimidad.

Allí se tumbaron juntos en el amplio diván de cuero que había junto a la pared, ella echada sobre él.

–He tenido que luchar mucho para mantener este lugar –le estaba diciendo Quinn–, pero la tierra es buena y tengo una cabaña de ganado bastante respetable. No puedo ofrecerte riquezas ni una posición social elevada, pero cuidaría de ti –añadió mirándola solemnemente a los ojos.

La joven le acarició la mejilla suavemente.

–Pero Quinn, tú no sabes nada de mí. Tal vez cuando conozcas mi entorno, lo que me rodea, lo que hago, no te guste tanto como piensas –musitó con pesimismo.

–No lo creo, es imposible. Te quiero a ti, lo demás no me importa nada.

Amanda no podía evitar preguntarse si ese ardoroso amor no se debería únicamente a que era la primera mujer con la que había compartido momentos íntimos. Lo cierto era que tenía miedo a ilusionarse sin estar segura de la firmeza de sus sentimientos.

–Démonos un tiempo antes de hacer planes, ¿quieres, Quinn? –le sugirió con suavidad. Rodó hasta quedar apoyada en el costado, junto a él–. Disfrutemos del presente. Ámame, por favor –susurró besándolo.

Quinn dejó escapar un gemido gutural, atrayéndola hacia sí apasionadamente. Despertaba en él un deseo salvaje. Tal vez ella estuviera nerviosa ante la idea de un compromiso, pero él estaba muy seguro de lo que quería: la quería a ella.

Con hábiles manos se deshizo de la blusa de la joven, del sostén, y se arrancó con prisas su propia camisa a continuación, ansioso por sentir la suave piel de Amanda contra la suya. Sin embargo, pronto aquello no fue suficiente. Se tumbó sobre ella y la sintió temblar. Su cuerpo respondió, haciendo estremecer sus miembros. Se frotó sensualmente contra ella, alzando la cabeza para mirarla a los ojos. Amanda contuvo el aliento extasiada por aquella fricción.

–También es nuevo para mí –murmuró Quinn, adivinando sus pensamientos, mientras sacudía las caderas hacia las de Amanda–. Dios –gimió con voz ronca–, es como si me quemara, sentirte de este modo...

–Yo noto lo mismo –asintió ella arqueándose hacia él.

Le encantaba sentir el peso de su cuerpo, su fiera masculinidad. Lo rodeó con los brazos para atraerlo más hacia sí y abrió la boca para darle acceso. Al instante la lengua de Quinn estaba invadiéndola, con unos movimientos lentos y sensuales que la hicieron estremecerse de placer.

Quinn deslizó una mano por debajo de ella, apretándola contra sí, y quedaron de repente en una posición tan excitante que la necesidad del otro los inundó a ambos. Amanda hincó las uñas en la espalda masculina para contener el deseo. Era como si un rayo la hubiese sacudido, haciendo que la recorriera una sensación eléctrica.

Quinn se apartó de ella al instante, tembloroso, intentando controlarse con todas sus fuerzas.

–Lo siento –jadeó–, no pretendía que llegáramos tan lejos.

Amanda también estaba temblando, y gruesas lágrimas de frustración rodaban por sus mejillas.

–¡Pero yo te deseaba, Quinn!, ¡lo deseaba! –susurró.

–Yo también cariño, no sabes de qué modo... –contestó él–, pero no podemos dejarnos llevar de ese modo.

–Oh, Quinn, ¿pero por qué no podemos llegar al final? –le suplicó mirándolo a los ojos–. Solo una vez... por favor...

Él tomó el suave rostro de la joven entre sus manos y la besó en la frente.

–No podemos hacerlo, Amanda, podría dejarte embarazada... porque imagino que no estarás tomando la píldora, ¿verdad?

La joven se sonrojó ligeramente.

–No.

–Entonces tendría que ser yo quien... –comenzó él sonrojándose también ligeramente–. Quiero decir que tendría que ir al pueblo, y entrar en una farmacia y pedir un paquete de preservativos y...

–¿Te daría vergüenza?

–No, no es eso –respondió él molesto–. Toda la comunidad piensa que soy un misógino. Saben que estás en mi casa, y si me vieran comprando eso... No voy a dejar que piensen que eres esa clase de mujer.

Amanda sonrió conmovida.

–¿Sabes?, creo que no me importaría quedarme embarazada de ti y tener un pequeño Quinn.

Él se rio suavemente.

–Los hijos deben nacer dentro del matrimonio –replicó–. Te quedarás con nosotros hasta el día de ese concierto y después... después te haré una pregunta a la que espero que respondas que sí –murmuró sonrojándose.

–Oh, Quinn... –musitó la joven sonrojándose también al imaginar de qué se trataba.

Él la besó.

–Y ahora será mejor que nos vayamos a la cama... –dijo incorporándose con ella–, cada uno a la suya.

Amanda se rio divertida ante la aclaración.

Capítulo Ocho

Los siguientes días pasaron volando. La nieve había comenzado a derretirse, y los cielos habían quedado despejados gracias al tan esperado *chinook.* Y llegó la noche del concierto. Amanda se puso un sensual vestido de cuero color crema con unas botas a juego, y se dejó suelto el cabello, que le caía en suaves ondas sobre los hombros, desparramándose por su espalda. No había sido capaz de decirle la verdad a Quinn, así que, si reunía el valor suficiente para subirse al escenario con el grupo, se enteraría aquella noche. Tal vez no fuera la mejor manera, pero... sería menos difícil que intentar explicárselo. Inspiró profundamente y bajó las escaleras.

Minutos después estaba sentada con Elliot y Quinn en una de las mesas del auditorio donde se iba a celebrar el concierto. A Elliot se lo veía tenso, y Quinn no parecía el mismo desde que la había visto descender las escaleras vestida de aquel modo. No le había hecho ningún comentario, pero la joven lo notaba tirante.

Amanda se preguntó con temor si después de aquella noche las cosas cambiarían para siempre, si volvería a yacer con él en el diván de su estudio, intoxicada por sus dulces besos mientras el fuego crepitaba en la chimenea. «Oh, Quinn...», pensó, «te quiero tanto...».

Elliot parecía incómodo con su traje azul, y empezó a estirar el cuello y a mirar en derredor, buscando con la mirada al resto de componentes de Desperado.

–¿Qué buscas, hijo? –inquirió Quinn.

Elliot se removió incómodo en su asiento.

–Um... estaba mirando a ver si hay por aquí alguien conocido –improvisó.

–A alguien conocido... –repitió su padre chasqueando la lengua–. Gente de la farándula... No dejes que te impresionen, no son más que lentejuelas y focos. No pertenecen a nuestro mundo, Elliot.

Eso era lo que pensaba, se dijo Amanda, sintiendo como si el estómago se le hubiera llenado de plomo.

–Tienes la mano helada –murmuró Quinn mirándola preocupado–. ¿Te encuentras bien, cariño?

Aquella palabra hizo que una tímida oleada de calor la invadiera, y esbozó una leve sonrisa. No tenía que perder la esperanza.

–Estoy bien –le aseguró apretándole la mano–. Quinn, yo...

Pero no pudo terminar la frase, porque el espectáculo ya había empezado. Abrió el concierto una cantante de la zona, con una vieja balada country, muy aplaudida por los presentes. El presentador del acto volvió al escenario mientras la mujer se retiraba. Amanda esperaba que presentase la siguiente actuación, y poco podía imaginarse lo que le esperaba.

–Damas y caballeros, imagino que todos conocerán el genio y el talento de los componentes de un grupo que no necesita presentación: Desperado –hubo una enorme ovación en el auditorio con entusiastas silbidos de los más jóvenes del público. El presentador, con su imperturbable sonrisa, tuvo que esperar a que se calmaran para continuar–. Han ganado innumerables premios, y el año pasado obtuvieron un Grammy por *Changes in the Wind.* Sin embargo, su fama no es la razón por la que queremos honrarlos esta noche –Amanda sintió como si de pronto se le hubiera abierto un agujero en el estómago. Para su sorpresa, una azafata se acercó al escenario para entregar al presentador una placa–. Como seguramente algunos recordarán, hace algo más de un mes, una adolescente murió en un concierto del grupo, y la cantante, dejando a un lado su propia seguridad se bajó del escenario para intentar salvarla. Por ese trágico suceso, el grupo suspendió la gira que estaba haciendo y han estado retirados desde entonces de los escenarios. Nos enorgullece anunciarles que esta noche están de vuelta con nosotros, y en mejor forma que nunca. Esta placa es un reconocimiento de todas las personas que han organizado y que participan en este evento a la valentía y generosidad de esta joven cantante –miró en dirección al público–. Mandy Callaway, ¿quieres subir aquí conmigo y unirte a tu grupo?

Amanda se había quedado paralizada. No se había esperado nada semejante, pero al parecer los chicos debían saberlo, porque habían salido al escenario y estaban sonrientes junto al presentador.

La joven miró a Elliot, que la estaba observando con adoración, y después se volvió hacia Quinn. Este estaba mirando en derredor, esperando ver levantarse a la cantante de la que el presentador estaba hablando, porque el nombre con el que Amanda se había presentado el día que se conocieron, no había sido precisamente el artístico.

La joven le dijo un «hasta ahora» en voz muy queda, y lo escuchó balbucir un «¿qué?» extrañado mientras se ponía de pie y se dirigía hacia el escenario. Se sintió incapaz de volver la vista atrás, pero casi podía sentir la mirada furiosa del ranchero en su espalda, y pronto sus pensamientos se vieron ahogados por los aplausos ensordecedores del público.

–Gracias –musitó mientras tomaba la placa de manos del presentador y se besaban en la mejilla.

Tomó el micrófono que le tendía el hombre y se colocó entre Johnson y Deke para hablar.

El rostro de Quinn parecía debatirse entre la ira y el más absoluto asombro.

–Muchas gracias a todos. Para mí estas últimas semanas han sido muy duras, pero ahora estoy bien. Quiero mandar desde aquí todo mi apoyo a los padres de Wendy, aquella chica –murmuró con la voz quebrada por la emoción. El público aplaudió de nuevo, y la azafata regresó para llevarse el micrófono y la placa para que pudieran ocupar sus lugares en el escenario.

Antes de situarse frente al micrófono, Amanda susurró algo a Hank que este comunicó a los otros, quienes asintieron con la cabeza.

–Querría dedicarle esta canción –dijo la joven–, a un hombre y a un chico muy especiales, con todo mi amor.

El batería marcó el ritmo de una de sus baladas más conocidas, *Love Singer.* Era una canción que llegaba al corazón, sobre todo cuando era interpretada por la voz única e inigualable de Amanda. La joven puso toda su alma en cada palabra, imprimiéndoles sentimiento, pero Quinn no parecía estar escuchándola, porque al cabo de un rato se levantó e hizo que Elliot se levantara también, arrastrándolo fuera del auditorio.

Amanda no supo cómo pudo terminar la canción. Tras dejar las últimas notas flotar en el aire, todos los presentes se pusieron de pie, aclamándolos con una cerrada ovación. A petición del público tuvieron que hacer un bis y, tal y como se había temido Amanda, cuando salieron del edificio, no había rastro de la camioneta de Quinn. ¿Por qué había tratado de engañarse, pensando que al menos esperaría para pedirle explicaciones?, se dijo la joven con amargura. Quinn había expresado claramente lo que sentía cuando se había levantado y se había marchado sin mirar atrás.

–Me temo que tendré que buscarme algún sitio donde alojarme antes de volver a la ciudad –le dijo a los chicos esbozando una sonrisa triste.

–¿No lo ha encajado bien, eh? –inquirió Hank con voz queda–. Lo siento, nena. Tenemos una suite enorme en el hotel. Puedes quedarte con nosotros si quieres. Mañana iré al rancho y recogeré tus cosas.

–Gracias, Hank –murmuró ella. Inspiró profundamente y apretó la placa contra su pecho–. ¿Dónde será la próxima actuación?

–Esa es mi chica –dijo el hombretón rodeándola con el brazo.

–San Francisco será nuestra próxima parada –le explicó Johnson.

–Ya tenemos reservado el hotel, y mañana tomaremos un autobús –intervino Deke.

La joven esbozó una sonrisa maliciosa girándose hacia Hank, quien contrajo el rostro molesto.

–Sí, bueno, ya sabes que tengo pánico a los aviones.

–Gallina –lo picó Amanda–. Pues lo que soy yo no tengo intención de pasarme todo el día metida en un autobús. Tomaré el primer vuelo y me reuniré con vosotros en el hotel.

–Como quieras –dijo él encogiéndose de hombros–. ¿Vamos todos a tomar algo para celebrar nuestro regreso a los escenarios?

Amanda no durmió apenas esa noche, y por la mañana vio a Hank partir hacia el rancho de Quinn en el todoterreno que habían alquilado.

Volvió más de una hora después.

–¿Pudiste recoger mis cosas? –le preguntó Amanda cuando entró en la suite.

–Sí, la maleta que dejaste en la cabaña de Durning, y la que te habías llevado al rancho. Las he dejado en recepción y las subirán ahora –contestó el grandullón–. El chico te manda una nota –dijo tendiéndosela.

–¿Y Quinn? –inquirió la joven insegura.

–No estaba allí. Solo vi al chico y al viejo –respondió Hank. Al ver la expresión triste en el rostro de Amanda, le dijo–: no le des más vueltas. Seguramente no habría salido bien. Tú naciste para estar bajo los focos, nena, para deslumbrar.

–¿Tú crees? –replicó ella con desgana.

De algún modo, aunque pareciera una locura, todos esos días había tenido la impresión de que podría encajar fácilmente en el mundo del ranchero.

Se dejó caer en el sofá y desdobló la nota de Elliot:

Amanda, estuviste genial. Siento no haber podido quedarme a escucharte hasta el final. Papá no abrió la boca durante todo el camino a casa, y anoche se encerró en su estudio y no ha salido hasta esta mañana. Dijo que se iba a cazar, pero no llevaba el rifle. Espero que estés bien. Escríbeme cuando puedas. Te quiere,

Elliot

La joven tuvo que morderse el labio inferior para no llorar. «Querido Elliot...». Al menos aún seguía importándole al muchacho. Sin embargo, había caído en desgracia ante los ojos de Quinn, y estaba segura de que era algo definitivo. Nunca la perdonaría por haberlo engañado. No sabía qué hacer. Era incapaz de recordar un solo momento en toda su vida en que se hubiera sentido tan desgraciada.

El grupo pasó el resto del día ultimando los detalles de la actuación en San Francisco con Jerry, su manager, y reservaron el billete de avión para Amanda a primera hora del día siguiente.

La joven se retiró temprano a la suite para intentar llamar al rancho antes de que subieran los chicos.

Tenía que intentarlo una última vez, se dijo a sí misma. Tal vez si Quinn la dejara explicarse... Marcó el número. El teléfono dio un tono, otro, otro... la joven contuvo el aliento.

–Sutton –contestó una voz profunda y cansada.

El corazón de Amanda saltó dentro de su pecho.

–¡Quinn! –exclamó–, Quinn, por favor, déjame explicarte...

–No necesito ninguna explicación, Amanda. Me mentiste, me hiciste creer que eras una chica tímida que tocaba acompañamientos con su teclado. Te has reído de mí.

–Eso no es cierto, Quinn, yo...

–Todo ha sido una gran mentira, ¡nada más que una sucia mentira! Bien, pues regrese con su público, señorita Callaway y siga grabando discos o álbumes o como diablos quiera que los llamen. Nunca te he querido, excepto en mi cama, así que no es una gran pérdida para mí –mintió. Pero Amanda no podía ver la agonía en sus ojos ni su rostro contraído.

Quinn seguía amándola, y aunque al principio se había enfadado porque no le hubiera dicho la verdad, con las horas el enfado había pasado, quedando en su lugar la convicción de que una artista de éxito internacional, una mujer con tanto talento, no podía ser feliz a su lado. No tenía nada que ofrecerle, nada que pudiera reemplazar la fama y el mundo a sus pies. Nunca hasta ese momento se había sentido tan inferior, tan común. Verla sobre aquel escenario había sido como una horrible pesadilla que hubiera tenido despierto, una pesadilla que había puesto a Amanda fuera de su alcance para siempre.

–Quinn... –musitó la joven espantada–, Quinn, no puedes estar hablando en serio...

–Estoy hablando muy en serio –dijo él sintiendo un nudo insoportable en la garganta. Cerró los ojos–. No vuelvas a llamar, no vengas por aquí, no nos escribas. Eres una mala influencia para Elliot –y colgó el teléfono sin decir otra palabra, la frente bañada en sudor, y se tapó el rostro con las manos, horrorizado por lo que acababa de hacer.

Amanda se había quedado paralizada mirando el auricular. Despacio, muy despacio, lo colgó, al tiempo que las lágrimas empañaban sus ojos.

Como un autómata, se puso el camisón, se metió en la cama y apagó la luz de la mesilla. En la oscuridad, las crueles palabras de Quinn martilleaban en su cerebro. La joven se giró y hundió el rostro en la almohada. No sabía cómo podría seguir viviendo con el desprecio de Quinn, del único hombre al que había amado, sobre sus espaldas. La odiaba, creía que había estado jugando con él, divirtiéndose a su costa. Las lágrimas quemaban sus ojos. Como un hermoso jarrón que alguien hubiera tirado al suelo de un manotazo, con la misma brusquedad había acabado su sueño y, al igual que el jarrón habría quedado hecho añicos, del mismo modo sería imposible reconstruir ese sueño.

Tal vez Hank tuviera razón, tal vez fuera mejor así... Ni ella misma podía creerlo. «Da igual lo que crea», se dijo. Tendría que aprender a pensar así. Había trabajado mucho para llegar a donde había llegado, había tenido que superarse a sí misma, y no podía tirarlo todo por la borda. Además, se debía a sus fans, que la habían apoyado desde el principio. Se lo debía a Wendy.

A pesar de su firme decisión de no dejarse llevar por la tristeza, cuando se levantó a la mañana siguiente, a Amanda le pareció que era el fin del mundo. Los chicos bajaron su equipaje, sin hacer ningún comentario acerca de sus ojos hinchados, el rostro pálido y sin maquillar, y el cabello recogido de un modo descuidado. Tenía un aspecto terrible, lo sabía, pero no le importaba.

Los chicos se despidieron de ella deseándole buen viaje y se apresuraron para no perder el autobús. A los pocos minutos llegó el taxi que le había pedido el recepcionista, y un botones la ayudó con las maletas.

Cuando llegó al aeropuerto facturó las maletas, y entró sonámbula en el avión, siguiendo a los demás pasajeros. Una azafata la condujo a su asiento, donde se dejó caer cansada, y se abrochó el cinturón de seguridad.

Atendió hastiada a la demostración e indicaciones de la otra azafata sobre casos de emergencia y choque, y al fin el piloto anunció que enseguida despegarían. Amanda se despidió en silencio de Quinn, de Elliot, y de Harry, sabiendo que no volvería a verlos. Contrajo el rostro ante aquel pensamiento. «¿Por qué, Quinn?», gimió para sus adentros, «¿por qué no quisiste escucharme?».

El aparato se deslizó por la pista, y alzó el vuelo. A Amanda le pareció que había sido un despegue algo lento y torpe, pero al rato sacudió la cabeza: estaba empezando a parecer Hank...

Trató de entretenerse mirando por la ventanilla, pero la vista de las montañas nevadas hacía que volviera a pensar en Quinn y... De pronto unos gemidos lastimeros del asiento de detrás la sobresaltaron. Se volvió y vio que se trataba de un hombre de unos sesenta años, bastante obeso, con una mano en el pecho, y sudando abundantemente.

–¡Dios mío!, creo que está teniendo un ataque al corazón –dijo alarmado el ejecutivo sentado a su lado–. ¿Qué podemos hacer?

–Déjeme a mí, sé cómo hacer un masaje cardíaco –dijo desabrochándose el cinturón y levantándose–. Vaya usted a llamar a una de las azafatas.

El ejecutivo se desabrochó también el cinturón de seguridad y se levantó, pero apenas hubo dado unos pasos por el pasillo, cuando el piloto gritó muy agitado por los altavoces que adoptaran la posición de choque. Amanda se quedó paralizada, no podía moverse, y antes de que pudiera reaccionar, pudo sentir cómo la fuerza de la gravedad aumentaba a medida que el avión caía. Perdió el equilibrio y, antes de caer al suelo inconsciente, su último pensamiento fue que no volvería a ver a Quinn.

Elliot estaba viendo la televisión sin demasiado interés, deseando que su padre hubiera escuchado cuando Amanda trató de explicarse. Suspiró con pesadumbre y se metió en la boca otra patata frita.

De pronto, la película que estaba viendo en el canal local fue interrumpida por un boletín de noticias de última hora. Elliot frunció el ceño, pero al escuchar lo que estaba diciendo el reportero se levantó corriendo y fue a buscar a su padre.

Quinn estaba en su estudio sin lograr concentrarse en lo que estaba haciendo cuando su hijo entró a toda prisa, con las pecas más marcadas que nunca sobre el rostro lívido.

–¡Papá, ven rápido! –le dijo–. ¡Rápido!

El primer pensamiento de Quinn fue que le había ocurrido algo a Harry, pero cuando Elliot se detuvo frente al televisor, lo miró extrañado, y después fijó la vista en la pantalla, donde estaban mostrando imágenes de un reportero en el aeropuerto.

–... el avión se estrelló hace unos diez minutos según la información de que disponemos –estaba explicando un hombre que seguramente era el gerente del aeropuerto–. Hemos enviado helicópteros en busca del aparato siniestrado, pero el viento es muy fuerte, y el área en la que ha caído el avión es inaccesible por carretera.

–¿De qué avión...? –farfulló Quinn.

–Repetimos la noticia para los telespectadores que acaben de sintonizarnos –dijo el reportero apartando el micrófono del gerente–: Un vuelo *charter* se ha estrellado en algún lugar de las Grandes Montañas Teton. Un testigo ocular entrevistado por nuestra cadena dijo que vio salir llamas de la cabina del aparato, para después caer en picado sobre las montañas, perdiéndolo de vista. Entre el pasaje del avión se encontraban dos importantes ejecutivos de San Francisco, Bob Doyle y Harry Brown, y la cantante del grupo de rock Desperado, Mandy Callaway.

Quinn se dejó caer en el sillón temblando de tal modo que este se tambaleó ligeramente. Se había puesto tan pálido como Elliot. Había dejado de escuchar al reportero. En su mente escuchaba una y otra vez las cosas horribles que le había dicho a Amanda: que no la amaba, que no quería volver a verla. Y ahora... estaba muerta. Quinn no se había sentido peor en toda su vida. Era como si le hubiesen cortado un brazo o una pierna, como si le faltase el aire en los pulmones.

Solo entonces comprendió hasta que punto la amaba... cuando ya era demasiado tarde para retractarse de sus palabras, cuando ya era demasiado tarde para ir a por ella y llevarla a casa. Pensó en su frágil figura, tendida sobre la fría nieve, y un gruñido de frustración escapó de su garganta mientras se frotaba el rostro angustiado: la había apartado de su lado porque la amaba, porque no quería hacerla desgraciada, pero ella jamás lo sabría. Su último recuerdo de él debía haber sido de odio y dolor. Habría muerto pensando que no le importaba en absoluto.

–No puedo creerlo –balbucía Elliot, meneando despacio la cabeza–, no puedo creerlo... El viernes estaba en el auditorio, cantando de nuevo... –su voz se quebró, y rompió a llorar amargamente, dejándose caer en el sofá.

Quinn no podía soportarlo. Se levantó, pasando por delante de Harry, que lo miró sin comprender la palidez de su rostro, ni dónde iba con tanta prisa, y salió de la casa, cayendo al suelo de rodillas con los puños apretados contra los sucios restos de la nieve derretida y con el rostro contraído.

–¡Amandaaaaa!

El eco reverberó su grito desgarrado. Tembloroso y agitado, apenas fue consciente de que Harry había salido detrás de él y estaba a su lado. Le había puesto una mano en el hombro.

–Elliot me lo ha contado –murmuró.

Quinn se puso de pie tambaleándose.

El anciano se había metido las manos en los bolsillos y miraba con tristeza el establo, donde Amanda tantas veces había estado, alimentando a los terneros.

–Dicen que por culpa del viento y lo inaccesible que es el lugar, probablemente no podrán rescatar los cuerpos.

El ranchero no quería siquiera pensar en la idea de dejarla para siempre en la cumbre de la montaña, enterrada en la nieve, entre los restos calcinados de un avión. Apretó los dientes.

–Yo la sacaré de allí –mascullό–. Harry, saca mi equipo de esquí y mis botas del garaje, y mi traje de aislamiento térmico del armario del vestíbulo. Voy a llamar a Terry Meade.

–¿El jefe de la Patrulla de Esquí de Larry's Lodge?

–Sí. Puede conseguirme un helicóptero para subir allí arriba.

Volvieron a entrar en la casa y Harry se apresuró a buscar lo que Quinn le había pedido mientras este agarraba el teléfono.

–¡Quinn Sutton! –exclamó Terry cuando su secretaria le pasó la llamada–, ¡justo el hombre que necesitaba! Se ha estrellado un avión en...

–Lo sé –lo interrumpió Quinn–. Conozco a la cantante que viajaba en él. Escucha, ¿podrías conseguirme un mapa topográfico de la zona y un helicóptero? También necesitaré un botiquín de primeros auxilios, algunas bengalas...

–Enseguida –contestó Terry–, tendrás todo lo que quieras… pero me temo que por desgracia el botiquín de primeros auxilios no te sirva de nada. Lo siento. No parece probable que haya supervivientes…

–Da igual, ponlo de todas formas, ¿quieres? –le espetó Quinn, tratando de controlar las náuseas. Estaré ahí en media hora.

–Bien, te esperamos.

Mientras Quinn se ponía el equipo de esquí, Elliot se acercó con los ojos enrojecidos y la cara más triste que le había visto nunca.

–Supongo que no me dejarás que te acompañe… –musitó.

–No es lugar para ti –contestó su padre–. Dios sabe lo que me encontraré cuando llegue al lugar del accidente.

Elliot se mordió el labio inferior.

–¿Ha muerto, verdad papá? –inquirió en un hilo de voz.

Quinn contuvo las lágrimas a duras penas.

–Quédate aquí con Harry. Os llamaré en cuanto sepa algo.

–Ten mucho cuidado, papá –murmuró el chiquillo abrazándolo–. Te quiero.

–Yo también te quiero, hijo –dijo el ranchero emocionado, atrayéndolo con fuerza hacia sí–. No te preocupes por mí. Sé lo que estoy haciendo, estaré bien.

–Buena suerte –le deseó Harry estrechándole la mano.

–La necesitaré –masculló Quinn. Hizo un gesto de despedida y salió de la casa.

Cuando detuvo la camioneta frente al cuartel de la Patrulla de Esquí, ya estaban congregados allí Terry

Meade con varios miembros de la patrulla, el piloto del helicóptero, y el sheriff del condado y su ayudante, tratando de mantener a raya a los medios de comunicación que se habían desplazado hasta allí.

–Esta es la zona en la que creemos que cayó el avión –le explicó Terry a Quinn, señalando una zona en el mapa que había extendido sobre una mesa plegable–, el pico Ironside. El helicóptero trató de llegar al valle que hay al pie, pero el viento se lo impidió. El arbolado es muy denso en esa área, y la ventisca de nieve limita mucho la visibilidad. Voy a mandar a los chicos a peinar estos puntos –dijo indicando varios lugares en los alrededores de Ironside en el mapa–, pero ese pico es criminal... varios locos temerarios se han matado tratando de descender por él. Si alguien puede llegar allí, eres tú.

–Muy bien, vamos a hacerlo –asintió Quinn decidido.

–De acuerdo. Si encuentras el avión enciende una bengala. Te he metido un teléfono móvil en la mochila, junto con las otras cosas que me pediste. Tiene más cobertura que nuestros *walkie-talkies* –miró en derredor–. ¿Todo el mundo sabe lo que tiene que hacer? –los hombres asintieron con la cabeza–. Vamos allá.

Capítulo Nueve

El helicóptero depositó a Quinn en el pico de la montaña donde habían avistado por última vez el avión, y después se alejó, dejándolo en la más absoluta soledad, en medio de la nieve. El ranchero comprobó las ataduras de los esquís, ajustó firmemente las tiras de la mochila y miró hacia abajo, estudiando la empinada pendiente. Peligrosa como era, las autoridades locales se aseguraban de que no la frecuentaran los turistas que se alojaban en la estación de esquí, y no contaba siquiera con el habitual tobogán de salvamento, un trineo especial con camilla.

Quinn inspiró profundamente, preparándose para el descenso. Amanda debía estar allí abajo, y tenía que encontrarla. Se ajustó las gafas, e hincó los bastones en la nieve para impulsarse montaña abajo. Empezó a deslizarse por la pendiente ganando cada vez más velocidad.

El viento le golpeaba el rostro sin piedad, y los copos de nieve iban a estamparse en su traje oscuro. Entornó los ojos, concentrándose al máximo en los obstáculos que iban surgiendo a su paso, y dando gracias a Dios por poder hacer algo en vez de tener que quedarse sentado en casa, pasando un infierno en espera de noticias. No podía soportar la idea de que Amanda hubiera muerto. Tenía que intentar pensar positivamente. Había gente que sobrevivía a los accidentes aéreos, personas que, milagrosamente, salían de los restos del avión siniestrado por su propio pie. Tenía que creer que Amanda sería una de ellas, porque, de no hacerlo, el dolor le haría perder el juicio.

Vio un nutrido grupo de abetos al pie del pico, y rogó a Dios con todas sus fuerzas para que el avión estuviera allí, pero cuando llegó al lugar, lo recorrió sin éxito. Se detuvo y miró en derredor. Tal vez aquel observador se había equivocado, tal vez se trataba de otro pico, quizá a kilómetros de allí, se dijo agitado. Se mordió el labio inferior, corriendo el protector labial que se había aplicado antes de salir. Si alguno de los pasajeros seguía con vida, unos minutos más o menos podían significarlo todo. Tenía que encontrar pronto el avión.

Siguió deslizándose montaña abajo, con el corazón latiéndole apresurado por la preocupación. De pronto algo captó su atención y se detuvo. ¿Voces? Giró la cabeza y se quedó escuchando, pero solo podía oír el ruido del viento, y el crujir de las copas de los árboles. Volvió a girar la cabeza con más atención. ¡Sí! Estaba seguro de que había vuelto a oírlas. Casi quedaban ahogadas bajo el aullar del viento, pero sin duda eran voces. Quinn levantó los brazos e hizo bocina con las manos, los bastones colgando de sus muñecas:

–¿Hola? ¿Dónde están? ¿Pueden oírme? –gritó, rogando al cielo para que la vibración de su voz no provocara una avalancha.

–¡Aquí!, ¡estamos aquí!, ¡ayúdenos! –respondieron las voces.

Quinn las siguió, confiando en que no estuviera siendo despistado por el eco y, finalmente, allá abajo, entre los árboles, un rayo de sol entre las nubes arrancó un destello a lo que parecía una superficie metálica… ¡el avión! ¡Gracias a Dios, había supervivientes! Si tan solo Amanda fuera una de ellos, le pidió a Dios con el alma en vilo.

Al aproximarse, vio a algunas personas junto al aparato casi intacto. Una de ellas, un hombre, se había hecho un tosco vendaje en la cabeza, y otro se sostenía el brazo dolorido, probablemente roto. También había una mujer, pero no era rubia. En el suelo pudo distinguir dos bultos cubiertos con abrigos. «Por favor, Dios mío, que no sea ella...».

–Soy Sutton, me envía la Patrulla de Esquí –se presentó al hombre del vendaje. Entonces se fijo en que llevaba un uniforme–. ¿Cuántos muertos?

–Dos –respondió el hombre–. Yo soy Jeff Coleman, el piloto. No sabe cómo me alegro de verlo –dijo estrechándole la mano. Estaba tiritando de frío–. Se produjo fuego en la cabina y se propagó tan rápido que no tuve tiempo de hacer nada, perdí el control sobre el aparato. Dios, no tiene idea de lo mal que me siento –masculló–. Tres de los pasajeros no tenían puesto el cinturón cuando chocamos –dijo meneando la cabeza–. Dos de ellos han muerto –señaló con un gesto los cadáveres cubiertos–, y la tercera persona sufrió una fuerte contusión en la cabeza y ha quedado en un estado comatoso.

Quinn se estremeció por dentro, armándose de valor para hacer la pregunta que iba a hacer:

–Había una cantante entre el pasaje –dijo–, Amanda Callaway...

–Sí –confirmó el piloto, pero a continuación meneó la cabeza. El estómago de Quinn dio un vuelco–, es la persona que sufrió la contusión.

La mano del ranchero temblaba cuando se quitó las gafas, poniéndolas sobre el gorro.

–¿Dónde está? –inquirió con voz queda.

El piloto lo condujo, rodeando los dos cuerpos

sin vida, al otro lado del aparato, donde los demás pasajeros se habían resguardado del viento, sentados sobre los restos del avión e intentando mantenerse calientes con las mantas grises de este.

Habían construido una pequeña camilla con ramas y almohadas, y allí habían colocado a Amanda, tapándola con mantas y abrigos.

–Amanda... –murmuró Quinn con la voz quebrada, arrodillándose junto a ella.

Su rostro estaba muy pálido, y tenía un cardenal en la sien derecha. Quinn se quitó el guante y palpó la arteria en el cuello, aliviado de encontrarle el pulso, aunque muy débil.

Se quitó la mochila de la espalda, y el piloto y dos de los pasajeros se acercaron a él.

–Tengo un teléfono móvil –dijo Quinn más para sí que para ellos–, que espero que funcione... –masculló mientras apretaba las teclas y esperaba. Cerró los ojos, conteniendo el aliento y diciendo una oración en silencio. Al fin, después de lo que le pareció una eternidad, la voz de Terry Meade respondió al otro lado de la línea–. ¡Terry!, ¡gracias a Dios! –murmuró Quinn abriendo los ojos–. Soy Sutton. ¡Los he encontrado!

–Gracias a Dios –respondió el jefe de la Patrulla de Esquí–. Buen trabajo, Quinn, dame tu posición.

Él lo hizo, desplegando el mapa delante de sí para verificarlo, y a continuación lo informó sobre el número de víctimas mortales y heridos.

–Bien, tendremos que sacaros de ahí por aire, pero no habrá forma de hacerlo hasta que la ventisca amaine.

–Lo entiendo –respondió Quinn–, pero Amanda... la mujer que está inconsciente... tenemos que llevarla cuanto antes a un hospital. Es su única oportunidad.

Terry resopló contrariado.

–Escucha, ¿y si te mando a Larry Hale? –inquirió de pronto excitado–. ¿Te acuerdas de Larry, verdad? Campeón nacional de descenso hace unos años. Se retiró de la Patrulla el año pasado, pero estoy seguro de que irá si se lo pido –le aseguró–. Podríamos llevaros el tobogán de salvamento con el helicóptero, y víveres para los supervivientes del avión. Entre Larry y tú podríais arrastrar la camilla hasta un lugar accesible para el helicóptero. ¿Qué me dices, Quinn?

–Es mejor arriesgarse que dejarla aquí. No creo que siguiera viva al amanecer. Creo recordar que el trecho entre Caraway Ridge y Jackson Hole es bastante llano. Tal vez el helicóptero podría descender en Jackson Hole sin tener que pasar por los picos, ¿qué opinas?

–Me parece una buena idea –asintió Terry–. Bien, me pondré en contacto con Harry.

Quinn colgó y les explicó el plan al piloto. A continuación empezó a descargar el contenido de la mochila, entregándoselo:

–Bengalas, cerillas, comida deshidratada con alto contenido proteínico, un botiquín de primeros auxilios... –enumeró–. ¿Cree que podrán apañárselas hasta el amanecer, cuando vengan a recogerlos?

El hombre asintió.

–Con todo esto no habrá problema. Además, la compañía nos entrena para casos de emergencia como este. No se preocupe por nosotros. Saque a la joven de aquí –dijo mirándola–. Espero que sobreviva.

–Lo hará –dijo Quinn con más convicción de la que sentía, tal vez porque necesitaba animarse–, es una luchadora. Sé que no se dará por vencida –se volvió a mirar al piloto–. ¿Le importaría comprobar cómo se encuentran los demás y si necesitan algo? Me gustaría sentarme un rato con ella.

El piloto asintió con la cabeza y lo dejó a solas con Amanda. Quinn se sentó junto a la joven y la tomó de la mano.

–Escucha, cariño –le dijo con suavidad–: tenemos un largo camino por delante antes de poder sacarte de aquí y llevarte al hospital. Vas a tener que aguantar un poco más –le dijo apretándole la mano–. Yo estaré contigo todo el tiempo, no pienso apartarme de ti, pero necesito que me ayudes. Tienes que luchar, Amanda. Yo... no sé si podrás oírme, pero hay algo que quería decirte... No te aparté de mí porque te odiara, sino porque te amo más que a nada en este mundo. Te amaba tanto que pensé que lo mejor era dejar que regresaras a tu antigua vida, a la vida que creía que necesitabas. Tienes que vivir Amanda. No lo soportaría si me dejaras y no pudiera decirte que... que... –pero no pudo seguir, porque tenía la garganta atenazada por las lágrimas que amenazaban con rodar por sus mejillas.

Quinn tragó saliva y soltó su mano, depositándola de nuevo con exquisito cuidado bajo las mantas. Al cabo de unos minutos, el ruido de un helicóptero le indicó que las provisiones estaban en camino. Se puso de pie y fue junto al piloto, la azafata y los pasajeros, que se habían levantado también al oír el aparato acercándose.

El helicóptero se quedó suspendido en el aire, a unos metros de ellos, y un par de minutos después arrojaron dos paracaídas cargados con las provisiones y el tobogán de salvamento. Quinn contuvo el aliento, rogando por que no se enredaran en las copas de los abetos, y que el trineo cayera de un modo suave para que no quedara inservible.

Por fortuna la suerte estaba de su parte, y el tobogán llegó al suelo de una pieza, junto con las provisiones. Además, habían equipado el tobogán con mantas, una almohada, y correas para mantener a Amanda bien sujeta durante el traslado.

El helicóptero volvió a ascender hasta uno de los picos más bajos, y minutos después descendía por la ladera Larry Hale y el helicóptero se alejaba a una distancia segura.

–¿Cómo estás amigo? –saludó a Quinn, tendiéndole la mano cuando llegó a su lado.

–Bien. Nunca creí que me alegraría tanto de volver a verte –contestó estrechándola aliviado–. Será mejor que nos pongamos en marcha cuanto antes.

Larry asintió con la cabeza. Levantaron a Amanda con la mayor suavidad posible de la camilla improvisada y la colocaron sobre el tobogán, que contaba con asas para poder ser remolcado. La taparon con las mantas, asegurándola con las correas, y colocaron los ganchos de remolque. Se despidieron de los supervivientes, quienes les desearon suerte, y se pusieron en camino.

Como Quinn le había dicho a Terry, la ruta que habían tomado no era demasiado accidentada, pero no podía dejar de preocuparse por Amanda cada vez que se tropezaban con el más mínimo bache.

En un momento dado, a Quinn le dio la impresión de que se habían desviado de la ruta, pero empezó a reconocer algunos puntos de referencia en el paisaje. Avistaron el río y siguiéndolo llegaron a la laguna de Caraway Ridge.

Quinn y Hale estaban ya jadeantes a pesar de que se habían turnado para tirar del tobogán. Se pararon un momento a descansar, y Quinn comprobó el pulso de Amanda. Habría jurado que era un poco más fuerte, pero seguía pálida e inmóvil.

–¡Allí está! –exclamó Hale de repente señalando el cielo–, ¡el helicóptero!

Quinn rogó mentalmente para que pudiera aterrizar.

El aparato empezó a descender, pero al instante tuvo que volver a subir por la fuerte ventisca. Quinn maldijo entre dientes, pero el piloto lo intentó de nuevo aprovechando un momento en que el viento paró, y logró posar el helicóptero en el suelo. Bajó del aparato.

–¡Deprisa! –les gritó–, ¡antes que el viento empiece a soplar de nuevo!

Quinn se quitó los esquís en un momento, dejándoselos junto con los bastones a Hale para que los llevara, y entre el piloto y él subieron a Amanda al helicóptero.

Cuando el helicóptero aterrizó en los jardines del hospital, el lugar estaba atestado de reporteros locales, estatales y nacionales, que se habían enterado del rescate. La policía logró retenerlos para permitir que los enfermeros llevaran dentro a Amanda, pero atraparon a Quinn y Hale bajo los flashes de las cámaras, blandiendo sus micrófonos y grabadoras. Hale, viendo la ansiedad de Quinn se ofreció a relatarles lo sucedido, y el ranchero, agradecido, pudo escabullirse y entrar en el pabellón de urgencias.

Tuvo que pasar una hora de desesperación, bebiendo café tras café hasta que salió un médico y se acercó a él.

–¿Es usted un pariente? –le preguntó.

Quinn sabía que si le decía que no, tendría que esperar aún más para saber cuál era su estado, hasta que apareciera alguien de su familia, y no tenía idea de cómo contactar con aquella única tía que le había dicho que tenía, así que optó por mentir:

–Soy su prometido. ¿Cómo está?

–No muy bien –respondió el médico, un hombre pequeño de cabello plateado–, pero tendremos que esperar. Está en la unidad de cuidados intensivos. Sufrió una conmoción cerebral muy fuerte, y el traslado en ese trineo y después en el helicóptero no le han hecho ningún bien –añadió–, pero entiendo que no podían hacer otra cosa –apuntó al ver la expresión atormentada en el rostro de Quinn–. Váyase a descansar. No sabremos nada hasta mañana por la mañana. Estas cosas no son predecibles.

–Si no le importa me quedaré aquí. No creo que pueda descansar, y quiero estar cerca de ella.

El médico asintió comprensivo y se marchó.

Quinn se frotó los ojos cansado. Iba a volver a sentarse, pero recordó que había prometido a Elliot llamarlo en cuanto pudiese, así que se dirigió al vestíbulo, donde había visto un teléfono público.

Elliot contestó al primer tono.

–¿Qué ha pasado, papá? –preguntó inquieto–. ¿Está…?

Quinn le refirió todo lo ocurrido.

–Ojalá pudiera darte mejores noticias, pero hasta mañana por la mañana no sabremos más –concluyó.

–¡No puede morir! –gimió el muchacho–. ¡No puede morir, papá!

–Reza por ella, hijo –murmuró Quinn–. Reza mucho.

–¿Vas a quedarte en el hospital? –inquirió el chico al cabo de un rato.

–Sí, Elliot. Amanda es… es muy importante para mí –dijo con la voz ronca por la emoción.

–Para mí también –musitó el chiquillo–. Va a ponerse bien, ya verás –dijo con firmeza–. Tráela a casa contigo en cuanto se despierte, papá.

–No sé si querrá –murmuró Quinn esbozando una sonrisa triste.

–Claro que querrá –le aseguró Elliot–, Amanda no es vengativa. Tiene un corazón demasiado grande.

Quinn sonrió de nuevo.

–Eso espero, hijo –respondió–. Y ahora a la cama. Volveré a llamar mañana.

–De acuerdo. ¡Oh!, papá... casi lo olvido... Llamaron los compañeros de Amanda. Me dijeron que te diera un número de teléfono.

–Espera un momento, hijo –Quinn pidió un bolígrafo y papel a la recepcionista, y le pidió a Elliot que se lo dictara–. Bien. Los llamaré ahora –dijo–. Cuídate mucho... y haz caso a Harry.

–Sí, papá. Cuídate tú también. Te quiero.

–Y yo a ti. Buenas noches.

Quinn colgó el teléfono, apuró el café que había dejado apoyado en la pequeña repisa que había bajo el teléfono, y marcó el número que le había dado Elliot. El prefijo era de California.

–¿Sí?

–Soy Quinn Sutton.

–Oh, al fin. Gracias por llamar –respondió la voz grave que había contestado el teléfono–. Yo soy Hank Shoeman, compañero de Amanda. ¿Cómo está?

–Tiene una conmoción cerebral. Está en coma, en la unidad de cuidados intensivos. No puedo decirle más. El médico ha dicho que habrá que esperar a mañana por la mañana.

Hank se quedó callado un buen rato.

–Si se hubiera venido con nosotros en el autobús... –masculló–. Nos detuvimos en un pueblo y llamamos a Jerry, nuestro manager, para saber si Amanda había llegado bien, y entonces nos contó lo del accidente. No vamos a hacer la actuación claro está, y hemos sacado un billete de vuelta a Jackson para mañana, pero no sale hasta las diez. Ahora mismo estamos en un motel.

–Entonces mañana, en cuanto sepa algo más, lo llamaré.

–Gracias y... Sutton... gracias por lo que ha hecho. No soy quien para juzgarlo, pero sí sé que usted significa mucho para ella.

–Ella también significa mucho para mí –murmuró Quinn incómodo–, y precisamente por eso la alejé de mí, porque no podía permitir que tirara por el desagüe todo lo que ha conseguido... por un miserable ranchero de Wyoming como yo.

–Amanda no es una chica de ciudad –le confió Hank–, nunca lo ha sido. Se produjo un cambio tremendo en ella durante los días que pasó con usted. Se la veía muy feliz, y yo presentí que su corazón ya no estaba con nosotros. Anoche lloró hasta dormirse.

–Oh, Dios, no... –gimió Quinn mortificado.

–Lo siento –se apresuró a decir Hank–. Es lo último que debería haberle dicho. Lo siento de veras. Lo dejaré descansar. Ya ha tenido bastante por hoy. Mañana hablaremos.

–Bien.

–Gracias por todo otra vez.

Quinn colgó el teléfono, dejándose caer en un banco y hundiendo el rostro entre sus manos. No podía soportar la idea de que Amanda muriera pensando que no la amaba, no podía soportar la idea de perderla. De pronto le pareció que el mundo sin ella sería un lugar terriblemente vacío.

Capítulo Diez

El sol de mediodía entraba por la ventana cuando una enfermera zarandeó suavemente por el hombro a Quinn, que se había quedado dormido en uno de los asientos de plástico del pasillo. Se incorporó en el asiento, soñoliento y desorientado, pero al instante recordó por qué estaba allí.

–¿Cómo está Amanda? –le preguntó.

La enfermera, una morena joven de pelo rizado le sonrió y dijo:

–Está despierta y ha preguntado por usted.

–Oh, gracias a Dios –murmuró Quinn frotándose la cara y levantándose.

Siguió a la enfermera hasta la unidad de cuidados intensivos con la esperanza de que, si había pedido verlo, quizá no lo odiara después de todo.

Cuando llegaron al cubículo en el que habían instalado a Amanda, la encontró incorporada sobre varios almohadones. Todavía tenía puesto el goteo, pero la habían desenchufado de las demás máquinas. Estaba aún muy pálida, y parecía tremendamente frágil allí echada con la camisola azul del hospital y el cabello recogido en una coleta.

Sin embargo, nada más ver a Quinn, el cansancio y el dolor se borraron de su rostro, siendo reemplazados por una sonrisa, y de pronto volvió a estar tan bonita como siempre. Su primer pensamiento, nada más recobrar la conciencia, había sido para él, y cuando la enfermera le había dicho que estaba fuera esperando, que había pasado allí toda la noche, la joven se dijo esperanzada que no podía serle tan indiferente después de todo.

–¡Oh, Quinn! –susurró con los ojos llenos de lágrimas por la dicha, extendiendo los brazos hacia él.

Sin dudarlo dos veces, Quinn fue a su lado y la abrazó ignorando a las enfermeras, a los demás pacientes, a todo lo que los rodeaba. Con la mejilla apoyada en su suave cabello y los ojos cerrados, inspiró con fuerza, dando gracias a Dios por aquel milagro.

–Dios mío… creí que te había perdido… –murmuró con la voz temblorosa por la emoción.

Amanda le había rodeado el cuello con los brazos y lo abrazaba como si no quisiera separarse nunca de él. El día del concierto se había preguntado si Quinn no la habría alejado de él porque había creído que sería lo mejor para ella, y en ese momento, viéndolo tan agitado y aliviado a la vez, supo que así había sido.

–Me han dicho que fuiste tú quien me trajo hasta aquí –le dijo dulcemente.

Quinn alzó el rostro para mirarla a los ojos.

–Ha sido la noche más larga de toda mi vida, temiendo que pudieras morir.

–Oh, los Callaway somos como los gatos, tenemos siete vidas –bromeó la joven esbozando una sonrisa–. Cielos, Quinn, tienes un aspecto terrible –le dijo entre suaves risas.

Volver a oírla reír, verla sonreír… para Quinn era como si le hubieran concedido una segunda oportunidad. Entrelazó sus dedos con los de ella.

–Me sentí tan mal al escuchar la noticia del accidente… sobre todo por las cosas que te había dicho por teléfono. No sabía si me odiabas por ello, pero no podía quedarme sentado en casa esperando a que otros te encontraran –acarició con el pulgar el dorso de su mano–. ¿Cómo te sientes, cariño?

–El dolor físico pasará, pero aún me siento muy conmocionada. Aquellos dos hombres que murieron... Uno de ellos estaba teniendo un ataque al corazón, y el otro hombre y yo tratamos de ayudarlo. Por eso teníamos desabrochado el cinturón. Es tan triste... ¿Por qué ellos sí y yo no? Te hace plantearte ciertas cosas...

Se quedaron los dos callados un momento.

–Quinn, ¿crees que algunas cosas están predestinadas a ocurrir por mucho que intentes evitarlo? –inquirió la joven pensativa, recordando también a la chica que había muerto en aquel concierto.

–Supongo que sí –sonrió él con tristeza–. Pero estoy agradecido por que aún no fuera tu momento –murmuró mirándola a los ojos.

–Yo también –musitó Amanda. Extendió la mano y le acarició la mejilla perdida en su mirada. De pronto, una sonrisa se dibujó en sus labios al ocurrírsele una idea traviesa–. Bueno, ¿y dónde está?

Quinn frunció el entrecejo.

–¿Dónde está qué?

–Mi anillo de compromiso, por supuesto –respondió ella sonriendo más aún–. Ya no puedes echarte atrás: tengo entendido que vas diciendo por ahí que eres mi prometido, así que ahora no tienes escapatoria. Vas a casarte conmigo.

Quinn enarcó las cejas anonadado. ¿Estaría soñando?

–¿Que voy a «qué»? –inquirió boquiabierto y con los ojos como platos.

–Vas a casarte conmigo –repitió Amanda muy segura de sí misma–. ¿Dónde está Hank? ¿Lo ha llamado alguien?

–Lo llamé yo ayer –respondió Quinn sin salir del todo del estado del shock en el que estaba. Miró su reloj de muñeca y contrajo el rostro–. Vaya, había prometido llamarlo esta mañana, pero me temo que ya es demasiado tarde. Ya habrán salido. Llegarán de un momento a otro.

–Bien, porque Hank te saca dos cabezas y cuando se enfada es como un tigre furioso –bromeó Amanda entornando los ojos–. Le diré que me sedujiste, que podría estar embarazada.

Quinn estaba cada vez más atónito.

–¡Eso es imposible! Yo nunca...

–Pero lo harás –contestó ella riéndose–, espera a que estemos solos. Me echaré sobre ti y te besaré hasta que te pille desprevenido, y entonces...

–Tú jamás harías eso –repuso Quinn casi alarmado, preguntándose si sería capaz.

–Exacto, y por eso precisamente tenemos que casarnos, porque yo no soy esa clase de mujer... igual que tú tampoco eres esa clase de hombre –dijo ella riéndose–. A Harry le caigo bien, Elliot y yo nos hemos hecho grandes amigos, y creo que incluso podría tolerar al viejo McNaber si quitara las trampas... –se llevó un dedo a los labios, pensativa–. Por supuesto está la gira, que es ineludible, pero en cuanto haya acabado me retiraré de la escena y solo grabaremos en el estudio, y tal vez un video de vez en cuando. Te aseguró que estarán encantados con la idea. Aunque no te lo parecieran por su aspecto, son todos bastante tímidos, y estamos tan cansados como yo de ir rodando por ahí como guijarros. Podría componer las canciones en casa, y ayudaría a Harry con la cocina, y a Elliot con los estudios, y a ti con los terneros, y tendríamos varios niños –concluyó sonriente.

A Quinn le daba vueltas la cabeza. Como siempre solía ocurrir, la mente de las mujeres iba mucho más deprisa que la de los hombres, y él ni siquiera se había planteado todo aquello. Solo había estado preocupado por que despertase del coma y arreglar las cosas con ella.

–Escucha, Amanda –le dijo poniéndose muy serio–, ¿estás segura de que es eso lo que quieres? Tú eres una cantante de éxito, y yo estoy arruinado. No tengo más que un rancho en medio de ninguna parte. No sería capaz de vivir a tu costa, y además tengo un hijo, aunque no sea mío.

Pero Amanda había tomado su mano y la había puesto en su mejilla, frotándose amorosamente contra ella.

–Todo eso no importa. Te quiero –le dijo, mirándolo con adoración.

Quinn se sonrojó profusamente y se quedó mirándola como si fuera la primera vez que la veía. A excepción de su madre y de Elliot, nadie más le había dicho jamás esas dos palabras.

–¿Tú me... me...? ¿a pesar de lo que te dije?, ¿a pesar de que me marché de aquel modo?

–Sí, a pesar de todo –murmuró ella–. Te quiero con toda mi alma. Quiero pasar contigo el resto de mi vida, Quinn, y no me importa si es en las montañas de Wyoming, o en una isla en medio del Pacífico, o en una cueva. Mientras estemos juntos lo demás no me importa.

Quinn sonrió abiertamente por primera vez con el corazón henchido de felicidad. Tomó la mano de Amanda y le besó la palma con tanto sentimiento que la joven sintió que se estremecía por dentro.

–Yo también te amo, más intensamente de lo que nunca imaginé que podría amar. Sin ti seguiría perdido –le dijo Quinn mirándola a los ojos–. Te compraré ese anillo hoy mismo, pero me temo que no podrá ser de diamantes ni…

Amanda le puso un dedo en los labios para imponerle silencio.

–Me conformaría con la vitola de un puro con tal de casarme contigo.

–Tampoco soy tan pobre –respondió Quinn ofendido, provocando las risas de Amanda. Se inclinó hacia ella y, rozando sus labios, le dijo–: Y nada de un compromiso largo.

–Creo que se tarda tres días en conseguir una licencia matrimonial –murmuró ella contra sus labios–, y a mí eso ya me parece una eternidad, así que… ¡ve a solicitarla ya!

Quinn se rio y la besó dulcemente.

–Ponte bien –le susurró–. Creo que voy a repasar esos libros que tengo en casa, para prepararme –le dijo guiñando un ojo.

La joven se sonrojó y sonrió, pensando maravillada al verlo salir en lo inesperadamente que llegaba a veces la felicidad.

Los chicos fueron a visitarla por la tarde, cuando ya la habían trasladado a una habitación privada en otra planta, fuera de la unidad de cuidados intensivos. El resto de supervivientes del avión habían sido rescatados, y todos, a excepción de uno que permanecía en el hospital por shock postraumático, habían sido dados de alta. Los reporteros habían tratado de entrar para hablar con Amanda, pero Hank los había despachado con unas breves declaraciones. Jerry, por su parte, aunque llamó diciendo que desearía haber podido estar también en el hospital, tuvo que ir a San Francisco para cancelar la actuación que iban a haber hecho esa noche.

Cuando Quinn regresó, una media hora más tarde, la joven estaba sentada en la cama rodeada por los demás miembros del grupo. Tenía mucho mejor aspecto.

–Hank ha traído su metralleta –bromeó en cuanto lo vio aparecer–, y Jack, Deke, y Johnson te escoltarán hasta el altar, para que no te pierdas. Oh, y Jerry me ha dicho que ya ha raptado a un sacerdote y que la licencia matrimonial...

–Ya la he solicitado yo –la cortó Quinn riéndose–. Hola, muchachos, me alegra veros –dijo estrechándole la mano a cada uno–. Oh, y lo de la metralleta es una buena idea, por si «ella» trata de escapar.

–¿Yo? ¿Qué te hace pensar eso? –se rio Amanda, abrazándolo cuando se acercó a la cama–. ¿Dónde está mi anillo? Quiero ponérmelo para que las enfermeras dejen de echarte miraditas –le dijo sonriendo–. Me he fijado en que esa morenita...

–Yo no tengo ojos para nadie más –le aseguró Quinn, sacando una cajita del bolsillo de la chaqueta y poniéndosela en la mano.

Era una sortija bastante sencilla, pero a la joven le pareció lo más hermoso y perfecto que había visto en su vida.

Capítulo Once

Amanda fue dada de alta un par de días después. Su recuperación había sido asombrosamente rápida y, como había dicho el doctor con un guiño, probablemente tenía mucho que ver con cierto hombre de las montañas.

Justo antes de abandonar el hospital se casaron, en la pequeña capilla, con una enfermera como dama de honor, Hank como padrino, y los demás miembros de la banda como testigos. Harry y Elliot por supuesto estaban también, felices de ver que todo había acabado tan bien.

Fue una ceremonia breve y sencilla, pero tan emotiva que Amanda estuvo segura de que nunca la olvidaría.

El único problema tuvo lugar cuando la prensa se enteró del enlace, y los persiguieron a ellos y a los chicos cuando salían. Por fortuna, Hank y los otros lograron entretenerlos, y pudieron escapar en un taxi.

Quinn había reservado la suite nupcial en el hotel de Jackson. Por sus ventanales, podía admirarse una vista hermosísima de las montañas nevadas.

–La verdad es que no sé si volveré a pensar en ellas como una postal –murmuró Amanda pensativa mientras Quinn deshacía la maleta.

Él se colocó detrás de ella y le rodeó la cintura con los brazos.

–No es malo tenerles respeto –le dijo–, pero no se

estrellan aviones todos los días, y cuando estés completamente recuperada te enseñaré a esquiar.

La joven se apartó y se volvió para mirarlo a la cara.

–Mientras las miraba, estaba pensando en el momento en que el avión empezó a caer –le dijo–. Tenía tanto miedo de no volver a verte…

–Yo también pasé mucho miedo, incluso cuando logré encontrarte –murmuró él, desanudándose la corbata y desabrochándose los botones de la parte de arriba de la camisa–. Incluso después, cuando la enfermera vino a decirme que habías despertado… incluso entonces tuve miedo, de no poder darte lo que necesitabas, de no poder darte las cosas a las que estás acostumbrada.

–Me he acostumbrado a ti, Quinn Sutton –repuso ella con dulzura. Lo rodeó con sus brazos y lo miró a los ojos amorosamente–: incluso a tus enfurruñamientos –dijo riéndose suavemente–. Ya te lo he dicho –le reiteró–, no necesito nada, solo a ti. Además tienes a Elliot, y a Harry, y dentro de unos años Elliot tendrá un montón de hermanitos y hermanitas para ayudarle con el rancho.

Quinn se sonrojó ligeramente.

–¡Señor Sutton…! –exclamó ella divertida al ver su azoramiento–. ¿Siempre es usted tan tímido? –murmuró acariciándolo a través de la tela de la camisa, y desabrochándola hasta dejar al descubierto el musculoso y bronceado tórax.

–Por supuesto que soy tímido –contestó él sintiendo que le ardía la piel cuando ella empezó a acariciarla. Contuvo el aliento excitado cuando besó uno de sus pezones y enredó las manos en su vello rizado–. Oh, Dios… –jadeó–. Mmm, Amanda…

La joven se apartó un momento para mirarlo con los ojos brillantes de deseo.

–¿No te gustaría hacerme lo mismo a mí también? –le susurró.

Aquella era toda la invitación que Quinn necesitaba. Le desabrochó los botones del sencillo vestido color crema que se había puesto para la ceremonia y, al dejarlo caer, vio que llevaba puesto un body de encaje muy sexy con tirantes, que abrazaba deliciosamente sus femeninas curvas, y unas medias de seda blancas.

–Solo tienes que tirar hacia abajo –le indicó Amanda tímidamente.

El corazón había empezado a latirle a Quinn como un loco, y no estaba seguro de poder hacerlo sin desmayarse. La idea de ver a Amanda totalmente desnuda lo excitaba muchísimo. Tragando saliva, enganchó los pulgares en los finos tirantes y fue deslizando el body poco a poco, dejando al descubierto los gloriosos senos, el estómago... más abajo, más abajo... hasta llegar a las medias de seda. Enganchó en ellas los pulgares también y siguió descendiendo, hasta que ambas cosas quedaron hechas un pequeño lío a los pies de la joven, que se agachó y terminó de sacárselos, irguiéndose de nuevo a continuación, tan excitada que la timidez estaba empezando a evaporarse. Aquello era tan nuevo para ella como para él, y eso lo hacía mucho más hermoso, un verdadero acto de amor.

Amanda se quedó de pie frente a él, permitiendo que la admirara, encantada de ver la mirada de fascinación en su rostro. Sus ojos la recorrieron como el pincel de un pintor, capturando cada curva antes de tocarla.

–Oh, Amanda... eres la criatura más hermosa que he visto jamás... –murmuró–. Me recuerdas a un dibujo de un hada que vi una vez de pequeño en un libro de cuentos... toda de oro y marfil.

La joven le rodeó el cuello con los brazos y se aproximó a él, estremeciéndose ligeramente cuando sus senos tocaron el pecho desnudo de él. Era como si el vello de su tórax la abrasara. Gimió involuntariamente, frotándose contra él.

–¿Quieres ayudarme tú también a mí? –inquirió Quinn sacándose la camisa y llevándose las manos al cinturón.

–Yo... –la joven dudó. Su coraje se había disipado de repente ante lo íntimo que resultaba aquello. Se rio al notar que estaba enrojeciendo–. ¡Oh, Quinn, qué cobarde soy...! –ocultó el rostro en su pecho y lo escuchó reír a él también.

–Bueno, no eres la única –murmuró–, yo tampoco soy un exhibicionista. Escucha, si quieres podemos meternos bajo las sábanas e imaginar que es de noche.

La joven lo miró y se rio.

–Esto es ridículo –dijo.

Quinn se rio también.

–Tienes razón –dejó escapar un suspiro–. Bien, ¡qué caray!, estamos casados, supongo que ha llegado el momento de afrontar todo lo que eso implica...

Se sentó en la cama y se quitó los zapatos y los calcetines. Se puso de pie de nuevo para desabrocharse el cinturón, el botón de los pantalones, bajarse la cremallera...

Instantes después, Amanda se encontró contemplando lo que hace diferentes a los hombres de las mujeres.

–Se ha puesto usted colorada, señora Sutton –la picó Quinn.

–Igual que usted, señor Sutton –respondió ella.

Él se rio y extendió los brazos en una muda invitación. Amanda le tendió las manos y dejó que la atrajera hacia sí, estremeciéndose al sentirlo completamente desnudo contra sí. Quinn agachó la cabeza y empezó a besarla mientras sus manos recorrían cada centímetro del cuerpo de la joven con verdadera avidez.

La joven gimió dentro de su boca cuando sintió que tiraba de sus caderas para apretarla contra las suyas, y se puso como la grana al entrar en tan íntimo contacto con él.

–No tengas miedo –murmuró Quinn, apartándose de ella un momento para mirarla a la cara–. Creo que sé lo bastante como para que no te resulte doloroso.

–Te quiero, Quinn... –susurró ella, forzando a sus tensos músculos a relajarse–. No me preocupa que me duela un poco. Quiero ser tuya, y sé que hagas lo que hagas estará bien.

Quinn la besó con exquisita ternura mientras le acariciaba los senos, formando arabescos imaginarios sobre las areolas. Segundos después, fueron sus labios los que descendieron sobre ellos, cerrándose sobre cada una de las dos cumbres, succionando hasta arrancar gemidos extasiados de la garganta de Amanda. Quinn la alzó en sus brazos y la depositó sobre la cama, encontrando otros lugares donde besarla que la hacían gemir y suspirar con idéntico placer.

Los libros que había leído eran muy completos y bastante explícitos, pero la teoría era algo distinta de la práctica. Nunca había imaginado que las mujeres también pudieran perder el control, ni que sus cuerpos fueran tan suaves, ni que sus ojos adquirieran un brillo salvaje al hacer el amor... De pronto, dar placer a Amanda se había convertido en su único objetivo, y cuando finalmente se colocó sobre ella para la culminación de aquel acto maravilloso, ella estaba totalmente dispuesta para él, desesperada por tenerlo dentro de sí. Quinn se introdujo con cuidado en su interior, tratando de controlarse todo el tiempo para poder satisfacer la necesidad de ella antes que la de él.

Hubo un instante en que Amanda se tensó, y pareció querer apartarlo, pero Quinn se detuvo y la miró a los ojos, leyendo el temor en ellos.

–El dolor solo durará un momento –le susurró con voz ronca–. Toma mis manos y apriétalas. Lo haré rápido.

Amanda confió en él y tragó saliva. Quinn empujó con fuerza, y Amanda dejó escapar un leve gemido de dolor, pero al instante notó que su cuerpo lo aceptaba sin más dificultades. Sus ojos brillaban, y el aliento escapaba entrecortado de sus labios. Una sonrisa se dibujó poco a poco en sus labios.

–El dolor... ha desaparecido –murmuró.

Quinn se inclinó para besarla con sensualidad y empezó a moverse dentro de ella, su cuerpo bailando sobre el de la joven, estableciendo el ritmo. Amanda lo seguía, gimiendo a medida que la cadencia se hacía más rápida, y pronto sintió que la espiral de sensaciones iba a más.

Comenzó a temblar, su cuerpo totalmente arqueado hacia él por la tensión del momento. Se estaba haciendo casi insoportable. Hubo incluso un momento en que quiso apartarlo, porque creía que iba a morir si no acababa pronto con aquel delicioso suplicio, pero de pronto alcanzaron el clímax, que los inundó como una ola de intenso calor, sacudiéndolos al mismo tiempo, mientras Quinn gemía su nombre una y otra vez.

Unos minutos después yacían juntos, exhaustos pero satisfechos. Quinn hizo ademán de apartarse, pero la joven lo rodeó con sus brazos y lo retuvo.

–No, Quinn, quédate un poco más dentro de mí, es tan delicioso... es como ser uno solo –murmuró.

–Te aplastaré con mi peso –repuso él.

La joven sacudió despacio la cabeza con los ojos cerrados.

–No, es maravilloso –le aseguró deleitándose en la sensación de su cuerpo sudoroso y palpitante sobre el de ella.

–Parecías una tigresa hace un rato –dijo Quinn riéndose suavemente–. Me mordiste en el hombro y me clavaste las uñas en las caderas.

–Tú también me mordiste –replicó ella sonrojándose–. Mañana tendré cardenales en los muslos…

–Oh, serán muy pequeños –repuso él alzando la cabeza y mirándola a los ojos–. No pude evitarlo. Me vuelves loco. ¿Sabes?, me siento como si llevara toda mi vida siendo una mitad, y solo ahora estuviera completo.

–Yo también –musitó ella acariciando el contorno de sus labios con el índice. De pronto, para ponerse un poco más cómoda, Amanda movió un poco las caderas, aún unidas íntimamente a las de él, y vio que los ojos de Quinn relumbraban. Contuvo el aliento y volvió a hacerlo, comprobando encantada que la reacción se repetía, acompañada de un suave gemido.

–Esto es imposible… –murmuró Quinn incrédulo–, el libro decía que…

Pero un brillo salvaje se había encendido en los ojos de Amanda, y susurró contra sus labios, sonriendo pícaramente:

–Al diablo con el libro –y comenzó a moverse de nuevo, reavivando el deseo de los dos.

Elliot y Harry estaban esperándolos en la puerta cuando regresaron al rancho. En la mesa del salón había una enorme tarta de bodas que Harry había preparado, y Elliot había hecho que el anciano lo llevase a la ciudad para comprarle a su padre un regalo muy especial: el último álbum de Desperado. La portada era una foto del rostro de Amanda, y estaba realmente preciosa en ella.

–Qué regalo tan estupendo –dijo Quinn, admirando la fotografía–. Bueno, ahora no tengo excusa para no oír tus canciones –dijo volviéndose a su esposa.

–Papá, ¿a que no sabes qué? ¡Hank Shoeman me firmó un autógrafo! Mañana voy a enseñárselo a todo el mundo en el colegio. ¡Verás que envidia! Me estaba volviendo loco tener aquí a Amanda y no poder contarlo.

–¿Tú sabías que era...? –inquirió Quinn frunciendo el entrecejo incrédulo–. ¿Y no me lo dijiste? –Elliot se frotó la nuca y esbozó una sonrisa culpable a modo de disculpa–. De modo que por eso desapareció aquella cinta...

–¿Te diste cuenta de que faltaba? –dijo el chico.

–Cuando regresé a casa, después del concierto, me sentía fatal –contestó Quinn esbozando una sonrisa triste en dirección a Amanda–. Quería volver a oír su voz, y busqué la cinta, pero me encontré con que no estaba.

–Lo siento, papá –dijo Elliot–. Te juro que no volveré a hacerlo, pero es que me temía que la echaras del rancho si te enterabas de que en realidad era una cantante de rock... Amanda es la mejor. ¿Oíste lo que dijo aquel presentador de que habían ganado un Grammy?, pues la canción la compuso ella –dijo admirado.

–Para, Elliot, vas a hacerme sonrojar –se rio Amanda.

–No sé si Elliot podrá, pero yo sé muy bien cómo hacerlo –murmuró Quinn rodeándola por la cintura y atrayéndola hacia sí. Y, al instante, la joven estaba roja como una amapola.

–¡Oh!, ¿y sabes qué, papá? ¡Has salido en el periódico! –continuó Elliot muy excitado–, ¡y en las noticias de las seis! Han hablado de cuándo estuviste a punto de formar parte del equipo olímpico de esquí. Dijeron que eras unos de los mejores esquiadores de eslalon del país. ¿Por qué lo dejaste?

–Es una historia muy larga –contestó Quinn.

–¿Fue por mi madre, no es cierto? –inquirió el chico con expresión grave.

–Bueno, tú estabas en camino, y no me pareció bien dejarla sola en esos momentos.

–¿A pesar de lo mal que se portó contigo? –musitó el muchacho.

El ranchero puso las manos en los hombros de su hijo.

–Escúchame bien, Elliot, y no lo olvides nunca: para mí fuiste hijo mío desde el momento en que supe que ibas a venir al mundo. Estuve esperando tu nacimiento tan ansioso como un niño que espera el día de Navidad. Compré un montón de cosas para ti, y leí libros sobre cómo ser padre para poder ayudar a criarte. Tenía la esperanza de que cuando nacieras, fueras tan especial para tu madre como ya lo eras para mí, pero por desgracia no fue así. Siento que las cosas tuvieran que ser así.

El chico meneó la cabeza.

–No importa –dijo con una sonrisa–. Tú me querías, y para mí eso es lo que cuenta.

–Ya lo creo que te quería, y te sigo queriendo –dijo Quinn abrazándolo con fuerza.

–Bueno –continuó Elliot apartándose de él y esbozando una sonrisa traviesa–, y ya que a los dos os gustan tanto los niños... espero que pronto empecéis a tener unos cuantos. Yo podría ayudar. Harry y yo les cambiaríamos los pañales, y prepararíamos biberones...

Amanda se rio.

–Eres un sol –le dijo abrazándolo también–. ¿Seguro que no te importará dejar de ser hijo único?

–¡Claro que no! –exclamó él con contundencia–. A veces es muy aburrido, y los chicos en el colegio tienen casi todos hermanos y hermanas.

–Oh… casi lo olvido –dijo Amanda de pronto–: Hank te manda un regalo. Está en la camioneta.

Salieron todos fuera.

–¡Es un teclado profesional! –exclamó Elliot con los ojos como platos. De repente, sin embargo, los miró preocupado–. Oh, Dios… seguro que estoy soñando, o quizá tenga fiebre –dijo tocándose la frente.

–No, estás despierto y estás perfectamente –lo tranquilizó Quinn entre risas.

–Amanda, ¿vas a seguir con el grupo? –inquirió el chico.

–Sí, solo que hemos decidido que no haremos más giras –contestó ella–. La verdad es que todos estamos cansados, y nos merecemos una vida más tranquila después de trabajar tanto. Además, así podremos concentrarnos en el nuevo álbum y lo disfrutaremos más.

–¡Oh!, ¿pues sabes qué? Sé me ha ocurrido una idea genial para un video que…

Amanda se echó a reír.

–Está bien, podrás compartirla con los chicos cuando vengan.

–¿Van a venir de visita?¿Cuándo? –inquirió él con los ojos iluminados por la emoción.

–Mi tía va a casarse con el señor Durning –lo informó Amanda–. Se van a vivir a Hawai, y nos han dado permiso para usar la cabaña siempre que queramos, así que…

–¡Genial! –exclamó Elliot–. ¡Verás cuando se lo cuente a los chicos!

–Además a Hank se le ha ocurrido que para un tema que compusimos hace poco podíamos grabar el video aquí, con las montañas como fondo, y tú y tus amigos podríais salir en él, os meteríamos en una escena o dos –le prometió–. Incluso podríamos encontrar una escena en la que meter a Harry… –dijo sonriendo divertida en dirección al anciano.

–¿A mí? ¡Ni hablar! –exclamó Harry alarmado–. Si lo hace huiré de aquí.

–En ese caso no he dicho nada –se rio la joven–. Si tuviera que cocinar yo tendríamos que vivir a base de huevos fritos con patatas…

Harry se rio y ayudó a Elliot a llevar dentro el teclado. Amanda y Quinn entraron también. La joven iba a sentarse en el salón, pero Quinn la tomó de la mano, la llevó al estudio y cerró la puerta.

–¿Te acuerdas de la última vez que estuvimos aquí? –le preguntó entre beso y beso.

–¿Cómo iba a olvidarlo? –susurró ella con una sonrisa–. Por muy poco estuvimos a punto de perder el control…

–Me alegra que no lo hiciéramos –dijo Quinn entrelazando sus dedos con los de ella–, quería que nuestra primera vez fuera muy especial, una auténtica noche de bodas.

Amanda le acarició la mejilla suavemente y lo miró a los ojos.

–Yo también me alegro de que esperáramos –le dijo–. Te quiero, Quinn, te quiero tantísimo… –murmuró estremeciéndose cuando él la rodeó con sus brazos.

Él la atrajo hacia sí, y la joven apoyó su mejilla en el pecho de él.

–Nunca imaginé que encontraría a alguien como tú –suspiró Quinn acariciándole el sedoso cabello–.

Había dado todo por perdido después de mi primer matrimonio. Había renunciado al amor, y creo que también a la vida, a una vida plena... hasta que apareciste tú –dijo mirándola a los ojos–. Tengo miedo de despertar, que todo esto sea solo un sueño.

–No estás soñando –murmuró ella apretándose contra su cuerpo con fuerza–. Estamos casados y pienso amarte durante el resto de mis días, en cuerpo y alma –alzó la cabeza y sonrió traviesa–. De modo que ni se te ocurra intentar escaparte. Te he atrapado y eres mío para siempre, Quinn Sutton.

Quinn se rio suavemente.

–Y ahora que me tienes... ¿qué piensas hacer conmigo?

–Oh, tengo mis planes... –murmuró la joven con una sonrisa conspiradora–. Has cerrado la puerta, ¿verdad? –inquirió con voz seductora.

–Um, sí, la he cerrado. ¿Qué es lo que...? ¡Amanda!

La joven sonrió contra sus labios mientras le desabrochaba el pantalón.

–Ese es mi nombre –susurró mordisqueándole el labio inferior, y echándose a reír encantada cuando Quinn empezó a ayudarla a desvestirlo–. La vida es breve, es mejor que empecemos a disfrutarla ahora mismo.

–No podría estar más de acuerdo –asintió él.

Sus suaves risas se mezclaron en el silencio de la habitación. Junto a ellos, el fuego crepitaba en la chimenea, y fuera había comenzado a nevar de nuevo. Amanda había sido quien había empezado aquello, pero al cabo de un rato Quinn tomó el control, y ella lo dejó hacer riéndose suavemente. Sabía que en el rancho las cosas se hacían a la manera de Quinn Sutton y, por aquella vez, no le importó en absoluto.

ETHAN

Diana Palmer

Capítulo Uno

Arabella sentía que flotaba, como si estuviera montada en una nube que avanzara a toda velocidad por el cielo. Era una sensación extraña, igual que si estuviera en medio de una nada intemporal, hasta que de pronto notó un dolor en la mano, leve al principio, después más intenso, hasta que se hizo insoportable, como si le estuvieran clavando un cuchillo ardiendo.

–¡Noooo! –gritó, abriendo los ojos de golpe.

Estaba tumbada sobre una superficie fría... ¿una mesa de metal? Su vestido, su hermoso vestido gris perla, está manchado de sangre. De hecho, tenía la sensación de que tuviera cortes y golpes por todo el cuerpo. Un hombre con una bata blanca le examinó los ojos con una pequeña linterna. Arabella gimió y parpadeó.

–Conmoción cerebral –murmuró el hombre–. Abrasiones, contusiones... Fractura múltiple de la muñeca, y un ligamento desgarrado casi por completo. Averigüe su grupo sanguíneo, búsqueme un quirófano, y prepárela para operar.

–Sí, doctor –contestó una mujer a su izquierda.

–¿Y bien? –inquirió una voz impaciente. Era la voz de un hombre, pero no la de su padre, y, fuera quien fuese, parecía que estaba un poco más alejado de ella.

–Se pondrá bien –contestó el médico–. Y ahora, señor Hardeman, ¿le importaría salir y aguardar en la sala de espera? Su preocupación es encomiable, pero la ayudará más si nos deja hacer nuestro trabajo.

¿Señor Hardeman? ¡Ethan!, ¡tenía que ser Ethan! Arabella giró la cabeza con dificultad hacia el lugar del que provenía la voz, y allí estaba en efecto, Ethan Hardeman. Tenía un aspecto terrible, como si lo hubieran sacado de la cama a las tres de la madrugada. Tenía el cabello negro revuelto, y en sus ojos grises podía leerse la preocupación.

–Bella... –murmuró al ver que había girado el rostro hacia él.

–Ethan –dijo ella en un susurro ronco–. ¡Oh, Ethan, mi mano...!

Ethan se acercó a ella a pesar de las protestas del médico. Extendió la mano y le acarició la magullada mejilla.

–¡Qué susto me has dado, pequeña! –le dijo en un tono muy suave.

Arabella sintió que a Ethan le temblaba la mano cuando la pasó por su largo cabello castaño, y él observó la mezcla de alivio y dolor en sus ojos verdes.

–¿Y mi padre? –inquirió de pronto la joven con aprensión. Era él quien iba al volante.

–Un helicóptero lo ha llevado a un hospital de Dallas: tenía una herida ocular bastante seria, y los mejores especialistas de ese campo están allí. Pero aparte de eso está bien, y de hecho fue quien me llamó para que viniera y estuviera pendiente de ti –le dijo esbozando una sonrisa amarga–. Imagino que debía estar muy desesperado para tomar una decisión así.

Pero Arabella estaba demasiado dolorida como para preocuparse por la ironía en su voz.

–Ethan... mi mano...

Él se irguió.

–Podrás preguntarles después por eso a los médicos. Mary y los demás vendrán por la mañana, pero yo voy a quedarme hasta que estés fuera del quirófano.

La joven lo agarró por el brazo con la mano sana, sintiendo cómo se tensaban los músculos de él.

–Ethan… tienes que explicarles lo importante que es… por favor… –le rogó.

–Ya lo saben. Harán todo lo posible –respondió él acariciando con el índice los resecos labios de Arabella–. No te dejaré. Estaré aquí mismo.

Ella lo tomó de la mano, apretándola con la poca fuerza que tenía.

–Ethan… –susurró contrayendo el rostro por el dolor–, ¿recuerdas… aquel día en la charca?

Ethan la miró angustiado y, sin contestar, se volvió hacia el médico.

–¡Por Dios!, ¿no pueden darle algo? –le preguntó como si estuviera sintiendo él mismo el dolor.

Al fin el médico pareció comprender que era algo más que irritación e impaciencia lo que había hecho que aquel hombre irrumpiera en la sala de urgencias diez minutos antes. La expresión de su rostro mientras sostenía la mano de la joven lo decía todo.

–Está bien, le daremos algo para el dolor –le prometió–. ¿Es usted un pariente?, ¿su marido, quizá?

Los ojos grises de Ethan se fijaron en los del médico con una mirada extraña.

–No. Es pianista, una pianista de renombre. Vive con su padre, y él nunca ha permitido que se casara.

El doctor lo observó perplejo un instante ante aquella extraña declaración, pero no había tiempo para charlar, así que hizo que una enfermera lo hiciese regresar a la sala de espera mientras él se preparaba para operar.

Horas más tarde, Arabella empezaba a despertar de la anestesia en una habitación privada del hospital.

Ethan estaba allí otra vez, mirando por la ventana, vestido con la misma ropa que llevaba la noche anterior.

–Ethan... –lo llamó la joven.

Él se giró de inmediato, y fue a su lado.

–¿Cómo estás? –le preguntó.

–Cansada y dolorida... y medio atontada –murmuró, tratando de esbozar una sonrisa.

Ethan no había cambiado nada. Arabella tenía casi veinticuatro años y él había cumplido ya los treinta, pero su carácter serio y responsable no se debía a su edad: había sido así toda su vida.

Le traía tantos recuerdos el verlo allí de pie junto a ella. Había estado loca por él hacía cuatro años, pero Ethan se había casado con Miriam, para separarse de la mujer al poco tiempo. Miriam, sin embargo, no había estado de acuerdo con esa separación, ni con el divorcio, y luchó durante años. Pero, finalmente, había accedido a firmar la demanda, y hacía solo tres meses que un juzgado les había concedido el divorcio.

A Ethan siempre se le había dado bien ocultar sus sentimientos, pero a Arabella no podía engañarla, y el modo en que los rasgos de su rostro se habían endurecido hablaba por sí mismo.

Arabella había tratado de advertirle que Miriam no era buena para él, pero Ethan se había negado a escucharla y la había expulsado de su vida con crueldad. Desde entonces no lo había vuelto a ver, ni siquiera en las ocasiones en que había ido a visitar a la cuñada de Ethan, que era también la mejor amiga de Arabella. Misteriosamente, Ethan había estado ausente cada una de esas veces.

–Debiste escucharme cuando traté de advertirte contra Miriam –murmuró Arabella.

–No vamos a hablar de mi ex mujer –le espetó Ethan con frialdad–. En cuanto te den el alta te vendrás a casa conmigo. Mi madre y Mary cuidarán de ti y te harán compañía.

–¿Cómo está mi padre? –inquirió Arabella–, ¿has sabido algo más de él?

–No me han dicho nada nuevo, pero volveré a llamar más tarde –le prometió Ethan–. Ahora, si no te importa, iré a desayunar algo y a cambiarme de ropa. Volveré en cuanto haya dado instrucciones a los hombres en el rancho.

–Lo siento, Ethan, imagino que estarás muy ocupado. No sé por qué mi padre te está haciendo cargar conmigo –dijo Arabella con un suspiro.

Él no respondió a eso.

–¿Llevabas algo de ropa en el coche?

Arabella meneó la cabeza, contrayendo el rostro dolorida al hacerlo. Con la mano sana apartó un mechón de cabello castaño ondulado de su cara magullada.

–No, no traía nada. Toda mi ropa está en nuestro apartamento de Houston.

–¿Dónde tienes las llaves?

–En mi bolso –murmuró Arabella adormilada–. ¿No lo trajeron conmigo? Lo llevaba puesto en bandolera cuando nos estrellamos.

Ethan abrió el armarito metálico que había en el otro extremo de la habitación y encontró al instante el caro bolso de cuero. Lo abrió y empezó a rebuscar, pero al cabo de un rato no tuvo más remedio que preguntar irritado:

–¿Dónde diablos las tienes?

El efecto de la anestesia estaba desapareciendo, y con ello estaban volviéndole los dolores, pero Arabella no pudo evitar sonreír divertida.

–En el compartimento de la cremallera –contestó.

–Ya he mirado ahí.

–Pues tienen que estar. Tráemelo, anda.

–No entiendo por qué las mujeres tenéis que guardar tantos trastos en el bolso.

–Y yo me pregunto por qué los hombres siempre estáis diciendo que escondemos las cosas –replicó ella metiendo la mano sana en el bolso y sacando las llaves al momento.

Ethan la miró con fastidio y le quitó las llaves de la mano.

–Me pasaré luego por tu apartamento y te traeré algo de ropa.

La joven se había recostado en los almohadones y estaba observándolo con curiosidad. No, no había cambiado nada, y, sin embargo, se había vuelto tan distinto de aquel Ethan que sonreía a menudo y se reía cuando ella tenía solo dieciocho años…

–Te daría las gracias, pero con esa cara de furia que tienes ni me atrevo –murmuró Arabella frunciendo los labios–. ¿Qué ha sido del Ethan que conocía? Tu madre me escribió el mes pasado a Los Ángeles diciendo que últimamente la convivencia contigo es imposible.

–Mi madre siempre ha pensado que la convivencia conmigo es imposible –le recordó él enarcando una ceja.

–Pues me ha dicho que no hay quien te hable desde hace tres meses… desde que obtuviste el divorcio –replicó ella–. ¿Cómo es que Miriam finalmente accedió? Pensé que nunca daría su brazo a torcer… a pesar de que llevabais años separados.

–¿Cómo quieres que yo lo sepa? –contestó él bruscamente, dándole la espalda.

Arabella lo miró con pesadumbre. Todavía no había logrado superar la decepción de que se hubiera casado con Miriam. Había sido tan inesperado… Siempre había creído que él sentía algo por ella. Y aquel día... aquel día en la charca había estado segura de que había algo más que una mera atracción física entre ellos. ¿Cómo podía haberse engañado de aquel modo? De pronto la dio de lado, y empezó a salir con Miriam. Solo dos meses después ya estaban casados.

Arabella quiso morir, y le costó mucho seguir con su vida. Habían crecido juntos y lo habían compartido todo, a excepción del momento más íntimo que pueden compartir un hombre y una mujer, algo por lo que aún estaba esperando, igual que había pasado años esperando que él se fijara en ella. Pero él jamás la había amado, tan solo a Miriam.

Miriam era modelo. La agencia para la que trabajaba había pagado al padre de Ethan para que les permitiera usar el rancho Hardeman para una sesión fotográfica de ropa vaquera, y Arabella había sido testigo de cómo Ethan había ido cayendo prisionero poco a poco de los encantos de Miriam, de sus ojos azules, de su cabello rojizo, de su sofisticación...

Arabella nunca había tenido demasiada confianza en sí misma, y tampoco el descaro de Miriam a la hora de flirtear con los hombres, y enseguida la modelo lo había engatusado. La gente de Jacobsville decía que Ethan se había convertido en un misógino a causa de su matrimonio, y Arabella estaba empezando a creerlo.

En ese momento se dio cuenta de que Ethan llevaba un rato observándola, pero apartó la mirada en ese mismo instante.

La joven bajó la vista incómoda, y se quedó mirando desolada su mano escayolada.

–El médico ha dicho que te la quitarán dentro de seis semanas, y que entonces podrás volver a utilizar la mano –le dijo Ethan.

«Podré volver a usarla, sí», pensó Arabella, «pero,

¿podré volver a tocar el piano?» ¿De qué vivirían si no su padre y ella? El pánico se apoderó de ella. Su padre había tenido que dejar de trabajar porque padecía una afección del corazón, y en cuanto había descubierto las aptitudes musicales de su hija, la había hecho estudiar durante años en el conservatorio y practicar sin fin, lo que había impedido que llevara la vida normal de una adolescente. Desde ese momento apenas había podido seguir viendo a sus amigos Mary, Matt, y Jan, estos últimos hermano y hermana de Ethan.

Era muy raro que su padre hubiera llamado precisamente a Ethan después del accidente para pedirle que se ocupara de ella. Nunca le había gustado Ethan, y la verdad era que a Ethan tampoco le gustaba él. Arabella jamás había entendido ese antagonismo, sobre todo porque Ethan nunca había mostrado abiertamente interés por ella... bueno, hasta ese día que habían ido a nadar a la charca y las cosas casi habían ido demasiado lejos. Pero Arabella no se lo había contado a nadie, y mucho menos a su padre. Aquello se había convertido en su secreto... suyo y de Ethan.

Obligó a su mente a regresar al presente. No iba a ponerse sentimental con él allí. Su vida ya era bastante complicada como para añadirle más problemas. Sin embargo, recordaba vagamente haberle mencionado a Ethan ese día la noche anterior en su delirio. Muerta de vergüenza, deseó fervientemente que hubiera estado demasiado preocupado por sus asuntos del rancho como para haberle prestado atención.

De pronto, no obstante, pensó en lo que él le había dicho hacía un momento.

–Ethan... ¿Has dicho que me ibas a llevar a tu casa? ¿Crees que mi padre...?

–La única persona que podría ocuparse de ti es tu tío, y vive en Dallas, ¿recuerdas? Supongo que será él quien esté pendiente de tu padre –contestó él con aspereza–. Intenta dormir. Necesitas descansar.

Pero los grandes ojos verdes de Arabella siguieron abiertos, fijos en los suyos.

–¿Seguro que quieres que vaya a tu casa? –inquirió con voz queda–. Cuando tuvimos aquella discusión acerca de Miriam me dijiste que era un incordio y que no querías volver a verme más.

Ethan contrajo el rostro, como si le doliese que le recordase aquello.

–Intenta dormir –le repitió con idéntica aspereza.

Arabella cerró finalmente los ojos, pero no lograba dormirse. Sus pensamientos volvieron a los días de su infancia y adolescencia junto a Mary, a Matt, a Jan… y a Ethan. Ethan era mayor que ellos, pero siempre estaba cerca, taciturno e inalcanzable a sus ojos.

Aunque le había dolido tener que sacrificar su vida despreocupada junto a sus amigos, cuando empezó a dominar el piano, aquello se convirtió en una vía de escape para Arabella, en una salida para lo que sentía por Ethan. Vertía todo su amor en aquellas piezas de música clásica, y a los veinte años ganó un certamen internacional, que no solo le proporcionó una sustanciosa suma de dinero, sino que también le abrió las puertas de cierta discográfica.

La música clásica no estaba bien pagada a excepción del caso de los grandes virtuosos y los mejores directores de orquesta, pero uno de los productores había propuesto que Arabella grabara un disco de temas de éxito de la música pop interpretados al piano, y se estaba vendiendo tan bien que pilló a todos por sorpresa, y pronto su fama había empezado a subir como la espuma.

Sin embargo, aquello no agradaba demasiado a Arabella. Había sido su padre quien la había empujado hasta allí, quien la había obligado a aceptar hacer apariciones públicas y tours. Ella era, en el fondo, bastante tímida, y aquello jamás le había hecho gracia. Sin embargo, como siempre le había ocurrido con su padre, había terminado por rendirse. No lograba entenderlo. No le pasaba con nadie más, ni siquiera con Ethan, que solía mostrarse tan poco comprensivo. Probablemente se debía a que, tras la muerte de su madre, su padre había sido su principal sostén. Quería empezar a controlar su carrera, desplegar sus alas sin tener su sombra siempre encima de ella, pero sentía que al hacerlo lo heriría, y por tanto no se atrevía. Curiosamente, Ethan le había dicho en varias ocasiones que odiaba el modo en que su padre la controlaba, pero nunca le había pedido que intentara liberarse.

Durante su infancia y adolescencia, Ethan había sido una especie de hermano mayor para ella, siempre protegiéndola... hasta aquel día junto a la charca, el día que lo había cambiado todo. De un modo inesperado, él había empezado a besarla, con tanta pasión, que hubo un momento en que casi perdió el control, pero después, aunque Arabella estaba en éxtasis, había empezado a distanciarse de ella, y a los pocos días apareció Miriam, comenzó a cortejarla... y no pasó mucho tiempo antes de que anunciaran su intención de casarse.

Sin embargo, cierto día Arabella había escuchado a Miriam pavonearse ante otra modelo que tenía a Ethan Hardeman comiendo de la palma de su mano, y que iba a vivir a lo grande a costa de su fortuna. A la joven le había repugnado tanto la idea de que el hombre al que amaba fuera tratado de ese modo, que trató de prevenirlo, pero fue en vano.

Ethan no la creyó, sino que la acusó de estar celosa de Miriam. La hirió con crueles comentarios, diciéndole que no era más que una chiquilla egoísta, y le dijo que no quería volver a verla. Arabella no lo soportó, y regresó al conservatorio, lejos de él.

A Coreen, la madre de Ethan, el repentino compromiso e inmediato enlace de su hijo con la modelo también la pilló totalmente por sorpresa, y la gente del pueblo, no menos extrañada, había empezado a rumorear que Miriam estaba embarazada, pero los meses pasaron sin que el vientre de la modelo diera muestras de ello, así que la única explicación posible que encontraron fue que Ethan se hubiera enamorado perdidamente de ella. En todo caso, si había sido así, fue un amor muy breve, ya que, seis meses después, sin que nadie supiera por qué, Ethan la había echado del rancho.

Era tan extraño que Ethan precisamente fuera a cuidar de ella... ¿Por qué habría aceptado cuando detestaba a su padre? ¿Podría ser acaso que sintiera algo por ella? No, no podía ser eso. La había ignorado completamente desde que se casara con Miriam, e incluso después de su separación, y del divorcio, desapareciendo del rancho cada vez que ella iba a visitar a Mary y a Coreen, la cuñada y la madre de Ethan.

Cuando Mary se casó con Matt se quedaron a vivir en el rancho, con Ethan y su madre. Esta siempre había sentido mucho cariño por Arabella, así que seguía invitándola con frecuencia a visitarlos, aunque resultaba enojoso que Ethan «siempre» estuviese ausente.

¿Por qué habría aceptado ocuparse de ella? Eran demasiadas preguntas, pero, finalmente, el sueño estaba venciendo a Arabella, y pronto se encontró en brazos de Morfeo; dejando atrás sus preocupaciones y sus penas.

Capítulo Dos

Cuando la enfermera la despertó para darle unos medicamentos, era ya mediodía. Sentía fuertes punzadas de dolor en la mano escayolada. Apretó los dientes, y acudieron a su mente imágenes pavorosamente vívidas del accidente: el impacto, la rotura de cristales, su grito horrorizado, y cómo después había quedado inconsciente. La carretera estaba resbaladiza por la lluvia, y un coche los había adelantado sin calcular bien la distancia. El padre de Arabella había tenido que pegar un frenazo y los neumáticos habían patinado sobre el asfalto mojado, haciendo que se salieran de la carretera y se estrellaran contra un poste del teléfono.

A pesar de las heridas habían salido con vida, y Arabella le daba gracias a Dios, pero temía la reacción de su padre si los médicos le decían que no podría volver a tocar el piano. No quería pensar en aquella posibilidad. Tenía que intentar ser optimista, se dijo.

Se preguntó que habría sido de su coche. Habían salido de Corpus Christi, donde la joven había tocado en un concierto benéfico, destino a Jacobsville. Su padre no le había dicho por qué iban allí, así que ella había imaginado que se trataría sencillamente de unas cortas vacaciones en su pequeña ciudad natal. Había estado pensando que, al estar allí una temporada, Ethan no podría rehuirla todo el tiempo, pero nunca hubiera imaginado que sería en esas circunstancias en las que volverían a verse.

Cuando se produjo el accidente estaban ya casi en Jacobsville, por lo que lógicamente los habían llevado al hospital de allí, aunque luego hubieran tenido que trasladar a su padre a Dallas, pero lo que no lograba entender, por más vueltas que le daba, era cómo podía habérsele ocurrido llamar a Ethan.

Un rato después de que la enfermera se hubiera marchado, se abrió la puerta y apareció Ethan con un vasito de café en la mano. Tenía el rostro tan serio que cualquiera hubiera dicho que no sabía sonreír. Además, su porte tenía un cierto aire de arrogancia que siempre había intrigado a Arabella. A la joven le encantaba mirarlo. Tenía el físico de un jinete de rodeo: ancho de espaldas y tórax, estrechas caderas, vientre liso y piernas largas y musculosas. Sus facciones no eran perfectas, pero en conjunto resultaban atractivas por el ligero bronceado, los profundos ojos grises, la nariz recta, la sensual boca y los elevados pómulos.

Además, su aspecto era siempre impecable: el cabello negro bien peinado, el afeitado perfecto, las uñas limpias y recortadas... Incluso la vestimenta, similar a la de cualquier trabajador del rancho, le otorgaba una elegancia innegable. Sí, era un hombre con estilo.

–Tienes un aspecto horrible –dijo de pronto Ethan, haciendo que se desvanecieran en un instante sus románticos pensamientos.

–Vaya, muchas gracias –contestó ella esbozando una sonrisa irónica–. Esa clase de halagos es justamente lo que necesitaba.

Ethan no se disculpó. Nunca lo hacía. Se sentó en un sillón que había junto a la cama, se recostó contra el respaldo cruzando una pierna sobre la otra, y tomó un sorbo de su café.

–Mi madre y Mary vendrán a verte más tarde –le dijo–. ¿Cómo está la mano?

–Me duele –contestó ella bajando la vista hacia la escayola. La música era como el aire para ella, si la perdía…

–¿No te han dado ningún analgésico?

–Sí, hace unos minutos. Me duele un poco menos que ayer –se apresuró a matizar Arabella. La enfermera le había dicho que Ethan había estado atosigándola para asegurarse de que estaban dispensándole todas las atenciones necesarias.

Él esbozó la más leve de las sonrisas al imaginar sus pensamientos.

–No temas, no voy a pedir el libro de reclamaciones ni nada de eso –le aseguró–, solo quería cerciorarme de que están cumpliendo con su obligación.

–Pues a la enfermera que ha salido antes la tienes agobiada con tus exigencias –replicó ella.

–Solo quería que recibieras el mejor cuidado.

–Me lo están dando, no tienes que preocuparte por eso –dijo ella apartando la vista–. De un enemigo a otro, muchas gracias por tus desvelos.

Ethan se puso tenso ante sus palabras.

–No soy tu enemigo, Bella.

–¿No? Bueno, tampoco creo que pueda decirse que nos despedimos como amigos hace años –dijo ella con un suspiro–. Siento que las cosas entre Miriam y tú no funcionarán, Ethan –le dijo con voz queda–, espero que no se debiera a algo de lo que dije…

–Eso pertenece al pasado –respondió él con aspereza–. Preferiría que no habláramos de ello.

–Está bien –asintió Arabella, intimidada por la fijeza con que la estaba mirando.

Ethan tomó otro sorbo de café, examinando la esbelta figura de la joven.

–Has perdido peso. Necesitas tomarte un descanso.

–Por desgracia ese es un lujo que no he podido

permitirme en todo este tiempo –contestó ella–. Ya tenía firmadas varias actuaciones, pero me temo que ahora no habrá más remedio que cancelarlas.

–Tu padre debería buscarse un empleo en vez de vivir a costa de tu esfuerzo –dijo él con frialdad.

–No te metas en mi vida, Ethan –le espetó ella mirándolo a los ojos–. Hace años que me dijiste que no querías volver a tener nada que ver conmigo.

Los músculos del rostro de Ethan se contrajeron, pero le sostuvo la mirada sin parpadear.

–Mi madre y Mary te han preparado la habitación de invitados –dijo–. Matt está fuera de la ciudad, negociando la venta de unas reses, así que Mary estará encantada de tener compañía.

–Siento que tu madre tenga que cargar conmigo hasta que me recupere. Ya tiene bastante trabajo sin...

–Mi madre te tiene mucho afecto –la cortó Ethan–, y lo sabes, así que no hace falta que interpretes el papel de huésped que no quiere molestar.

–Lo siento, tienes razón, tu madre es una persona encantadora.

–¿Al contrario que yo? –inquirió él creyendo adivinar sus pensamientos–. Nunca he pretendido ser gracioso ni caer en gracia.

La joven se irguió un poco en la cama.

–Te noto un poco susceptible. No pretendía insultarte. Me siento muy agradecida por que estés aquí, ocupándote de mí.

Ethan apuró su café y la miró un instante para apartar la vista al momento.

–No quiero tu gratitud.

Arabella dejó escapar un suspiro y giró la cabeza hacia la ventana.

–¿Volviste a llamar a Dallas para preguntar por mi padre?

–Llamé esta mañana temprano a tu tío. Esperan que el cirujano oculista pase hoy a verlo, pero esta mañana las expectativas parecían más optimistas que ayer.

–¿Sabes si ha preguntado por mí?

–Por supuesto que ha preguntado por ti –contestó Ethan al momento–. Le dijeron lo de tu mano.

La joven se puso rígida.

–¿Y?

–Tu tío me ha dicho que después de enterarse no dijo otra palabra –murmuró Ethan con una sonrisa cínica–. ¿Qué esperabas? Tus manos son su sustento, y sin ellas tendría que volver a trabajar, así que imagino que estará ahogado en sus penas; compadeciéndose.

–¡Ethan!, ¿cómo te atreves...?

Pero él la miró sin parpadear.

–Conozco a tu padre, y sabes muy bien que lo que estoy diciendo es la verdad, a pesar de que te hayas pasado toda tu vida protegiéndolo. ¿No crees que ya es hora de acabar con esa dependencia que tiene de ti?

–Estoy bien como estoy –mascullo ella.

Los ojos de Ethan buscaron los suyos y se sostuvieron la mirada en silencio durante un buen rato.

–¿Recuerdas lo que me preguntaste cuando te trajeron aquí? –inquirió Ethan de pronto.

Ella sabía perfectamente a qué se refería, pero sacudió la cabeza y apartó la vista.

–No, estaba tan dolorida que debía estar delirando –mintió.

–Me preguntaste si recordaba aquel día en la charca.

Las mejillas de Arabella se encendieron al instante. Retorció entre sus dedos la tela azul de la camisola que le habían puesto.

–¿De veras? No alcanzo a imaginar por qué se me ocurriría decir algo así. De eso hace ya muchos años.

–Cuatro años no es tanto tiempo –replicó Ethan–. Y la respuesta a esa pregunta que me hiciste… es «sí», claro que lo recuerdo. Aunque me gustaría poder olvidarlo.

Podía haberlo dicho más alto, pero no más claro, pensó Arabella entre apesadumbrada y molesta.

–¿De veras?, ¿y por qué no puedes olvidarlo? –inquirió, tratando de sonar despreocupada–. Después de todo, te casaste con Miriam al poco tiempo.

–¿Quieres dejar de mencionarla, maldita sea? –exclamó él, estrujando el vaso de plástico en su mano y tirándolo a la papelera que había a su lado.

Se levantó irritado y fue a mirar por la ventana. Arabella no tenía ni idea del infierno en el que Miriam había convertido su vida, ni por qué se había casado con ella. Pero ya habían pasado cuatro años, y era tarde para pedir disculpas o dar explicaciones. En realidad no quería que sus recuerdos de aquel día, de cómo había besado y acariciado a Arabella tan íntimamente, se borraran jamás, pero no podía permitir que ella lo supiera. Su matrimonio con Miriam lo había dejado resentido y se había ido encerrando cada vez más en sí mismo, hasta que había ocurrido ese accidente y el padre de Arabella lo había llamado para que se ocupase de ella. No creía que pudiera olvidar jamás el pánico que lo había inundado cuando le había dicho que estaba herida. Era como si todo a su alrededor se hubiera tornado tinieblas hasta que llegó al hospital y comprobó que su estado no era grave.

–¿Has tenido noticias suyas últimamente? –inquirió Arabella con voz queda.

–Desde que el juez nos concedió el divorcio no había vuelto a saber nada de ella… hasta hace una semana. Ahora dice que quiere que nos reconciliemos –añadió soltando una risa amarga.

A Arabella se le cayó el alma a los pies: su gozo en un pozo.

–¿Y tú... quieres volver con ella?

Ethan regresó a su lado; sus ojos relampagueaban de pura furia.

–Por supuesto que no. Me llevó años divorciarme de ella. ¿De verdad crees que tengo deseos de caer en sus redes de nuevo?

–Bueno... tú amabas a Miriam, y no sería tan descabellado pensar que pudieras echarla de menos.

Ethan no contestó. Volvió a darse la vuelta y se dejó caer de nuevo sobre el sillón que había junto a la cama. ¿Amar a Miriam? No, él no la había amado jamás. Había sentido deseo por ella, pero no amor.

–Cuando se ha roto un espejo, es mejor comprar uno nuevo que intentar arreglarlo –dijo alzando los ojos hacia la joven–. En ese sentido, podríamos ayudarnos el uno al otro.

El estómago de Arabella dio un vuelco.

–¿Qué?

Él se quedó mirándola fijamente.

–Tu padre te ha tenido encerrada en una jaula dorada toda tu vida, y tú nunca has intentado rebelarte ni escapar. Esta es tu oportunidad.

–No entiendo a qué te...

–Solía dársete bien leer entre líneas, Arabella –dijo él chasqueando la lengua–. A lo que me refiero es a que podrías ayudarme fingiendo que estamos juntos.

La joven se quedó boquiabierta. No daba crédito a lo que estaba oyendo: ¿cómo se atrevía a pedirle una cosa así después de haberla echado de su vida con cajas destempladas?

–Ya imaginaba que no te haría demasiada gracia

–continuó él–, pero me gustaría que pensaras en ello. Miriam aún tardará una semana o dos en llegar, y eso nos daría tiempo a planificar una estrategia.

–¿Y por qué no le dices simplemente que no venga? –balbució Arabella.

Ethan bajó la mirada hacia sus botas.

–Podría, pero eso no resolvería el problema de un modo definitivo. Seguiría dándome la lata cada vez que necesitara algo de mí. La mejor manera... la única manera –puntualizó–, es darle una buena razón para alejarse de mí para siempre.

–Por favor, Ethan. Miriam se moriría de la risa si le dijeran que hay algo entre nosotros. No pude competir con ella hace cuatro años, y tampoco podría hacerlo ahora –murmuró dolida–. Lo único que sé hacer es tocar el piano. No soy bonita, ni sofisticada... Nunca se creerá que puedas estar interesado en mí.

Ethan tuvo que hacer un esfuerzo para que la expresión de su rostro no dejara entrever el dolor que le producían esas palabras, el escuchar a Arabella hablar de un modo tan derrotista. Se detestaba a sí mismo por el daño que le había hecho años atrás, cuando ella solo había intentado prevenirlo contra Miriam. Sin embargo, en cierto modo, tampoco había tenido elección, y no estaba seguro de que explicarle las razones a Arabella después de tanto tiempo fuera a solucionar nada.

Sus ojos grisáceos se oscurecieron de anhelo mientras miraba a la joven. No estaba seguro de poder soportar verla alejarse de él una segunda vez, pero al menos tendría unas semanas con ella bajo el pretexto de ese pacto de ayuda mutua. Así le quedarían unos cuantos recuerdos que atesorar durante el resto de su vida.

–Miriam no es estúpida –dijo al cabo de un rato–.

Ya no eres una chica de provincias, sino una mujer joven que ha obtenido reconocimiento internacional en su carrera. Además, no tiene por qué saber la vida tan protegida que has llevado; a menos que se lo digas –sus ojos escrutaron el rostro de la joven–. Imagino que, dejando a un lado la intromisión de tu padre, no habrás tenido mucho tiempo para salir con hombres, ¿me equivoco?

–Los hombres sois traicioneros –le espetó Arabella–. Yo te entregué mi corazón y tú me lo arrojaste a la cara. No he vuelto a ofrecérselo a nadie, y no tengo intención de hacerlo. Tengo la música, Ethan, y eso es todo lo que necesito.

Ethan no la creía.

–¿Y si no pudieras volver a tocar? –inquirió de pronto.

–Me tiraría por una ventana –contestó ella con convicción–. No podría vivir sin la música.

–Esa es una actitud muy cobarde –le espetó Ethan. Había pronunciado esas palabras con frialdad, queriendo disimular el temor que lo había invadido ante la expresión que había cruzado por el rostro de ella al decir aquello.

–No es verdad –replicó ella–. Es mi padre quien me empujó a tomar las clases, y quien contrata los conciertos, pero me encanta lo que hago. Bueno, siempre me pongo nerviosa cuando hay mucho público, pero estoy contenta con mi vida.

–¿Y qué me dices de un marido? ¿Hijos? –insistió él.

–Ni los quiero ni los necesito –contestó ella apartando el rostro–. Ya tengo mi vida planeada, y no encajarían en ella.

–Tu maldito padre es quien la tiene planeada –le espetó él enfadado.

–Lo que yo haga con mi vida no es asunto tuyo –masculló Arabella mirándolo fijamente–. Y no tienes derecho a decir que mi padre está tratando de manipularme cuando eso es exactamente lo que estás tratando de hacer tú para librarte de Miriam.

Ethan entornó los ojos.

–Me sorprende.

–¿El qué?

–Que te enfrentes a mí y me contestes a todo con esa facilidad, y en cambio seas incapaz de decirle lo más mínimo a tu padre.

–Tú no me das ningún miedo. Sé que eres perro ladrador y poco mordedor, pero con mi padre nunca he tenido confianza. Lo único que le importa de mí es mi talento. Llegué a creer que si lograba llegar a ser lo que él esperaba de mí y me hacía famosa me querría, pero ya ves lo equivocada que estaba. Seguramente ahora estará pensando que no podré volver a tocar y no querrá nada más conmigo –alzó los ojos llenos de lágrimas hacia él–. Y tú tampoco estarías aquí si no fuera porque me necesitas para echar a Miriam de tu vida. Para los hombres nunca he sido más que un peón. ¿Y «tú» te atreves a hablar de cómo mi padre me manipula?

Ethan se metió las manos en los bolsillos y la miró con el ceño fruncido.

–Tienes una imagen muy pobre de ti misma –comentó con voz queda.

Arabella giró el rostro para que no pudiera ver la expresión de su rostro.

–Conozco mis defectos, eso es todo, y los reconozco –le contestó–. Te ayudaré a mantener a Miriam a raya, pero no necesito que me protejas de mi padre. Dudo mucho que vuelva a verlo después de lo ocurrido.

–Si tu mano se cura, ya lo creo que lo verás –le aseguró él levantándose del sillón–. Me marcho. Voy a casa para traer a mi madre y a Mary, y de paso traeré la ropa que he recogido de tu apartamento.

–Gracias –murmuró Arabella con cierta aspereza.

Ethan se detuvo un instante junto a la cama, escrutándola con sus ojos grises.

–Entiendo que no te haga gracia tener que depender de otras personas. A mí tampoco me la haría, pero no tienes otro remedio. Cuidaré de ti hasta que estés bien, y si para ello tengo que mantener a tu padre alejado de ti por una temporada, te aseguro que lo haré.

Arabella alzó la vista hacia él.

–¿Y cómo va a creerse Miriam que hay algo entre nosotros?

–No te preocupes, no voy a pedirte que hagamos el amor delante de ella. Creo que captará el mensaje con que intercambiemos unas cuantas sonrisas y nos tomemos de la mano –dijo riéndose secamente–. Y, si eso no funciona, le anunciaré nuestro compromiso. Tranquila, Bella, no vamos a comprometernos de verdad –añadió al ver la expresión de su rostro.

El corazón de Arabella había empezado a latir tan rápido que le pareció que iba a salírsele del pecho. Ethan no tenía ni idea de lo doloroso que era para ella que jugara con esas cosas. Lo amaba como no creía que fuera capaz de amar a otro hombre, pero era obvio que él no sentía nada similar por ella.

Lo cierto era que no acababa de entender por qué la necesitaba a ella para sacar a Miriam de su vida. Tal vez aún la amara y no estuviera seguro de no volver a caer en sus redes si se enfrentaba a ella él solo. Fuera cual fuera la razón, no podía permitir que Ethan se enterase de lo que sentía por él.

–De acuerdo, lo haré, te ayudaré.

Él esbozó la más leve de las sonrisas.

–Ahora descansa –le dijo–. Te veré después.

Había comenzado a avanzar hacia la puerta, cuando la voz insegura de Arabella lo detuvo.

–Ethan…

Él se dio la vuelta.

–Yo… Gracias por ocuparte de mí. Sé que no lo habrías hecho por propia iniciativa, que estás aquí solo porque mi padre te lo pidió, pero…

–Bella –lo cortó él mirándola muy serio–. Sabiendo lo poco que me gusta tu padre, ¿de verdad crees que hago esto por él?

Ella bajó la vista y se quedó callada un instante antes de responder.

–Supongo que no… –murmuró sin levantar la mirada–, pero tampoco puedo creer que lo estés haciendo por mí –repuso con cierta tirantez–, no por el trato tan poco amable que me diste la última vez que nos vimos. ¿Son diferentes ahora en algo las cosas para que hayas cambiado de actitud? Sé que no debería haberte dicho aquello de Miriam, pero…

Sin embargo, Arabella no siguió. Había alzado el rostro, y se había dado cuenta de pronto de que Ethan hacía rato que ya no estaba allí.

Ethan volvió unas horas más tarde con Coreen y con Mary, pero no se quedó con ellas en la habitación del hospital.

Coreen era una mujer pequeña y delicada, la clase de imagen idealizada que Arabella había tenido siempre de una madre. Era jovial y amable, y por lo general tranquila… excepto cuando su hijo Ethan la sacaba de sus casillas, lo cuál era muy a menudo, aunque todo el mundo sospechaba que él lo hacía a propósito porque le gustaba hacerla de rabiar. Siempre había tratado a Arabella y a Mary como si fueran tan suyas como Jan, su hija casada, que vivía en otro estado.

–Ha sido una suerte que Ethan no estuviera de viaje cuando te trajeron al hospital –dijo Coreen a Arabella–. Desde que le concedieran el divorcio apenas si ha parado en casa: todo el día de aquí para allá. Él dice que es por los negocios, pero yo creo que sentía necesidad de alejarse del rancho por una temporada, de tomar aire fresco, aunque no quiera admitirlo.

–Tal vez esté tratando de recuperar el tiempo perdido ahora que es otra vez un hombre libre –masculló Arabella sin poder evitarlo–. Después de todo, siempre fue demasiado honorable como para permitirse hacer nada «indecente» mientras técnicamente seguía casado.

–Al contrario que Miriam –replicó Coreen con aspereza–, que se acostaba con cualquier cosa que llevara pantalones; incluso cuando acababan de casarse. Solo Dios sabe por qué diablos no quería el divorcio, cuando todo el mundo sabía que jamás lo había amado.

–Porque la ley aquí en Texas no obliga al marido a pasar una pensión a la mujer cuando se divorcian, por eso –intervino Mary, esbozando una sonrisa maliciosa.

–No sé qué decirte –repuso Coreen–. Yo llegué a ofrecerle una cantidad nada desdeñable para que lo dejara tranquilo –las dos mujeres jóvenes la miraron de hito en hito–. Bueno, por supuesto no le dije nada a él. De todos modos, Miriam rechazó el dinero –añadió–. Sin embargo, no hace mucho me han contado que ha conocido a un hombre en el Caribe, y hay rumores de que podrían casarse.

–Y si fuera así... ¿para qué iba a volver? –inquirió Arabella perpleja.

–Probablemente para seguirle causando problemas a Ethan mientras pueda –gruñó Coreen–. Mientras estuvieron casados tuve que soportar escucharle decir algunas cosas a mi hijo que me partían el corazón. Dios sabe que Ethan hizo todo lo posible por resistir a aquello con dignidad, pero incluso el hombre más fuerte acabaría herido tras ser ridiculizado y humillado sin fin, como le hizo a él.

–No sabía que había sido tan terrible –musitó Arabella.

–¿Terrible? –repitió Coreen dejando escapar una risotada de amarga ironía–. Cariño, Miriam llegó a seducir a un hombre en una fiesta de negocios que mi hijo celebró en casa. Ethan entró en su estudio… y los encontró allí.

Arabella cerró los ojos y gimió con disgusto.

–Fue mucho más terrible de lo que puedas imaginar –le aseguró Coreen–. Estoy convencida de que Ethan nunca la amó, y seguramente ella lo sabía. Sin embargo, como suele ocurrirle al ser humano, siempre queremos lo que no podemos tener. Sin duda esperaría que antes o después besara el suelo que ella pisara, pero al ver que no lo conseguía, debió sentirse despechada y empezó a seducir a otros hombres con el fin de ponerlo celoso. ¡Qué ingenua fue! Sus actividades extramaritales solo lograron que a Ethan le produjera más rechazo. A pesar de todo no paró. Un escándalo seguía a otro, parecía que su único objetivo era avergonzarlo hasta destrozarlo, y finalmente lo logró. Eduqué a mis hijos en los valores más tradicionales, y Ethan no pudo soportarlo –añadió estremeciéndose–. El orgullo de un hombre es su punto débil. Miriam lo sabía muy bien, y supo cómo aplastarlo. Ethan está tan cambiado… –murmuró con tristeza–. No digo que no haya sido siempre algo introvertido y callado, pero me duele el alma al ver la clase de hombre en la que ese matrimonio lo ha convertido.

Arabella asintió.

–Nunca fue fácil acercarse a él, y supongo que ahora lo será aún menos.

–Sí, pero tal vez tú puedas cambiar eso –dijo Coreen dirigiéndole una mirada afectuosa–. Tú siempre lograbas hacerlo sonreír cuando nadie más podía.

–No estoy muy segura de que eso siga siendo así –repuso la joven–. Se enfadó muchísimo conmigo cuando lo advertí contra Miriam.

–La ira suele camuflar muchas otras emociones, Bella –le dijo Coreen sabiamente–. Las cosas no siempre son lo que parecen.

–Es cierto –intervino Mary–. ¿Recuerdas cómo me picaba Matt cuando éramos niños? Y hemos acabado casándonos.

–Pues yo dudo que Ethan vuelva a casarse nunca –replicó Arabella–. El gato escaldado huye del agua.

–Cierto –asintió Coreen con tristeza–. En fin –suspiró cambiando de tema–, Mary y yo solo queríamos decirte que estaremos encantadas de tenerte con nosotras en casa hasta que te hayas repuesto.

Después de que se hubieran marchado, Arabella se quedó pensando largo rato en lo que había dicho la madre de Ethan. Nunca hubiera creído que nada ni nadie pudiera romper la dura coraza del ranchero, pero era obvio que Miriam había tenido sobre él más poder del que cupiera imaginar. Probablemente era gracias a su atractivo. Miriam era una mujer tan cosmopolita y sofisticada... No le extrañaba en absoluto que Ethan hubiera caído bajo su hechizo.

En ese momento entró una enfermera con un enorme ramo de flores, y los ojos de Arabella brillaron de emoción, preguntándose si sería de Ethan, pero no había ninguna tarjeta, y se dijo que seguramente sería de Coreen. Tenía que acordarse de darle las gracias al día siguiente.

Aquella fue una noche muy larga, y no durmió bien. Tuvo una pesadilla bastante desazonadora en la que aparecía Ethan, y al despertar, se quedó tumbada en la cama, observando el techo y sumergiéndose en los recuerdos que acudieron en tropel a su mente de aquel día junto a la charca...

Había sido una tarde del mes de julio. Casi podía escuchar a los grillos y oler el aroma de la hierba seca. Aunque no estaba a demasiada distancia del rancho de los Hardeman, habían ido hasta allí en la camioneta de Ethan porque hacía demasiado calor como para ir dando un paseo. Al llegar junto a la charca, habían bajado del vehículo y Ethan se había quitado los pantalones, la camiseta y las sandalias, dejándose solo un bañador oscuro. Arabella no pudo evitar quedarse mirándolo, admirando el ancho y bronceado tórax, el liso estómago y las fuertes piernas. Lo había visto otras veces en traje de baño, pero, por alguna razón, aquel día se puso roja como una amapola mientras lo observaba.

Ella se había puesto un recatado bañador de una pieza, de color amarillo. Por aquel entonces, su padre aún trabajaba, aunque no ganaba demasiado, por lo que la joven había buscado un empleo de media jornada para ayudar a pagar sus clases de piano en una escuela de Nueva York. Ese día, queriendo dar una sorpresa a Jan, la hermana de Ethan, había ido a visitarla, pero resultó que se había ido a una barbacoa con el que entonces era su último novio, y Ethan le había propuesto ir a nadar.

El ofrecimiento había sorprendido a la joven,

pero también la había halagado enormemente. Hacía tanto tiempo que estaba enamorada de él, ansiaba de tal manera que se fijase en ella, que nunca hubiera podido imaginar que aquel mismo día sus sueños se convertirían en realidad junto a la charca.

Desde el momento en que se sentaron a la orilla de la charca, el ambiente cambió por completo. Arabella no había entendido por qué Ethan no dejaba de mirarla, ni había reconocido entonces el brillo seductor en sus ojos grises.

–¿Te gusta esa escuela de música a la que vas? –inquirió Ethan de pronto, rompiendo el silencio, mientras daba una calada a su cigarrillo.

Arabella tuvo que hacer un esfuerzo tremendo para apartar los ojos de su ancho tórax.

–Sí –murmuró–, pero echo todo esto de menos –le confesó bajando la vista y enredando los dedos en las briznas de hierba–. ¿Y a ti, cómo te va? Supongo que Matt y tú estaréis muy ocupados.

Ethan se encogió de hombros como respuesta. Giró la cabeza hacia ella y la miró a los ojos.

–No has escrito desde que te fuiste –le dijo–. Jan estaba preocupada.

–Lo siento, la verdad es que no he tenido tiempo para nada –se excusó ella–. Había tantas cosas en las que tenía que ponerme al día...

–¿Cómo por ejemplo en los hombres? –inquirió Ethan dando otra calada al cigarrillo.

Por la expresión de su rostro, Arabella no podría haber dicho si estaba molesto ante la idea de que hubiera salido con alguien, o si estaba picándola.

–¡No! –se apresuró a negar la joven–. Quiero decir... Bueno, he salido con alguno, pero no...

Ethan se rio ante el azoramiento de Arabella.

–¿Te ha contado mi madre lo del anuncio que están rodando en el rancho? –le preguntó, cambiando de tema para darle un respiro.

–No –respondió ella–. ¿Un anuncio?

–Sí, bueno, pagaban bien –dijo Ethan encogiéndose de hombros–. Tendrías que ver a las modelos, tan remilgadas... Algunas no habían visto a una vaca en su vida. Una llegó a preguntarme que cómo podíamos ordeñar a tantas vacas cada día. Se creía que todavía lo hacíamos a mano, como si estuviéramos en el siglo pasado... ¿Te imaginas? –le dijo echándose a reír.

Arabella esbozó sin darse cuenta una sonrisa mientras lo escuchaba, cuando de pronto él giró el rostro y la encontró mirándolo embelesada. Fue como si sus penetrantes ojos grises llegaran en un instante hasta su alma, y se sintió estremecer.

–¿Estás tratando de seducirme, Bella? –la picó Ethan poniéndose de pie y colocándose frente a ella.

La joven se puso roja como la grana.

–¡Por supuesto que no! –balbució–. Solo estaba... mirándote.

–Llevas haciéndolo todo el día.

Y entonces, sin previo aviso, se arrodilló entre las piernas de Bella. La miró, y sus ojos fueron descendiendo por el cuerpo de la joven hasta detenerse a la altura de los senos, donde permanecieron tanto tiempo, que Arabella comenzó a notarlos tirantes e hinchados. Bajó la mirada hacia ellos, y se encontró con que los pezones se le habían puesto erectos, marcándose claramente bajo la tela del bañador. Arabella dejó escapar un gemido y levantó las manos para cubrirlos, pero Ethan la agarró por las muñecas para impedírselo. La empujó suave pero firmemente para que se tumbara sobre la hierba, y se inclinó sobre ella, quedando sus caderas en un contacto tan estrecho con las de Arabella, que la joven pudo sentir los cambios que se estaban produciendo en cierta parte de su anatomía.

Lo miró con los ojos abiertos como platos.

–Ethan, ¿qué estás...? –musitó en un hilo de voz.

–No muevas las caderas –la voz de él sonaba más profunda y sensual que de costumbre. Inclinó el torso, y comenzó a frotarse despacio contra los excitados pezones de Arabella–. Entrelaza tus manos con las mías –le susurró.

Prosiguió con la deliciosa fricción, y agachó la cabeza de modo que su boca quedó a escasos centímetros de la de ella. Tomó el labio inferior entre los suyos, tirando de él con suavidad, para, a continuación, adentrar la lengua en la cálida humedad.

Arabella dejó escapar un prolongado gemido ante lo inesperado de aquella invasión tan íntima, y abrió más aún los ojos, atónita.

–Sí, Arabella, tú y yo –murmuró Ethan alzando la cabeza y mirándola con ojos brillantes–. ¿Nunca te habías planteado siquiera esa posibilidad?

–No –confesó ella con voz trémula–, no creí que pudieras fijarte en una chica de mi edad.

–Las vírgenes tienen un atractivo especial –contestó él seductor–. Y tú aún lo eres, ¿no es verdad?

–Sí –admitió azorada. El contacto del musculoso y cálido cuerpo de Ethan la estaba volviendo loca.

–No te preocupes, pararé antes de que la situación se nos vaya de las manos –le dijo el ranchero–, pero antes, disfrutaremos un poco el uno del otro.

Volvió a besarla con más sensualidad y, aquella vez, la lengua de la joven se enredó con la suya, respondiéndole con los balbuceos de la inexperiencia, pero también con fervor. Arabella gimió extasiada y arqueó su cuerpo hacia él. Ethan emitió un gruñido casi animal y apretó sus caderas contra las de ella.

La notó temblar ligeramente, y la calmó con dulces palabras y tiernas caricias.

–¿Tienes miedo de mí, Bella? –le preguntó–. Sé que te estás excitando tanto como yo, pero no debes temer nada. No voy a hacerte ningún daño. Relájate. No voy a perder el control, ni siquiera cuando haga lo que voy a hacer ahora.

–¿Qué vas a hacer? –inquirió ella tragando saliva.

–Esto.

Ethan se incorporó un poco, apoyándose en el codo, y le acarició el rostro, la garganta, el hombro... hasta alcanzar la cumbre de un seno. La tocó con cuidado, trazando arabescos, sin llegar a rozar nunca el pezón. Arabella estaba asustada por aquellas nuevas sensaciones que la invadían, pero no pudo evitar estremecerse de placer, y aquello pareció satisfacer a Ethan.

–Sí, sé lo que quieres –le susurró sosteniéndole la mirada. Y comenzó a repasar el pulgar repetidamente por el pezón erecto, hasta que la tuvo gimiendo de nuevo y arqueándose hacia él–. ¿Habías hecho esto antes con un hombre?

–Nunca –admitió ella temblorosa. Hincó los dedos en los antebrazos de Ethan, como si no pudiera soportar tanto placer.

Él se apartó de repente de ella, con los ojos relampagueantes de deseo.

–Bájate el bañador hasta las caderas –le dijo sin poder disfrazar la excitación en su voz.

–¡No puedo hacer eso, Ethan! –protestó Arabella sonrojándose de nuevo.

–Quiero mirarte mientras te toco –respondió él–. Quiero enseñarte lo agradable que es la sensación de estar piel contra piel.

–Pero yo... –insistió ella nerviosa.

–Bella, ¿acaso hay algún otro hombre con el que querrías hacer esto por primera vez?

–No –se apresuró a decir Arabella–. No dejaría a nadie más que me mirara o me acariciara. Solo a ti…

El tórax de Ethan subió y bajó con pesadez.

–Solo a mí –murmuró satisfecho–. Vamos, entonces hazlo, bájate el bañador.

Arabella obedeció, sin creerse lo que estaba haciendo. Enganchó los pulgares en los tirantes, y tiró hacia abajo. Los ojos de Ethan fueron bajando al mismo tiempo que descendía la tela del bañador, y cuando finalmente estuvo desnuda de cintura para arriba, se quedó admirándola, como si fuera una obra de arte.

–Nunca imaginé que mi primera vez sería contigo –murmuró ella.

Ethan le acarició el contorno de los senos y sus palmas los cubrieron por completo mientras la besaba de nuevo. Arabella gimió suavemente. Parecía que su cuerpo estuviera más vivo que nunca, y era como si le estuviera diciendo que lo deseaba, que lo necesitaba. De un modo inconsciente, arqueó las caderas hacia las de él, buscando un contacto aún más íntimo. Ethan gimió también e insinuó una de sus fuertes piernas por entre los muslos de la joven, dándole un anticipo de lo que ansiaba, pero aquello no era suficiente. Arabella tenía la sensación de que se hubiera desatado en su interior una especie de fiebre, un apetito insaciable, y, sin darse cuenta siquiera de lo que hacía, le hincó las manos en las caderas, atrayéndolo hacia sí.

Él la rodeó con los brazos, frotando su velludo tórax contra sus suaves senos, mientras empujaba rítmicamente con las caderas, simulando el acto sexual. Arabella emitió un grito ahogado, y aquello fue lo que detuvo a Ethan. Despegó sus labios de los de la joven y se apartó despacio de ella. Arabella pudo ver en sus ojos la frustración por tener que reprimir el deseo. Estaba jadeante, y dejó escapar un leve gruñido mientras se levantaba, tambaleándose ligeramente. La miró un instante, se dio media vuelta, y se lanzó de cabeza a la charca, dejando a la joven con el bañador bajado en torno a las caderas y una expresión de incomprensión en el rostro.

Cuando salió del agua, Arabella acababa de terminar de subirse el bañador, y dejó que la tomara de la mano para ayudarla a levantarse. Cuando la tuvo de pie, frente a él, no le soltó la mano, sino que se la llevó a los labios y la besó con delicadeza.

–Envidio al hombre que te haga suya, Bella –le dijo–. Eres muy especial.

–Ethan, ¿por qué lo has hecho? –inquirió la joven.

Él apartó la mirada.

–Tal vez quería saborearte un poco –contestó con una sonrisa cínica antes de apartarse de ella para recoger su toalla del suelo–. Nunca lo he hecho con una virgen.

–Oh –musitó ella decepcionada.

Ethan la observó por el rabillo del ojo mientras ella se ponía la ropa.

–¿No te habrás tomado en serio lo que acaba de ocurrir, verdad? –le preguntó abruptamente mientras iban hacia la camioneta.

Ella se detuvo junto a la puerta y lo miró. La verdad era que en un principio sí lo había tomado en serio, pero no quería que se burlara de ella, que le dijera que era muy inocente.

–No –contestó–, claro que no.

–Me alegro. No me importaría enseñarte más cosas, pero no me gusta comprometerme. Amo demasiado mi libertad.

Aquello le dolió profundamente a Arabella, y se dijo que probablemente esa había sido su intención al decírselo, para que no se hiciera ilusiones, para que lo detestara. Aun siendo virgen, le daba la sensación de que Ethan había estado a punto de perder el control, y estaba convencida de que no le había gustado. Podía leer la irritación en su rostro.

–Yo no te había pedido que me enseñaras nada –le espetó molesta.

Ethan sonrió burlón.

–¿Ah, no? Pues yo creo que solo te faltaba llevar un cartel. Sé que me deseas, Bella, y por eso he querido satisfacer tu curiosidad, pero solo hasta cierto punto. Hacer el amor a una virgen puede ser muy excitante, pero yo prefiero llevar a mi cama a mujeres experimentadas.

Arabella le dio una sonora bofetada. La mano le latía mientras se quedó mirándolo con lágrimas de furia en los ojos, que se negó a derramar, pero Ethan no dijo nada, no se disculpó, ni se borró de su cara la sonrisa burlona, esa sonrisa que parecía estar diciendo «he obtenido lo que quería de ti, y lo demás no me importa nada». Después, sin mediar palabra, entraron los dos en la camioneta, y la llevó a casa.

Hacía de aquello cuatro años, pero Arabella podía oír en su mente cada palabra como si hubieran sido pronunciadas el día anterior. Cerró los ojos y, finalmente, cansada y dolida por las heridas que no se habían cerrado, se quedó dormida.

Capítulo Tres

El hogar de los Hardeman era una enorme casa de estilo victoriano que se hallaba en medio de pastos que se extendían hasta donde alcanzaba la vista. Jacobsville se encontraba a solo unos kilómetros. A Arabella siempre le había encantado porque era algo intermedio entre una pequeña ciudad y un pueblo grande. Allí era donde había nacido y crecido, y conocía de toda la vida a muchos de sus habitantes, como los hermanos Ballenger, Calhoun y Justin, que dirigían la nave de engorde de ganado más importante del Estado, o los Jacobs, Tyler y Shelby, cuyos antepasados habían fundado la ciudad, motivo por el cual llevaba su nombre.

La elegante casa solariega de los Hardeman albergaba algunas antigüedades inglesas de gran valor, ya que el primer Hardeman del que descendían había sido un rico colono de Londres que se había trasladado allí con toda su fortuna. Había un retrato suyo en el salón y, mientras Arabella tomaba el café que le habían servido con unos sándwiches, se dijo que Ethan se parecía bastante a él: serio, de aspecto tenaz, muy varonil...

–Gracias otra vez por permitirme quedarme en vuestra casa hasta que me reponga por completo –le dijo a Ethan, que estaba sentado frente a ella.

Él se encogió de hombros.

–No es ninguna molestia. Hay habitaciones de sobra.

–¿Quién es la mujer de ese retrato? –inquirió Arabella señalando un cuadro en la pared derecha.

–Mi abuela. Vivió hasta los ochenta años y era un verdadero tornado. Según parece, de joven fue una especie de vampiresa, y su madre, mi bisabuela, una sufragista de armas tomar.

–Una luchadora, ¿eh? Bien por ella –dijo Arabella riéndose.

–Seguro que os habríais entendido bien –comentó Ethan mirándola divertido–. Por lo que nos contó mi abuela, era una mujer con carácter. Igual que tú.

Arabella apartó la taza de sus labios y alzó la cabeza sorprendida.

–Pensaba que decías que toda mi vida he hecho lo que mi padre ha querido, y que si no fuera por el accidente, ahora mismo seguiría igual que antes...

–Tu padre es harina de otro costal –contestó él.

Arabella bajó la vista a la mano enyesada y dejó escapar un profundo suspiro.

–Oh, Ethan, no sé qué haré si no puedo volver a tocar. No sé de qué otra cosa podría vivir. Además, mi padre ha sido siempre quien se encargaba del dinero y...

–No es momento de preocuparse por el futuro, Bella –le dijo Ethan firmemente–. Tienes que concentrarte en ponerte bien nada más.

–Pero...

–Yo me ocuparé del resto –la interrumpió él–, incluso de tu padre.

Arabella dejó la taza sobre el platillo y se recostó contra el respaldo del silloncito. La verdad era que la idea de poder desentenderse de todo resultaba agradable.

–Gracias, Ethan –le dijo esbozando una sonrisa.

Él, sin embargo, no sonrió, sino que escrutó su rostro con los ojos entornados.

–¿Cuánto hace que no te tomas un descanso de verdad? –le preguntó.

La joven echó hacia atrás la cabeza, como tratando de calcularlo.

–No lo sé. Parece como si hiciera siglos –suspiró–. Nunca he tenido tiempo para nada más que las clases, los ensayos y los conciertos.

Los músculos de su estómago se contrajeron al recordar la constante presión, pero cerró los ojos con fuerza para expulsar de su mente esos pensamientos. Allí, con Ethan, estaba segura, a salvo del espectro del fracaso, lejos de las constantes exigencias de su padre. No podía evitar preguntarse si la perdonaría alguna vez si no conseguía volver a tocar el piano. No era culpa suya, cierto, pero para él sería como si le hubiese fallado.

Cuando se hubo acomodado en la habitación de invitados, Coreen pasó sentada con ella la mayor parte de la tarde, haciéndole compañía. Aunque sus hijos solían decir que había que temer sus reprimendas, en el fondo era cariñosa y comprensiva, y todo el mundo en Jacobsville la apreciaba. Era la primera en ofrecerse cuando alguien necesitaba ayuda, daba su tiempo y su dinero con gran generosidad, y nadie podía decir nada malo de ella. La joven se quedó mirando con cariño a la mujer, de cabello entrecano y ojos grises como los de su hijo mayor, deseando haber tenido una madre como ella. Por desgracia apenas recordaba a la suya, ya que había muerto en un accidente de tráfico cuando ella solo tenía seis años. Su padre nunca le hablaba de ella, pero quienes conocían a su progenitor decían que, después de la muerte de su esposa, se había convertido en un hombre muy distinto.

Su padre había descubierto unos años después el talento innato de Arabella para la música, y se había obsesionado por completo, insistiéndole en que tenía que aprovecharlo.

–¿A qué le estás dando vueltas, querida? –inquirió Coreen al ver como una angustia creciente parecía apoderarse del hermoso rostro de Arabella–. La vida es más fácil cuando aceptas que las cosas pasadas ya han quedado atrás y que solo debes mirar hacia delante. Tienes que intentar ser positiva.

Arabella alzó la vista hacia ella, contrayendo el rostro al hacer un giro algo brusco con la muñeca.

–Lo intento, de veras que lo intento –le aseguró–. Es solo que... bueno, pensaba que mi padre llamaría, para ver cómo estoy, aunque solo fuera para saber si hay alguna posibilidad de que retome mi carrera.

–Querida, el cinismo es propio de mi hijo Ethan, no de ti –le dijo Coreen alzando la vista de la labor de punto que tenía sobre el regazo, y mirándola a través de sus gafas bifocales.

Arabella se quedó un rato en silencio, antes de preguntar:

–¿Crees que es cierto que Miriam viene para intentar reconciliarse con Ethan?

–Bueno, yo más bien diría que lo quiere volver a camelar –gruñó Coreen–. Y espero sinceramente que no lo consiga, porque ya le ha hecho bastante daño.

–Tal vez aún lo ame –apuntó Arabella.

Coreen dejó escapar una carcajada de incredulidad.

–¿Quieres saber lo que pienso yo? Creo que ha debido dejarla plantada su último amante y que está embarazada. Seguro que tratará de llevarse a Ethan a la cama para luego poder convencerlo de que el niño es suyo, y así hacer que se haga cargo de ella y del bebé.

–Deberías escribir novelas rosa –se rio Arabella–. Eso suena realmente maquiavélico.

Coreen contrajo el rostro.

–No te rías, Bella, yo no pondría mi mano en el fuego por ella. Ya no es tan joven ni tan hermosa como solía serlo: la vida desenfrenada que ha llevado hasta ahora y el alcohol han acabado por hacerle mella. Una vecina me dijo que la vio no hace mucho, y que Miriam empezó a hacerle preguntas, a intentar sonsacarle la mayor información posible acerca de Ethan: si se había vuelto a casar, si las cosas le iban bien con el rancho...

–Y ahora él quiere fingir que tiene un romance conmigo para mantener a Miriam a raya –concluyó Arabella frunciendo los labios.

–Hum... ¿Eso es lo que te ha dicho? –dijo Coreen con una sonrisa maliciosa–. Bueno, supongo que es una excusa tan buena como cualquier otra.

–¿Qué quieres decir? –inquirió la joven, curiosa.

Coreen meneó la cabeza.

–Eso debe decírtelo él. ¿Vas a ayudarlo con ese plan?

–¿Cómo podría negarme? Creo que ni así le pagaré lo amable que está siendo conmigo, ocupándose de mí de este modo –murmuró la joven–. Me siento como una intrusa.

–Tonterías –replicó Coreen en tono de suave reproche–. Estamos todos encantados de tenerte aquí, y ninguno queremos que Miriam vuelva a hacer un infierno de la vida de Ethan. Si le ayudas estoy segura de que esa arpía se pondrá verde de envidia al veros y se marchará con el rabo entre las piernas.

–¿Sabes dónde se alojará? ¿No tendrá intención de quedarse aquí? –inquirió Arabella preocupada.

–Por encima de mi cadáver –contestó Ethan apareciendo de pronto en el quicio de la puerta.

–Ah, hola, cariño –lo saludó cordialmente su madre–. ¿Qué has estado haciendo?, ¿revolcándote en el barro? –dijo mirándolo de arriba abajo.

Arabella no pudo evitar que se arquearan las comisuras de sus labios. Coreen seguía tratándolo como si fuera un chiquillo. Aunque era cierto que sus ropas estaban bastante manchadas.

–Esto es un rancho, mamá –le contestó él con una sonrisa forzada. Odiaba que lo tratara así, sobre todo delante de Arabella–. He estado con el veterinario, haciendo una revisión a las reses preñadas. Estamos en marzo, y dentro de poco será la feria de ganado –añadió–. Por cierto, ya tengo pensado quién se encargará de vigilarlas esta semana por las noches en caso de que alguna se ponga de parto.

–¿No será Matt? –adivinó Coreen por la sonrisa maliciosa en los labios de Ethan–. Si le obligas a hacerlo se irá de casa.

–Eso es exactamente lo que debería hacer –respondió Ethan al momento–. Ya no aguanto más verlos a Mary y a él besuquearse a todas horas. Me pone enfermo.

Coreen suspiró y se encogió de hombros.

–Bien, pues espero que tu táctica funcione, porque yo he intentado convencerlo por todos los modos posibles de que debe independizarse. Estoy segura de que a Mary le encantaría que tuvieran su propia casa. Además, tiene suficiente dinero como para construirse una en el rancho si quiere, después del dinero que le dejó tu padre.

–Somos demasiado blandos con él –apuntó Ethan–. Deberíamos retirarle la palabra y echar sal en el café.

–Si se te ocurre echarle sal a mi café, yo te echaré la cafetera entera por el cogote y... –comenzó su madre echa una furia ante la sugerencia.

Arabella miró a uno y a otro divertida.

–¿Sabéis?, creo que os parecéis más el uno al otro de lo que pensaba.

–No, yo tengo los ojos más grandes –la corrigió Ethan fingiendo que creía que hablaba del parecido físico.

–¡Presumido! –le espetó su madre tirándole un ovillo de lana a la cara.

–Y también soy más alto –añadió Ethan con una sonrisa perversa.

Coreen le lanzó una mirada furibunda.

–¿Has venido aquí por alguna razón en particular, o solo porque te gusta ponerme furiosa?

–He venido a preguntarle a Arabella si quería un gato.

–¿Un qué? –inquirió la joven atónita.

–Un gato –repitió Ethan–. Bill Daniels está ahí fuera con una gata y cuatro gatitos que lleva al veterinario para que los sacrifiquen.

–¡Claro que quiero! –exclamó Arabella sin pensarlo dos veces–. ¡Los quiero todos, incluso a la madre!

Ethan sonrió. Estaba seguro de que iba a reaccionar así. Arabella siempre había sentido debilidad por los animales, y siempre le entraba un berrinche terrible cuando le decían que tenían que matar a alguno.

–Aunque la verdad es que mi padre los detesta... –añadió la joven pensativa, mordiéndose el labio inferior, como si estuviese arrepintiéndose.

–¿Y por qué no, por una vez, piensas en lo que tú quieres, en vez de en lo que dirá tu padre? –inquirió Ethan en un tono algo áspero–. ¿Nunca te has atrevido a llevarle la contraria?

–Lo siento –murmuró Arabella–, tienes razón. Supongo que simplemente nunca me he atrevido a desafiarlo.

–Pues es el momento de que empieces a hacerlo –concluyó Ethan–. Voy a decirle a Bill que nos los quedamos –dijo yendo hacia la puerta–. Bien, os veré luego. Tengo que volver al trabajo.

–¿Así de sucio? –exclamó su madre sin poder contenerse–. Vas a avergonzar a los hombres. Eres el dueño del rancho. Debes dar ejemplo y...

–Los hombres van aún más sucios que yo –replicó Ethan con altivez–. ¿Acaso te da envidia no poder estar ahí fuera sudando y manchándote? –la picó.

Coreen alargó la mano para agarrar la cesta de las lanas y tirársela, pero cuando la alzó en el aire, Ethan ya se había marchado.

–Se la habrías tirado, ¿verdad? –inquirió Arabella con una sonrisa traviesa.

–A los hombres hay que mantenerlos a raya, cariño –respondió Coreen soltando la cesta–. No debes dejar que se te suban a la parra, especialmente los hombres como Ethan. Creen que todo debe hacerse a su modo, y que nunca se equivocan, razón de más para plantarles cara y no dar jamás tu brazo a torcer.

–Tal vez esa fuera una de las razones por las que no funcionó su matrimonio con Miriam –murmuró Arabella pensativa.

–Puede ser, eso, y lo desvergonzada que era ella. Un solo hombre no la satisfacía –masculló.

–Yo no podría serle infiel a un hombre como Ethan. Es tan...

Pero se quedó callada, sonrojándose al ver lo callada que se había quedado Coreen, escuchándola.

–¿Sientes algo por él, Bella? –la instó.

La joven contestó con evasivas.

–Bueno, yo… naturalmente le estoy muy agradecida por lo que está haciendo por mí, y para mí siempre ha sido como un hermano mayor que..

–Cariño, no tienes que fingir conmigo –le dijo Coreen sonriéndole con dulzura–. Yo también fui joven una vez. Ethan cometió el mayor error de su vida cuando te dejó escapar. Siempre he creído que haríais muy buena pareja.

Arabella bajó la vista al edredón.

–Tal vez fuera mejor así –murmuró–. Además, tengo una carrera que espero poder retomar en cuanto me haya repuesto. Y Ethan… bueno, ¿quién sabe? Quizá, a pesar de todo, Miriam y él logren arreglar las cosas.

–Dios no lo permita –masculló Coreen con una mueca de desagrado–. En fin, de verdad que no sabes cuánto me alegro de tenerte aquí. Desde que murió mi marido, Ethan ha tenido que cargar con muchas responsabilidades, y eso ha hecho que se vuelva más serio y reservado, pero cuando está contigo es distinto. Parece que siempre logres hacerlo sonreír.

Durante los dos días que siguieron, Arabella tuvo que seguir guardando cama a pesar de asegurar una y otra vez a Coreen y a los demás que se sentía mucho mejor. «Órdenes del médico», le decían. Sin embargo, el tercer día amaneció espléndido y soleado, y por la tarde, después del almuerzo, la temperatura era inusualmente agradable para el mes de marzo. Así que la joven bajó las escaleras, con las piernas fallándole un poco por el prolongado reposo, y se sentó en el columpio del porche.

Coreen se había ido a una reunión del Grupo de Croché de Jacobsville, y Mary había salido a comprar unas cosas, de modo que no había nadie que le impidiera abandonar por un rato su forzada reclusión en el piso de arriba.

Mary la había ayudado a vestirse aquella mañana porque estaba harta de pasarse el día en camisón, y llevaba puesta una falda vaquera y una sudadera de color azul. Mary le había recogido el cabello en una coleta con un pañuelo y ella se había dado un ligero toque de maquillaje, aunque no sabía para qué, ya que no había nadie por allí que fuera a advertirlo.

En eso, sin embargo, se equivocaba...

–¿Quién te ha dicho que puedes levantarte de la cama? –inquirió la voz de Ethan, sobresaltándola.

–Es que ya estaba cansada y tenía ganas de estirar un poco las piernas –balbució la joven, tratando de controlar los acelerados latidos de su corazón–. Me encuentro muchísimo mejor... y hace un día tan bonito –añadió esperanzada.

–Es cierto, hace un día muy bonito –asintió Ethan encendiendo un cigarrillo. Se apoyó contra uno de los postes del porche y estudió el rostro de la joven un instante–. He hablado con tu tío esta mañana.

Arabella alzó la mirada curiosa.

–Tu padre salió hacia Nueva York esta mañana –prosiguió Ethan entornando los ojos–. ¿Imaginas para qué?

La joven contrajo el rostro disgustada.

–Imagino que querría retirar el mucho o poco dinero que hubiese en nuestra cuenta bancaria.

–Ya no podrá hacerlo –le informó Ethan con evidente satisfacción–. Hice que mi abogado interviniera en tu favor y un juez ha dado orden al banco de que no permitan que tu padre saque un centavo.

–¡Ethan!

–Sabía que no te haría gracia, pero, o tomábamos medidas legales, o seguiría administrando tu dinero a su antojo –le respondió él calmadamente–. Cuando te hayas repuesto podrás hacer lo que te parezca, aunque opino que deberías tener cuidado de dejarte llevar por la lástima. Entretanto, estás aquí para ponerte bien, y no voy a permitir que ese mercenario que tienes por padre te deje en la miseria.

–¿Cuánto hay en la cuenta? –inquirió Arabella. Temía la respuesta, ya que su padre siempre había gustado de vivir con todo lujo.

–Unos veinticinco mil dólares –contestó Ethan–. No es una fortuna, pero te mantendrá hasta que puedas volver a trabajar si lo inviertes como es debido.

–Fui una estúpida –dijo Arabella bajando la vista avergonzada–, le dejé que metiera el dinero en una cuenta conjunta porque decía que era lo mejor. Gracias, Ethan, no sé cómo podré pagarte todo lo que estás haciendo por mí –murmuró con una sonrisa.

–No es necesario, pero de todos modos ya me estarás haciendo un enorme favor ayudándome a librarme de mi ex mujer –se quedó mirándola un momento–. Te has lavado el pelo –constató.

–Me ayudó Mary esta mañana. De hecho, por culpa de esto –dijo ella levantando un poco la mano enyesada–, también he necesitado ayuda para vestirme. Ni siquiera podía abrocharme el sujeta…

No acabó de decir la palabra, y se sonrojó profusamente. Ethan la miró divertido.

–¿Te da vergüenza hablar de lencería conmigo? –le espetó burlón–. Sé muy bien lo que llevan las mujeres debajo de la ropa, Bella, no me escandalizo tan fácilmente –dijo–. Lo sé demasiado bien –mascullló. De pronto el tono de su voz se había vuelto glacial.

–Miriam te hizo mucho daño, ¿verdad, Ethan? –inquirió Arabella sin mirarlo–. Supongo que el que vuelva ahora reabrirá tus heridas –alzó el rostro y, como había esperado, pudo entrever cierta amargura en su expresión.

Ethan echó una bocanada de humo y sus ojos grises se fijaron en el horizonte.

–Sí, me hirió, pero fue mi orgullo lo que hirió –aclaró–. Cuando la eché del rancho me juré a mí mismo que no volvería a permitir que ninguna otra mujer volviera a jugar conmigo.

¿Era una advertencia?, se preguntó la joven. Si creía que trataría de conseguir otra vez su amor después de cómo la había tratado años atrás... Tendría que estar loca para intentarlo.

–Por mí puedes estar tranquilo –le aseguró–. No soy precisamente una Mata Hari.

Ethan no contestó a eso, y se apartó bruscamente de la barandilla.

–Tengo que ir a los rediles. Si necesitas alguna cosa dale una voz a Betty Ann, está en la cocina.

Y se marchó sin mirar atrás.

Capítulo Cuatro

Arabella cenó por primera vez con la familia aquella noche y Matt, que había regresado ya del viaje de negocios, anunció que Mary y él se iban a las Bahamas para tomarse unas merecidas vacaciones.

–¿Vacaciones? –repitió su hermano mayor frunciendo el entrecejo.

Matt esbozó una sonrisa traviesa. Se parecía mucho a Ethan, solo que sus ojos eran de un azul intenso y era más bajo y menos fornido.

–Las vacaciones son eso que los que no son obsesos del trabajo se toman de vez en cuando –le explicó como si Ethan no comprendiera lo que eran–. Y yo no me he tomado un solo día libre desde que nos casamos.

–Sí, pero estamos en marzo, ¿recuerdas? –dijo Ethan–. Tenemos un montón de reses que dentro de poco parirán, y se acerca la feria del ganado.

–Oh, venga, Ethan… Mary y yo ni siquiera hemos tenido una luna de miel… –se quejó Matt lanzándole una mirada más que elocuente.

Ethan y su madre se miraron divertidos.

–Está bien, de acuerdo –se rindió Ethan–. Contrataré a unos cuantos peones temporales y me las apañaré sin ti.

–Gracias, Ethan –dijo Mary con timidez y dirigiendo una mirada de felicidad a su esposo.

–Pues ya que os marcháis, podríais buscar una casa antes de volver –apuntó Coreen.

–¿Y quién te salvará de Ethan si nos vamos? –replicó Matt con malicia.

Arabella, que por lo general no era muy atrevida, tuvo un impulso travieso.

–Yo lo haré.

Ethan la miró un poco sorprendido al principio, pero luego se echó a reír suavemente.

–No creo que puedas tú sola –le dijo sonriendo.

Aquella sonrisa le recordó las palabras de Coreen, de que ella era la única capaz de hacerlo sonreír.

Ethan, por su parte, estaba un poco preocupado por cómo Arabella le estaba volviendo a robar el corazón, y tuvo que hacer un esfuerzo para apartar la mirada de su candoroso rostro.

–Matt, no logro entender por qué no quieres tener tu propia casa –dijo volviéndose hacia su hermano.

–No nos lo podemos permitir.

–A otro con ese cuento –replicó Ethan–. El banco te concedería un crédito sin problemas.

–Bueno, sí, pero no me gusta la idea de endeudarme.

Ethan se echó hacia atrás riéndose.

–Oh, vamos, los créditos son el pan nuestro de cada día. ¿O ya no te acuerdas de cuando nos hicieron falta esos noventa mil dólares para la segadora-cosechadora?

–Y si eso te parece poco, piensa en lo que nos costaron en total los tractores, las embaladoras de heno, los camiones de ganado… –intervino su madre.

–Lo sé, lo sé… –dijo Matt–, pero vosotros estáis acostumbrados a eso y yo no. Mary ha mandado una solicitud para un trabajo de secretaria en esa planta textil que han abierto hace poco, y si lo consiguiera, tal vez lo pensaremos. Pero primero queremos tomarnos esas vacaciones, ¿verdad, cariño?

–Verdad –asintió Mary con una amplia sonrisa.

–Vosotros mismos... –murmuró Ethan encogiéndose de hombros. Apuró su taza de café y se puso en pie–. Bueno, tengo que hacer un par de llamadas –y, sin querer, sus ojos fueron en dirección a Arabella, y la encontró mirándolo también.

La joven se sonrojó y apartó la vista, deseando que Coreen y los otros, que estaban conversando, no lo hubiesen notado.

Arabella pasó el resto de la tarde charlando con Matt y Mary acerca de su viaje y, cuando llegó la hora de irse a la cama, fue la primera en dar las buenas noches. Estaba ya llegando a las escaleras, cuando se tropezó con Ethan, que salía en ese momento de su estudio.

–Ven aquí –dijo alzándola en volandas–, yo te llevaré.

–Ethan, es mi mano la que está herida, no mis piernas –balbució ella.

Pero él no hizo caso a su protesta y comenzó a subir las escaleras con ella en brazos.

–No quiero que te canses innecesariamente –le dijo.

Arabella decidió disfrutar del momento, y aspiró profundamente para inhalar su colonia y su aroma a tabaco. Ethan sabía que podía subir ella sola perfectamente, pero había sentido la necesidad de tomarla en sus brazos, de notarla cerca de sí, el calor y la fragilidad de su cuerpo femenino. En los últimos días apenas había podido conciliar el sueño, asaltado por los recuerdos agridulces de aquel día junto a la charca.

Arabella le había rodeado el cuello con los brazos y tenía apoyada la cabeza en el hueco de su cuello. Ethan suspiró suavemente y paladeó el delicado olor a flores de su cabello.

–Has perdido peso –murmuró cuando llegaron al rellano superior.

–Lo sé –contestó ella. Sus senos subían y bajaban contra el tórax de Ethan–. Pero así es mejor, ¿no? Si pesara el doble de lo que pesaba, te habrías caído rodando por las escaleras y nos habríamos roto los dos el cuello.

Ethan se rio ligeramente.

–Supongo que sí.

Habían llegado a la habitación de invitados, pero la puerta estaba cerrada.

–Agárrate bien –le indicó Ethan–, voy a abrirla.

La joven obedeció, estremeciéndose un poco ante la proximidad de sus cuerpos. Él lo notó y, tras abrir la puerta, la miró a los ojos con tal intensidad, que el corazón de Arabella dio un brinco.

–Te gusta estar cerca de mí, ¿no es cierto? –murmuró seductor. Arabella despertaba en él una sensualidad que no había sentido en años.

Ella se puso roja como una amapola y bajó la vista, pensando en qué decir. Sin embargo, el azoramiento de la joven solo excitó más a Ethan. Sentía como si volviese a la vida después de un prolongado letargo. Una ola de deseo recorrió todo su cuerpo y, por primera vez en cuatro años, volvió a sentirse como un hombre. Ethan entró en la habitación aún con ella en brazos y cerró la puerta con la punta del pie. Llevó a la joven a la cama, donde la depositó con suma dulzura, permaneciendo sus ojos fijos un instante en la curva de sus senos. Alzó la cabeza, y lo satisfizo leer en el rostro de Arabella el mismo deseo que él estaba sintiendo.

De modo que no lo había olvidado... Por un momento pensó en tumbarse sobre ella y besarla hasta dejarla sin respiración, pero se apartó de la cama antes de que pudiera sucumbir a la tentación. Arabella tal vez lo deseara, pero era virgen y se sentía un poco resentida hacia él por lo que había ocurrido entre ellos años atrás. Era demasiado pronto, tenía que estar seguro...

Sacó un cigarrillo y lo encendió.

–¿No has pensado en dejar de fumar? –inquirió Arabella por decir algo.

Ethan entornó los ojos mientras estudiaba su rostro.

–Estaba fumando aquel día junto a la charca –le dijo–, y tú no te quejaste del sabor cuando te besé.

Ella lo miró azorada.

–Solo me habían besado un par de chicos, pero tú eras mayor, y tenías más experiencia –confesó bajando la vista–. Quería parecerte una mujer sofisticada, pero en el momento en que me tocaste me vine abajo –dijo con un suspiro–. No era más que una jovencita tonta que se había encaprichado de ti.

Ethan tuvo que hacer un nuevo esfuerzo para no ir a su lado y tomarla entre sus brazos para besarla apasionadamente. ¿Cómo podía Arabella sentirse culpable cuando era él quien había estado equivocado? La había herido, la había herido profundamente en su orgullo igual que Miriam había hecho con él, y la había echado de su vida. Tal vez su padre no la habría seguido manipulando si él no se hubiera dejado embaucar por Miriam y le hubiera pedido a la joven que se casara con él.

–Qué redes tan enmarañadas tejemos a veces... –murmuró con voz queda–, incluso cuando no lo pretendemos.

–Tú no pudiste evitar enamorarte de Miriam, Ethan –dijo Arabella creyendo adivinar sus pensamientos.

Él la miró con tal dureza que la joven dio un ligero respingo.

–¿Te das... te das cuenta de cómo te irritas cuando alguien te la menciona? –inquirió Arabella–. Hasta se te pone rígida la mandíbula…

–Lo sé –mascullό él.

–Yo… yo entiendo que no quieras hablar de ella, y supongo que debió herir terriblemente tu orgullo, pero creo que la única manera de reparar el daño es devolverte la autoestima.

Los ojos grises de Ethan la miraron fijamente.

–¿Te estás ofreciendo para hacerlo tú?

Arabella creyó advertir una nota de ironía en su voz.

–No, no te estoy ofreciendo nada, excepto una buena interpretación cuando Miriam se presente aquí –le contestó–. Al fin y al cabo te debo…

–No me debes nada –la cortó él con frialdad. Sus ojos relampagueaban, como si se hubiera molestado con ella.

–Bueno, en ese caso lo haré por lo viejos tiempos –contestó ella sin amilanarse–. Para mí tú eres como el hermano mayor que nunca tuve. Lo haré para agradecerte que siempre hayas cuidado de mí.

Ethan se sintió como si le hubieran echado un jarro de agua fría. Lo único que le estaba devolviendo un poco la confianza en sí mismo era el modo en que reaccionaba cada vez que estaba cerca de él… ¿y estaba diciéndole que solo era como un hermano para ella?

–Me da igual la razón mientras me ayudes –le contestó expulsando con impaciencia una bocanada de humo–. Hasta mañana.

Se dio media vuelta y comenzó a dirigirse hacia la puerta.

–Bueno, ¿y qué es lo que querías que dijera? –le espetó Arabella exasperada–. ¿Que haría cualquier cosa por ti?

Él se detuvo, con la mano en el picaporte y se volvió a mirarla con una expresión en los ojos que ella no supo descifrar.

–He puesto a la gata y a sus crías en el establo –le dijo–. Si quieres te llevaré a verlos mañana por la mañana.

Arabella quería que le contestara, pero comprendió que si tenían que convencer a Miriam de que había algo entre ellos no podían empezar a pelearse.

–Sí, gracias –respondió sin mirarlo–, me encantaría.

–De nada.

Cuando hubo salido de la habitación, Arabella se dejó caer sobre el colchón y se hizo un ovillo. Estaba tan confundida. «Oh, Ethan, ¿por qué las cosas entre nosotros tienen que ser tan difíciles?».

Mary y Matt se marcharon a la mañana siguiente. Arabella despidió a su mejor amiga con un abrazo, pensando que se sentiría un poco perdida los días que siguieran sin ella. La llegada de Miriam se acercaba, y estaba empezando a preocuparse seriamente por haber aceptado ayudar a Ethan con su plan.

–No pongas esa cara, mujer –le dijo Mary con una sonrisa afectuosa–. Ethan y Coreen se ocuparán de ti. Además, Miriam no se alojará aquí. Ethan no lo permitiría.

–Espero que tengas razón –murmuró la otra joven–. La verdad es que la temo como a un miura. Por lo que me ha contado Coreen parece que sea capaz de levantar ampollas solo con las palabras.

–Eso es cierto –contestó Mary contrayendo el rostro–, puede ser muy desagradable, pero seguro que tú serás capaz de ponerla en su sitio. Siempre que pierdes la paciencia te defiendes con uñas y dientes

–dijo riendo–. Hasta lograbas que Ethan te escuchara.

Arabella se sonrió.

–La verdad es que estoy desentrenada. Hace mucho que no pierdo los estribos con nadie... Bueno, excepto con Ethan. Deséame suerte.

–Suerte –dijo Mary–, pero estoy segura de que no la necesitarás.

Ethan los llevó al aeropuerto, y Arabella creyó que se había olvidado de su ofrecimiento para enseñarle a la gata y sus crías, pero no fue así.

–Vamos, te llevaré al establo –le dijo cuando regresó–. Si es que aún estás interesada.

Ella asintió, y Ethan la tomó de la mano sana, tirando de ella sin expresión alguna en el rostro.

–¿No deberíamos decirle a tu madre dónde vamos? –protestó ella molesta por sus modales.

–No le he dicho a mi madre dónde iba desde que cumplí los doce años –le espetó Ethan sin mirarla–. Y no necesito su permiso para moverme por el rancho.

–No lo decía en ese sentido –replicó ella frunciendo el entrecejo.

Observó que Ethan no se había cambiado al llegar.

–Debías haberte cambiado de ropa. Te puedes manchar –le dijo mientras entraban en el establo.

Ethan le dirigió una breve mirada.

–¿Ah, sí? «¿Cómo?»

En otro momento, ella le habría dado una respuesta impertinente para picarlo, pero sabía que no estaba de humor para bromas.

–Olvídalo.

Mientras avanzaban por el pasillo del establo, la joven bajó la vista hacia sus manos entrelazadas, y después a la que tenía escayolada. Echaba de menos su piano. De pronto su cabeza se llenó de notas. Podía escuchar a la perfección cada acorde, las notas menores, las subdominantes...

–Arabella –la llamó Ethan sacándola de su ensoñación. Se habían detenido junto al último pesebre–. Estaba diciéndote que ya hemos llegado. ¿Dónde estabas?

Para la joven, el haber sido arrancada tan bruscamente de sus pensamientos, fue como revivir el choque del accidente. De pronto la asaltó el temor de no poder volver a tocar. Si su mano no quedaba como antes, sus interpretaciones al piano serían solo la sombra de lo que habían sido. Ni siquiera podría con las piezas de música pop. Además, no tendría modo de ganarse la vida, porque no sabía hacer otra cosa. Y desde luego no podía contar con su padre. No cuando ni siquiera la había llamado. Al menos Ethan había salvado lo que le quedaba en el banco, pero ese dinero no le duraría eternamente. El pánico debió reflejarse en su rostro, porque Ethan la tomó por la barbilla, y la joven vio que su enfado se había desvanecido.

Tenía que dejar de pincharla, se dijo Ethan, no era culpa suya que Miriam hubiese aplastado su ego.

–Deja de intentar vivir toda tu vida de una vez, Bella. No tienes por qué preocuparte.

–Eso es lo que tú crees –murmuró ella mirándolo a los ojos.

–No, es lo que tú debes pensar –la corrigió él–. Deja que el futuro se preocupe de sí mismo. Ven, esto te animará –le dijo arrodillándose sobre el heno.

La joven se arrodilló también y, entre la paja, pudo ver cinco gatitos de escasos días, blancos como la nieve, y echada allí también, una preciosa gata de pelo corto, blanca como sus crías, y con los ojos azules.

Ethan tomó con cuidado uno de los gatitos y lo

puso en los brazos de Arabella, que lo puso cerca de su cuerpo para asegurarse de que no se cayera, mientras frotaba su mejilla contra la suave cabecita del animal.

–¿Verdad que es maravilloso? –musitó–, el milagro de la vida... –le dijo a Ethan cuando le devolvió el gatito para que lo pusiera otra vez junto a su madre–. Toda mi vida había pensado que un día me casaría y tendría hijos, pero siempre había otro concierto, otra sesión de grabación en el estudio... –dijo sonriendo con cierta tristeza–. Cada vez que empezaba a salir con alguien era como si mi padre pusiese aún más empeño en mantenerme ocupada para que esas relaciones no llegasen a ningún sitio.

–No podía permitirse perderte –dijo él acariciándole el largo cabello castaño–. No cuando eras para él la gallina de los huevos de oro.

Se quedaron callados, y el silencio en el establo solo se vio roto de vez en cuando por el ruido de alguno de los caballos en sus pesebres.

Ethan la miró a los ojos y, de pronto, el ritmo de los latidos de su corazón empezó a incrementarse ante la proximidad de la joven, como le había ocurrido la noche anterior.

–Hacía mucho tiempo que no estábamos así, juntos... a solas –murmuró.

Arabella bajó la vista incómoda al ancho tórax del ranchero, observando como subía y bajaba.

–Años –asintió algo nerviosa.

Él siguió acariciándole el pelo, totalmente absorto en ella.

–Entonces tenías el cabello aún más largo –dijo sonriendo levemente–. Recuerdo cómo enmarcaba tu rostro sobre la hierba mientras hacíamos el amor aquel día junto a la charca...

–No-no hicimos el amor –balbució ella molesta–.

Me besaste unas cuantas veces y después te aseguraste de que no me lo había tomado en serio. Me dijiste que... ¿cómo fue tu expresión? Oh, sí, que no te habría importado enseñarme más cosas, pero que amabas demasiado tu libertad.

–Bueno, es cierto que estabas muy verde, y que eras demasiado inocente con respecto a los hombres –se defendió él–. Eras muy joven, pero imagino que al menos ahora te darás cuenta de lo que podría haber ocurrido si no hubiese parado.

–¿Importa todo eso ya realmente? –inquirió ella frunciendo el entrecejo contrariada–. ¿Podemos volver a la casa?

Ethan enmarcó el rostro de la joven entre sus manos para que lo mirara a los ojos.

–Eras una joven virgen cuyo padre no solo me detestaba, sino que además tenía total control sobre tu vida. ¡Solo un idiota habría llegado hasta el final en semejantes circunstancias!

La joven se quedó mirándolo ofendida, y sorprendida por la rabia que había en su voz y en su mirada.

–Claro, y tú no eras ningún idiota –le espetó temblando de ira–. Pues te diré algo: no sé por qué te molestas en fingir que te importan mis sentimientos, después de lo que me dijiste.

Ethan resopló y apretó los puños.

–¡Dios!, ¿cómo puedes estar tan ciega? –exclamó lleno de frustración. La tomó por la barbilla, e inclinó la cabeza hacia ella–. Yo te deseaba.

Sus labios descendieron sobre los de Arabella, y comenzó a besarla despacio. El silencio en torno a ellos se volvió denso por la intensidad de las emociones que se desplegaron en ese instante.

De pronto, sin embargo, el ruido de un motor, de un coche acercándose, rompió el hechizo del momento.

Ethan, despegó sus labios de los de la joven, y alzó la cabeza, sobresaltado. La mirada en sus ojos grises era casi febril, y había un cierto temblor en sus manos cuando las apartó del rostro de Arabella. La respiración de los dos se había vuelto jadeante, y Arabella sintió que las piernas apenas la sostenían. Lo miró, y él leyó en sus ojos la pregunta que ella no se atrevía a formular.

–Llevo solo mucho tiempo –dijo ásperamente, con sonrisa burlona–. ¿No es eso lo que te gustaría creer?

Pero, antes de que ella pudiera contestar a eso, él se estaba alejando ya hacia la puerta del establo.

–Estoy esperando a un comprador –le dijo sin volverse–. Debe ser él.

Ethan salió del establo, casi agradecido por la interrupción. Había estado a punto de perder la cabeza, embriagado por la exquisita promesa en los labios de Arabella. En adelante tendría que tener más cuidado. Acelerando las cosas no conseguiría nada.

Arabella había salido tras él y, al llegar fuera, vio sorprendida que lo que había allí aparcado era un taxi, del que estaba apeándose una mujer de piernas larguísimas. No era otra que Miriam.

Ethan estaba observando el espectáculo con disgusto. Parecía que Miriam había presupuesto, sin que nadie la invitara, que iba a alojarse en el rancho durante su estancia, ya que el taxista estaba sacando, con gran esfuerzo, dos enormes maletas y una bolsa de viaje del maletero.

Ethan se había puesto rígido, y un sudor frío le corría por las manos. Miriam, su ex mujer. Solo con verla se tambaleaban los cimientos de su autoestima. Trató de relajar sus facciones para que no mostraran emoción alguna, y se volvió hacia Arabella y le tendió la mano, pidiéndole en silencio su colaboración, tal y como le había prometido.

Capítulo Cinco

Miriam enarcó una ceja al ver a Arabella y a Ethan acercarse hasta donde estaba ella. De hecho, se quedó mirando descaradamente a la joven, como con incredulidad, tenía los ojos entornados y su rostro denotaba una clara hostilidad. Entonces advirtió que iban de la mano, y por un momento pareció perder la compostura, pero inmediatamente esbozó una sonrisa forzada.

–Hola, Ethan –lo saludó, echándose hacia atrás el largo cabello–. Recibiste mi telegrama... supongo.

Ethan le sostuvo la mirada sin parpadear.

–Sí, lo recibí.

–Paga al taxista, ¿quieres? –le dijo con un aire impertinente, como si Ethan estuviera obligado a obedecer sin rechistar–. Estoy sin blanca. Confío en que no te importe que me quede con vosotros mientras esté aquí, Ethan, porque me gasté hasta el último centavo en este traje y no puedo permitirme un hotel.

Ethan apretó la mandíbula, pero no le dijo que no. Arabella vio como sacaba la billetera del bolsillo para pagar al taxista, y volvió la cabeza hacia Miriam. Era la perfección personificada: cabello castaño con reflejos rojizos, embrujadores ojos verde esmeralda, rostro finísimo, y espléndida figura. Sin embargo, era obvio que la edad le estaba pasando factura, y parecía haber ganado algo de peso. Arabella recordó la teoría de Coreen, y se dijo que efectivamente cabía la posibilidad de que estuviera embarazada. Eso explicaría el aumento de peso, visible sobre todo en torno a la cintura.

–Hola... Arabella –la saludó Miriam estudiándola cuidadosamente–. Qué cambiada estás... ¡Y pensar que cuando Ethan y yo nos casamos no eras más que una chiquilla...!

–Pues ya ves, he crecido, y ya soy toda una mujer –le contestó Arabella con una sonrisa igualmente forzada. Y, para enfatizar sus palabras, dirigió a Ethan la más tierna de las miradas–. O, al menos, eso es lo que piensa Ethan.

Miriam prorrumpió en una risa desagradable.

–¿En serio? –contestó–. Bueno, supongo que tiene sentido que ahora le vayan las mujeres jóvenes, porque por su inocencia no sabrán lo que se pierden.

A Arabella aquella puya la pilló desprevenida. No comprendía a qué se refería, ni podía comprender la expresión en el rostro de Ethan cuando se volvió hacia ellas, después de dar instrucciones a un peón que pasaba para que llevara el equipaje de Miriam a la casa.

–¿Por qué no le cuentas por qué no vas con mujeres experimentadas, Ethan? –murmuró la modelo con sarcasmo.

Ethan le lanzó una mirada furibunda; aquello la calló.

–Lo mío con Arabella se remonta a mucho tiempo atrás, Miriam. Ya nos sentíamos atraídos el uno por el otro antes incluso de que me comprometiera contigo –apuntó Ethan.

Los ojos de Miriam brillaban iracundos.

–Sí, recuerdo que tu madre mencionó algo así.

Ethan, de espaldas a Arabella, le rodeó la cintura y la atrajo hacia sí, mirándola con cierta satisfacción cuando ella se relajó, recostándose contra él.

–No te esperábamos hasta la semana próxima –le dijo a Miriam.

–Lo sé, pero acababa de terminar un trabajo en el Caribe y tenía que volver a Nueva York, así que me pillaba de camino –contestó ella.

Arabella, envuelta como una mariposa en la crisálida, pudo notar la rigidez en los brazos de Ethan mientras hablaba con Miriam. Si le provocaba esas reacciones, si aún sentía algo por ella, ¿por qué no se lo decía simplemente? Además, la modelo parecía celosa de verlos juntos, y si era así, entonces también debía sentir algo por él...

–¿Cuánto tiempo pretendes quedarte? –le preguntó Ethan con tirantez–. Hay mucha tarea en el rancho por esta época del año, e imagino que entenderás que a Bella y a mí nos gusta pasar a solas nuestro tiempo libre.

Miriam enarcó una ceja.

–Qué oportuno, Arabella, que hayas aparecido precisamente cuando yo iba a venir... –murmuró con malicia–. Había oído que tenías una brillante carrera como pianista.

–Bella ha tenido un accidente –contestó Ethan por la joven con una gélida sonrisa–. Y naturalmente yo quería poder cuidar de ella. Pero no te preocupes, seguro que mi madre estará encantada de pasar las tardes charlando contigo.

Tal y como Ethan imaginaba, a Miriam no pareció entusiasmarle la idea.

–Seguro que sí –dijo irritada–. Bien, vamos dentro de la casa. Estoy cansada y me apetece tomar un trago.

–En mi casa no lo tomarás –le dijo Ethan con firmeza–. No tenemos ninguna bebida alcohólica.

–¿Qué no...? ¡Pero si siempre teníamos un montón de botellas!

–Tenías –la corrigió él–. Era un vicio que detestaba –le dijo–, uno de tus muchos vicios. En cuanto te marchaste las tiré todas por el fregadero. Yo no bebo.

–Ya lo sé, tú no haces «nada» –contestó Miriam en un tono venenoso–, sobre todo en la cama.

Los brazos de Ethan se cerraron más en torno a Arabella. La joven estaba empezando a comprender, o al menos eso creía. Miró a la otra mujer furiosa, sintiendo deseos de abofetearla. Sabía que Ethan no necesitaba que lo defendiesen, y que probablemente se enfadaría si interviniera, ¡pero aquello era demasiado! ¡Que lo estuviera insultando cuando tenía intención de quedarse en su casa! Además, había sido ella quien lo había engañado con todos los hombres con que había podido. ¿Cómo podía esperar que no le produciría repulsión después de hacerle eso? Incluso amándola como parecía que la amaba, era algo tremendamente difícil de perdonar.

Ethan estaba mordiéndose la lengua para no contestar. Sabía que era lo que esperaba Miriam con sus provocaciones, ponerlo furioso. Si le contaba a Arabella que... No, no se atrevería. Si finalmente iba a enterarse, prefería ser él quien se lo dijera.

Sin embargo, a pesar de su firme propósito de no intervenir, Arabella no podía soportar la mirada jactanciosa en el rostro de la modelo.

–Tal vez «tú» tuvieras problemas con Ethan en la cama –le dijo alzando desafiante la barbilla–, pero nosotros no los tenemos.

Ethan tuvo dificultades para disimular su sorpresa. No hubiera esperado que Arabella echara a perder su reputación por él. Nunca había imaginado que pudiera tener ese coraje.

Miriam estaba temblando de ira.

–¡¿Cómo te atreves, pequeña zo...?!

Sin embargo, no terminó la frase, porque Ethan se había abalanzado sobre ella como un rayo, tapándole la boca con una mano y agarrándola por el brazo izquierdo con la otra. Retiró la mano que tenía sobre sus labios y le agarró también el brazo derecho.

–La carretera está por allí –masculló Ethan sacudiendo la cabeza en la dirección por donde había desaparecido el taxi–. No voy a permitir que insultes a mi futura esposa con tu sucia lengua.

Miriam lo estaba mirando con los ojos como platos, sorprendida en parte por su arranque de furia, y en parte por la noticia de que pensaba casarse con Arabella.

La joven por su parte, se había quedado de piedra. Oír aquello de labios del propio Ethan resultaba increíble. Se preguntó si no estaría soñando.

–Lo siento –balbució Miriam tragando saliva. Sin embargo, se recobró rápidamente del susto y alzó la vista hacia Ethan, con una mirada de cordero degollado–. Supongo… supongo que me cuesta creer que ya no sientas nada por mí.

Pero Ethan no se iba a dejar torear tan fácilmente. Conocía sus trucos.

–No olvides lo que te he dicho –le dijo en un tono áspero–. Si te quedas, obedecerás mis reglas. Si vuelvo a enterarme de que le has dicho una palabra más alta que otra a Arabella te irás como viniste. ¿Entendido?

Miriam esbozó otra sonrisa forzada.

–Está bien, Ethan, te doy mi palabra de que seré la perfecta invitada. No obstante… pensé que íbamos a hablar de una reconciliación.

–Tal vez es lo que tú quisieras –le contestó él muy calmado–, pero Bella y yo vamos a casarnos. No hay sitio en mi vida para ti, ni volverá a haberlo.

Miriam palideció por momentos, pero se irguió, estirando la chaqueta de su elegante traje violeta, y volvió a sonreír.

–Eso ha sido un modo un poco crudo de decirlo, ¿no crees?

–Es la única forma en que entiendes las cosas –respondió Ethan. Volvió a tomar la mano de Arabella, e hizo un gesto hacia la casa–. Después de ti.

Miriam pasó por delante de ellos, y al rato Arabella y Ethan echaron a andar tras ella.

–Lo estás haciendo muy bien –le susurró Ethan en el oído a la joven–. Y no te preocupes, no dejaré que vuelva a atacarte.

–Ethan, yo no estoy segura de lo que Miriam quería decir con lo que dijo, pero…

Él le dirigió una sonrisa amable, aunque ella pudo percibir que aquel tema le resultaba incómodo.

–Te lo explicaré más tarde.

–No tienes que explicarme nada, Ethan –le respondió ella al instante, mirándolo a los ojos–. No me importa lo que diga Miriam.

–Verdaderamente estás llena de sorpresas –murmuró el ranchero sin poder evitar sonreír de nuevo, conmovido por su fidelidad.

–Tú también –replicó ella–, pensé que habías dicho que lo del compromiso sería el último recurso.

–Lo sé, y lo siento, pero es que este me pareció el momento más oportuno. Anda vamos, quiero ver cómo la despacha mi madre. Y mantén bien alta esa barbilla, Bella.

Coreen desde luego no le dio precisamente la bienvenida a Miriam, pero tenía demasiada educación como para mostrar abiertamente su antagonismo, así que lo camufló bajo unos modales impecables y la más fría cortesía. El único momento en que se dibujó una sonrisa genuina en sus labios fue cuando Ethan hizo que Arabella se sentara a su lado en el sofá y la rodeó con el brazo.

A la joven desde luego le había encantado la fiereza con la que la había defendido minutos antes. Tal vez solo lo había hecho porque le desagradaban las maneras de Miriam, pero era bonito pensar que quizá le importaba lo bastante como para defenderla. Apoyó la cabeza en el hueco de su cuello para dar mayor verosimilitud a su relación, y también, por qué no admitirlo, porque le encantaba sentirlo tan cerca.

Alzó la vista hacia él, observando cómo escuchaba sin ningún interés a Miriam monologando acerca de sus viajes. Parecía tan tenso desde que Miriam le había lanzado aquella puya... Desde luego no parecía la actitud más acertada si quería arreglar las cosas con él.

–¿Y qué estás haciendo tú aquí, Arabella? –inquirió de pronto Miriam impertinente, sacándola de sus pensamientos–. Yo te hacía en Nueva York.

–Estaba haciendo una gira de conciertos –contestó la joven–. Precisamente volvía de uno cuando se produjo el accidente.

–Entonces... ¿volvías a Nueva York? –inquirió Miriam suspicaz.

–Volvía aquí –se apresuró a puntualizar Ethan, lanzando una sutil mirada de reproche a Arabella por el descuido–. Iba con su padre. Debería haberla llevado yo mismo.

–¿Y podrás volver a usar la mano... o es este el fin de tu fulgurante carrera? –le preguntó Miriam con crueldad–. En fin, de todos modos, si vas a casarte con Ethan, seguro que hará que te quedes en la casa y hará que le des un montón de hijos. Es terriblemente machista.

–Para conocerme tan bien, no sé por qué te casaste conmigo, cuando luego te negaste rotundamente a tener ningún hijo –le espetó él irritado–. Claro que tú olvidaste mencionarlo antes de la boda.

Miriam se removió incómoda en su asiento e ignoró el comentario.

–¿Hay algo que hacer por aquí aparte de ver la televisión? –dijo cambiando de tema–. Detesto la televisión.

–A Ethan, a Arabella y a mí nos encantan los documentales sobre animales –dijo Coreen con toda la intención–. Y esta noche precisamente ponen uno sobre los osos polares, ¿verdad, cariño?

Ethan intercambió una mirada con su madre.

–Cierto.

Miriam dejó escapar un gemido y puso los ojos en blanco.

Aquel fue el día más largo que Arabella podía recordar. Logró mantenerse alejada de Miriam permaneciendo todo el tiempo con Ethan, incluso cuando hizo su habitual recorrido del perímetro del rancho al atardecer para comprobar que todo estaba en orden. Solía hacerlo a caballo, pero en deferencia hacia la joven, aquel día lo hicieron en la camioneta.

–Esta mañana me sorprendiste –le dijo Ethan mientras conducía–, supiste muy bien como tratar a Miriam.

–¿Qué esperabas?, ¿que me echara a llorar y saliera corriendo a esconderme? –le dijo ella riéndose–. Viviendo con mi padre puedo decir que tengo bastante práctica con gente con mal carácter como ella.

–Lo imagino –respondió él–. Pero nunca lo hubiera esperado, en este caso fue Miriam la que casi sale corriendo.

–Tú tampoco te quedaste corto –repuso ella–. Nunca te había visto sacar ese geniazo. Lo cierto era que no recordaba que tuviera tanto veneno en el pasado.

–Eso es porque no la conociste como yo –contestó Ethan–. O tal vez si la conocías… Viste sus intenciones mucho antes que yo.

La joven escrutó su rostro de perfil, queriendo preguntarle algo, pero sin saber cómo hacerlo para no molestarlo. Ethan, que lo intuyó, la instó diciendo:

–Adelante, pregunta lo que quieras.

Ella dio un respingo.

–¿Preguntarte qué?

Él dejó escapar una carcajada amarga.

–¿No quieres saber por qué ella se sorprendió cuando tú le diste a entender que éramos amantes?

–No sé, creí que estaba siendo sarcástica –comenzó Arabella.

Ethan no dijo nada, pero, al cabo de unos minutos detuvo de pronto el vehículo y apagó el motor. Se giró hacia la joven, para poder mirarla de frente, mientras intentaba hallar el modo de darle una explicación que no quería darle en realidad. Sin embargo, Miriam estaría deseando soltárselo en cuanto tuviera una ocasión, y no quería que se enterara por ella.

–Miriam se buscó un amante a las dos semanas de casarnos –comenzó Ethan con voz queda–. Y después hubo un goteo incesante de muchos más hasta que logré el divorcio. Ella decía que no la satisfacía en la cama.

Lo dijo de golpe, con brusquedad, como si quisiera sacárselo de dentro, y Arabella pudo ver la angustia en sus ojos grises. Una vez había oído que para un hombre el ego era lo más importante, lo que lo hacía más vulnerable. Tal vez fuera cierto.

–Yo creo que nadie la satisfacía, Ethan –contestó mirándolo a los ojos–. Si tuvo tantos amantes...

Ethan, que sin darse cuenta había estado conteniendo el aliento, respiró tranquilo. Arabella no se había burlado de él, ni se había mostrado sorprendida. Y, en cierto modo, tenía mucha razón. Si el problema hubiera sido él, ¿por qué pasaba Miriam de un hombre a otro?

–Dicen que las cosas van bien en un matrimonio si las dos personas se quieren y se esfuerzan, pero supongo que yo era demasiado anticuado para Miriam.

Arabella meneó la cabeza.

–Coreen cree que Miriam pueda estar embarazada –le dijo–, y que esa es la razón por la que ha vuelto, para intentar embaucarte y luego hacerte creer que eres el padre de su hijo.

–Ya te dije al principio que no quiero que vuelva a mi vida –contestó Ethan con aspereza–. Si cree que puede engañarme es que no me conoce.

–Pero podría decirle a la gente que tú eres el padre –replicó Arabella.

Ethan dejó escapar un profundo suspiro.

–Sí, supongo que sí. Tal vez sea eso lo que tiene en mente.

–¿Y qué vamos a hacer?

–Ya pensaré algo –respondió Ethan sin mirarla. Tal vez cerrar la puerta de su dormitorio por las noches sería la mejor opción, pero sin duda, Miriam se reiría de él si lo hiciera, se dijo con amargura.

–Yo podría ayudar si me dijeras qué tengo que hacer –se ofreció la joven–. Lo único que sé del sexo es lo que me enseñaste aquel día junto a la charca –añadió sin mirarlo.

Ethan alzó el rostro hacia ella y la miró de hito en hito, como si fuera la primera vez que la viera.

–¿Bromeas?

Ella meneó la cabeza.

–Pero han debido haber otros hombres…

–He salido con algunos, pero nunca…

–Pero eso es imposible, Bella –se rio él incrédulo–. Vamos, ¿pretendes tomarme el pelo? Las mujeres hoy en día… Además tú eres muy atractiva.

Arabella se notó enrojecer por momentos. ¿Cómo

iba a decirle que la idea de que otro hombre que no fuera él la tocara o la besara la repugnaba?

–Arabella, contéstame –insistió él.

–No pienso hacerlo –musitó ella mirándolo de reojo.

Una sonrisa empezó a dibujarse en los labios de Ethan.

–¿Tan bien estuve que no has querido hacer nada con nadie más? –inquirió ligeramente burlón, aunque también halagado.

Ella se sonrojó más aún y apartó la mirada, haciendo que Ethan se sintiera como si estuviera flotando.

De pronto, él extendió una mano y enredó sus dedos en los sedosos cabellos de la joven.

–¿Sabes que aún hoy no sé cómo pude parar? –murmuró–. Tú respondías a cada caricia con tanto ardor...

–Estaba loca por ti –contestó ella–. Quería que pensaras que era muy madura, pero supongo que lo estropeé todo. Cometí las dos mayores equivocaciones que puede cometer una mujer: te dejé ver lo inexperta que era y cuánto te deseaba, y luego se me ocurrió entrometerme con lo de Miriam.

Se quedaron callados un buen rato y, al cabo, Ethan dijo:

–En fin, supongo que tienes razón, si queremos que Miriam se trague que estamos juntos, tendremos que dar muestras de intimidad.

–¿Quieres decir que debería ponerme vestidos escotados, contonearme cuando camine y sentarme sobre tus rodillas y acariciarte el cabello...? ¿Y especialmente delante de Miriam? –inquirió en un tono juguetón.

–Vas captando la idea, pequeña –contestó Ethan divertido.

–¿Y no te dará vergüenza? –preguntó Arabella.

–Bueno –dijo Ethan mesándose la barbilla como si estuviese considerándolo–, mientras no trates de desvestirme en público… No queremos escandalizar a mi madre.

Arabella se rio. Era la primera muestra de humor que daba desde que llegara Miriam.

–Por eso no debes preocuparte. Por ahora tendrás que conformarte con una seducción parcial: ¡no puedo ni desvestirme yo sola!

–¿Sabes?, tal vez podrías no ponerte el sujetador mientras Miriam esté aquí. Eso le dará qué pensar.

–¿Qué dices?, a tu madre le daría un ataque –murmuró Arabella algo escandalizada ante la idea.

–Lo dudo. Ella ha estado siempre de tu parte. Nunca pudo entender que prefiriera a Miriam sobre ti.

–Pues yo sí –repuso la joven con una risa seca–. Porque Miriam era todo lo que yo no era: sofisticada, experimentada… –bajó la mirada con una expresión de amargura en el rostro–. Lo único que yo tenía era mi talento, y puede que incluso ahora haya perdido eso…

Ethan la tomó por la barbilla para hacer que lo mirara.

–Deja de adelantar acontecimientos, Bella. No vamos a pensar en qué pasará cuando te quiten la escayola, ni en cuál será la reacción de tu padre. Vamos a concentrarnos en Miriam, y en cómo lograr que se vaya y no vuelva. Esa es la prioridad. Tú me echas una mano a mí, y yo haré lo mismo por ti cuando llegue el momento y aparezca tu padre.

–¿Tú crees que vendrá, Ethan? –inquirió ella con pesimismo.

Los ojos verdes de la joven se alzaron para mirarse en los suyos. Seguía siendo tan preciosa como lo había sido años atrás, se dijo Ethan.

–Eso es lo de menos –respondió estudiando los elegantes dedos de la mano sana de Arabella–. Yo me ocuparé de ti pase lo que pase.

La joven sintió que se estremecía de emoción. ¡Si aquello fuera verdad! Había habido tan poco afecto en su vida...

Siempre se había sentido muy sola. A su padre solo parecía importarle su talento. No, no había conocido el cariño, ni el amor, pero quería con todas sus fuerzas que Ethan la correspondiera. Pero, ¿sería eso posible? Miriam parecía haber matado la posibilidad de amar en él.

–Te has quedado muy callada –murmuró Ethan–. ¿Qué es lo que te ocurre?

La suavidad de su voz hizo que las lágrimas acudieran a sus ojos, pero cuando trató de apartar el rostro, él volvió a tomarla de la barbilla.

–¿Qué es, Arabella?, ¿qué te pasa?

El labio inferior de la joven temblaba.

–N... no es nada –balbució. Cerró los ojos con fuerza. Era una cobarde. Quería decirle: «¿por qué no puedes amarme?», pero le daba miedo la respuesta.

–Deja de intentar vivir toda tu vida en un día –le dijo él–. No funcionará.

–Lo siento, supongo que me preocupo demasiado –admitió Arabella secándose una lágrima que había rodado silenciosa por su mejilla–. Pero es que todo mi mundo está patas arriba. Tenía una prometedora carrera, un bonito apartamento en Nueva York, viajaba... y ahora puede que todo eso quede relegado al pasado. Seguro que mi padre ni siquiera se molestará en volver a hablarme.

–Arabella, tienes que pensar en positivo. Tu padre llamará, o vendrá a verte, seguro, y tu mano se curará del todo, ya lo verás. Además –dijo con una sonrisa–, ahora mismo no puedes buscarte un trabajo, porque ya tienes uno.

–Cierto –sonrió ella débilmente–, ayudarte a seguir soltero.

–Bueno, yo no lo expondría de ese modo –dijo él mirándola de un modo extraño–. Digamos que vas a ayudarme a lograr que Miriam se marche sin que haya derramamiento de sangre.

La joven alzó el rostro hacia él.

–Es muy bonita –le dijo–. ¿Estás seguro de que quieres que salga de tu vida para siempre? –inquirió escrutando sus ojos grises–. Una vez la amaste.

–Me enamoré de una ilusión –respondió él. Apartó un mechón del rostro de Arabella–. La belleza exterior no indica que también la haya en el interior. Me dejé seducir por su atractivo físico, sí, pero un buen corazón es mucho más importante que una cara bonita.

–Bueno, sí, pero ya no parece tan fría como antes, ¿no crees?

–¿De parte de quién estás? –inquirió Ethan sorprendido, enarcando una ceja–. Cualquiera diría que quieres arrojarme a sus brazos.

–No es eso –replicó ella–. Es solo que quería que estuvieses seguro de lo que vamos a hacer.

Ethan la atrajo hacia sí, acariciándole el cabello mientras miraba por la ventanilla.

–Pues claro que estoy seguro. Nuestro matrimonio fue un desastre. Ni siquiera creo que pudiera dársele ese nombre –se apartó de ella y la miró a la cara, deleitándose en su belleza candorosa–. La deseaba, pero eso no es suficiente para que un matrimonio funcione.

Arabella recordó con pesar que eso era lo mismo que le había dicho hacía años que sentía por ella. La deseaba, pero no la amaba. Había dicho que no amaba a Miriam, pero si la había convertido en su esposa, debía haber sentido algo por ella.

–¿En qué piensas? –inquirió Ethan.

–En nada en particular –mintió ella esbozando una sonrisa–. Es que estoy un poco…

Pero no pudo terminar la frase, ya que los labios de Ethan habían descendido sobre los suyos. La joven se puso tensa ante el repentino y cálido contacto. Hacía años desde aquellos besos que habían compartido junto a la charca, y, sin embargo, parecía que no se hubiesen separado y aquello hubiese ocurrido el día anterior. Arabella podía recordar a la perfección su olor, el modo en que su boca masajeaba la suya, incluso el modo en que gimió cuando hizo el beso más profundo.

–Bésame tú también –susurró Ethan contra sus labios húmedos–. No te contengas.

–Pero… no debemos… –protestó ella sin demasiada convicción.

–Sé que me deseas, Bella. Siempre lo has hecho –dijo él con voz ronca.

Sus dedos se introdujeron por entre los cabellos de la joven, y volvió a inclinar el rostro hacia el de ella, besándola otra vez y haciendo que abriera la boca para invadirla sensualmente con su lengua. De pronto, notó que ella se tensaba, y dudó, apartándose un instante.

–No luches contra ello, Arabella –le dijo.

Estaba quemándose, ardiendo de deseo por ella. Sí, los rescoldos de lo que había sentido cuatro años atrás no se habían apagado, y en ese momento, con solo removerlos un poco, se habían reavivado. Arabella le hacía olvidar a Miriam y todo el daño que le había infligido.

–¡Oh, Dios, déjame amarte, Bella...! –jadeó.

–¡No! –gimió ella desesperada–. ¡Tú no me amas! ¡Nunca me has amado!

Pero una vez más sus palabras quedaron ahogadas por los ardorosos labios de Ethan. Este deslizó las manos por la espalda de la joven y la atrajo hacia sí, quedando sus senos aplastados contra el tórax de él. Arabella, sin embargo, no le echó los brazos al cuello ni respondió a sus besos. Se temía que Ethan solo se había sentido excitado por el regreso de Miriam, y que la estaba utilizando otra vez como una vía de escape. No podía permitirlo. Era algo denigrante.

Ethan advirtió pronto que Arabella no respondía a sus besos y caricias, y alzó la cabeza. Apenas podía respirar, y el corazón le golpeaba con tal fuerza contra la caja torácica, que le parecía que fuese a romperla. La visión de Arabella ante él, tan preciosa, con el rostro encendido, no hizo sino que el ritmo de su corazón se incrementara más aún. Parecía asustada, pero claramente había algo detrás del temor: deseo, un deseo que por algún motivo se negaba a satisfacer.

Y eso no fue lo único que Ethan descubrió. A pesar del golpe que Miriam había asestado a su orgullo, de pronto se dio cuenta de que no había perdido la capacidad de sentir deseo por una mujer. De hecho, no había sentido nada semejante desde hacía años. ¡Y pensar que aquello había ido a ocurrirle coincidiendo con el regreso de su ex esposa, y gracias a Arabella Craig, de todas las mujeres sobre la faz de la Tierra...!

Capítulo Seis

Arabella no se atrevía a mirar a Ethan a los ojos, y el ligero temblor de sus brazos la estaba asustando. Parecía fuera de control, y era tan fuerte que no podría detenerlo. Trató de apartarse de él, pero Ethan no hizo sino atraerla aún más hacia sí.

–¿Qué ocurre, Bella? –inquirió con voz ronca.

–Es a Miriam a quien deseas, no a mí –murmuró la joven desesperada–. Yo solo vuelvo a sustituirla, nada más.

Sus palabras dejaron a Ethan tan confundido que sus manos dejaron de asirla con tanta firmeza, y ella aprovechó para apartarse. Arabella sintió que no podía soportar ni un minuto más estar en un sitio tan cerrado con él, así que abrió la puerta y bajó de la camioneta. Se quedó allí de pie, de espaldas al vehículo, rodeándose con los brazos mientras observaba el horizonte sin apenas verlo.

Ethan salió también de la camioneta y Arabella lo oyó encender un cigarrillo. Al rato había rodeado el vehículo y estaba frente a ella.

–¿Quieres dar un paseo? –le dijo mirándola algo inseguro, como si se sintiera mal por lo ocurrido.

La joven asintió, y dejó que la llevara por una vereda en sombra que discurría junto a un riachuelo.

–No estabas sustituyendo a Miriam –le dijo Ethan quedamente al cabo de un rato.

Arabella se sonrojó y rehuyó su mirada.

–¿Ah, no?

Ethan dio una calada al cigarrillo y observó el agua corriendo.

–Lo mío con Miriam se acabó incluso antes de empezar.

–Tal vez ella haya cambiado –apuntó Arabella metiendo el dedo en sus propias llagas. Se detuvo y se apoyó contra el tronco de un árbol–. Quizá podríais daros una segunda oportunidad.

Ethan se había detenido también.

–La única razón por la que Miriam quiere una segunda oportunidad es para volver a humillarme –repuso él–. Solo le importaba el tamaño de mi billetera. A ningún hombre le gusta que lo traten como si fuera una tarjeta de crédito andante –continuó él. Tiró el cigarrillo al suelo y aplastó con la punta de la bota–. Y si no me ayudas a que nuestra relación fingida parezca creíble, jamás se dará por vencida –le dijo lanzándole una mirada de reproche. Ethan empezó a acercarse a ella–. Dijiste que necesitarías un poco de cooperación… pues bien, la tendrás.

–No, Ethan –gimió Arabella, adivinando cuáles eran sus intenciones. Tal vez fuera muy inocente para su edad, pero reconoció en sus ojos grises la misma mirada que había visto en ellos aquel día junto a la charca–. ¡Oh, Ethan, no lo hagas! Esto es solo un juego para ti. Es a Miriam a quien deseas. Siempre ha sido ella, siempre, ¡nunca yo!

Pero él se había colocado ya delante de ella, y había plantado las manos en el tronco, a ambos lados de sus brazos, aprisionándola. La joven lo miró suplicante.

–No es cierto –murmuró Ethan observándola como hipnotizado. El corazón le latía con fuerza, y se sentía más vivo que nunca.

–No... –le rogó otra vez Arabella sin aliento. El olor a colonia y tabaco de Ethan, su masculinidad, la estaban haciendo temblar por dentro. No quería volver a sentirse vulnerable, no quería que la hirieran de nuevo–. Por favor, no...

–Mírame.

Ella sacudió la cabeza.

–Mírame, Bella –repitió él con más energía.

La autoridad en su voz la hizo alzar la vista involuntariamente, y ya no pudo apartarla. Ethan se acercó aún más a ella, haciéndole sentir su creciente excitación. Los ojos de la joven se abrieron como platos. Apenas podía respirar. Ethan dejó escapar un gemido casi gutural, cerró los ojos, y Arabella lo notó temblar. Se quedó muy quieta, con los labios entreabiertos.

Finalmente, él volvió a abrir los ojos y la observó durante un largo rato.

–Dios mío... –suspiró–. Hacía tanto tiempo...

Sus labios descendieron sobre los de ella con fiero placer. Volvía a sentirse como un hombre, un hombre completo. Casi no podía creerlo.

Arabella estaba hundiéndose con él en aquel mar de deliciosas sensaciones. El calor del cuerpo de Ethan estaba despertando en ella un ansia que no comprendía.

–¡No podemos hacer esto, Ethan! –gimió atormentada–, ¡no puedo volver a amarte!, ¡no quiero acabar herida de nuevo!

Ethan se detuvo un momento, y la miró sorprendido. De modo que de eso se trataba... Ese era su miedo... Sonrió levemente.

–No tienes que preocuparte, Bella –la tranquilizó–. Iremos poco a poco –murmuró volviendo a inclinar la cabeza hacia ella–. ¿Recuerdas cuando te enseñé a besar... con los dientes y la lengua además de los labios?

La joven lo recordaba muy bien, pero, aunque no hubiera sido así, no importaba, porque al instante él estaba enseñándoselo de nuevo. Sintió primero como los labios de Ethan rozaban con delicadeza los suyos, como tiraron después suavemente del labios inferior, luego el superior... sintió como trazaba el contorno con la lengua y como la mordisqueaba con cuidado para hacerle abrir la boca e invadirla despacio.

Un largo gemido escapó de la garganta de la joven, y su cuerpo se puso tenso también. Involuntariamente, los dedos de su mano sana comenzaron a abrirse y cerrarse sobre el tórax de Ethan, arañándole levemente la camisa con las uñas.

–Ábremela –murmuró él contra sus labios.

La joven se quedó dudando, pero él la besó con mayor sensualidad.

–Hazlo –volvió a insistir contra sus labios–. Nunca me has tocado de ese modo, y quiero que lo hagas.

Arabella se decía que no debían seguir adelante, pero era como si sus manos ansiasen conocer el tacto de su cuerpo, de su piel morena, y finalmente comenzó a desabrocharle botón tras botón mientras él continuaba besándola sin cesar. Al fin logró sacar el último del ojal, y sin esperar más enredó sus dedos en la mata de vello rizado del pecho.

Sin pensar, se echó un poco hacia atrás, despegando sus labios de los de él para admirarlo, y se quedó maravillada del musculoso tórax ante sus ojos.

–Bésame –murmuró él con la voz ronca por la excitación–. Aquí... así... –le indicó tomándole la cabeza y bajándola hasta su pecho.

La joven inhaló el olor a colonia y jabón antes de comenzar a imprimir besos sobre cada centímetro de su tórax. De pronto, sin embargo, lo notó ponerse tenso de nuevo, y a continuación estremecerse.

–¿Ethan? –lo llamó insegura de si debían continuar.

–No debes preocuparte, Bella –le dijo él acariciándole el cabello–. Déjame alzarte… ¡Dios, nena…! –gimió volviendo a estremecerse.

La había levantado del suelo, inmovilizándola contra el tronco del árbol con sus caderas. Arabella le echó los brazos alrededor del cuello, y se quedaron los dos quietos, temblando de deseo por el íntimo y eléctrico contacto.

Arabella gimió al notar que él la embestía suavemente.

–Me quieres más cerca, ¿verdad? –inquirió él–, mucho más cerca… Yo siento lo mismo… Rodéame la cintura con las piernas y mueve las caderas, cariño… así…

Ethan insinuó una pierna entre sus muslos, intensificando el íntimo abrazo.

–Te deseo tanto… –murmuró con sus manos en las caderas de ella, moviéndolas despacio hacia delante y hacia atrás mientras la besaba–. Te deseo tanto, Arabella…

La joven no podía siquiera contestar. Tenía los ojos cerrados y por primera vez se sentía realmente suya. Quería darle cualquier cosa que pidiera, lo que quisiera. Se sentía incapaz de negarle nada. No quería que parara… pero Ethan paró. La miró a los ojos y, muy despacio, la bajó al suelo, para después tomarla en brazos y llevarla a la camioneta.

Una vez la hubo sentado dentro, entró él también, sentándose a horcajadas sobre ella, las rodillas hincadas a cada lado de los muslos de Arabella. Observó encantado sus mejillas encendidas.

A Arabella aún le costaba respirar con normalidad. No podía creer lo que acababa de ocurrir, y entonces se preguntó si él no lo habría hecho porque Miriam estaba en el rancho, con la esperanza de que los hubiera visto. Sus ojos verdes descendieron hacia la camisa todavía abierta de él y se quedó contemplando el musculoso tórax.

–¿No tienes nada que decir? –inquirió Ethan quedamente.

Ella sacudió la cabeza.

–No voy a permitir que finjas que esto no ha ocurrido, Bella –murmuró él acariciándole el labio inferior con el índice–. Dios... cuatro años y la intensidad de las sensaciones no ha disminuido... Cada vez que nos tocamos es como si saltaran chispas.

–Pero es solo algo físico, Ethan –protestó ella.

Él le peinó el cabello con los dedos.

–No es verdad.

–Miriam está aquí y te sientes frustrado porque ella no te deseaba...

Él enarcó una ceja.

–¿Tú crees?

La joven apartó la vista.

–¿No deberíamos volver?

–Fuiste tú quien pidió un poco de cooperación –le recordó él.

–¿Por eso me besaste?, ¿por eso has hecho lo que acabas de hacer? –aventuró ella.

–No, no fue por eso –murmuró él besándola con ternura en los párpados–. A tu lado vuelvo a sentirme completo.

Arabella no podía comprender aquello. Ethan le había dicho que no había podido satisfacer a Miriam, pero era obvio que no era ningún principiante: aún estaba temblando por la intensidad de sus besos y sus caricias.

–¿Y qué vas a hacer esta noche para evitar que Miriam se cuele en tu dormitorio? –le preguntó tratando de cambiar de tema.

–Déjame eso a mí –le contestó él–. ¿Estás segura de que quieres volver a la casa?

En realidad no lo estaba, pero asintió con la cabeza. Ethan tomó el rostro de la joven entre sus manos para que lo mirara a los ojos.

–Si solo quisiera tu cuerpo, lo habría tomado hace cuatro años –le dijo con suavidad–. Sé que aquel día, junto a la charca, te habrías entregado a mí.

Arabella entreabrió los labios y dejó escapar un suspiro tembloroso.

–No entiendo.

–Eso es obvio –respondió él. La besó y se bajó de la camioneta, rodeándola para sentarse frente al volante.

–Pero tú me dijiste que todo esto era solo para librarte de Miriam –balbució Arabella mientras ponía el motor en marcha–, que solo sería fingido.

Él giró la cabeza para mirarla, observando satisfecho los labios hinchados por sus besos y las mejillas teñidas de un suave rubor.

–Sí, pero hace un momento no estábamos fingiendo precisamente –apuntó–. Te he dicho que iremos poco a poco, y así es como va a ser. Simplemente, deja que suceda.

–No quiero un romance –replicó ella.

–Tampoco yo –contestó Ethan. Y puso el coche en marcha, saliendo al camino de tierra por el que habían llegado hasta allí–. ¿Nunca has tratado de imaginar como sería si hiciéramos amor? –le preguntó de repente.

La joven se sonrojó, pero no vio ningún motivo para mentir.

–Sí –respondió con un suspiro.

–No hay por qué avergonzarse. Es perfectamente

natural sentir esa clase de curiosidad, sobre todo conociéndonos como nos conocemos desde hace años –le dijo Ethan–. Pero tú no quieres hacerlo fuera del matrimonio, ¿me equivoco?

–No –contestó ella con sinceridad, mirando fijamente el parabrisas.

Ethan la miró por el rabillo del ojo, pero no dijo nada. Arabella se sentía como si de pronto estuviera envuelta en una maraña de hilos. Ya nada parecía tener sentido, y no podía creerse el cambio de actitud de Ethan hacia ella. Desde luego era obvio que la deseaba, pero, ¿no sería porque no podía tener a Miriam? ¿O había alguna otra razón que ella no alcanzaba a ver?

La cena de aquella noche fue bastante tensa. Miriam no hacía más que encontrarle faltas a cada plato, y no hacía más que mirar a Arabella con odio, como si quisiera que desapareciera. La joven se dijo que tal vez los hubiera visto cuando regresaron de la ronda con la camioneta. Su cabello estaba despeinado, los labios despintados e hinchados, la ropa algo arrugada… No hacía falta tener mucha imaginación para imaginar lo que Ethan y ella habían estado haciendo.

Arabella estaba en lo cierto. Efectivamente, Miriam había reconocido al instante aquellos signos, y se había puesto furiosa. Además, le dolía ver el modo en que Ethan estaba mirando a la joven, con el mismo deseo con que la había mirado a ella antes de casarse. Sus esperanzas de reconciliación se estaban desbaratando como castillos de naipes. No amaba a Ethan, pero era un golpe para su orgullo verlo con otras mujeres, y más aún con alguien como Arabella, la mosquita muerta… Era culpa suya que Ethan nunca hubiera caído del todo bajo su embrujo. La había deseado, sí, pero su corazón siempre había pertenecido a la joven sentada en ese momento junto a él. Y, por supuesto, Arabella debía haberlo sabido siempre. Precisamente por eso, ella se había negado una y otra vez a aceptar el divorcio, porque sabía que, en cuanto le dejara el terreno libre, Ethan volvería al lado de Arabella.

Ethan, sin embargo, era totalmente ajeno a la mirada fulminante de Miriam sobre Arabella y él. Estaba demasiado absorto observando a la joven. Su corazón estaba henchido de orgullo por el modo en que ella se había entregado a él. Sí, se sentía otra vez un hombre completo, un hombre capaz, y, por primera vez, la presencia de Miriam no lo alteraba en absoluto. Era como si ni siquiera estuviera allí. Había tratado de volver a herirlo con sus puyas acerca de su fracaso en la cama, pero en ese momento, Ethan estaba empezando a darse cuenta de que no había sido necesariamente un problema físico, no teniendo en cuenta cómo había reaccionado su cuerpo cuando estaba con Arabella.

Miriam advirtió la expresión satisfecha en su rostro y se removió incómoda en el asiento.

–¿A qué le estás dando vueltas, querido? –lo picó con una sonrisa burlona–. ¿O estás recordando lo maravilloso que era cuando estábamos juntos?

Ethan frunció los labios y la escrutó largo rato en silencio. Ya no le afectaba su sarcasmo. El que no hubieran funcionado en la cama era culpa de ella, no de él. Era fría y cruel, una mujer sin sentimientos que parecía despreciar a los hombres y solo los usaba como juguetes, divirtiéndose del poder que conseguía ejercer sobre ellos.

–Estaba pensando que debiste tener una infancia terrible –le contestó.

Miriam se había puesto lívida. El tenedor se le escapó, cayendo ruidosamente sobre el plato, y lo tomó con dedos temblorosos.

–¿A qué viene eso? –balbució.

Ethan pasó del desprecio a la compasión en cuestión de segundos. De pronto todo parecía encajar. Sin embargo, la comprensión no alteró sus sentimientos. No la deseaba, ni la amaba, pero sí había dejado de odiarla.

–No importa –contestó en un tono suave–. Termina de comer la carne. Mi madre y Betty Ann se han pasado toda la tarde en la cocina, y tú prometiste ser una invitada agradecida.

Miriam lo miró un instante, pero no contestó, bajó la vista al plato, y siguió comiendo de mala gana.

Arabella había estado observando a uno y a otro, y no pudo evitar que se le cayera el alma a los pies. Ethan daba muestras de estar sintiendo pena por Miriam. Tal vez después de todo sí estaba enamorado de ella. ¿Qué debía hacer? Ella solo quería que fuera feliz.

Como si hubiera intuido que algo la preocupaba, Ethan giró la cabeza hacia ella y puso su mano sobre la suya, para alzarla a continuación y besarle delicadamente los nudillos, sin percatarse de la expresión de satisfacción en el rostro de su madre, ni de la mirada furibunda que les dirigió Miriam.

Arabella se puso roja como una amapola. Había habido tanta ternura en aquella caricia... Y el modo en que la había mirado...

–Lo del documental de los osos polares era un broma, ¿cierto? –inquirió Miriam de pronto, como si estuviera harta de las demostraciones de afecto de Ethan.

Él la miró y enarcó una ceja.

–No, es verdad. Me encantan los osos polares.

–Pues yo los detesto –masculló la modelo como si tuviera hiel en la boca–. ¡Detesto el campo y detesto el olor de los animales y detesto esta casa y te detesto a ti también!

–Y yo que creía que habías venido aquí para hablar de una reconciliación... –murmuró él divertido por haberla exasperado.

–¿Qué sentido tiene, cuando tú vas por ahí haciéndole el amor en los pastos a la señorita pianista?

Arabella se sonrojó más aún, pero Ethan se echó a reír.

–No fue en los pastos, sino en la camioneta –replicó–. Además, las personas que van a casarse hacen el amor.

Miriam se puso en pie y arrojó la servilleta sobre la mesa.

–Creo que me voy a dormir. Hasta mañana.

Cuando se hubo marchado, Coreen se recostó en su silla con un profundo suspiro de alivio.

–¡Gracias a Dios! –exclamó–, al menos ahora podremos disfrutar del resto de la cena –dijo tomando una rebanada de pan y untándole un poco de mantequilla–. ¿Y qué es eso de que habéis hecho el amor en la camioneta? –inquirió entornando los ojos.

–Había que echar un poco de leña al fuego –se excusó Ethan.

–Arabella es virgen –apuntó Coreen haciendo sonrojar de nuevo a Arabella, que casi se atragantó.

–Lo sé –contestó Ethan sonriendo a la joven–. Eso no cambiará, ni siquiera para echar a Miriam de aquí.

–Eso es lo que quería oír –murmuró Coreen dando una palmadita a Arabella en la mano–. No te avergüences, cariño, el sexo es parte de la vida, pero tú no eres como Miriam. Sé que si hicieras una tontería lo lamentarías durante el resto de tus días. Y, para serte sincera, lo mismo le pasaría a Ethan. Es de lo más puritano.

–¡Mira quien fue a hablar! –se rio Ethan–. No sé quién me lo inculcaría.

Su madre sonrió.

–Bueno, es de sentido común. Jugar con esas cosas hoy día es peligroso, con las enfermedades que se pueden contraer, y siempre me ha parecido que es estúpido darle a un hombre los beneficios del matrimonio sin que asuma ninguna responsabilidad por ese placer. La gente dice que eso es una moralidad anticuada, pero no es cierto, es sentido común, y ellos son unos irresponsables.

Ethan se levantó con una sonrisa burlona en las comisuras de los labios, y empujó su silla hacia su madre.

–Si vas a darnos un sermón será mejor que te subas ahí para que podamos verte bien.

Coreen agarró la cesta vacía del pan, pero antes de que pudiera tirársela, Ethan la levantó de su asiento y le dio un sonoro beso en la mejilla.

–Te quiero, mamá –le dijo a la mujer, depositándola después en el suelo–. No cambies nunca.

Su madre meneó la cabeza y puso los brazos en jarras, aunque Arabella pudo ver que estaba empezando a sonreír también.

–Ethan, a veces me exasperas.

–El sentimiento es mutuo –contestó él. Se volvió un momento a mirar a Arabella, que lo estaba observando con adoración–. Estaré en mi estudio trabajando. Si Miriam vuelve a bajar, vente al estudio y nos encerraremos allí para enfurecerla un poco más.

Arabella se sonrojó, pero asintió y sonrió.

–De acuerdo.

Ethan le guiñó un ojo y las dejó sentadas en la mesa del comedor.

–Todavía lo amas, ¿no es verdad? –inquirió Coreen.

Arabella se encogió de hombros.

–Me temo que es una enfermedad para la que aún

no hay cura –contestó–. A pesar de nuestras diferencias y de los años que han pasado, no he podido querer a nadie más.

–Pues parece que él siente lo mismo por ti.

–Lo parece, sí, pero tal vez sea solo por lo convincente que resulta jugando a este juego de engañar a Miriam.

–¿Verdad que es sorprendente como ha cambiado en unas horas? Esta mañana, cuando apareció ella, estaba terriblemente tenso, y en cambio hace un momento parecía totalmente relajado, como si ya no le dolieran sus comentarios crueles –murmuró. Se volvió a mirarla con una sonrisa pícara–. ¿Qué hicisteis exactamente cuando salisteis?

–Solo nos besamos –balbució Arabella. Era una verdad a medias, pero le daba vergüenza confesarle el resto–. Pero sí es cierto que de repente está muy cambiado –dijo frunciendo el entrecejo–. Dijo algo extraño, como que se sentía completo de nuevo. No sé, tal vez solo necesitaba una inyección de confianza en sí mismo.

La madre de Ethan sonrió para sí.

–Tal vez –murmuró–. Pero me temo que Miriam aún no esté dispuesta a tirar la toalla. Estoy segura de que intentara algo, esta noche.

–Yo también lo creo, y se lo dije a Ethan –contestó la joven–, pero me dio vergüenza ofrecerme a dormir con él. No en la cama con él –se apresuró a aclarar, sonrojándose. ¿Qué pensaría Coreen de ella?–. Quería decir en la misma habitación, pero yo habría dormido en el sillón.

–Lo sé, querida, no tienes que preocuparte por eso. Pero creo que no sería mala idea que pasaras algún tiempo en su habitación esta noche... Miriam se lo pensaría dos veces antes de intentar colarse allí si sabe que tú estás con él –dijo con una sonrisa traviesa–. Sería un golpe para su orgullo.

–Pero a Ethan no le gustará… Y si Miriam nos ve, tampoco va a tragarse que tú nos dejes acostarnos juntos sin estar casados bajo tu techo.

–Pues le haré ver que no tenía ni idea, y lo horrorizada que estoy, y obligaré a Ethan a fijar la fecha de la boda.

–¡Coreen! –protestó Arabella.

La mujer se rio y se puso de pie, recogiendo su labor de punto.

–No te preocupes por nada. ¿Tienes algún salto de cama sugerente?

Mientras Arabella esperaba en el dormitorio de Ethan, vestida con un salto de cama de Mary que Coreen le había prestado, la joven apenas podía creerse que estuviera haciendo aquello. ¿Cómo iba a explicarle a Ethan que aquello había sido idea de su madre?

Se había cepillado el cabello hasta dejarlo sedoso y brillante, pero todavía llevaba puesto el sostén, ya que no había podido desabrochárselo sola, y Coreen se había ido ya a dormir. En cualquier caso, al mirarse en el espejo de su cuarto, con el satén pegado a sus curvas, le pareció que tenía un aire bastante sexy, como de mujer fatal.

De pronto oyó pasos que se acercaban y, segura de que sería Miriam, corrió a tumbarse en la cama de Ethan, colocándose en una postura lo más sugerente posible. Se bajó uno de los tirantes, y miró con disgusto la escayola, que estropeaba el efecto general. Se incorporó un poco, apoyándose en el codo del brazo sano, y escondió el otro tras la espalda. Sacó pecho, miró hacia la puerta, y esbozó la sonrisa más seductora que pudo.

Sin embargo, no era Miriam, sino Ethan, que se quedó parado en el quicio de la puerta, como si se hubiese vuelto de piedra; con los dedos en el acto de desabrocharse los botones de la camisa.

Capítulo Siete

Al verlo entrar, Arabella se apresuró a sentarse, azorada por cuánto escote estaba enseñando… por no mencionar el modo en que el satén se pegaba a sus curvas.

Ethan cerró la puerta sin volverse, como en estado de shock. Parecía cansado, pero el brillo en sus ojos resultaba fascinante. Se quedó mirándola como si no hubiera visto antes a una mujer, y sus ojos tardaron un buen rato en abandonar la suave curvatura de sus senos, que se insinuaban bajo el exquisito borde de encaje.

–Dios mío… –murmuró maravillado–. Podrías hacer que un hombre se pusiera de rodillas ante ti.

No era exactamente lo que Arabella había esperado que dijera, pero al menos sus esfuerzos no habían sido en vano.

–¿Tú crees? –dijo sonrojándose ligeramente, pero con el rostro radiante de felicidad.

Ethan avanzó hacia ella. Tenía la camisa medio desabrochada, y parecía un tipo duro y peligroso, y muy, muy sexy con el cabello despeinado y la barba que estaba empezando a asomar en el moreno rostro.

–¿Es realmente necesario el sujetador, o es que no te lo podías quitar? –le preguntó él sentándose junto a ella sin dejar de mirarla.

Arabella sonrió tímidamente.

–No me lo podía quitar –admitió levantando la mano escayolada–. Todavía no puedo usarla.

–Ven aquí –murmuró el ranchero con una dulce

sonrisa, atrayéndola hacia sí. Bajó primero un tirante y después el otro, pero la tela del salto de cama era tan resbalosa, que cayó, quedándose en torno a su cintura.

Ethan se quedó sin aliento, viéndola tapada tan solo con aquel sostén tan sugerente, y cierta parte de su anatomía se puso tensa por la excitación que esas curvas le provocaban. Ethan se rio a pesar de la incomodidad que sentía.

–Dios –murmuró riéndose suavemente.

–¿Qué ocurre? –inquirió Arabella.

–No preguntes –contestó él riéndose de nuevo.

Pasó las manos por detrás de la espalda de la joven, desabrochó el enganche del sostén, y comenzó a apartarlo, divertido por los intentos de ella por mantenerlo asido contra su cuerpo. Sonrió encantado ante aquella muestra de pudor, y comenzó a acariciarle la espalda muy sensualmente.

–Déjalo caer –le susurró contra los labios mientras empezaba a besarla.

Aquella, se dijo Arabella, era la experiencia más erótica de su vida. Dejó caer la prenda, y pasó la mano sana por los hombros de Ethan, haciendo que sus senos se levantaran hacia él.

Ethan se apartó un poco, y los admiró embelesado. Sus dedos la acariciaron con delicadeza, y la miró a los ojos, observando cómo se dilataban sus pupilas mientras trazaba los contornos de una de las deliciosas cumbres y su pulgar frotaba repetidamente el tirante pezón. Arabella emitió un gemido ahogado, y Ethan la tomó por la nuca con una mano, mientras que la otra rodeó su cintura, haciendo que se arqueara hacia él.

–Había soñado tantas veces con esto... –le dijo.

Bajó la mirada, e imprimió pequeños besos con sus cálidos labios en los senos de la joven. Arabella vio que abría la boca, y cerró los ojos extasiada al sentirlo succionar con suavidad pero insistentemente. Notó cómo su lengua daba pasadas rápidas, después lentas y caprichosas; notó cómo le mordisqueaba el pezón con el mayor cuidado... Y, de pronto, de su garganta escapó un gemido de intenso placer.

Al oírlo, la excitación de Ethan creció por momentos, hasta que empezó a temblar por lo fuerte que era. Arabella era todo lo que siempre había deseado: joven, virginal, increíblemente receptiva a sus besos y caricias... No podía creer que aquello estuviese ocurriendo.

Incrementó ligeramente la presión de sus labios y entonces fue ella quien se estremeció. Ethan pudo notar cómo le clavaba las uñas en la espalda, y gimió encantado. Su mano se aventuró hasta la cadera de la joven, y levantó la tela para tocar el muslo de seda.

–¡Ethan, no...! –susurró Arabella.

Pero él había levantado la cabeza y la empujó suavemente hacia atrás. Ya nada podía hacer, estaba totalmente a su merced en aquella especie de limbo sensual.

–No voy a hacerte ningún daño –le aseguró Ethan, inclinándose sobre ella–. Desabróchame la camisa.

Mientras decía esto, una de sus manos se introdujo por entre las piernas de Arabella, para separarlas, y pudo ver la duda en sus ojos, el miedo a lo desconocido, para ofrecerle a continuación la rendición incondicional. Ethan bajó la cabeza y rozó los labios de la joven con los suyos para tranquilizarla.

–Quiero hacerte el amor –le susurró–, pero no tenemos que llegar hasta el final.

–¿Pero cómo...? –balbució ella.

Ethan la besó en los párpados.

–Te lo enseñaré. De un modo u otro, Arabella, estamos predestinados a ser amantes, y no creo que debamos rehuir al destino. Quítame la camisa, cariño –murmuró contra sus labios–, y después, arquea tu cuerpo hacia el mío para que pueda sentir tus senos contra mi piel.

Arabella desabrochó uno a uno los botones de la camisa y se arqueó hacia él, atrayéndolo también hacia ella con el brazo sano. La sensación que le provocó aquel contacto fue enloquecedora. Ethan se frotó contra ella, haciéndola estremecer. Era tan excitante que se revolvió entre sus brazos gimiendo su nombre una y otra vez.

Ethan gimió también. Sus sueños se estaban cumpliendo. La mujer a la que tenía entre sus brazos era Arabella, su Arabella, y lo deseaba tanto como él a ella. Introdujo una pierna entre las de ella y, tomando su mano sin dejar de besarla en los labios, la colocó abierta contra su estómago.

–¡Ethan, no puedo hacer eso...! –protestó la joven cerrando la mano.

–Pues claro que puedes –murmuró él abriéndosela y guiándola–. Arabella, Arabella... te necesito tanto... –gimió–. No pares...

La joven lo acariciaba maravillada, observando el placer escrito en su rostro, encantada de ser ella quien le estuviera produciendo esas sensaciones.

Pero, de repente, la puerta se abrió de golpe, rompiendo el hechizo del momento.

–¡Oh, por amor de Dios! –exclamó Miriam sulfurada. Salió dando un portazo, y ambos pudieron oírla maldiciendo por todo el pasillo.

Ethan rodó hacia el lado con un gruñido para dejar libre a Arabella.

La joven se incorporó agitada.

–¿Estás bien, Ethan? –inquirió.

–La verdad es que no –contestó él con una media sonrisa. Tenía todo el cuerpo en tensión, y aquella parte de su cuerpo dolorosamente tirante–. Pero, ¡oh, Dios!, ¡qué sufrimiento tan hermoso es este, pequeña!

Arabella se subió el salto de cama frunciendo el entrecejo ligeramente.

–Ethan, no entiendo…

Él se rio, guardándose el secreto para sí.

–Es mejor que no lo comprendas, cariño –le dijo–, no aún al menos.

Cerró los ojos y respiró profundamente hasta que logró controlarse.

–Miriam nos ha visto –murmuró Arabella incómoda.

–¿No era esa la idea?

–Bueno… sí… Pero… –la joven se sonrojó y apartó la vista de él.

Ethan se incorporó y se estiró, desperezándose, antes de hacerla girarse hacia él y empezar a besarla con suavidad.

–Arabella, no es un pecado desear a alguien –le dijo despegando sus labios de los de ella–. Especialmente si es alguien a quien amas. Es la expresión física de algo intangible.

–Lo siento, supongo que soy una tonta –balbució la joven.

Ethan le peinó el cabello con los dedos.

–No, eres una mujer de principios. Pero debes saber que no tengo intención de seducirte como un playboy, y menos con mi madre aquí –sus ojos brillaban divertidos. Nunca se había sentido tan vivo, tan masculino. Le dio un tierno beso en la nariz–. Dejaremos el resto para nuestra noche de bodas.

Arabella se quedó mirándolo con incredulidad.

–¿Para nuestra…? –balbució.

–El matrimonio es inevitable –le dijo Ethan–. Miriam no se dará por vencida de otro modo. Estoy seguro de que no se rendiría aunque durmieses cada noche aquí conmigo. Es la clase de mujer que no acepta una negativa. Se ha hecho a la idea de que puede venir aquí y reclamarme como si le perteneciera.

–Pues está muy equivocada –contestó la joven sintiendo que la devoraban los celos ante la idea.

Ethan bajó la vista a la mano de Arabella, que estaba sosteniendo el salto de cama contra su pecho.

–Suéltalo, Bella, me encanta mirarte.

–¡Ethan!

–Oh, vamos, sé que a ti te encanta que te mire, así que, ¿por qué fingir? Tendrás que perdonarme si ahora sueno un poco arrogante, pero es que acabo de darme cuenta de algo.

–¿De qué? –inquirió ella curiosa.

Ethan esbozó una sonrisa de satisfacción y murmuró contra sus labios:

–De que no soy impotente.

Arabella frunció el entrecejo y después abrió los ojos como platos.

–¿Era eso a lo que Miriam se refería cuando te soltó aquella puya?

–Exacto. Por mucho que ella lo intentara, no lograba excitarme. Nunca he sentido verdadero deseo por ella. Tal vez atracción física, fascinación, pero no deseo.

–Pero imagino que ella al menos sabría qué hacer en la cama. Yo me siento tan inexperta… Además, hace un rato me he asustado como una tonta.

Ethan la atrajo hacia sí, y la joven apoyó la cabeza en el hueco de su cuello.

–La intimidad es algo a lo que resulta difícil acostumbrarse, Bella –le dijo al oído–. Y, sobre todo, debes tener siempre presente que yo nunca te haría daño.

–Lo sé –musitó ella. Y era cierto, pero, ¿sería capaz de amarla? Aquello era lo que más ansiaba en el mundo. Se abrazó a él con un largo suspiro–. ¿De verdad que Miriam no te hacía sentir de este modo? Es tan guapa y tan sofisticada...

Las manos de Ethan le acariciaron la espalda desnuda.

–Tú no tienes nada que envidiarle, Bella –murmuró–, nada.

«Sí, pero te casaste con ella», se dijo la joven resentida y celosa. «La amabas, estoy segura, y esta noche, en la cena, parecías sentir lástima por ella».

Mientras estaba perdida en aquellos pensamientos, las manos de Ethan tiraron lentamente hacia abajo del salto de cama, para que sus senos volvieran a estar en contacto con su tórax. Arabella gimió , y él sonrió encantado.

–He estado con varias mujeres desde que cumplí los dieciocho, pero nunca había experimentado nada parecido a lo que experimenté contigo aquel día junto a la charca. Y eso que apenas hicimos nada... Desde aquel día he soñado contigo.

–Pero te casaste con Miriam –replicó Arabella quedamente–. Y eso lo dice todo, ¿no es cierto? Tú nunca me amaste, solo me deseabas, y ahora sé que eso es lo único que habrá jamás entre nosotros. ¡Oh, déjame ir, Ethan! –gimió intentando apartarse de él.

Sin embargo, Ethan no lo consintió, y la hizo echarse de nuevo con él sobre la cama.

–Por favor, Bella, no luches contra mí –dijo besándola–, no luches contra mí, cariño.

Las lágrimas rodaban por el rostro de la joven hasta sus labios, pero Ethan no paró hasta hacerla gemir y suspirar. Solo entonces levantó la cabeza y la miró con adoración.

–Bella, piénsalo, si solo fuera deseo lo que siento por ti, ¿crees que respetaría tu virginidad?

La joven tragó saliva.

–Supongo que no.

–Por supuesto que no. Un hombre devorado por las llamas de la pasión no suele tener ningún escrúpulo para poseer a una mujer –insistió Ethan–. Hace un momento podría haberte tenido si hubiera querido, pero me detuve.

Aquello también podía significar que él no la deseaba lo bastante como para perder el control, pero no se atrevió a decirlo.

Ethan se había incorporado otra vez y, tras admirar un instante sus senos, la cubrió él mismo, subiéndole los tirantes por los hombros. Arabella se puso de pie y se alejó unos pasos, dándole la espalda. Ethan se levantó también y se puso frente a ella, tomándola de la barbilla para que lo mirara.

–Me parece que no tienes demasiada confianza en ti misma –le dijo–. Tendremos que trabajar sobre eso.

–Ethan... ¿Por qué tenemos que casarnos? Pensaba que se trataba únicamente de mantener a Miriam a raya, o al menos eso es lo que dijiste.

–Lo dije –asintió Ethan recorriendo con el índice su nariz–, pero, para que podamos lograrlo, tendrás que casarte conmigo –sonrió ante la seriedad de ella–. Vamos, no será tan horrible. Estaríamos juntos todo el tiempo y tendríamos hijos y me ayudarías a llevar el rancho. Podemos ser muy felices juntos, aun cuando no pudieras volver a tocar el piano.

–¿Y tú crees que eso sería suficiente para mí?

La sonrisa se borró de los labios de Ethan. Había creído que ella lo amaba. Siempre le había dado esa impresión... ¿Estaba diciéndole que no era suficiente para ella?, ¿que su carrera era más importante que lo que pudiera haber entre ellos?

–¿No crees que podrías ser feliz aquí conmigo? –inquirió frunciendo el ceño.

La joven lo miró incómoda.

–Estoy cansada, Ethan, no quiero hablar de matrimonio ahora, ¿de acuerdo?

Él sacó un cigarrillo y lo encendió, ceñudo aún.

–Como quieras, pero antes o después tendremos que hacerlo.

Ella se dirigió hasta la puerta y la abrió, quedándose en el quicio, con la mano en el picaporte.

–Trataré de ayudarte a disuadir a Miriam... si estás seguro de que es lo que quieres.

–¿No creerás que quiero volver con ella? –inquirió Ethan enfadado, yendo junto a ella–. ¿Es que no has oído lo que te dije antes? ¿Que ni siquiera me excitaba?

–Yo... yo no sé qué pensar, Ethan... Pienso que tal vez sea a Miriam a quien quieres pero temes volver a perderla si... si no puedes... si no puedes hacerlo con ella. Porque ya te traicionó una vez y...

–¡Por todos los santos, Arabella! –exclamó Ethan entre frustrado e irritado.

¿Por qué no había forma de que comprendiera? ¿Tanto le costaba creer que pudiera amarla? Lo cierto era que él también estaba cansado como para seguir con aquella discusión. Había tiempo, se dijo.

–Será mejor que vuelvas a tu habitación antes de que Miriam arrastre a mi madre hasta aquí y la haga escandalizarse.

–No creo que se escandalice –murmuró la joven.

–¿Por qué dices eso?

–Porque... –Arabella alzó los ojos hacia él–. Porque esto fue idea suya. Incluso me dio el salto de cama.

–¡Dios mío! –exclamó él prorrumpiendo en carcajadas–. ¿Qué más me queda por oír?

–Solo queríamos salvarte de Miriam.

–Bueno, y lo habéis conseguido –respondió él sonriendo–. Pero... ¿quién va a salvarte a ti de mí? –murmuró seductor, rodeándola por la cintura y atrayéndola hacia sí–. Te deseo Arabella. Quítate ese salto de cama y te haré el amor hasta el amanecer.

La joven se estremeció ante la idea, enrojeciendo terriblemente.

–¡No es a mí a quien deseas, es a Miriam! –farfulló apartándose.

–¿Cómo puedes estar tan ciega? –replicó él meneando la cabeza–. Muy bien, intenta huir si quieres, pero estaré pisándote los talones todo el tiempo, y al final te daré alcance. Te dejé escapar una vez, y no pienso volver a hacerlo.

La joven quería creerlo, con todas sus fuerzas, pero estaba tan confundida. Las lágrimas acudieron a raudales a sus ojos. Habían sido tantas emociones en un solo día...

–Oh, vamos, vamos... –murmuró Ethan suavemente, acercándose a ella y abrazándola–. Arabella, por favor, no llores...

Cuando Ethan la tomó por la barbilla y la besó, la joven no pudo evitar responder, y poco a poco el beso fue haciéndose más apasionado.

–Bueno, bueno... –los interrumpió una voz femenina en un tono de ligero reproche–. No digo que esto no sea por lo que he rezado desde hace años, pero tampoco deberíamos pasarnos...

Arabella y Ethan se separaron. Y aquella vez no fue la joven la única que se sonrojó. Apoyada en la pared del pasillo estaba Coreen observándolos.

Capítulo Ocho

Arabella no sabía dónde meterse.

–¡Ethan! –siseó, viendo que se había quedado con los brazos alrededor de ella–. ¡Suéltame!

–¿Por qué?Ahora estaba llegando lo interesante…

–Por lo que me ha dicho Miriam, pensaba que ya habíais llegado a esa parte –dijo Coreen con los brazos cruzados y enarcando una ceja–. Este es un comportamiento bochornoso –los reprendió. Sin embargo, había una sonrisa divertida en sus labios–. Y tú, Ethan, aprovechándote de la inocencia de Arabella…

Ethan la soltó y miró a su madre con una sonrisa.

–Eso no es exactamente así –replicó–. Ella estaba dispuesta a colaborar. Y me ha dicho que fue idea tuya.

Su madre se sonrojó y se frotó la nuca, incómoda.

–Um… bueno, sí –admitió–. No sabía qué otra cosa podíamos hacer. Estaba segura de que Miriam intentaría algo esta noche y tengo cierta idea de por qué… Creo que está embarazada.

–Eso me ha dicho Arabella –asintió Ethan–. Pero el juego se ha acabado. Arabella y yo nos vamos a casar.

–¡Oh, Bella, cariño, no sabes lo que me alegra oír eso! –exclamó Coreen al instante, tomándola de la mano sana y sacándola al pasillo para darle un abrazo–. ¡No podría encontrar una nuera mejor!

–Pero yo no… –intentó protestar la joven–. Ethan… –dijo mirándolo en un ruego de que no bromeara con aquello.

Sin embargo, Ethan parecía hablar en serio.

–Mamá, empieza a hacer los preparativos y la llevaremos ante el altar antes de que pueda reaccionar.

–¡Ethan! –exclamó la joven frunciendo los labios.

–Mañana te llevaré a la ciudad para comprarte un anillo. ¿Qué te parece si hacemos la boda por la Iglesia Metodista? –preguntó mirando a su madre, como si la opinión de Arabella no contara–. El reverendo Boland podría celebrar la ceremonia.

–Sí, sus sermones son maravillosos –respondió Coreen ignorando también a la joven en su entusiasmo–. Y podríamos hacer el banquete en el Jacobsville Inn. Tienen unos salones inmensos. Y le pediré a Shelby Ballenger que me ayude con los preparativos. El mes pasado organizó todo para el pase de modas benéfico y fue un éxito. Es increíble que pueda llevar el voluntariado y la crianza de sus hijos al mismo tiempo.

–Me parece una idea estupenda –aprobó el ranchero–. ¿Y qué me dices de las invitaciones?

–¿Os importaría...? –trató de interrumpirlos nuevamente Arabella.

–¿Podrías ocuparte tú también de eso, madre? –inquirió Ethan sin hacer ningún caso a la joven.

–¡También es mi boda! –exclamó Arabella sulfurada, olvidándose por un momento de que ni siquiera había dicho que sí–. Yo también puedo ayudar, ¿no?

–Por supuesto, cariño –asintió Ethan–. Tendrás que probarte el vestido lógicamente. No puede haber una boda sin vestido de novia. Llévala a la mejor tienda que haya en Houston –le dijo a su madre–, y cómprale el vestido más caro que haya. No dejes que salga de la tienda con cualquier cosa. Es demasiado modesta.

–No lo haré –le prometió Coreen–. Ah, nunca imaginé que te vería felizmente casado, Ethan –suspiró con una sonrisa beatífica.

«¡Pero es solo para librarse de Miriam!», quería gritar Arabella, «ni siquiera me ama, solo me desea. Hago que se sienta como un hombre de nuevo, ¡pero esa no es razón para casarnos!».

Iba a intentar decírselo, pero Ethan estaba cerrando ya la puerta de su habitación.

–Creo que será mejor que eche el pestillo... por si acaso –les dijo riéndose–. Buenas noches, madre; buenas noches, Bella.

–Ethan, espera un momento –balbució la joven–, hay algo que...

Pero se encontró hablando con la puerta cerrada.

–Sé que el revanchismo no está bien, pero no puedo evitar sonreír cuando pienso en cómo le ha salido el tiro por la culata a Miriam –le dijo Coreen a Arabella mientras iban por el pasillo a sus dormitorios–. Estaba tan convencida de que volvería a tener a Ethan comiendo de la palma de su mano con solo chasquear los dedos –dijo riéndose–. Se lo tiene bien merecido.

–Pero... ¿No lo notaste a él distinto con ella durante la cena? –murmuró la joven–. No sé, daba la impresión de que estuviese volviendo a sentir algo por ella.

Habían llegado frente al dormitorio de Coreen, y se detuvieron.

–Ethan siempre ha sido muy sensible, y compasivo. No creo que la lástima tenga nada que ver con el amor –le dijo la mujer–. Y respecto a la boda... –añadió adivinando los temores de Arabella–, puedo asegurarte que Ethan no se casaría contigo solo para echar a Miriam de aquí –se quedó mirándola un instante, como si quisiera añadir algo más, pero se encogió de hombros y esbozó una media sonrisa–. Bueno, que duermas bien, querida, y... felicidades.

Coreen apenas se había dado la vuelta cuando Arabella la detuvo por el brazo.

–No hicimos nada. No sé que te habrá dicho Miriam, pero no…

No quería que Coreen pensara que era una desvergonzada. La mujer le dio unas palmaditas en la mejilla.

–Bella, te conozco a ti y a mi hijo. No tienes que darme explicaciones de ningún tipo. Buenas noches –y entró en el dormitorio cerrando la puerta tras de sí.

Arabella se quedó parada un instante y, tras suspirar, siguió por el pasillo hacia su habitación. Sin embargo, al pasar por delante de la de Miriam, la puerta se abrió. Debía haber imaginado que estaría esperándola. La modelo tenía los ojos enrojecidos. Obviamente había estado llorando. La joven se preguntó si habrían sido lágrimas de celos o de impotencia.

–Bruja… –masculló Miriam al verla–. ¡Es mío! ¡No renunciaré a él sin luchar!

–Admite la derrota, Miriam –le dijo Arabella sin perder la calma–. Ethan y yo vamos a casarnos.

–¡No!, ¡no se casará contigo! ¡Ethan me ama a mí! ¡Siempre ha sido a mí a quien ha amado! De ti solo desea tu cuerpo –dijo con puro veneno en la voz–. Para él eres la novedad, pero pronto se cansará de ti, antes incluso de llevarte al altar.

–Siento decirte que ya estamos haciendo los preparativos de la boda.

–¡Te digo que no se casará contigo! –aulló Miriam como un gato rabioso–. Solo se divorció de mí porque le fui infiel.

–¿Te parece poco? –inquirió Arabella con sarcasmo. Estaba temblando por dentro, pero no iba a dejarse amilanar–. Heriste su orgullo.

–¿Y cómo crees que me sentí yo teniendo que oírle hablar de ti a todas horas desde que nos casamos? –explotó Miriam–. Arabella por aquí… Arabella por allá. ¡La familia entera me refregaba por la cara lo maravillosa que eras! Me comparaban contigo todo el tiempo. ¡Te odié desde el principio porque Ethan te deseaba! –los ojos se le llenaron de lágrimas y cuando volvió a hablar era en sollozos–. ¡Imagínate! –exclamó riéndose con crueldad–. Yo tenía experiencia, era hermosa, sofisticada... pero eras tú a quien él deseaba, era tu nombre el que gemía cuando hacíamos el amor... –se apoyó en la pared, llorando desconsoladamente.

Arabella se había quedado boquiabierta.

–¿Qué? –musitó incrédula en un hilo de voz.

–Y cuando lo acusé de usarme como un sustituto tuyo, ya no fue capaz de volver a hacerme el amor –confesó Miriam–. Estaba obsesionado con tu cuerpo, y por eso te ha prometido casarse contigo, porque quiere tenerte a cualquier precio. Pero en cuanto haya satisfecho su deseo, te dejará como un niño deja un juguete que ya no le divierte. Y entonces lo recuperaré. Porque me amaba a mí, era a mí a quien amaba –insistió–. Me amaba pero no conseguía que me deseara. ¡Maldita seas, Arabella! ¡Maldita seas! Si tú no hubieras existido no habría mirado a otra mujer más que a mí.

La joven era incapaz de pronunciar palabra, y se quedó en estado casi catatónico cuando Miriam le dio la espalda, entró en su habitación y cerró la puerta con violencia.

Llegó, sin saber bien cómo, a su dormitorio, encendió la luz, cerró la puerta despacio y se dejó caer boca arriba sobre la cama, mirando el techo confundida.

¿Habría dicho Miriam la verdad? ¿Era posible que un hombre amara a una mujer y deseara a otra? Ella sabía tan poco del amor, de las relaciones entre hombres y mujeres... Sin embargo, aquella noche no le había quedado duda de que Ethan la deseaba. Tal vez el deseo no era la mejor base para el matrimonio, pero ella lo amaba con toda su alma, y tal vez lograría, con el tiempo que él la quisiera también. No era tan hermosa como Miriam, pero Ethan le había dicho en una ocasión que tenía cualidades mucho más importantes.

Tenía la cabeza llena de dudas e inquietudes, pero, finalmente, aunque no fue hasta bien entrada la madrugada, el sueño la arrastró.

A la luz del día, cuando se despertó, las cosas no parecían tan terribles como la noche anterior. Tenía que mostrar más confianza en sí misma, se dijo. Tal vez con un nuevo look... Quizá si intentara parecerse a Miriam... Sí, iba a usar las tácticas de Miriam contra ella.

Se puso su vestido más bonito: de algodón verde claro, cuerpo entallado, y falda con vuelo. Después se calzó unos zapatos de tacón, se recogió el cabello, y se maquilló más que de costumbre. Tenía también un par de pendientes algo grandes en comparación con las pequeñas perlas que solía llevar, pero decidió que sería un cambio interesante. Finalmente comprobó el efecto general en el espejo y sonrió satisfecha. Si lo que quería Ethan era una mujer sofisticada, lo sería.

Bajó las escaleras con la mayor elegancia posible. Si no fuera por la escayola, se dijo, incluso tendría un aspecto verdaderamente seductor. Cuando entró en el comedor, Ethan y Miriam estaban sentados ya a la mesa, mientras Coreen y Betty Ann iban y venían de la cocina, disponiendo platos y fuentes.

Miriam y Ethan parecían estar muy metidos en una conversación, y no una conversación hostil, a lo que parecía, sino amistosa. Ethan tenía una sonrisa amable en los labios, y Miriam estaba escuchándolo con atención. Estaba muy distinta aquella mañana: se había trenzado el largo cabello, llevaba puesta una camiseta y unos vaqueros, y no se había maquillado. «¡Vaya cambio!», pensó Arabella sintiendo deseos de tirarse de los pelos. Parecían cada una el opuesto de sí mismas.

Ethan alzó la cabeza en ese momento, y la miró con el ceño fruncido, como si no le gustase lo que estaba viendo.

–Buenos días a todos –soltó Arabella con una alegría que no sentía. Se inclinó sobre Ethan y lo besó brevemente en los labios–. ¿Cómo estás? ¿Y cómo estás tú en esta espléndida mañana, Miriam?

Miriam farfulló un saludó y le lanzó una mirada de odio antes de bajar la vista a su taza de café.

Arabella se sentó con coquetería y comenzó a servirse el desayuno.

–Ethan, he pensado que, como me sugeriste, iré hoy con tu madre a Houston a buscar el vestido de novia –le dijo–. Quiero algo que sea realmente exquisito.

Ethan la miró con los ojos entornados. De pronto imágenes del pasado pasaron en tropel por su mente, imágenes de Miriam el día que se habían comprometido. Arabella incluso le recordaba a ella en ese momento, tan sofisticada y despreocupada. ¿Se habría equivocado con ella? ¿Habría empezado a darle importancia al dinero ante el temor de no poder retomar su carrera? ¿O estaría quizá intentando competir con Miriam, tratando de imitarla? Si era así, estaba tomando un camino equivocado. ¿Acaso no sabía que no quería un clon de Miriam? Quizás no había sido una buena idea sugerir lo del matrimonio. En un principio lo hacía por librarse de su ex esposa, pero estaba empezando a tener la sensación de que estaba cayendo en la misma trampa.

Coreen entró en ese momento en el comedor con un plató de galletas en la mano y un bote de mermelada casera en la otra. Al ver a Arabella, se quedó patidifusa, con ambas cosas en el aire.

–Bella, querida... qué... qué distinta estás esta mañana.

–¿Te gusta el cambio? –inquirió con una sonrisa–. Quería probar algo nuevo. Oh, por cierto, Coreen, estaba diciéndole a Ethan que hoy podríamos ir a buscar el vestido si no tienes inconveniente en acompañarme.

–Bueno, claro que no me importa, pero...

–No te preocupes, Coreen –intervino Miriam inesperadamente–. Marchaos, yo me quedaré y ayudaré a Betty Ann si necesita algo. Y así tampoco dejaremos solo a Ethan –añadió dirigiendo una sonrisa a este.

Él no dijo nada, ocupado como estaba aún su mente en procesar el radical cambio de Arabella. De hecho, no dirigió la palabra a la joven durante todo el desayuno, y Arabella comenzó a sentirse bastante inquieta. ¿Por qué se comportaba Ethan así? Era extraño que cuando llegara lo hubiera hallado hablando tranquilamente con Miriam, y parecía haberse puesto muy tenso cuando ella le mencionó el traje de novia. ¿No querría casarse con ella después de todo?

De pronto, Ethan se levantó y se disculpó diciendo que tenía mucho que hacer, pero antes de que pudiera llegar a la puerta, Miriam se había levantado y había ido tras él.

–Espera un segundo, Ethan –lo llamó, aprovechando la oportunidad–. Necesito preguntarte algo.

Se colgó de su brazo y salieron juntos.

–¡Qué buen modo de empezar la mañana! –exclamó Arabella cuando Coreen y ella se quedaron solas.

La mujer le dio unas palmaditas de ánimo en la mano.

–No te preocupes tanto, chiquilla. Ve a por un abrigo y nos marcharemos enseguida. Voy a darle unas instrucciones a Betty Ann para el almuerzo y en un minuto estaré contigo.

Cuando la joven bajó las escaleras con el abrigo ya puesto, el teléfono empezó a sonar, y Coreen le pidió desde la cocina que lo contestara.

–Residencia de los Hardeman, ¿dígame? –dijo Arabella levantando el auricular.

–¿Cómo estás, Arabella?

La joven se notó temblar por dentro. Era su padre.

–Estoy mucho mejor, gracias –respondió con aspereza.

–¿Y la mano?

–No lo sabré hasta que no me quiten la escayola.

–Confío en que tuvieras el buen juicio de pedir que te viera un especialista –apuntó él al cabo de un minuto.

–Sí, me vio un especialista –contestó ella como un autómata. ¿Por qué siempre que hablaba con su padre se sentía como si volviera a ser una niña de diez años?–. Me dijeron que había bastantes probabilidades de que pudiera volver a usarla con normalidad.

–Tu anfitrión ha hecho que un juez me impida retirar dinero de la cuenta conjunta –dijo su padre de pronto en un tono venenoso–. No ha sido muy amable por tu parte, Arabella. Sabes que no tengo de qué vivir.

La joven se mordió el labio.

–Yo... Lo sé, pero...

–Tendrás que mandarme un cheque –continuó su padre sin dejarle explicarse–. No puedo abusar de la amabilidad de mi hermano. Necesitaré al menos quinientos dólares. Por suerte está el dinero del seguro. Y quiero que me llames en cuanto te hayan quitado la escayola y te haya visto el especialista.

La joven se quedó dudando. Quería decirle que iba a casarse con Ethan, pero no fue capaz de pronunciar las palabras. Era increíble hasta qué punto la intimidaba, incluso ahora que ya no era una niña. Seguramente era una reacción inconsciente, después de haber pasado toda su vida controlada por él.

–Lo… lo haré –murmuró.

–No te olvides de enviarme el cheque. Ya sabes la dirección de tu tío Frank –le recordó su padre. Y colgó.

La joven se había quedado mirando el auricular con la mirada vacía. Aquello era todo. Ni una palabra afectuosa, ni de consuelo por lo que pudiera pasar…

Coreen y Arabella recorrieron las tiendas de trajes de novia más exclusivas aquella mañana hasta que dieron con el vestido perfecto. Parecía sacado de un sueño, y a Arabella le quedaba como un guante.

Podía haber sido un día perfecto, se dijo Arabella, si no hubiera sido por la extraña actitud de Ethan durante el desayuno. Tal vez en el momento menos pensado cambiara de opinión y cancelara el enlace, pensó con pesimismo. Frunció el ceño mientras observaba cómo la dependienta guardaba el traje con cuidado en una caja.

–Es una verdadera suerte que no tengan que hacerle ningún arreglo. Dicen que es un buen augurio, ¿sabes? –le dijo Coreen sonriente.

–Creo que me hará falta –farfulló Arabella con una débil sonrisa.

La madre de Ethan le dirigió una mirada curiosa tras entregar la tarjeta de crédito a la dependienta, pero hasta que no estuvieron en el coche, no le preguntó qué le ocurría.

–No es nada –murmuró la joven–. Es solo que… Ethan estaba tan distante esta mañana.

–Cosa de Miriam, sin duda –contestó Coreen torciendo el gesto–. Ethan ha estado tratándola con excesiva amabilidad desde ayer y eso seguramente le ha dado esperanzas. No la subestimes. No se dará por vencida tan fácilmente.

–No lo hago –le aseguró Arabella. Se quedó callada un momento, y decidió hablarle de la otra cosa que la había estado preocupando toda la mañana–. Hoy, antes de irnos, esa llamada... era mi padre. Me ha pedido que le mande un cheque. Sé que Ethan se enfadará conmigo si lo hago pero... al fin y al cabo sigue siendo mi padre.

–Lo comprendo, querida. Sé que debe ser muy difícil para ti.

–Debería haber pagado el vestido –musitó Arabella bajando la vista–. Me sentiría fatal si Ethan cancelara la boda y el gasto supusiera un problema para vuestro presupuesto. Era realmente caro.

–Escucha, cariño, sabes que gracias a Dios no tenemos problemas financieros, y además fue idea de Ethan. Él quería que tuvieras un traje de boda de firma.

–Pero... ¿y si cambia de idea? –insistió Bella–. Miriam y él parecían estar entendiéndose muy bien esta mañana –murmuró sintiéndose fatal.

Coreen dejó escapar un suspiro.

–Bella, te aseguro que a veces me encantaría poder saber qué pasa por la mente de mi hijo mayor, pero estoy segura de que no es tan tonto como para dejar que esa arpía lo embauque otra vez.

–Miriam dijo que Ethan se sentía atraído por mí cuando se casó con ella –dijo la joven de repente, como si aquello la hubiera estado quemando por dentro–. Me acusó de arruinar su matrimonio.

–Ethan siempre se ha sentido atraído por ti –dijo Coreen, sorprendiéndola–. Debería haberse casado contigo. Así tu padre no habría podido seguir manejándote a su antojo. Nunca fue feliz con Miriam, y yo siempre tuve la impresión de que para él era un pobre sustituto tuyo. Imagino que Miriam se daría cuenta, y ese fue el motivo por el cual fracasó su relación.

–Pero desear a una persona no es lo mismo que amarla –insistió Arabella tercamente–. Tal vez no sea una mujer sofisticada, pero eso sí lo sé.

–Pues a mí me parece que con ese vestido y el maquillaje estás realmente sofisticada –la animó Coreen con una sonrisa–. Y Ethan se dio cuenta del cambio, desde luego –añadió maliciosa.

–¿Tú crees? –inquirió Arabella no muy convencida–. A mí me dio la impresión de que estaba más pendiente de Miriam que de mí.

–Oh, bueno, no le des demasiada importancia a eso. Los hombres se comportan de un modo extraño en cuanto se habla de matrimonio. Incluso cuando lo han propuesto ellos –la tranquilizó la mujer–. Y, ahora, deja de preocuparte: Ethan sabe lo que está haciendo.

¿De verdad lo sabría?, se preguntó Arabella. ¿No estaría ayudándolo a cometer un error aún mayor que el que había cometido cuatro años atrás?

Cuando llegaron al rancho y entraron en la casa, encontraron a Betty Ann bajando las escaleras con una bandeja.

–¿De dónde vienes con esa bandeja a la hora que es? –inquirió la señora Hardeman.

–El señorito Ethan se cayó de un caballo, señora –contestó la mujer.

–¡Dios mío! ¿Está bien?

–Sí, señora. Parece que solo ha sido un susto, una leve contusión cerebral que lo dejó sin sentido unos minutos. Pedimos una ambulancia y «ella» se fue con él al hospital –dijo sacudiendo la cabeza en dirección al piso de arriba–. Tenían que haberla visto, agarrándole la mano y gimoteando... Debería ser actriz en vez de modelo... Cuando regresaron lo acostamos en su habitación, y allí está, con ella revoloteando a su alrededor pendiente de lo más mínimo que necesite. Me estaba volviendo loca: «Betty Ann, traéle esto a Ethan», «Betty Ann, sube otra jarra de agua…» –dijo remendándola–. No sé qué le habrá estado diciendo esa bruja –añadió mirando furtivamente a la joven–, pero el señorito Ethan me dijo muy enfadado que subiera a verlo la señorita Arabella en cuanto viniera.

Coreen y ella subieron las escaleras, y encontraron en efecto a Ethan echado en la cama, con una pequeña brecha en la cabeza donde le habían dado puntos de sutura. Estaba vestido, y Miriam se había sentado a su lado.

–Vaya, de modo que al fin habéis vuelto –comenzó Ethan mirando fijamente a Arabella, y en un tono acusador–. Espero que hayas disfrutado de tus compras.

–Hemos ido a comprar el vestido, tal y como tú dijiste –se defendió la joven.

–Ethan, ¿qué ha ocurrido? –intervino Coreen.

–Estaba ayudando a Randy a domar un caballo, y me tiró. Al caer me di un golpe en la cabeza con la valla. No ha sido nada.

–Nada excepto una contusión cerebral –puntualizó su madre aún algo preocupada.

–¿Y? Parece que a nadie excepto a Miriam le importó –le espetó Ethan.

Su madre y Arabella lo miraron sin comprender.

–Bueno, veo que estamos de mal humor –dijo Coreen mirándolo con los brazos cruzados–. Bien, me voy a ayudar a Betty Ann. ¿Vienes, Miriam? –la llamó, mirándola enfáticamente.

–Oh, no, me quedaré aquí haciéndole compañía a Ethan –dijo Miriam, sonriendo y tomando afectuosamente la mano de su ex marido–. No podemos dejarlo solo después del mal trago que ha pasado.

Coreen meneó la cabeza, puso los ojos en blanco y salió de la habitación. Arabella no sabía qué hacer. Por el modo en que la estaba mirando Ethan, sentía deseos de irse a mil kilómetros de él, y no de quedarse.

–¿T… te ha llamado mi padre? –balbució.

–No, no me ha llamado –contestó él bruscamente–. Tráeme una cerveza, ¿quieres, Miriam?

La modelo lo miró con un mohín, pero se marchó, dirigiendo una sonrisa malévola a Arabella, ante la perspectiva de que fueran a tener una pelea.

–Gracias por preocuparte por mí –dijo Ethan con frialdad una vez se hubo marchado–. Es maravilloso saber que no te importó nada que hubiese podido partirme la crisma.

Arabella no sabía de qué estaba hablando.

–Al menos podrías habérselo dicho a mi madre –continuó él. Se incorporó un poco, pero, al hacerlo, apretó los dientes dolorido, y se llevó una mano a la frente. Arabella hizo ademán de acercarse, pero él la detuvo extendiendo el brazo–. No te me acerques. Tus atenciones llegan demasiado tarde. Por suerte Miriam estaba aquí, y se ha ocupado de mí.

–Ethan, no entiendo de qué me estás acusando –le espetó Arabella exasperada.

–Hubo una llamada antes de salir del rancho, ¿no es cierto? Betty Ann me ha dicho que la contestaste tú.

–Sí, y es verdad, ¿pero qué…?

–Miriam te dijo que yo estaba herido y que necesitaba que mi madre me llevara al hospital, pero tú no le dijiste nada –la acusó mirándola irritado–, ni una palabra. ¿Estabas vengándote porque esta mañana no te dediqué suficiente atención?

–Ethan, Miriam no me llamó –le contestó Arabella sin creer lo que estaba oyendo–. ¡Yo no sabía que estabas herido!

–Acabas de admitir que contestaste la llamada –repuso él furioso–. Jamás debí divorciarme de Miriam. Al menos cuando las cosas se ponen mal ella se preocupa, no como tú. Espero que ese maldito vestido se pueda devolver, porque después de esto no me casaré contigo ni aunque me pagaran por hacerlo. Y ahora sal de mi habitación.

–Pero, Ethan... –musitó ella horrorizada de que pudiera creerla capaz de un comportamiento tan cruel.

–Solo te traje aquí porque sentía lástima de ti –dijo Ethan mirándola con frialdad–. Te deseaba, sí, pero el matrimonio es un precio demasiado alto solo para tener a una virgen mercenaria como tú con una caja registradora por corazón. Ahora me doy cuenta de lo idiota que he sido, que tú solo estabas interesada en tener una seguridad... para ti... ¡y probablemente también para tu maldito padre!, ¿no es verdad? –antes de que Arabella pudiera defenderse, Ethan se levantó de la cama y señaló la puerta furioso–. ¡He dicho que salgas! ¡No quiero volver a verte!

–Si eso es lo que piensas de mí, que soy una mercenaria, me iré –contestó Arabella temblando por el dolor y la furia–. Al menos ahora sé lo que sientes de verdad por mí: solo lástima y deseo.

Los ojos de Ethan relampagueaban de ira.

–Pues yo ahora sé cómo eres en realidad: exactamente igual a Miriam, dispuesta a sacar el máximo partido que puedas obtener. ¡Hasta tu aspecto me recuerda ahora a ella!

De modo que se trataba de eso... Demasiado tarde, la joven se dio cuenta de lo que debía haber pensado de su repentino cambio de apariencia y su interés por comprar un vestido caro, cuando su ex mujer lo había utilizado solo por su fortuna.

–Escucha, Ethan, tú no lo entiendes... –comenzó.

–Ya lo creo que lo entiendo –repuso él acalorado. La herida de la cabeza le daba punzadas, y sabía que estaba siendo irrazonable, pero la ira no le dejaba pensar con claridad–. ¡Sal de aquí de una vez!

Arabella no aguantó más, se marchó corriendo de la habitación, con la vista tan nublada por las lágrimas que casi tropezó con Miriam, que regresaba en ese momento con una cínica sonrisa triunfal. Aquello irritó sobremanera a la joven.

–Felicidades –le dijo con odio–, ya has conseguido lo que querías. Solo espero que la conciencia no te impida disfrutar de tu victoria… si es que la tienes.

La impertinente sonrisa se borró del rostro de la modelo.

–Ya te dije que era mío.

–No, no lo es, y nunca lo ha sido –replicó Arabella limpiándose furiosa las lágrimas–. Tampoco ha sido nunca mío, ¡pero yo al menos lo amaba! Tú solo lo querías por su dinero. Lo oí una vez de tus propios labios, antes de que os casarais. Fue tu ego lo que hirió. Era el único hombre que se te resistía y eso te volvía loca. Ahora vas a recuperarlo, sí, pero sigues sin amarlo, y además vas a engañarlo con ese hijo que esperas.

Miriam se había puesto lívida.

–¿Creías que no se nos ocurriría? –le dijo Arabella sin amilanarse–. ¿Qué es lo que vas a hacer?, ¿llevarlo hasta el altar y hacer creer a todos que es suyo? No tienes corazón. Lo único que conseguirás es destruirlo del todo. ¿Es eso lo que pretendes? Hace años casi mataste su alma. ¿Has vuelto para acabar el trabajo?

–¡Necesito a alguien, eso es todo! –admitió Miriam al fin.

–¿Y por qué no le exiges responsabilidades al padre? –preguntó Arabella.

–Mi hijo no es asunto tuyo. Y Ethan tampoco lo es.

Si te amara, nunca habría creído que lo ignoraste cuando estaba herido.

Arabella la miró dolida.

–Eso ya lo sé –murmuró–. Es la única razón por la que me iré. Si creyera que le importo me quedaría y pelearía por él, pero, viendo que es a ti a quien quiere, me retiraré en silencio –dejó escapar una risa amarga.–. No será la primera vez. Ya lo hice hace cuatro años, y mira lo feliz que lo hiciste.

Miriam contrajo el rostro.

–Esta vez podría ser diferente.

–Podría… pero no lo será, porque tú no lo amas –dijo Arabella.

Y se fue a su habitación, sintiendo náuseas. Era como si la historia se repitiera otra vez.

La caja con el vestido de novia estaba sobre la cama. Arabella la puso sobre una silla, se dejó caer sobre el colchón, y rompió a llorar amargamente.

Coreen llamó a su puerta, pero la joven le dijo que le dolía la cabeza, y pasó el resto de la tarde allí, negándose incluso a cenar. No creía que pudiera soportar ver otra vez la expresión jactanciosa de Miriam, y no tenía fuerzas para volver a discutir con Ethan. Sabía, por experiencia, que cuando tomaba una decisión no había quien lo hiciera cambiar de parecer. Se marcharía por la mañana.

Miriam al fin se había marchado a su dormitorio, vencida por el sueño, y Coreen aprovechó para ir a hablar con su hijo mayor.

–¿Se puede saber lo que te ocurre, Ethan? ¿Por qué le gritabas de ese modo a Arabella?

–Miriam llamó a casa antes de que os marcharais para decirte que te necesitaba para llevarme al hospital –le dijo él ásperamente–, pero Arabella ni se molestó en hacerlo. Parece que vuestro viaje de compras era más importante que el que yo pudiera estar herido.

Coreen lo miró boquiabierta.

–¿De qué diablos estás hablando? Solo hubo una llamada, y fue del padre de Arabella.

–¿Es eso lo que ella te ha dicho? –dijo Ethan soltando una risotada–. ¿Cómo puedes saber que era él?

Coreen se acercó a la cama. La expresión de su rostro era seria y llena de reproche hacia él.

–Yo creía que querías a Arabella, Ethan –dijo–. Esperaba que esta vez serías capaz de ver que, debajo del brillo exterior que irradia Miriam, no hay más que una mujer fría y egoísta. Pero tal vez sea la clase de mujer que te guste, ya que parece que eres tan incapaz de amar como ella.

–¿Cómo dices? –inquirió Ethan enarcando las cejas exasperado.

–Ya me has oído. Yo no necesito pruebas de que Arabella no miente. No sería capaz de pasar de largo por delante de un animal herido, mucho menos de una persona. La creo porque la conozco y la quiero como a una hija –añadió mirándolo con dureza–. El amor y la confianza son dos caras de una misma moneda, Ethan. Si crees a Arabella capaz de algo así de despiadado, te sugiero que vuelvas a ponerle el anillo a Miriam en el dedo, porque en ese caso creo que sois tal para cual y os merecéis el uno al otro.

Giró sobre sus talones y salió de la habitación. Ethan, enfurecido, tiró contra la puerta cerrada una servilleta que se había quedado en la mesilla. Se sentía confuso, pero su madre no tenía derecho a decirle esas cosas. ¿Por qué iba a mentir Miriam acerca de una llamada cuando sabía que él podía llamar a la compañía telefónica para comprobarlo? Además, los últimos días la había encontrado muy cambiada, más cariñosa y cercana. De hecho, le agradaba su compañía. Habían tenido una charla en la que ella le había confesado que se había enamorado de un hombre en el Caribe. Él la había intentado animar a que regresara y le diera una oportunidad, y ella había sonreído y le había dado las gracias, diciéndole que tal vez lo hiciera. ¿No demostraba eso que ya no estaba interesada en él?, ¿qué quizá su idea de reconciliación había sido solo quedar como amigos en vez de cómo enemigos?

¿O, por el contrario, sería posible que todo aquello no fuese más que una argucia de la modelo para confundirlo y volver a ganarse su confianza? ¿Podría ser que Arabella fuera inocente como decía su madre? Si eso fuera cierto, entonces lo había echado todo a perder... otra vez. Ethan gimió lleno de frustración. Había sido ese vestido que se había puesto, y el maquillaje, y lo banal que había parecido, hablando de comprar un vestido exquisito...

La cabeza le daba vueltas. Se tumbó y cerró los ojos. Pensaría en aquello por la mañana, cuando no se sintiera como si le estuvieran taladrando el cerebro y pudiera razonar con claridad. Entonces, decidiría qué iba a ser de su relación con Arabella, si es que aún tenía la posibilidad de un futuro con ella.

Capítulo Nueve

A la mañana siguiente, unas voces alegres despertaron a Arabella y, al cabo de unos instantes, mientras se incorporaba y se frotaba los ojos soñolienta, llamaron a la puerta y entró Mary sonriente. Estaba muy morena y parecía que las vacaciones le habían sentado realmente bien.

–¡Hola! –la saludó riendo y yendo a abrazarla. Puso en sus manos una bolsa llena de *souvenirs*–. Son todos para ti. Hay un par de camisetas, y collares de coral, y postales... ¿Me has echado de menos?

–Oh, Mary, ya lo creo que sí –asintió Arabella con un suspiro, abrazándola también. Mary era su mejor amiga, la única amiga de verdad que tenía–. Las cosas aquí se están poniendo muy complicadas.

–Pues yo he oído que Ethan y tú vais a casaros –la picó su amiga con una sonrisa maliciosa.

–Sí, bueno, íbamos. La boda se ha cancelado.

–¡Pero si Coreen me ha dicho que incluso habíais comprado el vestido! –replicó Mary.

Arabella se encogió de hombros.

–Ethan rompió el compromiso anoche. Quiere volver con Miriam.

–¿Que quiere «qué»? –inquirió Mary abriendo los ojos como platos.

–Quiere volver con Miriam –repitió Arabella en voz queda–. Ha cambiado, o eso dice él. Parece que en los dos últimos días se han empezado a entender muy bien –añadió–. Me marcho –le anunció a Mary–. Sé que acabas de llegar de vuestro viaje pero, ¿te importaría llevarme a Jacobsville un poco más tarde?

Mary estuvo a punto de negarse, porque le parecía que esa repentina huida no era la solución, pero la mirada apagada en los ojos de su amiga le dijo que no tenía caso que siguiera allí. No sabía qué había ocurrido, pero parecía terriblemente herida.

–Claro –asintió esbozando una sonrisa amable–. ¿Sabe Ethan que te marchas?

–Todavía no –murmuró Arabella–. Y tampoco estoy segura de querer decírselo. Ayer lo tiró un caballo y se dio un golpe en la cabeza. No creo que le convenga tener ahora una discusión conmigo.

–Pero, ¿está bien? –inquirió Mary.

–Sí, no fue nada grave. Además, tiene a Miriam para cuidarlo. Dice que ella es la única que se preocupa por él.

Mary sabía que aquella no era toda la historia, pero le pareció que no era el momento de atosigar a su amiga a preguntas.

–Te dejaré que te vistas y hagas la maleta. Supongo que no querrás que se lo diga a nadie.

–No, por favor.

–De acuerdo. Baja cuando estés lista.

Cuando Mary se hubo marchado, Arabella se vistió, guardó en la maleta las pocas cosas que tenía y, tras echar desde la puerta un último vistazo al dormitorio en el que había sido a la vez tan desdichada y tan feliz, salió y cerró en silencio.

A pesar de lo que le había dicho a Mary, finalmente había decidido que no podía irse sin despedirse de Ethan, aunque la verdadera razón era que albergaba aún una pequeña esperanza de que hubiera cambiado de opinión.

En ese preciso momento, mientras Arabella se había estado preparando para marcharse, Ethan había estado teniendo una charla con Miriam. Él le había pedido que le dijera la verdad, y ella había confesado. Le había remordido la conciencia desde la conversación que tuvo con Arabella la noche anterior.

–Lo siento, Ethan, no debí hacerlo –murmuró avergonzada–. La verdad es que he estado pensando mucho. Tú te has comportado de un modo distinto conmigo, y he visto cómo podrían haber sido las cosas entre nosotros si me hubieras amado cuando nos casamos. Yo sentía que no podía competir cuando tenías a Arabella en tu corazón, y por eso me vengué refugiándome en los brazos de otros hombres –confesó mirándolo insegura–. Debiste casarte con ella. Lamento mucho habértelo hecho pasar tan mal. Y también estoy arrepentida por la mentira que te conté ayer.

Ethan sintió como si se le hubiera llenado el estómago de plomo. Las duras palabras que le había gritado a Arabella la noche anterior volvieron a su mente en ese momento.

–Dios mío... –murmuró tapándose el rostro con las manos–. Las cosas de que la acusé... Incluso cancelé la boda –dijo levantando desesperado la cabeza hacia Miriam.

–Ella te perdonará –trató de animarlo la modelo, sintiéndose fatal por el daño que había causado–. Estoy segura de que siente por ti lo mismo que tú sientes por ella –extendió la mano y le acarició la mejilla–. Yo estoy muy enamorada de Jared, el hombre al que conocí en el Caribe, pero salí huyendo porque no creí que quisiera a nuestro bebé. Ahora no estoy segura de ello. Al menos debería darle el beneficio de la duda, ¿verdad? Anoche no pude dormir pensando en él. Creo que lo llamaré esta mañana, y veremos qué ocurre.

–Tal vez descubras que él desea ese hijo tanto como tú –apuntó Ethan sonriendo–. Me alegro de que vayamos a separarnos como amigos.

–Yo también –asintió ella–. Aunque no me lo merezco, después de lo que te he hecho pasar.

–Bueno, lo pasado, pasado está –dijo él.

–Será mejor que vaya a hacer esa llamada –murmuró Miriam–. Gracias, Ethan... por todo. De verdad que siento todo lo que te he hecho. Te mereces algo mucho mejor que lo que yo te di –alzó el rostro hacia el de él, y lo besó con ternura.

El beso solo duró un instante, y fue un beso de despedida, de perdón, entre dos personas que una vez fueron marido y mujer, pero a Arabella, que lo observó al acercarse a la puerta, le pareció algo muy distinto, un beso de verdadero amor, y sintió como si una garra le estrujase el corazón. Se había puesto lívida. Aquello lo confirmaba. Era Miriam a quien Ethan amaba. No tenía sentido albergar esperanzas. Se habían reconciliado, y volverían a casarse. Miriam había ganado.

La joven se apartó de la puerta, sonrió con amargura, y avanzó con paso rápido por el pasillo, confiando en que no la hubiesen oído. Al llegar a la escalera, se tropezó con Coreen.

–Subía a ver a Ethan para... –comenzó la mujer, quedándose callada al ver la maleta de Arabella.

–Mary va a llevarme a la ciudad –le dijo con la voz algo quebrada–. Y, si yo fuera tú, no molestaría a Ethan ahora mismo, está muy ocupado con Miriam...

–¡Por todos los santos! –exclamó Coreen lanzando los brazos al aire exasperada–. Si lograra que atendiera a razones...

–Está enamorado de ella, Coreen –le dijo Arabella–. No es algo que se pueda evitar. Anoche me dijo que solo se ha ocupado de mí después del accidente por lástima. Puede que me deseara, pero es a Miriam a quien ama. Lo nuestro nunca habría funcionado.

–Oh, cariño... –murmuró la mujer, sintiendo que se le rompía el corazón. La abrazó con cariño–. Ya sabes que siempre tendrás la puerta abierta.

–Gracias –dijo Arabella conmovida–. Puedes darle el vestido a Miriam, para cuando Ethan y ella vuelvan a casarse. Con un par de arreglos le estará bien.

–¡Déjate de vestidos ahora, chiquilla! ¿Adónde piensas ir?

–De momento me alojaré en un motel, y cuando esté instalada llamaré a mi padre. No te preocupes por mí, Coreen, gracias a la intervención de Ethan aún tengo algo de dinero en mi cuenta. No me moriré de hambre –la tranquilizó–. Gracias por todo lo que habéis hecho por mí. Nunca os olvidaré.

–Nosotros a ti tampoco, cariño –murmuró Coreen–. Llámanos pronto.

–Lo haré –mintió Arabella. Eso era lo último que pensaba hacer, por el bien de Ethan.

Terminó de bajar las escaleras y salió fuera con Mary, despidiéndose de Betty Ann y de un sorprendido Matt, que no hacía más que preguntar «pero, ¿por qué te vas ya?», por mucho que su esposa le dijera que ya se lo explicaría después.

Entretanto, Miriam seguía en la habitación de Ethan.

–¿Quieres que bajemos y le expliquemos todo a tu madre y a los demás? –inquirió ella contrayendo el rostro–. Me temo que cuando acabe de hablar me arrojaran de cabeza fuera de la casa, pero tienen que saber la verdad.

–Pues yo me temo que será mi cabeza la que esté en peligro –dijo Ethan–. No, déjalo, yo se lo explicaré. Tú ve a hacer esa llamada.

–Gracias, Ethan.

Él la vio salir de la habitación y se recostó contra los almohadones. Mientras hablaban había oído llegar a Matt y a Mary, y estaba esperando que subieran de un momento a otro a decir hola. Pero seguramente estarían contándole a su madre todas las peripecias del viaje y tardarían en subir. Quizá fuera el mejor momento para ir a ver a Arabella e intentar arreglar las cosas con ella antes de que fuera demasiado tarde. Estaba inmerso en esos pensamientos cuando escuchó cerrarse las puertas de un coche, y cómo arrancaba y se alejaba. ¿Quién se iba?, se preguntó frunciendo el entrecejo. Matt y Mary acababan de llegar...

En ese mismo momento entró su madre en el dormitorio. Estaba hecha una furia.

–Bien, espero que estés contento –le dijo poniéndose a los pies de la cama con los brazos cruzados–. Ya has conseguido lo que querías. Acaba de marcharse.

Ethan se incorporó y la miró confuso.

–¿Quién acaba de marcharse?

–Arabella –respondió Coreen enojada–. Me ha dicho que has cancelado la boda y que vas a casarte con Miriam. ¿No escarmentaste la primera vez?

–¡Oh, por amor de Dios! –exclamó él. Fue a bajarse de la cama, pero se puso de pie tan de prisa que la cabeza le dio vueltas, y se tambaleó de tal modo que tuvo que volver a sentarse–. ¡Yo no voy a casarme con Miriam! ¿De dónde diablos se ha sacado eso?

–De ti, supongo, vino a despedirse de ti, pero me dijo que no entró porque estabas muy «ocupado» con Miriam...

¡Había visto el beso que Miriam le había dado! Aunque no había habido nada de malo en aquel beso, Ethan podía imaginar muy bien que para quien lo viera, parecería otra cosa. Dejó escapar un gruñido de frustración, tapándose el rostro con las manos.

–Dios mío… soy experto en fastidiarlo todo –farfulló–. ¿Dónde ha ido? –dijo mirando a su madre.

–A un motel. Mary la ha llevado en el coche, así que sabrá cuál es.

Sin embargo, aquello no tranquilizó a Ethan.

–Arabella llamará a su padre –murmuró casi para sí, angustiado–. Y entonces él llegará allí antes que yo y se la volverá a llevar.

–Eres un tonto, Ethan –dijo su madre–. Hace cuatro años la dejaste marchar, y te casaste con la mujer equivocada, engañándote a ti y a ella. Y ahora has tirado por la borda la segunda oportunidad que podrías haber tenido. ¿Por qué no le dijiste a Arabella lo que sentías por ella?

Ethan bajó la vista atormentado.

–Porque… porque ella tenía una brillante carrera. En el fondo estoy seguro de que solo aceptó venir aquí porque estaba herida y necesitaba una cierta seguridad. Además, desde el principio se ha mostrado reacia a la idea de casarnos. Creo que tenía miedo de que, cuando le quitaran la escayola, si pudiera volver a tocar, se encontrara atada a mí.

–Yo diría más bien que temía que la usaras como un sustituto de lo que sentías por Miriam –replicó Coreen–. Me dijo que tú solo la deseabas, pero que a quien querías era a Miriam. Está convencida de ello.

Ethan suspiró con pesadez y se dejó caer sobre el colchón, con una mano en la frente.

–Iré tras ella… en cuanto deje de darme vueltas la cabeza.

–Déjalo –le dijo su madre–. No volverá. Ella te amaba. Estaba locamente enamorada de ti desde que era una adolescente y le destrozaste el corazón.

Ahora has vuelto a hacerlo, y no creo que se arriesgue de nuevo.

Y, dicho eso, Coreen volvió a salir de la habitación sin mirar atrás.

Ethan no podía creerlo. Entonces Arabella lo amaba. Cerró los ojos y trató de imaginar cómo habrían sido sus vidas si cuatro años atrás se hubiera casado con ella. «Ahora podríamos tener varios hijos», pensó, «haríamos el amor cada noche, y todas las mañanas me despertaría con Arabella entre mis brazos». El cuadro era tan hermoso, que sintió una punzada de dolor en el pecho al pensar que tal vez ya sería imposible.

Arabella tomó una habitación en un motel del centro de Jacobsville, y cuando hubo sacado las cosas de la maleta, telefoneó a su padre a Dallas. Le informó de que solo faltaban nueve días para que le quitaran la escayola. Su padre le dijo que se reuniría con ella en el hospital y que después regresarían a Houston. Le dijo que, mientras estaba convaleciente en Dallas había puesto su apartamento en alquiler, pero que podrían buscar otro de forma temporal. Extrañamente, tal vez porque ya nada le importaba demasiado, Arabella no se sintió mal ante la idea de volver con su progenitor. Además, ya no la intimidaba. Había decidido que, pasara lo que pasara, no iba a dejar que siguiera mandando en su vida.

Los días pasaron lentamente. Mary fue a visitarla, pero Arabella no quería oír las noticias que tenía del rancho, y mucho menos de Ethan. Sería demasiado doloroso. Además, Ethan no se había molestado siquiera en llamarla en todo ese tiempo, a pesar incluso de que ya sabía, o al menos eso le había dicho Mary, que Miriam había mentido acerca de esa llamada de teléfono. Lo sabía, pero no pensaba disculparse, se dijo Arabella. Siempre había sido así. Demasiado orgulloso para pedir perdón. Aunque, ¿por qué iba a molestarse en hacerlo? Él la amaba, y Miriam había confesado, y seguramente le habría dicho que estaba muy arrepentida. Ella ya pertenecía al pasado.

Ethan, sin embargo, estaba intentando afrontar su propia estupidez. Estaba convencido de que Arabella no querría escucharlo. Y no podía culparla por ello, le había dicho cosas muy duras y sin ningún fundamento. Pensó que sería mejor dejar que las aguas volvieran a su cauce antes de intentar acercarse a ella. Entretanto, Miriam le había contado a Jared que estaba embarazada, y Ethan no se había equivocado en su predicción. El hombre, un plantador sencillo y campechano, se había enamorado de ella, y quería aquel hijo tanto como ella. De hecho, iba ya camino de Texas para reencontrarse con ella y llevársela consigo. Desde que Jared le dijera que la amaba y que quería que se casara con él, Miriam había estado como en una nube, y Ethan descubrió lo agradable que podía ser una vez que había dejado a un lado la máscara. Además, una tarde ella le confió que, teniendo apenas quince años, la había acosado un amigo de sus padres, y que aquella experiencia la había hecho odiar a los hombres. Solo entonces, embarazada del hijo de un hombre al que sí amaba porque la había tratado como a una persona digna en vez de cómo a un par de bonitas piernas, sentía que podía enterrar el pasado.

Ethan iba pensando todas aquellas cosas mientras bajaba las escaleras. En el rellano inferior, se encontró con Mary, que entraba en ese momento. Ethan la detuvo, tratando de no parecer tan infeliz como se sentía.

–¿Cómo está Arabella? –le preguntó, seguro de que había ido a verla.

–Está muy sola –respondió su cuñada en un tono quedo–. El martes le quitan la escayola.

–Lo sé –murmuró Ethan–. ¿No está su padre ya con ella?

–Llegará el martes –contestó Mary. Quería decirle algo, pero se quedó dudando un instante–. Ethan, Arabella no quiere escucharme cuando intento hablarle de ti. Y no tiene buen aspecto.

Ethan se defendió irritado, como hacía siempre que se sentía culpable de algo:

–Se fue porque quiso –le espetó a Mary.

–¿Y cómo esperabas que se quedara, sabiendo que vas a volver a casarte con Miriam? –contestó Mary enfadada–. ¿Sabes qué? No te merecías a Arabella.

Era la primera vez que Ethan la veía sacar ese genio, pero antes de que pudiera responder a eso, ella se había ido hecha una furia a la cocina. Él se preguntó irritado por qué todos pensaban que se iba a casar con Miriam, pero entonces recordó que ni ella ni él les había dicho nada acerca del hombre del Caribe del que la modelo estaba enamorada. En fin, se dijo Ethan. Ya no faltaba nada para la llegada del plantador, así que cuando los vieran juntos a Miriam y a él, se darían cuenta de que estaban equivocados.

En todo caso, Mary y Matt habían estado ignorando a Miriam desde la marcha de Arabella, y Coreen la trataba con tanta frialdad que parecía que se fuese a congelar el aire entre ellas. Ethan, consciente de que, sin saberlo, estaban siendo injustos, trató de compensar a su ex mujer pasando más tiempo con ella y siendo amable, lo cuál solo añadió más leña a las especulaciones de su familia.

El prometido de Miriam y el padre de Arabella llegaron a la ciudad el mismo día, y así, mientras que Jared era presentado a los Hardeman, el señor Craig estaba con su hija en la consulta del médico especialista. Tras quitarle la escayola, examinarla y hacerle una radiografía, el doctor les dijo que la mano se había curado casi a la perfección, pero por la expresión de su rostro, no parecía que aquello fuera suficiente.

–¿Casi? –repitió el padre de Arabella frunciendo el entrecejo.

–Su hija volverá a tocar el piano, señor Craig –le dijo el doctor Wagner–, pero por desgracia no podrá hacerlo con la maestría con que solía hacerlo antes. Cuando un tendón se rompe, casi nunca vuelve a su estado original, precisamente porque, al unir las dos partes, se acorta. Lo siento.

Hasta ese momento, Arabella no se había dado cuenta de hasta qué punto esperaba que la operación hubiera salido bien y, de pronto, prorrumpió en lágrimas de amargura.

Su padre, al verla tan destrozada, se olvidó de su propia decepción, la abrazó y le dio unas palmaditas en la espalda, murmurando palabras de ánimo.

–¿Qué haremos ahora? –inquirió Arabella cuando estuvieron sentados en la cafetería del hospital, después de dejar la consulta.

Su padre suspiró.

–Bueno, para empezar negociaré la publicación de un disco con los últimos temas que grabaste. Son pocos, pero podríamos venderlo a un precio más barato. Y también procuraré que vuelvan a editarse los primeros que hicimos. Tal vez podríamos preparar uno de esos álbumes con lo mejor de tu trayectoria –sugirió. Alzó la mirada hacia ella–. No he sido muy buen padre, me temo, ¿verdad? Abandonándote después del accidente… Seguramente habrás pensado que no querría saber nada más de ti si no podías volver a tocar para mantenernos.

–La verdad es que sí –confesó Arabella. Nunca había oído hablar a su padre con esa sinceridad.

–Este accidente trajo a mi memoria aquel en el que murió tu madre –le dijo el señor Craig. Nunca antes le había hablado de ello, y Arabella tuvo la sensación de que para él era como quitarse de encima una pesada losa que hubiera llevado todo ese tiempo–. Arabella, yo iba al volante, y no pude reaccionar a tiempo. Por eso murió. La policía me hizo la prueba de alcoholemia, pero mis niveles no eran lo suficientemente altos como para que pudieran poner en el informe que iba conduciendo ebrio, pero sí me había tomado alguna copa de más en la fiesta a la que habíamos ido. Yo no solía beber, pero hicieron varios brindis, y no supe rehusar. No estaba ebrio, pero si no hubiera bebido, mis reflejos no se habrían visto afectados, y habría podido esquivar aquel coche. Ella murió en el acto, me dijeron que no había sufrido, pero yo he vivido atormentado por la culpa desde entonces –se echó hacia atrás en el asiento, frotándose los ojos, cansado–. No podía admitir que había sido un error simplemente, un error humano, y me volqué en ti para redimirme. Me dije que iba a ser noble, que dedicaría mi vida a sacar fuera tu talento, a lograr que tuvieras una carrera gloriosa –se calló un momento y se giró para mirar a su hija–. Pero tú no querías el éxito, ¿verdad, Bella? Tú querías a Ethan Hardeman.

–Eso ya da igual, papá, él quería a Miriam. De hecho –añadió bajando la vista–, se han reconciliado y van a volver a casarse.

–Lo siento, hija –murmuró él estudiando su rostro de perfil–. Yo… Yo… Nuestro accidente me hizo pensar –repitió, como si no sintiera que se había excusado suficientemente–, me hizo recordar la muerte de tu madre, y cómo tuve que afrontar la vida sin ella, tener que criarte solo... Tú me necesitabas, pero yo no supe darte mi cariño, obsesionado como estaba con convertirte en una pianista de éxito... Me equivoqué... me equivoqué...

De pronto su voz se quebró y la joven se dio cuenta de que estaba llorando. Lo abrazó con ternura. Era solo un hombre, con sus miedos y sus defectos, como cualquier otro ser humano. «Es curioso como los hijos siempre pensamos que los padres tienen que hacerlo todo bien, que no pueden fallar», se dijo.

–Papá, no debes culparte por la muerte de mamá. Todos cometemos errores sin querer alguna vez. Nadie es perfecto. Yo no te culpo.

El hombre se apartó un poco de ella y le dirigió una débil sonrisa de agradecimiento. Después, se puso serio otra vez, y bajó la vista avergonzado, como si hubiera más.

–Llamé a Ethan para que cuidara de ti porque pensé que, de algún modo, tal vez eso te compensaría por el modo en que te aparté de su lado años atrás. Me dije que quizá así tendríais una nueva oportunidad.

–Gracias –murmuró Arabella emocionada–, pero lo único que Ethan quiere es a su ex esposa... y tal vez sea mejor que las cosas hayan salido así. Hace cuatro años yo era una adolescente que no sabía nada de la vida y estaba loca por él, pero ahora...

–Lo sigues estando –dijo su padre con una sonrisa triste–. Nunca trates de engañarte a ti misma, Bella. ¿Sabes?, creo que los dos hemos estado lamentándonos por el pasado demasiado tiempo. Es hora de mirar al futuro y pensar qué nos gustaría hacer. ¿Qué querrías hacer tú?

La joven se quedó un poco aturdida. Nunca se lo

había planteado. Su padre nunca le había dado libertad para decidir por sí misma.

–Bueno, yo... No estoy segura, pero si estoy segura de lo que «no» quiero: No quiero quedarme aquí en Jacobsville –le dijo–. Hay demasiados fantasmas del pasado como para comenzar un futuro.

–Bien, en ese caso creo que lo primero que haré será ir a Houston y buscar un apartamento para los dos –le dijo su padre–. Y después trataré de buscar un empleo para mí. Sí, Bella –le dijo cuando ella intentó protestar–. No puedo depender de ti por más tiempo. He sido muy injusto contigo. Te mereces tener tu propia vida.

Arabella tomó la mano de su padre entre las suyas, y la apretó afectuosamente mientras le sonreía.

–Y no te preocupes por esa mano –le dijo el señor Craig–. Siempre puedes dar clases si todo lo demás falla. Puedo asegurarte que reporta una gran satisfacción ver triunfar a una persona a la que has preparado –le confió guiñándole un ojo.

Arabella sonrió. Nunca en su vida se había sentido tan cercana a su padre. En el fondo, lo cierto era que se sentía casi aliviada. Siempre había amado la música, pero los conciertos, el público y el andar constantemente de un lado a otro siempre la había agobiado un poco.

Su padre se marchó a Houston la mañana siguiente, y, Arabella, decidiendo que tenía que intentar animarse, se fue a desayunar a su cafetería favorita. Se sentó en una mesa junto a la ventana y se puso a leer la carta, pero, cuando sintió que alguien se acercaba por detrás y se volvió pensando que era una de las camareras, se encontró con Ethan Hardeman.

Capítulo Diez

Arabella hizo lo que pudo para que sus sentimientos no se reflejaran en su rostro, pero de ningún modo logró controlar los latidos de su corazón, que se habían disparado al verlo.

–Hola, Ethan –dijo. De repente se notaba la garganta muy seca–. Qué sorpresa. ¿Has venido con Miriam? –inquirió mirando detrás de él.

Ethan se sentó frente a ella.

–Miriam va a casarse.

–Ya lo sé –repuso Arabella intentando no mostrar su fastidio. ¿Qué pretendía, restregárselo por la cara?

¿Lo sabía?, se preguntó Ethan sorprendido. Bueno, tal vez Mary se lo había dicho. Él jugueteó nervioso con el tenedor que tenía delante.

–Quería haber venido a verte antes, pero creí que necesitarías un poco de tiempo a solas, para poder pensar. ¿Qué dijo el médico de tu mano? –le preguntó observando la mano ya sin escayola.

Arabella tragó saliva y se irguió en el asiento. De ningún modo podía dejarle entrever lo infeliz que se sentía, no quería que volviera a sentir lástima por ella.

–Me han dicho que está perfecta –mintió–. Con un poco de rehabilitación podré volver a tocar igual de bien que antes. Me la harán en Houston. Mi padre se ha marchado ya para buscar un apartamento que podamos alquilar, y luego volveré a Nueva York, para retomar mi carrera.

Una sombra cruzó por las facciones de Ethan ante la noticia. No era que no se alegrara por ella, pero aquello sin duda complicaba las cosas, porque de alguna manera seguía pensando que ella solo se quedaría con él si no podía volver a tocar el piano. ¿Por qué iba a quererlo a él, cuando tenía delante de sí su brillante carrera?

–Es... es estupendo –balbució–. Bien, entonces has conseguido lo que querías –añadió sin saber qué más decir.

–Igual que tú –apuntó ella con una sonrisa forzada–. Espero que Miriam y tú seáis muy felices, Ethan.

Él se quedó mirándola boquiabierto, y estaba a punto de corregirla, cuando apareció la camarera.

–¿El señor también va a desayunar?

Ethan respondió que sí antes de dar tiempo a Arabella a contestar por él, y ambos le dijeron lo que querían tomar sin apenas fijarse en lo que estaban pidiendo. En ese momento, la comida era lo último en lo que podía pensar ninguno de ellos.

–Arabella, yo no voy a casarme –dijo Ethan cuando se hubo marchado la camarera con las cartas.

Ella lo miró de hito en hito.

–Pero si acabas de decirme que...

–Que se casa Miriam, no yo. Va a casarse con un tipo al que conoció en el Caribe –explicó–. Es el padre de su hijo.

–Oh –musitó Arabella como si le hubieran echado un vaso de agua fría a la cara–. Lo... lo siento, Ethan –murmuró tomando una de sus manos.

Y, en ese instante, fue como si pasase una corriente eléctrica entre los dos. Él alzó los ojos hacia ella, y entrelazó sus dedos con los de la joven. La había echado tanto de menos... Su vida y la casa habían parecido tan vacías sin ella... Ethan bajó la vista antes de seguir hablando para que ella no pudiera leer el deseo en sus ojos.

–Arabella, yo... Siento lo rudo que fui contigo. Tendría que haber sabido que tú no me mentirías jamás, pero estaba muy enfadado, y me tragué todo lo que Miriam me contó.

–Sí, yo creía que me conocías algo mejor –murmuró ella torciendo el gesto.

Ethan sintió como si le hubiera atravesado el corazón con un alfiler. Era cierto, debía haber confiado en ella.

–Escucha, cariño, ¿por qué no vuelves a casa con nosotros hasta que tu padre encuentre ese apartamento? –le dijo con suavidad–, sé que todo esto ha sido muy duro para ti, pero Miriam se irá pronto.

«Llevándose tu corazón», pensó Arabella. ¿Por qué?, ¿por qué no podía amarla a ella? No, debía mirar hacia delante.

–Estoy muy bien aquí –le dijo obstinadamente.

–Pues yo no me siento bien sabiendo que estás en un motel cuando no hay necesidad –repuso él–. Bella, lo siento... de verdad... Ha sido todo culpa mía. Las cosas iban bien entre nosotros, pero yo tuve que sacar conclusiones erróneas sin tener siquiera pruebas.

–Ethan, por favor, déjalo ya, no quiero sustituir a Miriam. Imagino que esto debe ser muy doloroso para ti, volverla a perder...

Sin embargo, él no parecía estar escuchándola. Se había llevado la mano de Arabella a los labios, y la estaba besando con tanta sensualidad, que la joven sintió que el vello de los brazos y de la nuca se le erizaba. Mientras, los ojos grises de Ethan observaban encantados como sus mejillas se teñían de un ligero rubor.

–Vuelve a casa conmigo –le susurró–. Podrías volver a ponerte ese salto de cama, y haríamos el amor…

–¡Cállate! ¿Qué va a pensar la gente? –lo reprendió ella azorada mirando en derredor.

–Te has sonrojado.

–Por supuesto que me he sonrojado. Porque quiero olvidar aquello –masculló irritada. Trató de retirar la mano, pero Ethan no se lo permitió.

–Si vinieras a casa estos días, Miriam pensará que estamos tratando de arreglar nuestros problemas, y no se irá creyendo que me ha roto el corazón –le pidió Ethan aferrándose a lo primero que se le ocurrió con tal de convencerla–. Porque la verdad es que eso es algo que me fastidiaría enormemente…

–¿Y por qué razón tendría que hacerte otro favor? –lo interrumpió Arabella.

Ethan la miró a los ojos.

–Es cierto, no hay ninguna razón –admitió con una media sonrisa–, pero me gustaría que vinieras… aunque solo fuera para compensarte por el modo en que te he tratado.

La joven volvió a sonrojarse.

–¿Cómo? ¿Haciéndome el amor? –le espetó irritada–. ¿Crees que estoy tan desesperada como para conformarme con las migajas que han quedado de tu relación con Miriam?

–No, no creo eso en absoluto –murmuró Ethan contrariado.

La miró a los ojos, tratando de hallar en ellos alguna señal de que no lo había fastidiado todo. No estaba dispuesto a perderla otra vez, tenía que hacer lo imposible, no podía rendirse. Quería decirle lo que sentía por ella, pero justo en ese momento llegó la camarera con lo que habían pedido.

Sin embargo, al menos, mientras desayunaban,

Ethan logró convencerla finalmente para que volviera a su casa. Arabella no sabía siquiera por qué había dado su brazo a torcer, pero él había dicho que solo serían unos días, y, en todo caso, siempre le había resultado difícil negarle nada a Ethan.

Cuando llegaron al rancho, Ethan le presentó al prometido de Miriam. Él y la modelo parecían verdaderamente muy felices, se dijo Arabella incrédula. Después de todo, parecía que Miriam era capaz de amar. Jared era un hombre alto, agradable, y bien educado. Hasta Coreen parecía estar tratándola con más cordialidad, probablemente porque había renunciado al fin a Ethan.

–Siento mucho cómo he complicado las cosas entre Ethan y tu, Arabella –se disculpó Miriam, llevándola aparte durante la merienda que tomaron en el jardín–. No era culpa tuya, ni de Ethan, que él no me amara –giró la cabeza en dirección a su prometido, que estaba a unos metros de ellas, charlando con Matt y Mary–. Jared es todo lo que había soñado en un hombre –le confesó–. Vine aquí huyendo, porque no creí que quisiera el bebé que llevo dentro, y estaba muy confundida, porque era la primera vez que sentía algo tan fuerte por alguien. Me he comportado de un modo horrible. Pensaba utilizar a Ethan solo por mi cobardía, porque no me atrevía a preguntarle a Jared si él quería una vida junto a mí. Lo siento tanto, Arabella... Solo espero que ahora que me marcho, Ethan y tú podáis solucionar vuestras diferencias y ser felices al fin.

La joven no creía que eso fuera ya posible, pero al menos la reconfortaba pensar que Miriam había comprendido que estaba obrando mal, y que al menos al final era capaz de pensar en la felicidad de Ethan. Esbozó una sonrisa.

–Gracias. Espero que tú también seas muy feliz.

–Bueno, me temo que no me lo merezco, ni me merezco a alguien tan maravilloso como Jared, pero yo también confío en que será así.

Estuvieron charlando unos instantes más, y al cabo Miriam volvió al lado de su prometido, con lo que Arabella se quedó sola junto a la mesa de la limonada, pero pronto se unió a ella Mary, que llevaba un buen rato mirándola llena de curiosidad.

–¿Qué está pasando aquí? Cuando te vi entrar con Ethan estuve a punto de caerme de espaldas. ¿Habéis hecho las paces? –le preguntó en un susurro.

–No –respondió Arabella meneando la cabeza–. Me pidió que viniera para que Miriam no crea que le ha roto el corazón –dijo enfurruñada–. Ya ves.

Sin embargo, no pudo evitar dirigir una mirada melancólica en dirección a Ethan, de pie junto a su madre, y Mary sonrió para sí al verlo.

–Pues, desde luego, no es esa la impresión que me ha dado a mí por el modo en que te ha estado echando miraditas toda la tarde –murmuró con picardía.

Arabella se rio con desgana.

–Solo está fingiendo, para que Miriam lo vea. Quiere que crea que estamos intentando solucionar nuestros problemas.

–¿De veras? –inquirió Mary divertida.

–¿Por qué no dejas de...?

Pero no terminó la frase, porque en ese momento Ethan estaba mirando en su dirección también, y sus ojos se habían encontrado, como si fueran dos imanes que se atrajeran el uno al otro, y quedó atrapada en la fuerza de esos iris grisáceos. Sin embargo, el hechizo se rompió cuando Coreen tiró de la manga de su hijo para reclamar su atención, y Arabella se dio cuenta de que había estado conteniendo el aliento, y de que Mary estaba mirándola con una sonrisa maliciosa.

Después de la cena, mientras los demás veían un vídeo de las vacaciones de Matt y Mary, Arabella se excusó y fue a cambiarse de ropa. Cuando bajaba, sin embargo, no sentía deseos de volver con ellos. Necesitaba estar sola, y la biblioteca había estado llamándola todo el día, como el canto de las sirenas. Allí había un enorme piano de cola, que había sido del padre de Coreen, y que ella misma tocaba, por lo que estaba perfectamente afinado.

Entró y se sentó frente a él. Tocó una escala con la mano izquierda, y sonó perfecta. «Estupendo», se dijo sonriente. Entonces, colocó también la mano derecha sobre el teclado. Le temblaba, y sintió un pequeño pinchazo en el pulgar cuando intento tocar con ella. Arabella contrajo el rostro. «Bueno», intentó animarse, «tal vez las escalas no sean lo mejor para empezar. Probaré con una melodía sencilla». Escogió una pieza de Chopin, algo realmente fácil, para principiantes casi, pero su mano derecha seguía sin responder, floja y temblorosa. Arabella gimió con frustración y apretó los puños contra el teclado, imaginando la cantidad de meses que tendría que practicar antes de poder tocar siquiera una escala con esa mano.

No oyó a Ethan entrar, ni cerrar la puerta tras de sí. Solo cuando se sentó a su lado, colocándose a horcajadas sobre la banqueta del piano, se dio cuenta de que no estaba sola. Había estado observándola un rato desde la puerta, y había sentido curiosidad al escuchar como golpeaba las teclas enfadada. Imaginó que debía estar sintiéndose totalmente frustrada por el tiempo que le llevaría recobrar su habilidad frente al piano.

–No puedes tocar, ¿no es eso? –le dijo con voz queda.

Arabella comprendió que la había visto, y pensó que había adivinado la verdad. Apretó los dientes y apartó la vista.

–Tienes que intentar tener paciencia –continuó Ethan–. Llevará tiempo, pero como te dijo el médico, tocarás tan bien como antes, ya lo verás.

La joven alzó el rostro con los labios entreabiertos. Entonces… ¿no se había dado cuenta? Bueno, se dijo con tristeza, al menos su orgullo estaba intacto.

–Escucha, Bella, sé que te herí con las cosas que te dije –murmuró él de repente.

–Da igual. Me dijiste lo que pensabas de verdad. Así al menos puedo saber qué terreno estoy pisando en vez de ir a ciegas.

–¿Qué vais a hacer tu padre y tú hasta que puedas volver a tocar?

–Sacaremos al mercado un disco con las últimas melodías que estuve grabando, y volveremos a editar algunos de los viejos álbumes –explicó ella. Acarició el teclado suavemente con la mano izquierda, sintiendo como un puñal en su alma la pérdida de su habilidad. Lo peor era que no podía exteriorizarlo en ese momento, delante de Ethan, porque entonces él sabría la verdad, y no quería su compasión–. No tienes que preocuparte. Mi padre se hará cargo de todo.

Ethan resopló enfadado.

–De modo que otra vez gana él, ¿no es así?

La joven lo miró sin comprender.

–¿«Otra vez»? –repitió.

–Ya dejé que se te llevara en una ocasión, hace

cuatro años –explicó él. Tenía la mandíbula muy tensa, y sus ojos relampagueaban–. Te dejé marchar porque él me convenció de que no podía echar a perder tu carrera haciendo que te casaras conmigo. Decía que tu carrera era lo más importante, que tenías demasiado talento como para ser la esposa de un ranchero y que serías muy desgraciada a mi lado.

–Pero tú... tú amabas a Miriam... –balbució ella.

–No, nunca la he amado.

Arabella lo estaba mirando de hito en hito, sin poder dar crédito a lo que estaba oyendo. ¿Ethan la había amado a ella? ¿A ella, y no a Miriam?

Él la tomó por la barbilla, y se inclinó hacia ella.

–Nunca he amado a nadie más que a ti.

Y empezó a besarla con la pasión que se había ido acumulando en su interior todos aquellos días sin verla. Cuando despegó sus labios de los de Arabella, los ojos de la joven brillaban como si fueran estrellas.

–Pasa la pierna por encima de la banqueta –le dijo Ethan.

Y la hizo sentarse igual que él, de modo que quedaron sentados el uno mirando de frente al otro. Entonces, la alzó y la sentó a horcajadas sobre él, en un contacto muy íntimo, para que ella pudiera notar lo excitado que estaba. Arabella le clavó las uñas en los hombros.

–¡Ethan, no...! –protestó débilmente.

Pero él la mantuvo en esa postura a pesar de su forcejeo. Tenía las facciones rígidas y su respiración se había tornado entrecortada.

–No pienso dejarte ir de nuevo –le susurró con voz ronca–. Te casarás conmigo...

Arabella quería decirle que no, que la dejara salir de allí, pero la sensación de sus caderas contra las de Ethan le impedía articular palabra alguna.

–Di que sí –la instó él besándola otra vez–. Dilo, porque si no, tendré que poseerte aquí mismo –sus manos la atrajeron más hacia sí, y Arabella pudo notar lo real y física que era esa amenaza.

–Sí, Ethan, sí… –balbució a duras penas, no porque estuviera asustada, sino porque lo amaba demasiado como para rechazarlo por orgullo una segunda vez.

Los labios de él volvieron a tomar los de Arabella, y ella se aferró a él, abrazándolo igual que la hiedra se enreda en los árboles. Sin que ella supiera cómo, Ethan se deshizo de su camisa y de la camiseta de ella, y lo pudo sentir desnudo de cintura para arriba, frotando su musculoso tórax contra sus delicados senos, mientras seguía besándola hasta que se notó los labios hinchados. Las fuertes manos de Ethan recorrían su espalda una y otra vez, y la hacía moverse contra él en un ritmo excitante que pronto la hizo gemir por lo íntimo y agradable que resultaba.

–Será igual en la cama –le susurró Ethan al oído–, solo que entonces nos uniremos del modo más íntimo posible. Y entonces te acunaré contra mi cuerpo… así… y nos entregaremos el uno al otro entre las sábanas…

La lengua del ranchero invadió la boca de Arabella, y la joven se arqueó hacia él, gimiendo, temblando mientras sus dedos se enredaban en su cabello. Y, de pronto, una serie de imágenes tremendamente eróticas irrumpieron en su mente: el esbelto y bronceado cuerpo de Ethan sobre ella, la piel brillante y sudorosa, moviéndose contra sus caderas rítmicamente, despacio, como las olas del mar… el rostro contraído por el placer, el aliento tembloroso, su boca buscando sus senos…

A Arabella se le cortó la respiración. Un placer sin igual la sacudió cuando él hincó las manos en sus caderas, atrayéndola aún más hacia sí.

–Te deseo tanto, Bella…

–Yo también te deseo, Ethan –balbució ella deslizando las manos hacia sus muslos.

Ethan se estremeció por la fuerte necesidad de rendirse a sus instintos, pero no podía dejar que ocurriera así, no de aquel modo. Se apartó un poco de ella y la tomó por las sienes, forzándola a mirarlo.

–Así, no, Bella –le dijo jadeante–. Nuestra primera vez no puede ser así, sobre la banqueta de un piano, en una habitación sin el pestillo echado.

La joven sintió como si despertara de un sueño y poco a poco fuera volviendo a la realidad.

–Quiero que sigas siendo virgen antes de llegar al altar, Bella, quiero que nuestra noche de bodas lo sea de verdad. Y no me importa que la gente hoy en día piense que es algo anticuado, así es como debería ser el matrimonio: con respeto mutuo, teniendo paciencia para esperar.

Respeto, paciencia… Pero no había mencionado el amor, se dijo la joven. Tal vez estaba siendo demasiado exigente. Quizá con el tiempo conseguiría que la amara.

–Tu madre tenía razón –le dijo esbozando una sonrisa–, eres un puritano –dijo para picarlo.

–Como si tú no lo fueras… –repuso él sonriendo también. La bajó de encima de él y comenzó a vestirla de nuevo, para después vestirse él–. Además, me encanta la idea de una novia tímida que se sonroja constantemente.

La joven se rio suavemente y se quedaron largo rato mirándose a los ojos.

–Esta vez saldrá bien, Arabella, a pesar de tu padre, y de Miriam, y de todos los demás obstáculos que puedan surgir.

–Sí, saldrá bien –asintió ella tratando de esbozar una sonrisa confiada.

Tenía que salir bien, se dijo, porque no podría soportar tener que dejarlo de nuevo. Más adelante le explicaría lo que había ocurrido con su padre, pero por el momento quería saborear aquella esperanza recién nacida de una vida juntos. Sí, quizá el amor llegaría después. Entretanto, viviría el día a día.

Su única preocupación era que pudiera enterarse de que su carrera había quedado truncada por el accidente, porque podía pensar que solo buscaba seguridad a su lado.

Aquella noche llamó a su padre para contarle lo sucedido. Contra lo que esperaba, no se disgustó ni pareció decepcionado, sino que incluso la felicitó de corazón. Le dijo que había ido a la discográfica, y que pronto empezarían a negociar los contratos, y le aseguró que tendría su parte de esos acuerdos que estaba negociando en su favor.

Aquello la tranquilizó, porque significaba que tendría un colchón para el futuro, en caso de que Ethan se cansara de ella y tuviese que arreglárselas sola.

Cuando colgó el teléfono se metió en la cama, preguntándose si había hecho lo correcto aceptando la proposición de Ethan. No estaba segura de que fuera justo para él, que acababa de perder a la mujer a la que amaba. Tal vez debería haberse marchado, dejar que sus caminos se separaran para siempre.

Capítulo Once

Bien, así que la boda vuelve a estar en marcha, ¿eh? –inquirió la madre de Ethan mirando a su hijo con una ceja enarcada, cuando Arabella y él le dieron la noticia–. Ya veo. ¿Y por cuánto tiempo esta vez, Ethan?

–Esta vez es definitivo –contestó él–. Um... supongo que devolverías el vestido...

–No, no lo devolví –respondió Coreen con los brazos cruzados–. Lo guardé en mi armario, porque tenía la convicción de que debías haber heredado al menos algo de mi sentido común, y que eso haría que no repitieras el mayor error de tu vida.

–Entonces... ¿No lo devolviste? –inquirió Arabella sin poder creerlo.

–Pos supuesto que no –reiteró la mujer dirigiéndole una afectuosa sonrisa–. Como he dicho, esperaba que este cabezota volviese a sus cabales. La único que me tenía un poco intranquila era que pudieran volver a entrarle dudas. Sobre todo cuando el pasado empezó a interferir con su presente.

–Algún día te hablaré de eso, madre –le prometió Ethan–. Pero ahora, ¿qué hay de la organización de la boda?

–Llamaré a Shelby Ballenger esta misma noche –respondió la mujer. Y mirando a Arabella y después a su hijo, le dijo a este–. Esta vez no la dejes escapar.

Él miró a la joven sonriente.

–Ni hablar. Esta vez no.

Arabella estaba tratando de no exteriorizar el nerviosismo que la estaba devorando por dentro. El ansia que había en los ojos de Ethan era muy real, y de pronto se encontró preocupándose por sí podría satisfacerlo. ¿Cómo podría cuando era virgen y no tenía ninguna experiencia?

Ethan vio el temor en su rostro, y lo malinterpretó.

–¿No estarás arrepintiéndote de haber aceptado?

–No, es solo que... el matrimonio es un paso que no se debería dar a la ligera –repuso ella.

–Vamos a ser muy felices, ya lo verás. Te daré todo lo que quieras. Puedes pedirme hasta la luna.

La joven apartó la vista. En el otro extremo del salón, charlando con el resto de la familia estaban Miriam y su prometido. Parecían la viva estampa de la felicidad prenupcial, no como Ethan y ella, tan tensos y nerviosos ante el otro, tan inseguros sobre las cuestiones que tendrían que afrontar.

–No quiero la luna. Me conformaría con que nuestro matrimonio funcione.

–Funcionará –le aseguró él–. Nos conocemos de toda la vida, y tenemos muchísimas cosas en común. Funcionará, Bella.

Shelby Ballenger llegó temprano al día siguiente, y Mary, Coreen, ella y Arabella, se pasaron casi toda la mañana discutiendo los pormenores de la organización del enlace. Cuando se hubo marchado, a Arabella le daba vueltas la cabeza.

–Oh, Dios... –gimió mientras almorzaban–. Creo que no quiero una boda. Es demasiado complicado...

–Podríamos escaparnos y casarnos en un casino de Las Vegas –sugirió Ethan divertido.

Coreen le lanzó una mirada de reproche.

–Ni hablar. Tendréis una boda como Dios manda. No viviréis en pecado bajo mi techo.

–¡Solo bromeaba! –exclamó Ethan riéndose.

–Querida, no te agobies –le dijo Coreen a Arabella–. Ya tenemos el vestido. Mary va a ir hoy a hablar con el párroco, y solo quedan el banquete y las invitaciones.

–Podríamos llamar a la gente por teléfono y hacer una barbacoa en el jardín –intervino Ethan de nuevo.

Coreen le tiró su servilleta a la cara.

–Bella, ¿te gustaría venir a ver a los gatitos? –propuso Ethan cuando estaban terminando el postre–. No puedes hacerte una idea de lo que han crecido mientras has estado en la ciudad.

La joven se quedó dudando un instante. Le apetecía mucho ver a los gatitos, pero no estaba segura de querer estar a solas con él. Su sola mirada hacía que sintiese un turbador cosquilleo por todo el cuerpo.

–Venga, gallina –la picó Ethan. Estaba tan guapo con sus vaqueros y su camisa a cuadros.

–De acuerdo –capituló Arabella, levantándose y siguiéndolo, bajo la mirada divertida de Coreen y Mary.

Ethan la tomó de la mano mientras caminaban hacia el establo, entrelazando sus dedos con los de ella. Arabella se dio cuenta de que llevaba un rato observándola con el rabillo del ojo.

–Me encanta cuando llevas el pelo suelto –murmuró.

–¿De veras? –contestó ella sonriendo y sonrojándose ligeramente–. La verdad es que no es muy práctico, se me viene a la cara todo el tiempo.

Ethan se caló el sombrero hasta los ojos para protegerse del sol.

–Parece que hoy va a hacer mucho calor. Podríamos ir a nadar –sugirió mirándola de reojo.

–No, gracias –replicó ella al instante.

–¿Temes que la historia se repita? –inquirió Ethan con suavidad. Se detuvo frente a la puerta del establo y se volvió hacia ella, mirándola a los ojos–. Tal vez estés haciendo bien negándote. Estamos comprometidos, Bella, y esta vez tal vez no sería capaz de controlarme, tendría que tenerte.

–Entonces, tanto mejor –contestó ella–, quiero llegar al altar siendo virgen aún.

Los ojos de Ethan estaban escrutándola, buscando algún signo que le dijera qué estaba pasando por su cabeza en ese momento.

–¿Crees que serías menos pura si expresáramos con nuestros cuerpos lo que sentimos el uno por el otro?

–¿Eso es lo único que sientes por mí, no es cierto? –le espetó–. Ya me lo has dicho mil veces, que me deseas. Me haces sentirme como si fuera algo que quisieras utilizar.

Ethan se apartó de ella bruscamente.

–¡Por Dios, me es imposible llegar hasta ti! –exclamó con amargura.

–Yo no lo diría de ese modo –le corrigió la joven, rodeándose con los brazos–. Hace cuatro años ya me deseabas, pero te casaste con Miriam. La amabas a ella, pero a mí no, y sigue siendo igual.

Ethan se quedó callado un momento antes de hablar.

–Hace cuatro años, Miriam me dijo que estaba embarazada –le explicó–, y para cuando me di cuenta de que no era cierto, ya estaba casado con ella.

Arabella lo estaba mirando con los ojos muy abiertos, comprendiendo de pronto muchas cosas. Sin duda Miriam y él se habrían estado acostando, por eso él no podría haber estado seguro de que no era suyo. Probablemente incluso, se dijo asqueada, cuando empezó a besarla y acariciarla aquel día junto a la charca, ya habría hecho el amor con Miriam.

Se giró sobre los talones, queriendo huir de allí, pero él la retuvo por el brazo, y la hizo girarse hacia él.

–¡No es lo que estás pensando, Arabella! –casi gritó–. Siempre fuiste tú, tú desde el principio. Era Miriam la que te sustituía a ti, no tú a ella –la abrazó con fuerza, apretando los dientes–. Aquel día junto a la charca me tuve que obligar a parar, porque, de no haberlo hecho, habría llegado hasta el final. Me quedé tan frustrado que los días siguientes estaba frenético, y finalmente, me desahogué con Miriam. Ella estaba dispuesta y yo la utilicé. Ella lo sabía, y me odió por ello, y con toda la razón. Me comporté como un canalla. Al cabo de una semana vino a verme y me dijo que estaba embarazada, así que me casé con ella, porque me pareció que era lo único honorable que podía hacer. Tú tenías una brillante carrera, y me pareció que eras demasiado joven para el matrimonio, así que te dejé ir. Dios mío, ¿crees que no he pagado desde entonces por aquella decisión? He estado pagando por ello desde hace cuatro años, y sigo pagándolo aún.

A Arabella le dio la impresión de que el tiempo parecía estar ralentizándose a medida que sus palabras iban penetrando en su mente.

–¿Le hiciste el amor a Miriam porque me deseabas a mí? –inquirió débilmente. Lo cierto era que eso mismo era lo que le había dado a entender la modelo, que era una obsesión para él.

–Sí –asintió él con un pesado suspiro–. Y no podía tenerte –inclinó la cabeza hacia ella y apartó el cabello de uno de sus hombros, y sus labios se afanaron sobre el cuello de la joven–. No habría sido capaz de parar aquel día, Arabella –le dijo con voz ronca–. Una vez te hubiera poseído, no habría podido dar marcha atrás –su boca se abrió, para estimular con la lengua la sensible piel detrás de la oreja–. No habría podido dejarte ir, ¿no lo comprendes? Habrías sido mía, completamente mía.

La joven cerró los ojos, los besos de Ethan estaban haciendo que le temblaran las rodillas.

Él la llevó al establo desierto, cerrando la puerta y acorralándola contra la pared de madera. Sus cuerpos estaban pegados, y Arabella podía sentir a Ethan estremecerse por el deseo.

–Haré que te cases conmigo sea como sea –dijo contra sus labios–, aunque para ello tenga que tomar tu cuerpo antes de la boda.

–Eso sería chantaje –protestó ella.

–Bésame, Bella –le ordenó Ethan, colocándola a horcajadas en torno a su cintura.

Sin darle tiempo a reaccionar, tomó posesión de sus labios, empujando sus caderas hacia las de ella, y haciéndola gemir sin descanso.

Pasaron varios minutos antes de que desenganchara los brazos de la joven de su cuello, y la bajara al suelo de nuevo, apartándose de ella jadeante.

–Te daré un mes –le dijo mirándola con un ansia salvaje en el rostro–. Si para entonces el anillo de casada no está en tu dedo, prepárate, porque no pienso esperar ni un día más para tenerte, ni un día más.

Se giró sobre los talones y salió del establo, dejándola allí, temblorosa, con la espalda contra la pared.

***

Exactamente un mes después, estaba pronunciando sus votos frente al altar en la iglesia Metodista de Jacobsville, con su padre a su lado para entregarla a Ethan. Este había cumplido su palabra, y no la había tocado desde aquel día en el establo, pero la misma luz salvaje que había brillado en sus ojos entonces, relumbraba cada vez que la joven lo miraba. Tal vez no la amara, pero la pasión que sentía por ella era tan ardiente como la lava de un volcán.

Miriam se había ido ya hacía varias semanas al Caribe con su prometido, e incluso les había mandado fotos de la boda.

Ethan, por su parte, había estado manteniéndose muy ocupado con el rancho hasta ese día, y Coreen le confió a Arabella que desde luego había sido lo mejor, porque en las últimas semanas estaba insoportable, saltando a la más mínima. Solo la joven sabía a que se debía, y lo cierto era que la tenía bastante nerviosa, porque le preocupaba que ese ardor contenido lo hiciera ser brusco con ella en la noche de bodas.

Ethan había reservado una habitación en un hotel en el Golfo de México, junto al mar, donde pasarían una semana de luna de miel.

Cuando hubo terminado la ceremonia, se fueron todos al banquete, donde hubo los acostumbrados brindis y el baile. Después regresaron a la casa, y antes de que Arabella subiera a cambiarse, Coreen la detuvo para besarla y abrazarla, secándose las lágrimas de los ojos.

–Eres la novia más bonita que ha visto esta comunidad en muchos años –le dijo emocionada–. Tengo una corazonada de que esta vez todo saldrá bien, cariño.

–Yo también lo espero –murmuró Arabella, radiante a pesar de sus temores.

Matt y Mary se acercaron a felicitarla también, seguidos de Shelby Ballenger y su marido Justin.

–Gracias por todo, Shelby –le dijo Arabella–. Ha sido lo más hermoso que podía haber soñado jamás. La iglesia estaba preciosa.

–Ha sido un placer poder ayudar –le aseguró Shelby, lanzando una mirada cómplice y feliz a su esposo–. Espero que seas muy feliz.

–No es difícil –le aseguró Justin estrechándole la mano a Arabella para felicitarla también–. Solo hay que saber dar para poder recibir. Seguro que os irá muy bien.

–Gracias –murmuró Arabella.

Shelby y Justin se alejaron, ella del brazo de él, y Arabella los miró con envidia, preguntándose si Ethan y ella podrían jamás llegar a ser la mitad de felices de lo que ellos parecían.

En ese momento, apareció Ethan por detrás, y le rodeó la cintura con el brazo, atrayéndola hacia sí. Era la primera vez en un mes que estaban tan cerca.

–El equipaje ya está en el coche –susurró contra sus labios–. Sube a cambiarte y marchémonos. Quiero tenerla solo para mí... señora Hardeman –dijo besándola de un modo que la hizo estremecerse de anticipación. Oírlo llamarla de ese modo resultaba tan dulce, tan hermoso...

Una vez cambiada, volvió a bajar, y ella y Ethan abandonaron la casa, con los invitados lanzándoles arroz y confeti y deseándoles que fueran muy felices.

Tomaron el coche de Ethan, y a Arabella casi le parecía haberlo soñado todo mientras avanzaban por la ondulante carretera. Cuando al fin llegaron al hotel, junto a la bahía de Galveston, Arabella se quedó maravillada. Era el lugar más hermoso que habría podido imaginar para su luna de miel.

Después de que se registraran y dejaran las maletas en la recepción, fueron a cenar a un restaurante que había en el paseo marítimo, construido en el edificio de un viejo faro, y cuando salieron, Ethan le propuso que dieran un paseo por la playa a la luz de la luna. Estaba siendo el día más romántico de su vida, se dijo la joven. Se sentía en una nube.

Para cuando regresaron al hotel, Arabella estaba tan relajada, que ni siquiera protestó cuando él la alzó en sus brazos para cruzar el umbral de la habitación, y empezó a besarla con fervor.

Ethan no se molestó siquiera en encender la luz. Cerró la puerta tras de sí, y la llevó hasta la cama, donde la sentó. Arabella se dejó llevar, envolviéndose en la sensación de sus besos y caricias mientras la desvestía y se desvestía él, y gimió extasiada cuando sintió su cuerpo desnudo tumbarse sobre el de ella.

Los minutos fueron pasando lentamente, y la temperatura empezó a subir en la habitación, o al menos eso le parecía a Arabella. Había esperado tanto aquel momento, y él estaba haciéndole el amor con tal ternura y delicadeza, que la joven no sintió ningún temor cuando la hizo suya. Hubo una sombra de dolor, pero pasó, y pronto, a medida que él iba estableciendo un ritmo, moviéndose dentro y fuera de ella, todo fue placer, un placer que iba en aumento, hasta que explotó, como una ola que los engullese a los dos.

Minutos después yacían el uno en brazos del otro, sudorosos, exhaustos, pero satisfechos.

–¿Estás bien, Ethan? –murmuró la joven, recobrando apenas el aliento, y sintiéndolo temblar aún sobre ella.

–Ahora sí –contestó él–, porque sé que me amas. No habría sido así de perfecto, si solo hubiera habido deseo, no nos habríamos compenetrado de este modo si tú no sintieses algo por mí.

Arabella cerró los ojos. Había descubierto su secreto. Aquel había sido de todos su mayor temor, que cuando hiciesen el amor su cuerpo la delatase. ¿De qué servía fingir ya, de qué serviría negarlo?, se dijo hundiendo los dedos entre el corto cabello húmedo de Ethan.

–Sí, te amo, siempre te he amado –asintió.

Ethan la atrajo hacia sí con un suspiro de satisfacción y su mano recorrió el trecho que iba desde su cintura hasta uno de los perfectos senos. Dejó escapar una risa suave, gozoso.

–Ahora eres mía –le dijo–, y nunca te dejaré marchar.

–¿Aunque solo sientas deseo por mí? –lo interpeló Arabella con tristeza.

–Yo te deseo, sí –contestó Ethan–, te deseo hasta la locura, pero si solo fuera deseo lo que siento por ti, me conformaría con cualquier mujer hermosa. Pero ese no es el caso. Escucha, Bella, no solo fui incapaz de hacerle el amor a Miriam en esos cuatro años. No desee a ninguna otra mujer. ¿No es esa prueba suficiente de mi amor?

La joven se quedó sin aliento. ¿Había dicho… amor? Se apartó un poco de él para poder mirarlo a los ojos.

–Tú… ¿me amas?

–Dios mío, Bella, te amo con toda mi alma y todo mi corazón –murmuró él con voz ronca–. ¿No lo sabías, vida mía? ¿Nunca te diste cuenta? Mi madre siempre lo ha sabido, y Mary y Matt también. Incluso Miriam. ¿Cómo es que tú no?

La joven se rio temblorosa. Una ola de felicidad estaba invadiéndola. De pronto sintió que, si quisiera, podría tocar las estrellas con las puntas de los dedos. ¡Ethan la amaba! Nunca había imaginado que el amor correspondido pudiera provocar semejante dicha.

–Oh, Ethan, estaba tan ciega... Yo también te quiero, te quiero, te quiero tanto...

Pero no pudo decir más, porque él se había inclinado hacia ella, y estaba besándola de nuevo, apasionadamente. Cuando al fin se separaron, Ethan la miró con los ojos brillantes y llenos de amor.

–Dios sabe cómo seré capaz de compartirte con el escenario, pero hallaré el modo –murmuró acariciándole la mejilla–. Lo que es importante para ti, es importante para mí.

La joven bajó la vista y contrajo el rostro.

–Ethan, yo... no te dije toda la verdad. Podré volver a tocar... pero no como antes. No quería que sintieses compasión por mí, ni que creyeses que me casaba contigo para no tener que preocuparme por el futuro.

Él la abrazó contra sí.

–Lo siento, cariño, lo siento muchísimo.

Pero la joven se apartó de nuevo de él y sacudió la cabeza suavemente.

–No lo sientas, Ethan, yo no me siento mal. Puedo enseñar, y nunca me gustó realmente la vida de concertista, siempre de aquí para allá. Quiero tranquilidad, y quiero un hogar, un verdadero hogar, e hijos... y te quiero a ti. No cambiaría lo que tengo ahora ni por ser tan grande como Van Cliburn.

Se abrazó de nuevo a él y cerró los ojos, sonriendo con una felicidad y una paz interior que no había conocido en años. Una nueva vida se abría ante los dos.

CONNAL

Diana Palmer

Capítulo Uno

Aunque solía estar allí a esa hora del día, Penélope sabía que no lo encontraría en el establo ese día. Durante el resto del año, C.C. Tremayne siempre se adelantaba a sus hombres para alimentar a los animales, sobre todo desde que la sequía de las últimas semanas hubiera tornado los verdes pastos en hierba seca. Aquel había sido un fuerte revés para el padre de Penélope. Aun con la proximidad del río, el agua era un recurso muy escaso en aquella zona, y los pozos se secaban continuamente, dejando vacíos los tanques de agua.

El oeste de Texas solía ser bastante caluroso a mediados de septiembre, pero, esa tarde, se había levantado una ventisca, y hacía incluso algo de frío. Estaba empezando a oscurecer, y Penélope sabía que si no lograba encontrar a C.C. antes que su padre, las cosas se pondrían muy feas. Ben Mathews y su capataz ya habían tenido sus más y sus menos las últimas semanas, y Penélope no quería que hubiera un enfrentamiento entre ellos.

Penélope estaba segura de que C.C. estaba emborrachándose en algún lugar, porque era «esa fecha» otra vez. Solo Penélope sabía el significado que ese día del año tenía para C.C. Una vez había estado enfermo, con la gripe, y ella había estado cuidándolo. Había tenido una fiebre muy alta, y por su delirio se había enterado de cosas que de otro modo él jamás le habría contado. Claro que ella no le había dicho nada porque sabía que a C.C. no le gustaba que los demás supieran nada de su vida privada, ni siquiera la chica que estaba loca por él. C.C... así era como lo llamaban todos en el rancho, porque nadie sabía cuál era el nombre tras esas iniciales.

Sin embargo, el amor de Penélope por C.C. no era un amor correspondido. No, él jamás le había dado muestra alguna de que sintiese algo por ella, pero Penélope no había podido evitar enamorarse de él como una tonta en cuanto pisó el rancho. Entonces ella solo tenía diecinueve años, y su padre lo había contratado como capataz, ya que se acababa de jubilar el hombre que había desempeñado el trabajo hasta ese momento. Había sido un auténtico flechazo. En el instante en que sus ojos se posaron sobre él, alto y atlético, moreno, y de mirada intensa, se enamoró perdidamente de él.

De eso hacía ya tres años, y sus sentimientos seguían siendo los mismos. Probablemente nunca dejaría de amarlo. En ese momento vio luz en el barracón de los peones, y contrajo el rostro disgustada. Tenía que ser C.C. quien estuviera allí, porque todos los hombres estaban fuera, en los pastos, conduciendo al ganado. Seguramente estaba bebiendo, como se temía. Si su padre lo encontraba emborrachándose lo echaría del rancho con cajas destempladas. El alcohol era algo que Ben Mathews no estaba dispuesto a tolerar en su rancho, ni siquiera en un hombre como C.C., a quien respetaba, y por quien sentía bastante simpatía.

Penélope apartó de su rostro un mechón castaño rojizo y se mordió el labio inferior. Se había recogido el cabello en una coleta con un lazo de terciopelo marrón claro a juego con sus ojos. No era muy bonita, y siempre había envidiado la esbeltez de sus amigas. Su médico de cabecera le decía que no le sobraba nada, que simplemente tenía la complexión propia de su sexo, y que lo antinatural eran las mujeres flacas como espinas de pescado, sin una curva, pero ella no se convencía. ¡Cómo le gustaría haberse parecido un poco a Edie, la elegante divorciada con la que solía salir C.C.! Edie era lo que los hombres llamaban «un bombón»: rubia, ojos azules, sofisticada...

Penélope se detuvo frente a la puerta del barracón, se frotó nerviosa las manos en los vaqueros, se arrebujó en su chaqueta de nailon para protegerse del frío viento y llamó con los nudillos.

–Lárgate –contestó una voz ronca desde dentro.

La joven reconoció el timbre del capataz y suspiró. Giró el picaporte con la mano enguantada y pasó al agradable calor del gran dormitorio común, con una fila de camas a lo largo de toda la pared. Al fondo estaba la cocina, donde los hombres podían prepararse algo de comer si lo deseaban, aunque casi ninguno de ellos pasaba demasiado tiempo allí. Todos los peones fijos estaban casados, por lo que allí solo se alojaban los trabajadores temporales que se contrataban en esa época, cuando había más actividad por el nacimiento de los terneros y la feria de ganado. Ese año tenían seis, pero se marcharían la semana siguiente, con lo que C.C. volvería a tener el barracón para él solo.

La joven lo encontró sesntado en una silla, con las botas llenas de barro cruzadas sobre la mesa, el sombrero vaquero casi ocultándole los ojos, y las fuertes manos en torno a un vaso medio lleno de whiskey. Al verla entrar, levantó un poco el sombrero, la miró con sorna, y volvió a dejarlo caer.

–¿Qué diablos quieres? –preguntó con brusquedad.

–Salvar tu miserable pellejo, si es que puedo –contestó ella en el mismo tono cortante.

Cerró de un portazo, se quitó la chaqueta, dejando al descubierto el jersey de angora blanco que llevaba debajo, y se fue directa a la cocina para hacerle un café bien cargado.

–¿Tratando de salvarme de nuevo, Pepi? –se rio él tras observarla sin interés–. ¿Por qué?

–Porque muero de amor por ti –mascullé ella mientras ponía el café molido en el filtro. Era la verdad, pero lo había dicho de modo que sonara como si fuera mentira.

C.C., por supuesto, no la creyó, y soltó otra risotada.

–Seguro –dijo.

Apuró lo que quedaba en el vaso de un trago y extendió la mano hacia la botella, pero Pepi fue más rápida que él. La agarró por el cuello, y la vació por el fregadero antes de que él pudiera impedirlo. C.C. se había puesto de pie tambaleándose.

–¡Condenada chiquilla! –le gruñó mirando la botella, ya vacía, sobre la encimera–. ¡Era la última que me quedaba!

–Mejor, así no tendré que volverme loca buscando el resto –dijo ella mientras enchufaba la cafetera–. Siéntate. Te estoy haciendo café y te lo vas a tomar. Eso te aclarará la cabeza, porque si mi padre te encuentra así…

–Pero no ocurrirá, ¿verdad, cariño? –murmuró él, burlón, acercándose por detrás, tomándola por los hombros, y atrayéndola hacia sí–. Tú me protegerás, como siempre.

La joven tuvo que tragar saliva para ignorar el cosquilleo que le producía sentir el calor de su cuerpo.

–Algún día no llegaré a tiempo –suspiró–. Y entonces, ¿qué será de ti?

Él la hizo girarse, y la tomó de la barbilla, para que lo mirara a los ojos. La joven se estremeció.

–A nadie le he importado jamás... excepto a ti –murmuró él, poniéndose serio de repente–. Pero no estoy seguro de querer que una chiquilla me trate como si fuera mi madre.

–Ya no soy una chiquilla –protestó ella. Quiso retroceder un poco, porque su proximidad la estaba volviendo loca, pero su espalda chocó contra el aparador.

Una sonrisa divertida se había asomado a los labios de C.C., y sus dedos juguetearon con un mechón de la joven, poniéndola aún más nerviosa.

–¿Ah, no? ¿Cuántos años tienes ahora?

–Sabes muy bien que tengo veintidós años –contestó ella, intentando controlar el ligero temblor en su voz. Incluso alzó el rostro y lo miró directamente a los ojos, para que no notara hasta qué punto la turbaba.

–Para un hombre de treinta, como yo, eres una chiquilla –masculló él–. Y además, ¿por qué diablos te tomas tantas molestias por mí?

–Porque para mi padre eres un valor seguro. Cuando te contrató estábamos al borde de la quiebra –le respondió Pepi–, y gracias a tu buen hacer aún seguimos a flote. Pero, por mucha estima que te tenga, sigue odiando el alcohol.

–¿Por qué?

La joven se quedó callada un momento.

–Mi madre murió en un accidente de tráfico un año antes de que tú llegaras –le explicó–. Mi padre había estado bebiendo, y era él quien conducía.

En esas circunstancias ella habría esperado un «lo siento», pero C.C. no era un hombre convencional. Se quedó en silencio, y se volvió a sentar, observando cómo ella buscaba en el aparador una taza que no estuviera picada. Cuando hubo encontrado una, mientras vertía el café, Penélope giró la cabeza por encima del hombro y vio que C.C. se estaba frotando las sienes.

–¿Te duele la cabeza?

–No lo suficiente –masculló él.

La joven lo miró sin comprender, pero no hizo ninguna pregunta al respecto, y le puso la taza de café delante. C.C. se la llevó a los labios y tomó un sorbo, pero casi lo escupió por lo fuerte que estaba.

–¿Cuántas cucharadas de café le has echado? –dijo mirándola irritado.

–No te quejes –respondió ella sentándose frente a él–. Así te pondrás sobrio más rápido.

–Yo no quiero estar sobrio –le espetó él.

–Lo sé, pero yo no quiero que te despidan –contestó ella esbozando una media sonrisa–. Al fin y al cabo tú eres el único en el rancho que no me trata como si fuera una causa perdida.

C.C. escrutó su rostro en silencio.

–Bueno, de algún modo tengo que pagarte tu amabilidad. Como te he dicho, eres la única persona a la que le importo un poco.

–Eso no es cierto –le reprochó ella, sonriendo dulcemente a pesar de que le dolía lo que iba a decirle a continuación–. A Edie también le importas.

–Supongo que sí –respondió él encogiéndose de hombros y sonriendo levemente–. Nos entendemos bien, Edie y yo –murmuró con una mirada distante–. Es una mujer única.

«Seguro», se dijo Pepi molesta, «...única en la cama». C.C. se había bebido la mitad de la taza, y la joven hizo ademán de levantarse para ir a por la cafetera para servirle más, pero él la detuvo.

–No me hace falta –le dijo–. Me siento más entero... al menos físicamente –sacó un cigarrillo y lo encendió.

Penélope no podía decirle que sabía por qué se sentía tan mal, pero no podía apartar de su mente el recuerdo de sus palabras en medio de su delirio. Le daba tanta lástima saber lo atormentado que estaba aún por algo que había ocurrido años atrás y que no había sido su culpa... La fiebre lo había impulsado a contarle aquel día a Pepi cómo su esposa, embarazada, había muerto ahogada en unos rápidos un día que estaban haciendo *rafting*.

–Supongo que todos tenemos días malos –murmuró vagamente–. Bueno, si estás bien, creo que volveré a la casa para terminar de hacer la comida. Mi padre lleva varios días pidiéndome que le haga un pastel de manzana.

–La perfecta amita de casa –se burló él para picarla–. ¿No irás a hacer ese pastel porque viene a verte Brandon esta noche?

La joven se sonrojó sin saber por qué. Era cierto que iba a pasarse por su casa, pero por trabajo, y además, solo eran amigos.

–Brandon es nuestro veterinario, no mi novio.

–Pues no te vendría mal tener un novio –murmuró él mirándola de un modo extraño–. Si ya no eres una chiquilla como dices, buscarás algo más que simple camaradería en un hombre.

–No me hace falta que tú vengas a decirme lo que necesito –le espetó Pepi molesta, poniéndose de pie–. ¿Quieres saber lo que necesitas tú? Meter la cabeza en un cubo de agua fría y lavarte la boca con un enjuague bucal, no vaya a ser que aparezca mi padre.

–¿Alguna cosa más, hermana Mathews? –inquirió él sarcástico.

–Sí, deja de hacer esto cada año. La bebida no es la solución.

–Había olvidado que estaba hablando con una mujer muy docta –le dijo él en un tono cortante–. Apenas has salido del cascarón y ya pretendes conocer los motivos por los que la gente bebe.

–He vivido lo suficiente como para saber que los problemas no se arreglan huyendo de ellos –replicó Pepi sosteniéndole la mirada sin parpadear–. ¿Qué sentido tiene seguir viviendo en el pasado, permitiendo que te atormente? No pretendo especular sobre lo que te ocurriera –se apresuró a decir al ver que él la estaba mirando con un aire suspicaz–, pero puedo reconocer a un hombre atormentado cuando lo veo, porque mi padre ha vivido atormentado hasta hace muy poco por la muerte de mi madre. Deberías intentar vivir el presente, C.C., no es tan malo… –le dirigió una leve sonrisa–. Bueno, será mejor que me vaya –murmuró sintiéndose incómoda por si había dicho demasiado.

Sin embargo, C.C. no dijo nada, sino que se puso de pie y la ayudó a ponerse la chaqueta. Incluso la retuvo un instante contra sí, las manos en sus hombros y la barbilla apoyada en su cabeza.

–No malgastes tu compasión conmigo, Pepi –le dijo quedamente, con tal ternura en la voz que la joven cerró los ojos–. No me queda nada que ofrecer.

Penélope se apartó de él y se giró para mirarlo a los ojos.

–Tú eres mi amigo C.C. –le dijo–, y espero que tú también me consideres tu amiga. No espero más.

Él la miró largo rato, escrutándola, como si no estuviera muy convencido de que eso fuera cierto, y exhaló un profundo suspiro.

–Me alegra que pienses así, porque no querría herirte.

Fueron hasta la puerta y la joven la abrió, volviéndose a mirarlo un momento, y esbozando una breve sonrisa antes de salir, a pesar de que sentía que el corazón se le había roto en mil pedazos.

Cuando llegó a la casa su padre ya estaba esperándola.

–¿Dónde has estado, Pepi? –le preguntó sentado en su sillón–, es tarde.

–Por ahí, contando ovejas –contestó ella con guasa.

–¿Ovejas… o buscando a una oveja negra que responde al nombre de C.C.?

La joven frunció los labios. A su padre no se le escapaba una.

–Bueno, yo…

Su padre meneó la cabeza.

–Pepi, si lo pillo con una botella en la mano te juro que lo echaré de aquí, por muy buen capataz que sea… Él conoce las reglas y se le aplican como a cualquier otro.

–Estaba tomando un tentempié en el barracón –mintió Penélope–. Solo pasé por allí para preguntarle si iba a querer un poco de pastel de manzana.

–¿Qué? ¡Ese pastel de manzana te lo pedí yo!, ¡no pienso compartirlo con él! –gruñó Ben Mathews.

–Haré dos, viejo cascarrabias –repuso ella–. Además, ladras mucho, pero estoy segura de que no serías capaz de despedirlo, aunque tu orgullo te impida admitirlo –le dijo mientras se quitaba la chaqueta.

Ben encendió su pipa y la miró.

–Si no tienes cuidado, te romperá el corazón, Pepi –le dijo tras observarla un rato en silencio–. C.C. no es lo que aparenta ser.

–¿Qué quieres decir? –inquirió la joven mirándolo de reojo.

–Vamos, tú también lo sabes –murmuró él, girando la cabeza hacia la ventana–. Llegó aquí sin ningún pasado, sin referencias, sin papeles… Si le di el puesto fue solo porque me fié de mi instinto, y porque advertí enseguida su habilidad con los animales y las cifras. Pero ni yo soy cura, ni él es un cowboy cualquiera. Se ve a la legua que es un hombre elegante, con clase, y sus conocimientos financieros no son precisamente solo sumar y restar. Recuerda bien lo que te digo, hija, ese hombre es más de lo que aparenta.

–Bueno –concedió ella–, la verdad es que sí parece un poco fuera de lugar –el resto no podía contárselo, que sabía por qué C.C. se había empleado allí, en un rancho de poca monta en medio de ninguna parte. Las confidencias que le había hecho cuando estaba delirando por la fiebre le habían revelado mucho acerca de su pasado. Sí, provenía de una familia adinerada, y había sufrido una trágica pérdida, y seguramente no quería volver a dejar entrar a nadie en su vida, ni en su corazón, pero ella no podía evitar amarlo. Era demasiado tarde para advertencias.

–Por lo poco que sabemos podría ser incluso un convicto fugado –le dijo su padre tras dar una calada a su pipa.

–Lo dudo –repuso ella sonriendo–. Es demasiado honrado. ¿Recuerdas cuando se te cayó aquel cheque al portador por valor de cien dólares en el establo y C.C. te lo devolvió? Además, yo lo he visto un montón de veces ayudar a los demás hombres cuando están en apuros. Y puede que sea algo temperamental, sí, pero aunque a veces gruñe un poco y es algo duro con los peones, a ellos les parece incluso divertido. Y nunca le he visto perder el control.

–Bueno, eso es cierto –concedió su padre–, pero tal vez tenga sus razones para no perderlo, tal vez quiera pasar desapercibido.

Pepi meneó la cabeza incrédula. Si él supiera…

Capítulo Dos

Brandon Hale, el veterinario que se encargaba del ganado del rancho Mathews, era un joven pelirrojo y muy divertido. Pepi sentía una gran simpatía por él y, probablemente, si su corazón no se hubiera prendado de C.C., habría acabado casándose un día con él.

Justo en el momento en que Pepi y su padre estaban a punto de sentarse a la mesa, Brandon entró por la puerta de la cocina.

–¡Vaya!, ¡pastel de manzana! –exclamó al ver el delicioso postre que Penélope había preparado–. Hola, señor Mathews, ¿cómo está?

–Hambriento –respondió el viejo Ben–, así que no se te hagas ilusiones: ese pastel es todo mío, y no pienso compartirlo.

–No le conviene ser tacaño, señor Mathews –dijo el joven con picardía–. ¿Qué otro veterinario vendría a estas horas para hacerle la revisión a sus terneros nuevos, para tratar a su toro enfermo, y para poner todas esas vacunas? Están todos ocupados en los demás ranchos de la zona, y tendría que pagarles el doble.

–Oh, maldita sea, está bien –claudicó el padre de Pepi–. Vamos, siéntate –le dijo señalándole la silla a su lado–. Pero que sepas –le advirtió levantando el índice– que si sigues viniendo aquí por las noches sin un motivo de peso, tendrás que casarte con mi hija.

–Encantado –respondió el joven con descaro, guiñándole un ojo a ella–. Fija tú la fecha, Pepi.

–El seis de julio… dentro de veinte años –respondió ella riéndose despreocupada–. Me gustaría vivir un poco antes de casarme.

–¿Y qué has estado haciendo estos veintidós años? –le espetó su padre frunciendo los labios–. Quiero nietos, Pepi.

–Claro, como no eres tú el que los tiene que traer al mundo… –le contestó ella.

Cuando hubieron terminado de cenar, Brandon y su padre se pusieron en pie para ir a ver al toro enfermo.

–No suelo trabajar por las noches si puedo evitarlo –le dijo el veterinario a la joven antes de salir por la puerta, con una mirada seductora–, pero por un pastel de manzana como ese, sería capaz de venir a asistir a una vaca en un parto a las tres de la mañana.

–En ese caso lo recordaré –dijo ella sonriendo divertida.

–Eres un encanto, Pepi –le dijo él de repente–, y si quieres proponerme matrimonio… adelante, te prometo que no me haré de rogar demasiado.

–Vaya, muchas gracias –dijo ella echándose a reír–. Te pondré en mi larga lista de pretendientes.

Brandon se rio también.

–¿Te apetecería venir a ver una película el viernes por la noche? Podríamos ir a El Paso y cenar allí antes del cine.

–Estupendo –asintió la joven al instante. Brandon era una compañía muy agradable, y ella necesitaba alejarse del rancho, y de C.C., unas horas.

Brandon le dirigió una sonrisa y salió de la casa. Ben estaba esperándolo impaciente en medio del patio trasero.

–Seguramente no terminaré antes de medianoche –voceó el ranchero a su hija–, porque después de ver a ese toro quiero ir a revisar los libros de cuentas con Berry, así que no me esperes levantada.

–De acuerdo, que te diviertas –voceó ella.

Era una broma entre los dos, ya que Jack Berry, el hombre que le llevaba los libros de contabilidad a su padre, era increíblemente desastrado. Padre e hija habían hablado varias veces de contratar a una persona cualificada, pero Ben sentía cierta lástima por Berry, quien llevaba muchos años trabajando en el rancho para él, y a quien había encomendado esa tarea porque sus achaques ya le impedían hacer las demás labores. El buen corazón de su padre era la razón de que el rancho hubiera estado al borde de la quiebra, y sin la inestimable ayuda de C.C., sin duda habrían tenido que venderlo.

C.C... Pepi casi se había olvidado de él. La verdad era que no parecía estar muy borracho cuando lo había encontrado en el barracón, y aquello era algo inusual, porque esa borrachera anual solía ser de lo más sonada. Lo mejor sería que fuese a ver cómo estaba antes de que su padre regresara.

Se puso de nuevo la chaqueta y los guantes y salió de la casa. Cuando llegó al barracón, se encontró allí a tres de los peones nuevos, pero no parecía haber rastro de C.C.

–Lo siento, no puedo decirle dónde fue porque él mismo no nos dijo nada cuando le preguntamos, señorita Mathews –se excusó uno de ellos–, pero por la dirección en la que se fue, yo diría que iba a Juárez.

–Oh, Dios... –suspiró la joven–. ¿Se llevó la camioneta, o su coche?

–Su coche, ese viejo Ford.

–Gracias.

Era una suerte que se hubiera sacado el carnet de conducir el año anterior, se dijo Pepi mientras arrancaba la camioneta para ir en su busca. Al llegar al control fronterizo, le preguntó a uno de los guardas si habían dejado pasar a un Ford blanco, y el hombre, tras dudar un momento, le contestó que sí. La joven le dio las gracias y cruzó al otro lado, y entró en la pequeña localidad mexicana de Juárez, donde estuvo dando vueltas, hasta que vio aparcado el coche de C.C. junto a una acera. Aparcó al lado y se bajó.

Estaba un poco nerviosa porque no estaba acostumbrada a salir de noche, y porque estaba segura de que el local donde hallaría al capataz no sería de los más recomendables para una chica sola que ni siquiera hablaba castellano. Además, le preocupaba que su padre entrara en su dormitorio y se encontrara con que no estaba en la cama. La puerta cerrada tal vez lo disuadiera, y si la llamaba pensaría que estaba dormida al no recibir respuesta, pero si se daba cuenta de que no estaba la camioneta, empezaría a sospechar. Cruzó los dedos por que eso no ocurriera. No quería que despidiera a C.C.

A una manzana de allí encontró una cantina, pero no estaba allí. Deambuló por las calles, entrando en los bares, y en uno de ellos, estuvo a punto de verse mezclada en un jaleo, cuando un tipo empezó a molestarla y otro salió en su defensa. Finalmente, sintiéndose derrotada y aún más preocupada, decidió regresar a casa, pero justo cuando caminaba hacia donde había dejada aparcada la camioneta, vio por la puerta abierta de la primera cantina a la que se había asomado a C.C. sentado en una mesa al fondo.

Entró y se dirigió rápidamente hacia él, pero cuando el capataz la vio, lejos de alegrarse, soltó un improperio, como si le fastidiase su insistencia. Pepi lo miró insegura. Había una mirada fría y peligrosa en sus ojos, y no le pareció que fuera a mostrarse tan dócil como horas atrás.

–Hola –murmuró la joven, cautelosa.

–Si has venido para llevarme de vuelta, olvídalo –le espetó él, mirándola con ojos inyectados en sangre. Había una botella medio vacía de tequila sobre la mesa, y un vaso vacío junto a ella–. No voy a ir contigo como un niño obediente.

–De acuerdo, pero aquí dentro hace calor –improvisó ella–. ¿Por qué no salimos fuera? Un poco de aire fresco te vendría bien.

–¿Eso crees? –le espetó C.C., riéndose con sarcasmo–. Estoy tan borracho que podría caerme redondo por ahí en medio. ¿Qué harías entonces? Oh, claro, olvido que eres un marimacho y montas a caballo y todo eso... Probablemente me cargarías sobre tus hombros y me arrastrarías hasta la frontera.

Penélope sintió una punzada de dolor en el pecho. Tal vez era esa la opinión que tenía de ella, que era poco femenina, un chicazo, pero a pesar de todo esbozó una sonrisa para que no creyera que la había herido.

–Podría intentarlo.

Él le lanzó una mirada desinteresada, como si lo aburriera.

–Mírate, esos pantalones vaqueros y esa camisa de cuadros, como si fueras un vaquero. Siempre te vistes igual que un hombre. ¿Seguro que hay un cuerpo de mujer ahí debajo? ¿Tienes piernas, o pechos?

–Tienes razón, estás demasiado borracho. Apuesto a que no puedes dar ni un paso –le respondió ella, ignorando sus puyas. Los camareros que atendían la barra estaban mirándolos con curiosidad. Tal vez así, picándolo, conseguiría sacarlo de allí.

–Por supuesto que puedo, niñata –espetó enfadado.

–Pues demuéstralo –lo desafió Pepi–. Vamos, veamos si eres capaz de llegar a la puerta sin darte de bruces contra el suelo.

C.C. mascullό una ristra de improperios y se puso en pie, tambaleándose un poco. Sacó un billete de veinte del bolsillo y lo colocó sobre la barra.

–Quédese el cambio –le dijo al camarero.

Pepi se felicitó por su brillante argucia mientras lo veía salir zigzagueando a la calle. C.C. se dio la vuelta y se quedó mirándola.

–Pensé que querías que diésemos un paseo –le dijo frunciendo el ceño, al ver que se había parado frente a la puerta de la cantina.

–Sí, sí –se apresuró a asentir ella, para que no volviera a entrar en algún tugurio.

–Pues entonces ven aquí, cariño –farfulló él extendiendo el brazo–. No querría que te perdieras.

Penélope sabía que era el alcohol lo que lo hacía hablar así, y lo que le hizo rodearle los hombros con el brazo, pero aún así no pudo evitar que su corazón palpitara con fuerza. La joven trató de llevarlo hacia la camioneta, pero él los hizo desviarse de ese rumbo.

–Eres tan dulce... No quiero ir a casa, Pepi. Vamos a pasear, hace una noche deliciosa.

–C.C., esta parte de la ciudad no es muy segura –repuso ella con suavidad.

–Mi nombre... es Connal –dijo él bruscamente.

La joven se quedó algo sorprendida, como si no hubiera esperado que hubiera un nombre real tras las dos iniciales. Esbozó una sonrisa.

–Me gusta.

–Y el tuyo es Penélope Marie –añadió C.C. riéndose a carcajadas–. Penélope Marie Mathews.

–Sí –musitó ella. No había imaginado que el capataz conociera su nombre completo. En cierto modo resultaba halagador.

–Imagina que cambiamos ese apellido por Tremayne –sugirió él de sopetón–. Sí, ¿por qué no? Después de todo siempre estás cuidando de mí, Penélope Marie Mathews, así que, ¿por qué no te casas conmigo y sigues haciéndolo?

Ella se había quedado de piedra, y sin habla, pero él no pareció darse cuenta. Estaba mirando en torno a ellos, como si buscara algo.

–Ajá, lo sabía. Mira, allí hay una de esas capillas que están abiertas toda la noche. Vamos.

–¡C.C., no podemos hacer eso!

Él parpadeó ante la expresión horrorizada en el rostro de ella.

–Pues claro que podemos. Vamos, cariño, no hacen falta papeles, ni nada.

La joven se mordió el labio inferior. No podía dejarle hacer aquello, se dijo notando que el pánico se apoderaba de ella. Cuando se le pasara la borrachera y recordara lo que habían hecho, la mataría. Aunque tal vez los matrimonios mexicanos no tuvieran validez legal en los Estados Unidos... Había soñado tanto tiempo con ser su esposa. ¿Qué significaba un papel? ¡No! No podía hacerle eso.

–C.C., escucha, no... –comenzó.

–Si no te casas conmigo –la amenazó él señalándola con el índice y tambaleándose–, entraré de nuevo en ese bar y empezaré a pegar tiros, y vendrá la policía y nos meterán en la cárcel. Lo digo en serio.

Aun borracho como estaba, la joven no se atrevió a poner en duda esa amenaza. Sabía que tenía una pequeña pistola, y no podía estar segura de si la llevaba encima o no. Además, se dijo, nadie los casaría viéndolo a él tan ebrio, así que claudicó.

Connal la arrastró hasta la capilla. El mexicano que había allí apenas hablaba inglés, para desgracia de Pepi, por lo que, por mucho que trataba de explicarle la situación, el hombre no daba muestras de entender. C.C., que hablaba el castellano con fluidez, la cortó, diciéndole al tipo algo con una sonrisa socarrona. El mexicano se rio, entró a un cuartillo, y regresó con una biblia, y acompañado de dos mujeres. Echó una parrafada de la que Pepi no entendió nada, excepto cuando le dijo que debía contestar que sí. La joven miró al capataz un momento, dudando, pero finalmente volvió el rostro y dio el sí contrayendo el rostro. C.C. hizo otro tanto, y el mexicano dijo algo sonriente, y de pronto Penélope se encontró siendo abrazada y besada por las dos mujeres. Connal garabateó su nombre en un papel que el mexicano le tendió, y cruzó unas cuantas frases más en castellano con él, mientras el tipo escribía algo también y hacía firmar a Pepi, que tras dudar un instante, acabó haciéndolo ante la insistencia de C.C.

–Ya está –dijo este mirándola con una amplia sonrisa–. Ya está. Dame un beso, mujer.

Extendió sus brazos hacia ella, inspirando profundamente, y cayó de bruces al suelo cuán largo era.

A Pepi le costó mucho hacer entender al mexicano que tenía un vehículo allí cerca y que si podían ayudarla a llevar a C.C., pero al fin logró hacerse entender, y el hombre desapareció un momento, regresando con dos tipos muy desaliñados, que levantaron a Connal como si fuera un saco de pienso y lo llevaron hasta el lugar donde ella había aparcado la camioneta. Pepi les indicó por señas que lo subieran a ella, y cuando lo hubieron hecho les dio un par de dólares. Los hombres, para su sorpresa, le dieron a entender que no era necesario que les pagara, riéndose entre ellos y señalando la vieja camioneta, que se caía a pedazos, y se marcharon.

Pepi se metió el papel en el bolsillo, se sentó al volante y arrancó. Cuando llegó al rancho no era muy tarde, y pudo comprobar que el Jeep de su padre aún no estaba allí. «Gracias a Dios», pensó suspirando aliviada. Condujo hasta llegar al barracón, y detuvo la camioneta delante. El barracón estaba a oscuras. Seguramente los hombres estarían durmiendo. Tendría que despertarlos. C.C. no podía pasar la noche en la camioneta. Llamó a la puerta, y Bud, el peón con el que hablara antes, fue a abrir.

–Necesito un favor –le susurró–. Tengo a C.C. en la camioneta. ¿Podrías ayudarme a meterlo en el barracón antes de que vuelva mi padre?

–¿Tiene al jefe ahí? –farfulló Bud guiñando los ojos y mirando el vehículo–. ¿Qué le ha ocurrido?

–Está como una cuba –contestó ella.

–Diablos, nunca pensé que fuera de los que beben –dijo el peón frotándose la coronilla.

–Bueno, normalmente no lo hace –lo defendió ella sin querer entrar en detalles–. Es que ha tenido un mal día. ¿Podrías ayudarme, Bud? Pesa bastante.

–No se preocupe, señorita Mathews –dijo él siguiéndola y dejando la puerta del barracón abierta.

Pepi abrió la puerta de la camioneta y, al hacerlo, el cuerpo de C.C. se desmoronó, pues se había quedado dormido apoyado contra la ventanilla, pero Bud lo agarró antes de que cayera al suelo, y lo echó sobre su hombro. Connal ni siquiera se despertó, sino que siguió roncando ruidosamente.

–Muchas gracias, Bud –le dijo Pepi sonriéndole.

–No hay de qué, señorita. Buenas noches.

Penélope volvió a montarse en la camioneta, y vio como Bud entraba cargando con C.C. en el barracón y cerraba la puerta tras de sí. La joven suspiró, y se dirigió hacia la casa.

Cuando entró, su padre aún no había llegado, y subió a su dormitorio aliviada de que no fuera a enterarse de lo ocurrido. Sin embargo, cuando se estaba desvistiendo para ponerse el camisón, se le cayó el papel del bolsillo. La joven se agachó para recogerlo y lo desdobló. En él figuraban su nombre y el de Connal Cade Tremayne, pero aparte de eso no entendía nada más. Tenía desde luego todo el aspecto de un certificado de matrimonio, y le habían puesto un sello que verdaderamente parecía oficial. Suerte que solo fuese un trozo de papel sin validez, se dijo. Lo volvió a mirar, y lo dobló con cuidado. No iba a tirarlo, ni hablar. Lo guardaría como un recuerdo, soñando con lo feliz que habría sido si hubiese sido un certificado de verdad, y se hubieran casado por amor. Suspiró de nuevo.

Guardó el papel doblado en un cajón de la cómoda, y se metió en la cama. «Pobre hombre», se dijo, «tal vez ahora sus fantasmas lo dejen descansar un poco».

A la mañana siguiente la despertaron unos golpes en la puerta de su dormitorio.

–¿Qué ocurre, papá? –preguntó acurrucándose bajo la colcha y ahogando un bostezo.

–¡Sabes muy bien lo que pasa! –respondió una voz muy masculina, que no era la de Ben Mathews.

¡C.C.! Apenas se había incorporado en la cama, él entró en la habitación, sin esperar a que le diera su permiso. El camisón que tenía puesto la joven era casi transparente, y de escote bastante pronunciado, por lo que Connal le echó un buen vistazo antes de que ella pudiera taparse hasta la garganta.

–¿¡Qué demonios crees que haces!? –le gritó Pepi fuera de sí.

–¿Dónde está? –rugió con mirada furibunda.

–¿Dónde está qué?

–No te hagas la inocente –le espetó él–. Me acuerdo

de todo lo que ocurrió anoche, y no voy a cometer esa clase de error contigo, Penélope. Ya es bastante con que me hagas de niñera, como para encima seguir casado contigo ahora que estoy sobrio. El certificado de matrimonio, ¿dónde está? –su tono era impaciente.

Aquella era una oportunidad de oro, se dijo la joven, una oportunidad para salvar el orgullo de él, para evitarse tener que darle una embarazosa explicación acerca de por qué había aceptado casarse con él en aquella capilla mexicana. «Tranquila, no pierdas la calma», se dijo. Además, no entendía por qué él se mostraba tan furioso. Después de todo aquel papel no tenía ningún valor en su país... ¿O sí? ¿Qué podía pasar si le convencía de que no había sucedido nada? En todo caso, siempre podía anularlo ella misma, en caso de que fuera válido.

–¿De qué hablas? –le espetó en un tono lo más convincente posible, frunciendo las cejas.

Él la miró exasperado.

–Anoche yo estaba en México, en Juárez... en una cantina... Tú viniste a buscarme, y nos casamos.

Ella abrió los ojos como platos, esperando resultar convincente.

–¿Qué hicimos qué?

–Fuimos a esa pequeña capilla que... Hicieron la ceremonia en castellano y... Nos dieron un papel, estoy seguro.

–El único papel que yo vi anoche fue el billete de veinte que le diste al camarero de la cantina –contestó ella muy calmada, mirándolo como si se hubiera vuelto loco–. Y si no hubiera sido por ese peón nuevo... Bud, que me ayudó a bajarte de la camioneta anoche, y te metió en el barracón, ahora mismo ya no serías el capataz de nuestro rancho, porque ya sabes lo que piensa mi padre del alcohol, y tú tenías una buena encima...

–¿Estás diciéndome que me he imaginado todo eso? –inquirió él, mirándola con suspicacia.

–Más bien has debido soñarlo –dijo ella–. Deberías darme las gracias por haberte traído de vuelta justo a tiempo –le espetó fingiéndose ofendida. Él pareció convencerse al fin.

–Lo siento. Debí ser una lata para ti anoche.

–La verdad es que sí –admitió ella con una media sonrisa–, pero no pasa nada, será nuestro secreto. Sin embargo –añadió–, como mi padre te encuentre aquí, no creo que se muestre muy comprensivo...

–No seas ridícula –replicó él, frunciendo el ceño–. Eres un chicazo, no una vampiresa.

Sí, justo lo que había dicho la noche anterior, se dijo Pepi sintiendo otra punzada de dolor. Pero no iba a permitir que se diera cuenta de que sus desprecios la afectaban, no, no iba a permitirlo.

–En cualquier caso, tu coche sigue en Juárez, así que creo que deberías ir a recogerlo antes de que...

–Pepi –la interrumpió él–, tienes que dejar de comportarte como si fueras mi madre.

–Esta ha sido la última vez –le aseguró ella. Y lo decía muy en serio.

Él se encogió de hombros, como si no la creyese.

–Si tú lo dices... –se dio la vuelta y fue hasta la puerta, deteniéndose un instante allí y girándose hacia ella–. Gracias –le dijo a regañadientes.

–Tú habrías hecho lo mismo por mí –contestó ella.

C.C. salió de su dormitorio, cerrando despacio la puerta tras de sí, y Penélope se dejó caer sobre la almohada con un profundo suspiro de alivio. Casi no podía creerlo, pero había logrado engañarlo. Tal vez por si acaso, solo por si acaso, se dijo, debería averiguar si el certificado era válido o no.

Capítulo Tres

A Pepi le llevó casi la mitad del día siguiente reunir el valor suficiente para llamar a un abogado y consultarle sobre la validez de el certificado. Además, queriendo ser cautelosa, prefirió no llamar al abogado que solía aconsejar a su padre sobre temas legales, de modo que telefoneó a uno de El Paso, dando a la secretaria un nombre falso. Estuvo de suerte, porque según le dijo la mujer, acababa de quedar un hueco libre en su agenda, y le concertó una cita para esa misma tarde. Cuando la mujer inquirió cuál era el motivo de la visita, Pepi se lo explicó a grandes rasgos:

–Bueno, verá, me he casado en una pequeña ciudad mexicana, y quería saber si el certificado es válido aquí en el estado de Texas, porque… no lo es, ¿verdad?

La secretaria se echó a reír.

–Todo el mundo suele pensar que no son válidos, pero sí lo son.

Pepi se había quedado pálida, y el corazón le estaba latiendo con tal fuerza que le parecía que fuera a salírsele del pecho. ¿No podría estar equivocada aquella mujer? ¿Y si tuviera razón? Si en efecto era legalmente la esposa de Connal Tremayne, había metido la pata hasta el fondo al ocultárselo, porque al creer él que no se habían casado, podía contraer matrimonio con Edie, y cometer sin saberlo delito de bigamia. ¿Qué iba a hacer?, se preguntó desesperada. Si se lo contaba, si admitía haberle mentido, no volvería a tener ninguna confianza en ella, y la odiaría por ello, porque seguramente creería que había intentado cazarlo con esa mentira. No serviría de nada que le dijera que era él quien la había inducido a hacerlo, amenazándola con formar un escándalo. Él le respondería que eso no tenía nada que ver, que él había estado ebrio y ella no debería haberle seguido el juego. Y entonces... Dios, entonces querría saber por qué, si no lo había hecho para cazarlo, por qué había accedido a casarse con él. ¿Y qué le respondería ella entonces? ¿Adivinaría C.C. lo desesperadamente enamorada que estaba de él? Le daría tanta vergüenza que se enterara...

–¿Oiga? ¿Sigue ahí?

–Sí, sí, perdóneme.

–¿Aún quiere la cita?

–Sí, por favor, no la anule. Estaré allí esta tarde, gracias. Adiós.

Penélope colgó el teléfono y hundió el rostro en sus manos. ¡La había hecho buena! ¿Cómo podía haber sido tan estúpida? Trató de tranquilizarse, diciéndose que aún tenía que confirmárselo el abogado, aunque la secretaría había parecido muy segura.

Estaba tan preocupada, que incluso se le quemó el almuerzo. Su padre se quedó mirándola con el ceño fruncido cuando le colocó delante unas piezas de pechuga de pollo al ajillo bastante churruscadas.

–Lo siento –farfulló ella incómoda–, me despisté y se pegó a la cazuela.

–Bueno, no pasa nada –dijo Ben–, pero la verdad es que llevas toda la mañana... no sé, como preocupada –observó curioso un ligero rubor en las mejillas de su hija–. ¿Quieres hablar de ello?

La joven esbozó una débil sonrisa y meneó la cabeza.

–Gracias de todos modos.

Pero su padre no apartó la vista de ella.

–¿No tendrá algo que ver con la ausencia de C.C. de anoche?

La joven se quedó mirándolo sobresaltada. ¿Lo sabía?

–¿Qué?

–Anoche, al volver, me fijé en que el coche de C.C. no estaba en el rancho, y me he enterado de que esta mañana ha mandado a uno de los hombres a por él... a Juárez –ante el silencio delator de la joven, continuó–. Anoche estuvo bebiendo, ¿no es así?

La joven se sintió incapaz de mentirle, pero tampoco podía contarle toda la verdad.

–Bueno, uno de los peones me dijo que C.C. había estado tomando allí unos tragos, pero durante su tiempo libre... –añadió rápidamente–. Lo cierto es que no estaba rompiendo ninguna de tus reglas, porque no lo hizo cuando debía estar trabajando. Además... solo bebe una vez al año –dijo tratando de suavizarlo.

–¿Solo una vez al año? –repitió su padre frunciendo el entrecejo.

–Sí, y por favor no me preguntes cómo lo sé, ni por qué, porque no puedo decírtelo –murmuró incómoda. Alzó la vista, y colocó una mano insegura en el brazo de su padre–. Papá, tú sabes que le debemos mucho. ¿Dónde estaríamos ahora sin él?

–Lo sé, lo sé... pero, maldita sea, Pepi, no puedo tener un rasero para él y otro para los demás hombres.

–Estoy segura de que no volverá a ocurrir, papá –le dijo ella–. Además, ni siquiera lo has pillado bebido, así que nadie podrá acusarte de nada.

Ben torció el gesto ante la insistencia de su hija.

–Bueno, supongo que tienes razón, pero si alguna vez lo pillo...–añadió levantando un dedo amenazador.

–Lo sé, lo sé, lo echarás con cajas destempladas –dijo ella sonriendo–. ¿Quieres un poco más de puré de patatas?, al menos eso no se me ha quemado.

Cuando estaban terminando de almorzar, Pepi tomó un sorbo de agua antes de decidirse a hablar.

–Oye, papá, está tarde voy a acercarme a El Paso, para recoger un paquete.

–¿Un paquete?

–Es algo que pedí por uno de esos catálogos de venta por correo –se inventó sobre la marcha–. Es un regalo para tu cumpleaños –era una mentira plausible, porque era dentro de dos semanas.

Aquello pareció convencer a su padre, que no hizo más preguntas, y Pepi, tras recoger la mesa y meter las cosas en el lavavajillas, y subió a cambiarse para marcharse.

Se puso una falda azul marino, una blusa blanca con bordados, y se recogió el cabello sobre la cabeza con una pinza. Así parecía mucho más madura, se dijo mirándose en el espejo. Lo único que estropeaba el efecto general eran las pecas que tenía en la nariz, pero eso no podía disimularlo ni con el ligero maquillaje que se había aplicado. Y su figura tampoco era la mejor, se lamentó dejando escapar un gruñido ahogado. Demasiado voluptuosa. Si pudiera estar tan esbelta como Edie...

Con un suspiro se calzó unos zapatos blancos con un poco de tacón, tomó su bolso, y bajó las escaleras. Sin embargo, el destino quiso que se topara con C.C. en el porche delantero. Parecía cansado, y sus ropas estaban polvorientas y manchadas de tierra. La miró de arriba abajo.

–Brandon está en los rediles –le dijo de improviso–. Porque supongo que te has vestido así por él, ¿me equivoco?

–Pues sí, te equivocas –replicó ella molesta–. Voy a El Paso a hacer unas compras.

–Ya veo –murmuró él sin interés–. ¿Tendrías un minuto antes de irte? Tenemos que hablar.

El corazón de la joven se saltó un latido, y el pánico la inundó cuando él la tomó del hombro, la llevó de nuevo dentro de la casa y cerró la puerta.

–Escucha, Pepi, esto tiene que acabar –le dijo apartándose de ella.

–¿E... el qué? –balbució ella.

–Que me sigas cada año, cuando me emborracho –le respondió Connal irritado. Se quitó el sombrero y se repasó la mano por el cabello mojado por el sudor–. Desde ayer no he hecho más que pensar en lo que podría haberte pasado. Una chica sola en Juárez... Y, como te dije, no necesitó ninguna niñera, así que no quiero que vuelvas a hacerlo.

–La solución es muy simple –repuso ella calmadamente–: deja de emborracharte cada año.

Connal escrutó su rostro.

–Supongo que debería hacerlo –admitió–, porque si cada vez que bebo me falla de ese modo la memoria...

Pepi tuvo que apartar la vista para que él no se diera cuenta de lo incómoda y nerviosa que estaba.

–No tienes que preocuparte, C.C., tu secreto está a salvo conmigo –le dijo, y sonrió.

Él pareció relajarse un poco al fin.

–Está bien, trasto, anda, ve a hacer tus compras.

Sin embargo, tras decirle eso, sus ojos volvieron a

recorrer el cuerpo de Penélope en un lento barrido que hizo que a la joven le temblaran las rodillas.

–¿Qué ocurre? –inquirió con voz ronca. Connal la miró a los ojos.

–No, nada, es solo que, estoy tan acostumbrado a verte vestida como un vaquero, que a veces me olvido de que tienes piernas… y unas piernas muy bonitas, por cierto –dijo bajando la mirada hacia ellas y sonriendo de un modo pícaro.

–Mis piernas no son asunto tuyo, C.C. –le espetó la joven, sonrojándose.

Aquello no pareció hacerle gracia al capataz, como le indicó la dura mirada que le lanzó.

–¿Porque pertenecen a ese veterinario pelirrojo? Por mucho que niegues lo vuestro, él actúa más como un amante que como un amigo. Además, tampoco creas que me iba a escandalizar porque lo admitas. Como siempre me estás recordando, ya tienes veintidós años, y las chicas en esta época no llevan precisamente vida de monjas. Ningún hombre espera ya que su esposa sea virgen cuando se casan.

A la mención de la palabra «esposa», Pepi se sintió palidecer, pero no podía permitir que él viera lo nerviosa que estaba.

–Pues sí, es verdad, las chicas de hoy estamos liberadas, y hacemos lo que nos viene en gana. Y si quiero acostarme con un hombre, es cosa mía.

Los ojos de Connal relampagueaban.

–¿Y tu padre está de acuerdo con esa actitud tuya?

–Lo que mi padre ignora no puede hacerle daño –dijo ella incómoda por la espiral de mentiras en las que ella misma se estaba metiendo–. Tengo que irme, C.C.

–Dios… –masculló él mirándola con desprecio–.

Y pensar que yo creía que eras una mosquita muerta.

Aquello le dolió profundamente a la joven.

–¿Y tú qué? No creo que Edie y tú os vayáis a jugar al bingo cuando quedáis. Así que no pretendas darme lecciones de moral –le espetó.

–Yo soy un hombre, Pepi –replicó él sin alterarse.

Ella alzó el rostro desafiante.

–¿Y qué? ¿Es que eso te da derecho para acostarte con quien te plazca y en cambio las mujeres tienen que ser castas y puras? Si queréis que lo seamos, probad a serlo vosotros antes.

–Dudo que encuentres a un hombre virgen en muchos kilómetros a la redonda –le dijo él burlón, echándose a reír–. Bueno, y si no te has vestido así por tu veterinario, ¿por qué lo has hecho?

–No me he vestido de ningún modo, solo son una falda y una blusa.

–No como te quedan a ti, nena –murmuró él enfatizando sus palabras con otro barrido visual.

El corazón de Pepi latía como un loco, y de pronto se dio cuenta de que su respiración se había tornado entrecortada, y de que estaba clavando las uñas en el cuero del bolso de mano que llevaba.

Connal se acercó un poco a ella, lo justo para que ella se sintiera turbada por el calor de su cuerpo y la proximidad. Era bastante más alto que ella, así que la joven tuvo que alzar el rostro para mirarlo a los ojos. C.C. había alzado la mano y estaba acariciándole la mejilla con una suavidad inusitada.

–Y yo que creía que eras una chica totalmente inocente, Pepi –dijo con voz ronca.

La joven sentía que estaba ahogándose en la profundidad de su mirada. Sus ojos descendieron, como hipnotizados, hacia los labios de Connal, deseándolos con un ansia que la sobrecogía. De pronto se le ocurrió que si se acostaran no habría nada de malo en ello, porque, si la secretaria del abogado estaba en lo cierto, eran marido y mujer. ¿Y si lo sedujera? La deliciosa idea hizo que contuviera el aliento en su pecho.

Pero, entonces, las imágenes que estaban surgiendo en su mente, se vieron rotas por el pensamiento de lo que ocurriría si hicieran el amor: él se daría cuenta por sus reacciones de que no tenía ninguna experiencia en absoluto, como le había dado a entender por despecho. Además, había oído que la primera vez dolía, y eso también la hizo echarse atrás. Y él tampoco sabía que estaban casados, y podían surgir toda clase de complicaciones. No, se dijo, ni siquiera tendría el consuelo de hacer el amor con él una vez. Tendría que mantenerlo a raya hasta que hubiera decidido cómo iba a contarle la verdad, y qué hacer para solucionar las cosas.

Se apartó de él, y esbozó una sonrisa.

–Tengo que irme –repitió con voz queda–. Te veré luego.

C.C. farfulló algo, pero le abrió la puerta, y se quedó observando cómo se alejaba. «Maldita sea», se dijo el vaquero. Le molestaba el modo en que las curvas de la chica estaban empezando a afectarlo, darse cuenta de que la deseaba, pero, sobre todo, el enterarse de que no era virgen. Aquello lo había puesto furioso. No quería que ningún otro hombre la tocara, y el veterinario menos que nadie. Ella siempre había estado cuidando de él, desde que llegara al rancho, y él había empezado a sentirse tan posesivo hacia ella como un vinatero por su mejor cosecha. Hasta entonces había pensado que era pura y virginal, y por eso jamás se había acercado a ella, sintiéndose culpable por sus deseos lujuriosos cada vez que la veía, y en ese momento se sentía como un idiota. Sin embargo, resultaba extraño que se sonrojara de ese modo cuando la miraba... Tal vez no fuera tan experimentada como quería haberle dado a entender, a pesar de las atenciones del veterinario. C.C. entornó los ojos. Sí, Brandon era muy joven, y no podía tener la misma experiencia que él, así que aquello le daba cierta ventaja. Salió al porche, encendió un cigarrillo, y se lo llevó a los labios sonriendo divertido mientras veía a Pepi alejarse en el viejo Lincoln de su padre.

La oficina del abogado estaba junto a un centro comercial que había sido abierto recientemente en las afueras de la ciudad. Tras aparcar el coche, se detuvo un momento frente al edificio, para inspirar profundamente. Se temía que aquello no iba a ser muy agradable.

Cuando estuvo sentada en el despacho del abogado, sacó el documento de su bolso y se lo enseñó. El hombre se tomó su tiempo para examinarlo. Era bilingüe, así que toda la palabrería en castellano que Pepi no había entendido, era perfectamente comprensible para él.

–Es legal, se lo aseguro –murmuró devolviéndoselo–. Felicidades –añadió con una sonrisa.

¿Felicidades? Pepi contrajo el rostro angustiada.

–Es que... él no sabe que estamos casados –farfulló, explicándole lo sucedido–. ¿No le resta validez eso, el que estuviera borracho?

–Me temo que, si estaba lo suficientemente sobrio como para consentir al matrimonio y escribir su firma, el documento sigue siendo perfectamente legal.

–Pues entonces quiero una anulación –se apresuró a decir Pepi–. ¿Puede anularlo, no?

–Sin problemas –dijo el hombre, sonriendo–. Solo tiene que venir aquí con él y firmar los dos unos papeles que...

–¿Él tiene que enterarse? –inquirió ella mortificada.

–Em... me temo que sí –contestó el letrado–. Aunque no recuerde lo ocurrido, no puede disolverse el matrimonio sin el consentimiento de las dos partes.

Pepi hundió el rostro en sus manos.

–Pero no puedo decírselo, ¡no puedo!

–Tendrá que hacerlo –repuso el abogado con firmeza–. Podría haber toda una serie de complicaciones legales si no lo hace. Además, si él es un hombre razonable, seguro que lo entenderá –dijo tratando de animarla.

Pero Pepi meneó la cabeza.

–Ese es el problema, que no es nada razonable –dijo con un profundo suspiro–. Pero supongo que tiene razón, no hay más remedio que decírselo, y lo haré –le aseguró levantándose y estrechándole la mano. Solo que no dijo cuándo.

De regreso al rancho, Pepi se reprochó mentalmente durante todo el trayecto por no haberle dado a Connal el certificado cuando se lo pidió. Ella solo había querido ahorrarle la vergüenza de haber hecho algo así estando ebrio, no había pensado en los problemas que podía causarle. Además, el pensamiento de ser su esposa, aunque solo fuera sobre el papel, era una fantasía tan dulce que no había podido resistirse. Y en ese momento, de pronto, se encontraba acorralada por la cruda realidad legal, por su irresponsabilidad, y no sabía cómo iba a hacer para salir del lío en que se había metido.

En un principio, optó por evitar a C.C. hasta que decidiera de qué forma iba a explicárselo, y no fue muy difícil, porque estaban en una época del año en que los hombres del rancho tenían mucho trabajo, y apenas si lo veía. Además, pasaba todo su tiempo libre con Brandon, deseando en secreto que sintiera por él algo la mitad de fuerte de lo que sentía por C.C., porque Brandon era tan divertido, y tan comprensivo... Lástima que no hubiera la menor chispa de deseo entre ellos.

–No me gusta que pases tanto tiempo con Hale –le dijo su padre un día durante la cena.

–Vamos, vamos –dijo ella chasqueando la lengua burlona–, lo dices porque últimamente siempre te toca compartir con él tu pastel de manzana.

Ben Mathews torció el gesto y suspiró.

–No, no tiene nada que ver con eso. Lo que pasa es que me gustaría que tuvieras un matrimonio feliz, Pepi, como el que tuvimos tu madre y yo. Hale es un buen chico, pero es demasiado dócil. Con tu carácter, lo tendrías comiendo de la palma de tu mano desde que pisarais el altar. No, necesitas a un hombre que no haga siempre lo que tú quieras, un hombre a quien no puedas dominar.

A Penélope solo se le ocurrió un hombre semejante, y en ese instante se sonrojó y apartó la vista.

–El hombre en el que estás pensando ya tiene su corazón ocupado –repuso con frialdad.

Los ojos de Ben Mathews escrutaron el rostro de su hija.

–Pepi, creo que tienes una edad más que suficiente como para comprender lo que los hombres ven en las mujeres como Edie. C.C. no es distinto, y tiene... bueno, tiene las necesidades propias de un hombre.

–Lo que haga con Edie es asunto suyo –replicó la joven, contrayendo el rostro irritada.

Su padre se quedó en silencio un buen rato, fumando su pipa.

–Es un hombre misterioso, sin duda –murmuró pensativo–. Cuando llegó aquí parecía haber salido de la nada. De hecho, a día de hoy he sido incapaz de averiguar nada sobre él. Sin embargo, de vez en cuando he observado detalles que no me han pasado desapercibidos. Se nota que es un hombre que ha conocido el lujo y que debió gozar de una buena posición social. A veces incluso me hace sentirme como un principiante en mi propio negocio: es bueno, muy bueno en la administración del rancho.

–Está bien, me rindo, me rindo –dijo Pepi levantando las manos para que parara. ¿Qué pensaba? ¿que ella no se había dado cuenta ya de lo maravilloso que era? Lo único que le faltaba era que su padre le recitara sus excelencias.

–Lo siento. Supongo que en el fondo no debería meterme en tus decisiones. Si te gusta Brandon, adelante.

–Gracias, papá, pero el que salga con él no significa nada. Soy muy joven, y quiero divertirme, salir por ahí. Por cierto, hablando de divertirse: el viernes por la noche va a llevarme a bailar. ¿No te enfadarás por eso, verdad?

Su padre no parecía muy contento, pero no se lo hizo ver.

–No, claro que no. Siempre y cuando no te olvides de que el sábado es mi cumpleaños y que prometiste que haríamos algo juntos –le dijo con una sonrisa.

–¡Cómo si pudiera olvidarme! –se rio Pepi–. ¿Cuántos van ya… treinta y nueve? –dijo para picarlo.

–Muy graciosa. Anda, córtame ya un pedazo de ese pastel.

Penélope trató de no pensar en C.C. durante el resto de la semana, pero el viernes por la tarde lo vio pasar a caballo, yendo de un redil a otro. La verdad era que estaba guapísimo sobre una silla de montar, se dijo la joven soñadora. Parecía que hubiese nacido sabiendo montar. Incluso a galope tendido se mantenía grácil sobre la silla. Lo había visto domar caballos varias veces, y aunque nunca se mostraba duro con ellos, cuando estaba a lomos de uno, les dejaba muy claro quién era el amo. Cuando domaba a uno de los nuevos caballos, su rostro se endurecía por el esfuerzo, los ojos le brillaban, y una sonrisa de satisfacción se dibujaba en sus labios, cuando al fin conseguía someter al animal.

Se preguntó si Connal sería así en la cama, como cuando domaba un caballo, si sus ojos brillarían del mismo modo, si sonreiría con la misma satisfacción al llevar a una mujer al éxtasis bajo su fuerte cuerpo sudoroso...

La joven se sonrojó, y miró avergonzada en torno a sí. Era una suerte que no hubiera nadie por allí, nadie que la hubiera visto. Corrió a la casa y subió a su cuarto para vestirse para su cita con Brandon. Fueron a un restaurante en el centro de la ciudad de El Paso, que era famoso por sus vistas de la ciudad, ya que se encontraba en la planta número catorce de un lujoso hotel.

–¡Qué maravilla! –exclamó Pepi, maravillada, observando las luces de la ciudad, con las montañas de fondo–. Es una vista preciosa.

–No tanto como lo estás tú esta noche –le dijo Brandon, sacándola de su ensoñación, y mirándola embelesado. Pepi se había puesto un vestido de cóctel, sencillo, pero muy elegante.

–¿Qué les gustaría beber? –los interrumpió la camarera, apareciendo en ese instante.

–Vino blanco, por favor –contestó Pepi.

–Yo tomaré lo mismo –añadió el veterinario.

La camarera se marchó, y Brandon se inclinó sobre la mesa, tomando las manos de la joven en las suyas, y mirándola amorosamente.

–¿Por qué no te casas conmigo, Pepi? –murmuró–. ¿No tendrá que ver con el hecho de que me paso todo el día entre animales? –le dijo haciéndola reír.

La joven sacudió la cabeza.

–Me encantan los animales, Brandon, pero aún no me siento preparada para el matrimonio –de pronto recordó que «ya» estaba casada, y se sintió algo culpable de estar allí con Brandon, cuando estaba legalmente unida a otro hombre… aunque el hombre en cuestión no lo supiera. Al menos aquello la hizo sentirse un poco mejor.

–Ya tienes veintidós años –insistió Brandon sin darse por vencido–. No puedes esperar eternamente.

–Pero es que ni siquiera he decidido qué quiero hacer con mi vida –protestó ella. Lo cierto era que ni siquiera tenía un título universitario, porque, después de graduarse en el instituto, su padre había requerido su ayuda en el rancho–. ¿Sabes? He estado pensando que me gustan bastante los números, y tal vez podría hacer un curso de contabilidad o algo así.

–Excelente –aprobó él sonriente–. Así podrías trabajar para mí, porque necesito desesperadamente un contable.

–Me temo que mi padre también –repuso ella encogiéndose de hombros–. Ya sabes lo terrible que es el que tenemos ahora, Jack Berry.

–En fin, ¿qué le vamos a...? ¡Caray, vaya vestido! –dijo de pronto el veterinario, dejando escapar un largo silbido admirativo.

Pepi giró la cabeza en la dirección en la que Brandon estaba mirando, y lo que vio hizo que se quedara de piedra: Edie entraba en ese momento por la puerta, acompañada de C.C., y llevaba puesto un vestido azul muy ceñido, con un considerable escote, los hombros descubiertos, y una enorme abertura en la falda. Connal parecía cansado, harto sin duda de la semana y Pepi bajó la vista rápidamente, rogando por que no la viera.

Sin embargo, sí debió verla, porque se quedó allí de pie un buen rato, antes de seguir al camarero que los condujo a una mesa en el otro extremo del comedor. Pepi sonrió a Brandon, tratando de disimular su inquietud. Pero el veterinario ya se había percatado de que ocurría algo.

–¿No le has dicho a tu padre que te traía a cenar y a bailar? –inquirió enarcando una ceja–. C.C. se te ha quedado mirando de un modo que...

–No, probablemente le ha sorprendido verme aquí, eso es todo –dijo ella, queriendo quitar hierro al asunto.

Al cabo de un rato regresó la camarera con sus bebidas y les dejó un par de cartas. Pepi suspiró aliviada, por tener algún motivo para no mirar en dirección a C.C. Con suerte estaría demasiado ocupado con Edie como para acercarse a donde estaban.

Capítulo Cuatro

Pepi había empezado a relajarse al ver que terminaron el primer plato, el segundo, y que pasaron a los postres sin que Connal se acercara a su mesa, pero justo cuando estaban esperando la cuenta, apareció a su lado, con la elegante rubia de su brazo.

–Vaya, hola –lo saludó Brandon cordialmente–. ¿Qué hay C.C.? Imagino que estarás contento de que la feria de ganado sea pronto. Yo mismo estoy hecho polvo, y todavía me quedan por examinar dos rebaños enteros, pero bueno, pronto volveremos a la calma habitual.

–Sí, será agradable tener algo de tiempo libre para variar –asintió vagamente Connal. Sin embargo, mientras hablaba no miraba al veterinario, sino a Pepi, y fue a ella a quien se dirigió a continuación–. Hace dos semanas que casi no te he visto –le dijo en un tono cortante–. Estaba empezando a preguntarme si no estarías evitándome.

A Pepi le pilló por sorpresa aquel ataque repentino, y el veneno en su profunda voz. Y no era la única a juzgar por las miradas de extrañeza que intercambiaron Brandon y Edie.

–No he estado evitándote –replicó Pepi, pero apenas pudo mirarlo a los ojos, recordando su último encuentro–. Lo que ocurre es que tú has estado muy ocupado, igual que mi padre. Y yo también he estado atareada.

–Sí, pero siempre sueles venir a vernos trabajar –insistió C.C., entornando los ojos.

Pepi no quería seguir con aquella conversación. Jugueteó nerviosa con la servilleta, tratando de hallar un modo de convencerlo de que no era lo que él pensaba.

–¡Estoy gorda!, ¿de acuerdo? Últimamente me cuesta mucho subirme a un caballo –casi le gritó, intentando resultar convincente–. ¿Ya estás satisfecho?

–No digas tonterías, tú no estás gorda –repuso Connal.

–Bueno, algún kilito de más sí que tiene –murmuró Edie, agarrando de un modo posesivo el brazo del vaquero–. No seas, bruto, C.C., todas las mujeres somos muy sensibles cuando se trata de esos centímetros de más, ¿verdad, querida? –añadió con una risa que no denotaba demasiada sensibilidad–. Sobre todo cuando se concentran en las caderas.

Pepi se sintió dolida, y quiso abofetearse por la excusa que se había buscado.

–Pues yo creo que Pepi está bien como está –salió Brandon en su defensa, dedicándole a la joven una brillante sonrisa–. De hecho, a mí me parece una de las mujeres más hermosas que conozco.

–Eres un ángel –le dijo Penélope apretándole la mano.

–¿Cómo es que no está tu padre con vosotros? –inquirió C.C. De pronto, al ver aquellos gestos de afecto entre la joven y el veterinario, sus facciones se habían puesto rígidas.

Pepi lo miró sin comprender.

–No suelo llevar a mi padre en mis citas, C.C. –le contestó muy calmada.

–¿No era hoy su cumpleaños? –inquirió él capataz. No sabía que lo irritaba más, si el verla allí con aquel payaso de Hale, o el haberse enterado de que ya no era virgen. Había soñado tantas veces con ser él con quien compartiera esa primera vez... Sus ilusiones, sus esperanzas, se habían visto destrozadas, y lo único que quería era hacerla sentirse tan mal como se sentía él.

–No, es mañana –respondió Pepi–. Brandon y yo vamos a llevarlo al desfile de mañana, ¿verdad, Brandon? –añadió de improviso. No habían planeado eso, pero no estaba dispuesta a decirle a Connal que solo había pensado hacerle una tarta de cumpleaños y celebrarlo en casa, y que la acusara de ser una mala hija.

–Claro... desde luego –asintió Brandon, mirándola sorprendido.

«Otra vez el maldito Hale...», pensó Connal furioso. Miró a Pepi con desdén, y le dedicó a Brandon una fría mirada.

–Vaya, supongo que se sentirá muy agradecido de que al menos os hayáis acordado de su cumpleaños.

–¿Se puede saber qué mosca te ha picado? –le espetó Penélope mirándolo con el entrecejo fruncido. ¿Estaba tratando de empezar una pelea? Se irguió en la silla, consciente de la mirada escrutadora de Edie.

–Vamos, Pepi, no le hagas caso, es solo que ha tenido un par de semanas muy duras. Lo sé, porque para mí también lo han sido –intervino Brandon conciliador, con una sonrisa.

–Es verdad, las semanas previas a la feria de ganado pueden poner nervioso a cualquiera que trabaje en un rancho –asintió Penélope. Giró la cabeza hacia Edie, en parte por cambiar el tema de conversación, y en parte para que dejara de mirarla de aquella manera tan descarada–. ¿Y tú, Edie?, ¿cómo estás? Me encanta tu vestido.

–¿Este trapo viejo? –se rio Edie–. Gracias. Pensé que le alegraría la vista a nuestro amigo –dijo mirando a C.C.–, pero me parece que mis esfuerzos han sido en vano.

–¿Eso crees? –murmuró Connal. Tras lanzar una breve mirada a Pepi, deslizó su brazo por la cintura de Edie y la atrajo posesivamente hacia él–. Si vienes conmigo te demostraré lo equivocada que estás –le dijo en un tono muy sensual.

–¿Quién podría negarse a una oferta tan tentadora? –murmuró Edie sonriéndole de un modo seductor. Volvió la cabeza un instante hacia Pepi y Brandon–. Que disfrutéis de la velada.

Se despidieron de ellos, y Pepi los vio alejarse, reprimiendo a duras penas el deseo de levantarse y gritar: «¡Detengan a esa mujer! ¡Se lleva a mi esposo!» Se iban a estar a solas en algún sitio, y seguramente no sería para jugar al parchís. Apretó los dientes celosa.

–Pobre Pepi –dijo Brandon de pronto, sorprendiéndola. La joven giró el rostro hacia él y vio reflejados en sus ojos azules la comprensión y una sincera preocupación–. De modo que era eso...

–No es lo que piensas... –se defendió Pepi–, es solo que... Bueno, llevo tanto tiempo cuidando de él... Lo sé, sé que parezco una gallina clueca, y que debo dejar de protegerlo a toda costa. En fin, supongo que será el instinto maternal.

Pero Brandon no estaba ciego. Puso su mano sobre la de Pepi, y se la apretó afectuosamente.

–Si alguna vez necesitas un hombro sobre el que llorar... Bueno, aquí me tendrás siempre, ¿de acuerdo? –le dijo suavemente–. Y si alguna vez superas tus sentimientos por él...

–Gracias, Brandon –murmuró ella, obligándose a esbozar una sonrisa.

–Um... Pepi... sobre lo del desfile de mañana... Me encantaría acompañaros, pero tengo trabajo y no voy a poder. Lo comprendes, ¿verdad?

Ella meneó la cabeza.

–Perdóname, no debería haberte puesto en un brete así. Yo solo tenía pensado hacer algo sencillo, una tarta y algunos regalos... Es solo que C.C. me puso furiosa.

–No pasa nada. De todos modos, la verdad es que es extraño que C.C. se comportara como se ha comportado esta noche. ¿Ha ocurrido algo entre vosotros?

La joven se retorció las manos incómoda. No podía contárselo.

–Sería muy largo de contar. La verdad es que por mi culpa nos he metido a los dos en un lío tremendo, pero no tengo ganas de hablar de ello. No te enfadas conmigo, ¿verdad?

–Pues claro que no.

–¿Podrías llevarme a casa? Me duele un poco la cabeza.

Brandon pareció algo decepcionado de que la velada terminara tan pronto, pero, como el caballero que era, hizo lo que le pedía sin rechistar, y la dejó en la puerta de su casa sin siquiera pedirle un beso de despedida.

Mientras, Pepi entraba en la casa con el ánimo muy decaído. La aparición de C.C. le había arruinado la tarde, precisamente cuando había salido porque necesitaba apartarlo un rato de su mente.

Aquella noche apenas pudo dormir, y para colmo, cuando se levantó y bajó para hacer el desayuno, entró C.C. por la puerta del patio trasero, con la expresión de un gato con la boca llena de plumas. No hacía falta tener mucha imaginación para adivinar por qué parecía tan contento. Probablemente lo había pasado muy bien con Edie la noche anterior.

–¿Qué quieres? –inquirió Pepi disgustada.

Él enarcó las cejas ante semejante saludo matutino.

–De momento me conformaré con una taza de café, y después querría hablar con tu padre antes de que tú y tu afortunado veterinario os lo llevéis a la ciudad.

Pepi se quedó callada. La noche anterior le había contado otra mentira, y de repente volvía a encontrarse con que se había caído con todo el equipo. Incluso notó como un ligero rubor subía a sus mejillas.

C.C. la miró curioso. Levantó un poco el ala de su sombrero, y se apoyó contra la encimera.

–No ibas a llevar a tu padre al desfile, ¿no es cierto? –le preguntó en un tono menos beligerante que la noche anterior.

La joven meneó la cabeza muy despacio, sin atreverse a mirarlo a los ojos.

–¿Y por qué me dijiste eso?

Entonces Pepi alzó la vista y lo miró enfadada.

–¡Pues porque tú pretendías hacer ver que era una mala hija!

Los ojos negros de Connal estaban recorriendo su cuerpo de abajo arriba. Pepi se sintió enrojecer de nuevo. Ningún hombre la había mirado antes de ese modo tan sensual, haciéndola sentir como si la estuviera acariciando.

Sus ojos se encontraron, y Connal pudo leer el deseo en los de ella. ¡De modo que no le era tan indiferente a Pepi como ella pretendía! Tal vez no fuera una virgen inocente, pero seguía siendo vulnerable. Una sonrisa imperceptible se dibujó en sus labios.

–Ya sé que te preocupas por tu padre –le respondió–. Es solo que no me gusta que pases tanto tiempo con Hale.

–Brandon es...

–Un payaso –concluyó él–. Es demasiado irresponsable y alocado. No es el hombre que deberías tener a tu lado. Seguramente no te ha satisfecho del todo ni una sola vez.

Por su tono, era evidente a lo que se refería, y a Penélope casi se le cayó el paquete de harina que tenía en las manos cuando quiso dejarlo sobre la encimera. Le dio la espalda mientras preparaba la masa de las galletas, rogando por que se fuera.

–Brandon me hace reír, y siempre es muy amable conmigo –le dijo a C.C.

Connal se acercó a ella por detrás, y se quedó a escasos centímetros de ella. Estaba tan cerca que Pepi podía sentir su calor y oler su colonia. Se puso tensa, esperando que él la tocara, que sus fuertes manos le rodearan la cintura, y que ascendieran hacia sus senos, tomándolos...

–¿Qué estás haciendo? –inquirió el capataz.

La joven abrió los ojos, que había cerrado hacía unos instantes, perdida en esos pensamientos turbadores. Connal no estaba tocándola. Podía sentir su aliento en la nuca, pero simplemente estaba mirando por encima de su hombro, eso era todo. ¡Dios!, Pepi estuvo a punto de volverse y besarlo, de abrazarse contra él. No, se dijo, tenía que controlarse, no quería que supiera lo vulnerable que se sentía cuando lo tenía tan cerca.

–Estoy... estoy haciendo galletas –contestó ella, tragando saliva. Se notaba la garganta tan seca...–.

Hay café recién hecho en la cafetera, si quieres irte sirviendo.

Sin embargo, C.C. no se apartó de ella. Tratando de ignorarlo, Pepi alisó la masa con un rodillo y empezó a cortarla con el molde, colocando las galletas en la bandeja del horno. Quería darle la impresión de estar muy calmada, pero el ligero temblor de sus manos la delataba. Quería gritar. ¿Por qué tenía que atormentarla de esa forma?

Se atrevió al fin a girar la cabeza hacia él, y lo miró a los ojos, hallando en ellos lo que había esperado ver: brillaban burlones, como si ya se hubiera dado cuenta del efecto que tenía sobre ella.

–¿Te incomoda mi proximidad, Pepi? –la picó, bajando la vista deliberadamente a los generosos labios de la joven–. Yo diría, que si Hale te satisficiese, no te incomodaría en absoluto.

La respiración de ella se había tornado entrecortada, y tuvo que volver a girar la cabeza hacia su tarea para poder ignorarlo.

–¿Y Edie?, ¿es Edie suficiente para ti? –replicó enfadada.

–La verdad es que, cuando un hombre siente ciertas necesidades, le basta cualquier cosa que tenga un par de senos –contestó él irritado al ver que ella se negaba a admitir que la atraía.

–¡C.C.! –exclamó ella indignada, girándose hacia él.

Aquel fue un error, porque Connal aprovechó ese momento de despiste de Pepi para acorralarla contra la mesa, interponiendo ambas manos a los lados de sus caderas.

–¿Por qué no quieres admitir que te sientes atraída por mí? –inquirió mirándola a los ojos.

La joven trató de rehuir su intensa mirada, pero fue inútil.

–Esto no es justo, C.C. –murmuró Penélope–, yo he estado salvándote el cuello estos tres años, he tratado de hacer que te sintieras cómodo aquí, te he ayudado siempre que he podido… ¿Es este tu modo de pagármelo?

–Ya te he dicho que nunca he necesitado a una niñera. No, Pepi, has estado evitándome toda la semana, y no me gusta. Quiero saber por qué.

–¿Y es así como pretendes hacer que te lo explique? –le espetó ella.

–Es el modo más efectivo que se me ha ocurrido –le respondió él–, porque desde el día en que hablé contigo en el vestíbulo, has puesto tierra de por medio cada vez que nos encontrábamos –entornó los ojos suspicaz–. De hecho, yo diría que has estado haciéndolo desde aquella noche en Juárez. ¿Qué es lo que te hice, Pepi? ¿Acaso intenté hacerte el amor?

–¡No! –exclamó ella.

–¿Qué pasó entonces?

Penélope no podía decírselo. Debería hacerlo, pero no podía. Bajó la mirada al cuello de su camisa.

–Dijiste que podría cargarte sobre mi hombro para traerte de vuelta –murmuró repitiendo lo que tanto le había dolido–, que no era nada más que un chicazo.

C.C. no lo recordaba, pero si pudo entrever el dolor en el rostro de la joven, y eso le hizo sentirse mal.

–Estaba bebido, Pepi –le dijo suavemente–. Tú sabes que no decía en serio esas cosas.

La joven se rio con amargura.

–¿Ah, no? Yo creía que los únicos que decían lo que pensaban eran los niños, los locos y los borrachos.

Connal contrajo el rostro.

–¿Qué más te dije?

–Con eso ya fue bastante. Cerré mis oídos al resto.

–¿Y es por eso por lo que me estás evitando? –insistió él, como si aquello realmente le importara. Y la verdad era que le importaba, porque se había sentido muy dolido por su rechazo.

La joven se quedó dudando un instante, pero luego asintió con la cabeza.

Connal agachó la cabeza y frotó su mejilla suavemente contra la de ella. No intentó besarla, ni siquiera atraerla hacia él, pero su rostro se acercó al de ella, y Penélope pudo notar su aliento sobre el pómulo, después sobre la barbilla, la garganta... C.C. apoyó la frente en el hueco de su cuello, y la joven sintió su respiración jadeante chocar contra la piel que quedaba al descubierto a través de la blusa entreabierta. La nariz de Connal descendió sobre esa zona, apartando con cuidado la tela y rozando la parte superior de uno de sus senos cuando...

–Pepi, ¿dónde diablos has puesto el periódico?

C.C. levantó la cabeza al oír la voz de su jefe, procedente del salón. Los ojos de los dos se encontraron, y él se apresuró a apartarse de ella, mientras la joven se arreglaba la blusa, azorada.

Connal fue a servirse el café, y ella volvió a sus galletas con el corazón desbocado.

–Vaya, C.C., buenos días –saludó Ben Mathews entrando en la cocina–, no esperaba encontrarte aquí tan temprano. Hola, hija, ya encontré el periódico, perdóname. Olvidé que lo había metido en el revistero.

–Feliz cumpleaños, papá –le dijo su hija esbozando una sonrisa con dificultad y besándolo–. Voy a hacerte galletas de mantequilla para el desayuno.

–Mmm. Eso veo. Y también me harás una tarta... espero.

–De coco, tu favorita. Y también te voy a preparar tus platos favoritos para el almuerzo.

–¿Qué más podría desear un hombre el día de su cumpleaños? –dijo Ben sonriendo ampliamente–. C.C. puedes unirte a nuestra celebración si quieres.

–Me encantaría –contestó el capataz, sin dejar de advertir la repentina rigidez en la espalda de Pepi–, pero me temo que no me será posible: le he prometido a Edie que la llevaría al desfile, y que después iríamos a Juárez, a pasar el resto del día de compras.

–Bueno, pues que os divirtáis –contestó Ben, advirtiendo que había malas vibraciones en su cocina.

–¿Por qué no vienen con nosotros? Pepi y usted –le ofreció Connal–. Podría celebrar su cumpleaños en México.

–¡Gran idea! –exclamó el ranchero–. No me he tomado un día libre desde... demonios, ni siquiera recuerdo desde cuando –dijo frunciendo el ceño–. Y Pepi también lo pasaría muy bien, estoy seguro. ¿Qué dices, cariño? Y luego C.C. y Edie podrían venir a cenar a casa con nosotros.

La joven quería que se la tragara la tierra. Por suerte estaba de espaldas a ellos y no podían ver la expresión de su rostro.

–Claro, será estupendo –dijo con una voz lo más alegre posible. ¿Qué otra cosa podía decir? Después de todo, era el cumpleaños de su padre, y tenía derecho a pasarlo como quisiera.

–De acuerdo entonces –intervino Connal–. Solo nosotros cuatro, sin Hale.

La joven lo miró molesta.

–Brandon no podría venir de todas maneras –le replicó–. Me dijo que hoy tenía mucho trabajo.

–¿No te llevas bien con Brandon, C.C.? –le preguntó Ben a su capataz, mirándolo extrañado.

–Sí que me llevo bien con él, es solo que no me gusta verlo mariposear alrededor de Pepi –contestó Connal con sinceridad–. Ella se merece algo mejor –dijo lanzándole una breve mirada a la joven.

Ben se rio entre dientes. Ya estaba empezando a comprender por qué el ambiente parecía tan tenso. Giró la cabeza en dirección a su hija, y observó el ligero rubor que teñía sus mejillas, y cómo parecía algo nerviosa mientras metía la bandeja en el horno. Lástima haber irrumpido de repente en la cocina...

Sin embargo, Ben Mathews apartó aquella cuestión de su mente en cuanto su capataz empezó a hablarle del estado de los animales y la venta del ganado.

Al cabo de un rato, Pepi tuvo listo el desayuno, y las galletas, el bacon y los huevos revueltos desaparecieron de los platos en un santiamén.

–Deberías casarte con mi hija, C.C. No encontrarás a una cocinera mejor en todo el Estado.

–¡Papá! –exclamó ella indignada. Aquello le recordó que «ya» estaban casados, y se sonrojó.

C.C. lo advirtió, y la observó un buen rato con los ojos entornados. Aquella era una reacción bastante peculiar para una chica liberada, y también lo había sido el modo en que se había turbado momentos antes. Sí, estaba actuando de un modo muy extraño, y no creía que fuera solo porque hubiera herido sus sentimientos en Juárez. Debía haber ocurrido algo aquella noche, estaba seguro. ¿Pero qué?

–La verdad es que no me interesa el matrimonio –murmuró, absorto en una tira de bacon, y no vio la expresión de desesperación en el rostro de Pepi.

–¿Y no quieres tener hijos? –insistió Ben.

Pepi desearía haber salido llorando por el modo en que afectó a Connal aquella pregunta tan inocente. Lógicamente su padre no sabía la tremenda pérdida que C.C. había sufrido, que su mujer estaba embarazada cuando se ahogó.

–¿Más café, papá? –le ofreció la joven, distrayendo su atención del rostro de Connal, que de pronto había palidecido.

C.C. se sintió conmovido por aquel gesto, por aquel deseo de protegerlo, incluso a pesar de esas cosas que le había dicho. La observó en silencio, pensando en lo atractiva que era, incluso con esos centímetros de más. A él le gustaba tal y como era. Tenía exactamente la figura que él siempre había pensado que una mujer debería tener: redondeada y suave. Le encantaban sus graciosas pecas, y como su cabello parecía estar hecho de llamas danzantes cuando se ponía al sol, y cómo hablaba, y cómo olía... Si no hubiera sido por los fantasmas del pasado, que lo atormentaban aún, probablemente le habría pedido ya que se casara con él. Pero no, ese era un error que no quería volver a cometer. A pesar de los celos que sentía de Hale, probablemente sería un marido mucho mejor que él para Pepi.

No debería haberla tocado. No le quedaba otro remedio que deshacer el daño que había hecho sin querer, al perder la cabeza antes de que apareciera su padre en la cocina. Tendría que mostrarse más cariñoso con Edie que de costumbre, para que Pepi no se hiciese ilusiones. Amistad era lo único que podía ofrecerle, y cuanto antes se lo dejara claro, mejor. Sin embargo, aquello no sería fácil. Pepi se le estaba subiendo a la cabeza, como el vino. No se reconocía. Le había dicho cosas que jamás le habría dicho años atrás, incluso había flirteado con ella. No podía comprender por qué aquella joven lo estaba desestabilizando de aquel modo, ni porque de pronto lo fascinaba hasta ese punto. Tal vez las largas y agotadoras horas de trabajo de esas dos semanas estaban empezando a hacer estragos en él. Frunció el entrecejo y bajó la vista a su taza de café. Necesitaba unas vacaciones

Tal vez podría ir de visita a Jacobsville, donde había nacido y vivían su madre y sus tres hermanos, que llevaban el negocio familiar en su ausencia. Sí, quizá debería ir allí y afrontar el pasado, si podía.

–¿C.C.?

La voz del viejo Ben lo sacó de sus pensamientos.

–Digo que a qué hora pensabas que saliéramos.

–Em... sobre las nueve y media –respondió el capataz apurando su café–, si no queremos llegar tarde al desfile.

–¿Seguro que no os molesta que vayamos? –inquirió Pepi.

Connal se puso de pie y se quedó mirándola antes de contestar.

–Por supuesto que no, es el cumpleaños de tu padre. Y a Edie y a mí nos gusta tener compañía... De vez en cuando. Ya tendremos tiempo de estar a solas esta noche, cuando la lleve de regreso a su casa.

Ben se rio, pero Penélope se sintió como si le hubieran dado una bofetada. La joven se levantó también y empezó a recoger la mesa.

Minutos después, cuando subió a cambiarse, se llevó su tiempo decidiendo que se pondría. En un principio había pensado ponerse un colorido traje mexicano que le había regalado su padre, pero luego se dijo que no tenía caso intentar arreglarse cuando Edie iba también. A su lado parecería un saco de patatas se pusiera lo que se pusiese.

De modo que se decantó por unos viejos pantalones grises de punto y un jersey de color caqui que detestaba, y se recogió el cabello en una coleta. Ni siquiera se molestó en maquillarse. Eso le demostraría a C.C. lo poco que la atraía.

Y en efecto, este casi se cayó de espaldas al verla. Frunció el ceño cuando la vio bajar las escaleras de esa guisa, y lo mismo hizo su padre.

–¿Qué diablos te ha pasado? –inquirió Connal sin poder reprimirse.

–¿Qué quieres decir? –le espetó Pepi, como si no supiera a qué se refería.

–Anoche no tenías ese aspecto –dijo él.

–Anoche me vestí para Brandon –replicó ella para fastidiarlo–. Tú ya tienes a Edie que se viste para ti, ¿no? –añadió con toda la intención.

C.C. contrajo el rostro. Se lo había merecido.

–¿Listos para irnos? –dijo el capataz volviéndose hacia el padre de Pepi.

–Sí, en cuanto tenga mi sombrero –murmuró el hombre mientras iba hacia el perchero–. Podrías haberte puesto el vestido que te regalé –le dijo a su hija.

–No me queda bien –mintió Penélope–. Parezco una ballena con él.

–¿Quieres dejar de mortificarte con eso? –le espetó Connal–. No pareces ninguna ballena. Tienes el cuerpo de una mujer, eso es todo.

Pepi se quedó mirándolo boquiabierta. ¿Entendería alguna vez a aquel hombre?

Edie estaba esperándolos junto al coche de Connal.

–¡Al fin! –masculló, irritada–. Hace un calor horrible aquí fuera.

–Lo siento –se disculpó Ben–, es culpa mía, tuve que ir a buscar mi sombrero.

Pepi y él se subieron al asiento de atrás del vehículo, mientras Edie ocupaba el del copiloto, y Connal se ponía al volante y arrancaba.

–Perdóname tú a mí, Ben –le contestó la mujer con su voz más dulce, girándose en el asiento–. Estamos encantados de que vengáis con nosotros. Feliz cumpleaños.

–Gracias –contestó el ranchero lanzando una mirada de reojo al triste rostro de su hija.

El desfile fue muy colorido y había allí congregada una gran cantidad de gente. La fiesta del dieciséis de septiembre era una celebración que conmemoraba el Día de la Independencia de México. A Pepi siempre le había encantado, con la música, el ambiente alegre... pero aquel día no pudo disfrutarlo por lo preocupada que estaba. Trató de poner cara de felicidad cada vez que su padre la miraba, esperando que no se diera cuenta de lo desgraciada que se sentía, pero los celos la estaban devorando por dentro al ver el obvio interés de Connal por Edie. Tenía el brazo en torno a la cintura de la rubia, y en un momento dado se inclinó hacia ella y la besó con pasión, delante de Pepi.

La joven se detuvo a comprar un souvenir en un tenderete, tratando de ignorarlos, y se lo dio a su padre.

–Ten, papá. Pensé darte los regalos que te he comprado esta mañana, pero después me dije que mejor te los daría después de la cena, cuando hayas soplado las velas de tu tarta. ¿Te parece bien?

–Pues claro que me parece bien, cariño –murmuró él dándole unas palmaditas en el brazo–. Siento haber aceptado la proposición de C.C., hija –le dijo, aprovechando que él y Edie estaban más adelante.

–No, ni hablar –dijo ella meneando la cabeza–.

Es tu cumpleaños, y creo que es lo mejor –le dijo con una media sonrisa–. Tenías razón en que si no tengo cuidado acabará partiéndome el corazón. Me viene bien ver con mis propios ojos lo que siente por Edie.

–Estos últimos días te he notado algo distante, Pepi. ¿No quieres contarme nada?

–Oh, papá... hay tantas cosas... –suspiró ella–. Pero antes tengo que decirle algo a C.C. Debería habérselo dicho mucho antes, pero creo que aún no es demasiado tarde. En cuanto lleguemos a casa lo hablaré con él. Y, después, me temo que voy a necesitar un hombro sobre el que llorar –dijo sonriendo con tristeza.

–¿No estarás...? –inquirió su padre preocupado.

–No, papá, no estoy embarazada –respondió ella riéndose–. No te preocupes, todo se arreglará –le dijo tratando de convencerse más a ella misma que a él–. En realidad no es nada importante.

Esperaba que C.C. lo viera así. Tenía que decírselo esa noche, antes de perder el valor. Si Edie y él estaban tan enamorados como parecía, no podía dejar correr aquello con la conciencia tranquila, no podía dejar que lo acusaran de bigamia solo por su cabezonería y su orgullo. No, aquella noche le diría la verdad, y no le quedaría otro remedio que esperar que se lo tomara bien.

Capítulo Cinco

En la frontera los hicieron parar, porque uno de los guardias vio a Edie, y se inclinó sobre la ventanilla, preguntándole para qué iban a Juárez, en vez de a C.C., que conducía el coche.

Edie disfrutó plenamente de su atención, sacudiendo su rubia cabellera y sonriendo mientras le explicaba que iban al desfile y luego de compras. Al fin el hombre les dejó pasar, siguiendo con la mirada a Edie y despidiéndola embobado con la mano. C.C. se rio entre dientes, pero Pepi puso los ojos en blanco y miró a otro lado. A Edie le encantaba ser el centro de atención y también ir por ahí conquistando a todos los hombres que le salían al paso. Parecía como si quisiera darle a entender a Connal que podía atraer a otros hombres con la misma facilidad con que se le quita un caramelo a un niño.

Pepi estaba segura de que C.C. sabía exactamente lo que pretendía Edie cuando actuaba de ese modo, y esa risa entre despectiva y divertida que había soltado, demostraba su actitud cínica con las mujeres, como si las conociera tan bien que no pudieran engañarlo ni molestarlo con sus tácticas.

Mientras avanzaban por la carretera que llevaba a Juárez, Edie charlaba animadamente con el padre de Penélope, girada en su asiento y apoyada en el respaldo. Pepi meneó la cabeza. Ni siquiera su padre era inmune al flirteo de Edie. ¡Pero si estaba sonriéndole como un tonto!

Minutos después llegaban a la pequeña ciudad. Pasearon por el mercadillo, y en uno de los puestos Edie estuvo rogando incesantemente a C.C. hasta que le compró un collar carísimo hecho con turquesas. Pepi observó con envidia cómo él le cerraba el enganche en la nuca, diciéndose que ella sería mucho más fácil de contentar.

Bajando la calle llegaron a la magnífica catedral, unos metros más allá se toparon con una pequeña boutique de ropa, a cuyo escaparate estuvo pegada rápidamente la nariz de Edie. Emitió un chillido de placer al ver que aceptaban su tarjeta de crédito.

–Solo serán unos minutos –le dijo a C.C., besándolo en la mejilla–. ¿Quieres entrar tú también, Penélope? –invitó a la joven.

–No, gracias –le respondió Pepi–. Me apetece más ver la ciudad.

–Creo que me uniré a ti –le dijo su padre–, C.C. parece estar en otro mundo.

Y así era, porque cuando la joven se volvió a mirarlo, observó que sus ojos negros estaban fijos en la pequeña capilla donde se habían casado, como si estuviera tratando de recomponer en su mente los borrosos acontecimientos de aquella noche.

Pepi palideció cuando vio que Connal se metía las manos en los bolsillos y se dirigía con paso decidido en esa dirección. Dejando atrás a su anonadado padre, la joven lo siguió a toda prisa, con la intención de disuadirlo de ir allí, pero justo antes de que pudiera llegar hasta él, los dos tipos que la habían ayudado a subirlo a la camioneta, salían de la capilla.

«Por favor, Dios mío, que no le digan nada a Connal», rogó Pepi en silencio con los dedos cruzados.

Pero la suerte no estaba con ella, porque no solo lo reconocieron, sino que fueron hasta él sonrientes, y empezaron a darle palmadas en la espalda, diciéndole en castellano:

–¡Felicitaciones, compadre! ¿Cómo lo trata la vida de casado, eh? ¡Ah, allá está su esposa! Linda chiquilla, sí, señor. ¿Cómo está, señorita? –y la saludaron con la mano.

–¿Qué demonios pasa aquí, Pepi? –inquirió perplejo su padre, que la había seguido–. ¿Quiénes son esos hombres? Me ha parecido entender que estaban felicitando a C.C. por haberse casado.

Pepi no contestó. Quería morirse, y se había tapado el rostro con las manos. C.C. tuvo un rápido intercambio verbal en castellano con los dos hombres, salpicado de preguntas, al que siguió un ominoso silencio. Segundos después, hecho una verdadera furia, estaba frente a la joven, mirándola como si quisiera matarla. La sacudió por los hombros, olvidándose de que su padre estaba delante.

–¡Me mentiste!, ¡sí que nos casamos aquella noche! ¡Niégalo ahora, vamos, niégalo!

–Lo siento –musitó Penélope en un hilo de voz. ¿Qué otra cosa podía decir?–. No pensaba que fuera legal –trató de explicarle con los ojos llenos de lágrimas–. ¡Yo no sabía que el certificado era válido!

–¿Estáis casados? –exclamó Ben sin dar crédito a lo que oía.

–No por mucho tiempo –masculló C.C. apartando a Pepi de su lado, como si su proximidad lo repugnase–. ¡Por Dios, de todas las maneras despreciables y mezquinas de conseguir un marido...! ¡Arrastrar a un hombre borracho al altar y ocultárselo después! –bramó fuera de sí–. ¿Y por qué? ¡Porque sabías que nunca me casaría con una chiquilla manipuladora, fea y gorda como tú, con un marimacho, estando sobrio! No me sorprendería que en la cama seas tú quien le diga a Hale qué es lo que tiene que hacer.

–¡C.C., por favor! –le rogó ella. Aquellas palabras se le estaban clavando como dagas en el alma, y la gente estaba girándose a mirarlos.

Él pareció darse cuenta de que aquel no era el lugar más adecuado para discutir.

–Voy a por Edie –mascculló–. Nos vamos. Ahora. En cuanto antes termine esta farsa y anulemos ese matrimonio, mejor –le dijo dándose la vuelta y desapareciendo entre el gentío.

Pepi estaba temblando por dentro, y las lágrimas rodaban por sus mejillas.

–¿Lo... lo emborrachaste para que se casara contigo? –balbució su padre confundido, sin poder creerlo.

–No, papá –contestó ella secándose el rostro con el dorso de la mano–. No fue así. C.C. ya estaba borracho cuando yo lo encontré. Solo quería llevarlo de vuelta al rancho, para que no se buscara problemas contigo y no lo despidieras, pero de pronto se le ocurrió que quería que nos casáramos, y me amenazó con ponerse a pegar tiros en el bar si no hacía lo que le decía. Yo no pensé que un certificado matrimonial de México tuviera validez legal en Texas, y temía que, borracho como estaba, se pusiera de verdad a pegar tiros allí mismo: tú sabes lo lenta que es la justicia en este país. Podríamos haber estado meses muriéndonos de asco en una cárcel hasta que lograses sacarnos.

–¿Y qué hay de lo que ha dicho de Hale y de ti? ¿Es eso cierto? –exigió saber su padre.

–Nunca me he acostado con Brandon, pero le di a entender a C.C. que sí porque... bueno, supongo que fue por despecho, porque él pensaba que yo era una mosquita muerta y... ¡Oh, papá, en menudo lío nos he metido! Yo no quería hacer ningún mal y... y... –balbució hipando–, y encima el día de tu cumpleaños... –rompió a llorar amargamente–. Debería habérselo dicho, pero estaba asustada. Tenía miedo de que se enfadara. Pensé incluso que podría anularlo yo sola, pero el abogado me dijo que no, que C.C. también tenía que ir a pedir la anulación...

Su padre le dio unas palmadas en la cabeza a su hija, abrazándola mientras ella se desahogaba. En ese momento regresó C.C., con la misma mirada llameante en sus ojos y arrastrando a Edie de la mano.

–¿Qué le ocurre a Pepi? –preguntó la rubia

–Mejor no preguntes –contestó el padre de la joven, meneando la cabeza.

–¿No se encuentra bien? –insistió Edie mirándola con curiosidad.

–Si es así, se lo merece –intervino C.C. furioso–. Vámonos.

Edie no se atrevió a hacer más preguntas, y Pepi lloró en silencio todo el camino mientras su padre le apretaba la mano incómodo. C.C., por su parte, no dijo una palabra mientras conducía, y escuchó sin interés el parloteo de Edie, que empezó a contarle lo que se había comprado, pero acabó poniendo la radio para no oírla tampoco.

Penélope, ya algo más calmada, se recostó en el asiento y cerró los ojos, no queriendo ver la mirada de preocupación en los de su padre.

En vez de volver directamente al rancho, C.C. condujo hasta el apartamento de Edie y la acompañó hasta la puerta, donde la dejó sin decir nada. Tampoco abrió la boca los minutos siguientes, antes de llegar por fin al rancho. Pepi observó que no estaba conduciendo más rápido, ni tampoco temerariamente, a pesar del enfado. Siempre le maravillaba ese autocontrol que demostraba.

Ya en el rancho, C.C. los dejó frente a la casa, y se dirigió hacia los establos. Pepi se dijo que seguramente querría sacudirse de encima un poco de mal humor antes de ir a verla, y se compadeció del pobre que se cruzara en su camino.

–¿Por qué no me cuentas toda la historia? –le dijo su padre mientras ella preparaba un café en la cocina.

Y así lo hizo la joven, hablándole de la borrachera anual de C.C., y de las razones que lo llevaban a hacerlo, de cómo había ido esa tarde a intentar detenerlo y creía que lo había conseguido, para luego seguirlo a Juárez, y terminar casándose con él.

–Me temo que el verdadero problema está en quién es en realidad –añadió Pepi–. Debe provenir de una familia rica, y seguramente por eso piensa que quería atraparlo con esa artimaña, para sacarle dinero.

–Oh, vamos, C.C. jamás te creería capaz de algo así –repuso Ben indignado ante la idea.

Ella se encogió de hombros.

–No lo sé, pero conoce muy bien la situación tan precaria en que nos hallamos, y que yo no tengo un empleo... y tengo mis razones para creer que se ha dado cuenta de que me gusta.

–¿Solo de que te gusta... o de que estás loca por él? –murmuró su padre.

La joven meneó la cabeza.

–No, gracias a Dios, no sabe que hasta ese extremo –dijo, metiéndose las manos en los bolsillos con un suspiro–. Bueno, no es el fin del mundo, ¿verdad? No creo que sea tan difícil conseguir una anulación, y estoy dispuesta a buscar un trabajo para poder pagar los costes. Tal vez algún día me perdone, aunque comprendo que ahora esté muy enfadado conmigo.

–¿Y qué hay de ti? Tú te sientes fatal ahora mismo, y en el fondo la culpa es de él. ¡Si hubiera estado sobrio…!

–Pero, papá, C.C. amaba muchísimo a su esposa, y supongo que sigue pasándolo muy mal por su muerte. ¿O es que has olvidado como te sentiste tú cuando mamá perdió la vida?

Ben bajó la mirada entristecido y suspiró.

–Sí, eso puedo entenderlo muy bien. Tu madre era todo mi mundo. No nos separamos en veintidós años, y no he vuelto a encontrar a otra mujer tan maravillosa como ella. Por eso no me he vuelto a casar. Imagino que a él le ocurrirá lo mismo.

–Sí, supongo que sí –asintió ella quedamente.

Su padre le dio un cálido abrazo y la soltó para mirarla a los ojos.

–Intenta no darle muchas vueltas a esto, cariño. A C.C. se le pasará, pronto se dará cuenta de que no tiene sentido que se haya puesto hecho una furia contigo, y acabaréis solucionándolo, ya lo verás –le aseguró–. Y más vale que sea así, porque tal y como nos van las cosas necesito que C.C. se centre en el trabajo –añadió con una sonrisa.

–Papá, ¿has pensado alguna vez en vender acciones de la propiedad? –le preguntó ella.

–Sí, sí que lo he pensado. Y también en buscarme un socio –respondió él–. ¿Te importaría si lo hiciera?

–Por supuesto que no. Yo tampoco querría que perdiéramos el rancho por nada del mundo, y si esa fuera la solución… Si crees que debes hacerlo, hazlo.

El ranchero suspiró.

–Bien, en ese caso creo que iré poniendo algunos anuncios discretos en los periódicos locales.

Dios sabe que no puedes pasar mucho más sin renovar tu vestuario –añadió con un guiño malicioso.

–Olvídate de mi vestuario –replicó ella–. No me importa nada la ropa, ya no –dijo dolida, volviéndose hacia la cafetera–. Pero todavía tengo a Brandon –continuó, como queriendo animarse–. Es amable, y es simpático, y va a llevarme a una cena de la Asociación de Ganaderos el miércoles que viene.

Su padre estaba mirándola inseguro.

–Sí, pero no lo amas. No te conformes con las migajas, Pepi. Siempre debe intentarse ir a por todo el pastel.

Penélope se rio.

–Anda, y ahora ponte a preparar esa cena que me prometiste, ¿quieres? Me muero de hambre.

La joven se puso manos a la obra, pero, de pronto vio a través de la ventana que estaba sobre el fregadero, que C.C. salía del barracón vestido… ¡con un traje de ejecutivo! La joven frunció el entrecejo perpleja mientras lo veía avanzar hacia la casa. Verlo con esa ropa la llenó de ansiedad. ¿Acaso iba a dejar el trabajo? ¿Tanto la odiaba?

C.C. entró en la cocina sin llamar, dejando entrar una fría ráfaga de viento.

–C.C… ¿dónde…?

Pero antes de que el señor Mathews pudiera acabar la pregunta, Connal la respondió.

–Voy a estar fuera unos días. Tengo algunos asuntos personales que atender, incluyendo conseguir una anulación matrimonial –añadió en un tono gélido–. Quiero ese certificado, Penélope.

La joven se secó las manos en el delantal, sin mirarlo a los ojos.

–Iré por él –murmuró, y subió las escaleras.

Las manos le temblaban cuando sacó el papel de

la cómoda. Lo miró una última vez. Si las cosas hubieran sido distintas y se hubiera casado con ella por amor... «Deja de soñar», se dijo. Volvió a doblar el papel y regresó abajo.

C.C. estaba esperándola al pie de las escaleras, solo. Sus ojos negros relampagueaban, y ella los rehuyó. Le tendió el papel, sintiendo los dedos fríos y rígidos, y él casi se lo arrancó de la mano.

–Lo siento –musitó con la vista en el suelo de parqué–. Yo solo...

–No quiero tus excusas –la cortó él–. Tus maquinaciones han acabado explotándote en la cara. Nunca imaginé que fueras una mercenaria.

Las lágrimas nublaban la vista de Penélope. No le contestó, sino que pasó a su lado y corrió a la cocina.

Connal apretó el certificado en la mano, detestándose a sí mismo, detestándola a ella. Sabía que estaba comportándose de un modo muy poco razonable y que estaba siendo muy duro con ella, pero se sentía furioso de que la joven lo hubiese engañado de aquel modo, haciéndole casarse con ella cuando estaba borracho. No había pensado jamás que pudiera hacer algo así. ¡Por Dios, había estado saliendo con Edie estando casado!

–C.C., Pepi ya está pagando por lo que hizo –le dijo Ben apareciendo de repente a su lado–. No se lo pongas más difícil, por favor. No lo hizo a propósito, a pesar de lo que pienses.

–Debería habérmelo dicho –repuso C.C. con acritud.

–Lo sé –asintió el padre de Pepi–. Pero me ha dicho que no sabía cómo, y al principio ni siquiera pensó que fuera legal. De hecho, creo que habla en su favor el hecho de que llamara a un abogado para anularlo sin que nadie lo supiera. Solo que ignoraba que también necesitaba tu firma.

–¿Usted estaba enterado de todo esto? –exigió saber Connal.

Ben Mathews sacudió la cabeza.

–Hasta hoy no. Sabía que estaba metida en alguna clase de problemas, pero no quiso decirme de qué se trataba.

C.C. se quedó mirando el papel en su mano entre enfadado y preocupado. Matrimonio, una esposa... No podía olvidar a Marsha, su insistencia en acompañarlo al río aquel día. Siempre había sido muy terca. Él no debería habérselo permitido, sobre todo sabiendo que aquellos últimos días había estado teniendo frecuentes mareos y náuseas, aunque no supiera que se debían a que estaba embarazada. Ya había sido horrible tener que reconocer el cuerpo cuando lo rescataron del río, pero enterarse de que llevaba en su seno un hijo de los dos...

No la había matado él, pero se sentía tan culpable como si lo hubiera hecho. Después del accidente se había visto sumido en tal estado de angustia, que dejó el rancho en manos de sus hermanos, y se marchó para empezar de cero en algún otro lugar, en busca de la paz interior que había perdido. Y la había encontrado allí, en el rancho de los Mathews. Sí, había disfrutado ayudando al viejo Ben a remontar una mala racha, aunque aún quedara mucho por hacer, y desde luego también había disfrutado esos tres años de la generosa y alegre compañía de Pepi... hasta que lo había apuñalado por la espalda de aquel modo. Tenía que alejarse de allí, de ella y de los recuerdos que había hecho que volvieran a su mente.

–¿Dónde vas a ir, C.C.? –inquirió Ben, sacándolo de sus pensamientos–. ¿O es una pregunta que no debería hacer?

–¿Qué quiere decir?

El ranchero se encogió de hombros.

–Pepi me ha contado que en aquella ocasión en que estuvo cuidando de ti, cuando tuviste fiebre, le hablaste de muchas cosas de tu pasado en tu delirio. Cree que provienes de una familia adinerada, y que si viniste aquí fue por castigarte de algún modo por la muerte de tu esposa y tu hijo –C.C. no contestó, pero Ben pudo notar que estaba muy sorprendido–. Bien, yo... solo quería que supieras que, cualesquiera que fueran tus razones, serás bienvenido si en algún momento quieres volver. Te estoy muy agradecido por todo lo que has hecho por nosotros.

A pesar de lo que le estaba diciendo, Connal sintió como si se estuvieran cerrando puertas detrás de él. El ranchero estaba hablando como si pensara que no iba a regresar. Lanzó una mirada en dirección a la cocina, pero Pepi no estaba allí. De pronto lo inundó un pánico repentino ante la idea de que tal vez no volviera a verla. «¡Dios!, ¿qué es lo que te pasa, Connal Tremayne?», se dijo confuso. Ya no sabía qué pensar. Miró el certificado de matrimonio en su mano.

–Aún no sé muy bien lo que voy a hacer –le dijo a Ben–, pero creo que lo primero será ir a ver a mi familia, y después pediré una cita con un abogado para... para hablar de esto –dijo agitando el papel.

Resultaba extraño, pero, de repente, en lo más hondo de su ser, una vocecilla le decía que aquel documento no era una cadena, sino un tesoro.

El ranchero suspiró.

–Bueno, si decides no volver, lo entenderé –le dijo en un tono cansado–. La verdad es que no hay muchas esperanzas para este lugar, y los dos lo sabemos. Tú has logrado sacarnos del hoyo, pero los precios de venta del ganado están más bajos que nunca, y he tenido que gastar mucho dinero en herramientas y equipo técnico. Además, ya me estoy haciendo viejo para esto.

C.C. sintió una punzada en el pecho al oír hablar así a su patrón. No sonaba como el viejo Ben.

–¿Pero qué dice? ¡Si apenas debe tener cincuenta y seis años! –exclamó.

–Cincuenta y ocho, y espera a tenerlos tú para decir eso –dijo el hombre riéndose. Le tendió la mano y Connal la estrechó–. Gracias por todo, C.C., pero tú tienes una vida por delante que vivir –se quedó mirándolo un instante pensativo–. Tal vez sea hora de que te enfrentes a tus fantasmas, hijo. A mí me costó mucho, después de la muerte de mi esposa, y tuve que luchar con todas mis fuerzas para superar mis problemas con el alcohol, pero he sobrevivido, y tú también lo harás.

–Marsha, mi mujer, estaba embarazada cuando se ahogó –respondió C.C. con aspereza.

Ben asintió con la cabeza.

–Imagino que eso es lo que más te atormenta, pero eres un hombre joven, C.C., aún puedes tener hijos.

–No los quiero, ni tampoco otra esposa –le espetó él enfadado, agitando el certificado de matrimonio–. ¡Y menos todavía a una a la que ni siquiera escogí!

Pepi, que sí estaba en la cocina, pero sentada en el suelo, en un rincón, abrazándose las rodillas, oyó sus palabras, y nuevas lágrimas empezaron a rodar por su rostro.

Fuera, en el vestíbulo, Ben podía imaginar el dolor que su hija debía estar sintiendo en ese momento, así que condujo a C.C. a la puerta delantera en vez de a la trasera, la de la cocina, para evitarle más sufrimiento a la joven.

–Tómate el tiempo que te haga falta –le dijo a Connal–. Tiempo libre para pensar y calmarte es justo lo que necesitas.

C.C. se relajó un poco.

–Supongo que tiene razón –bajó los ojos una vez más al documento en su mano e, involuntariamente, giró la cabeza hacia el final del pasillo, hacia la cocina.

Había sido más duro con Pepi de lo que debiera haberlo sido, se reprochó frunciendo el ceño y recordando lo que le había dicho. Al fin y al cabo en muchos sentidos no era más que una chiquilla. Lo cierto era que estaba empezando a preguntarse si aquella experiencia de la que había presumido no sería más que producto de su imaginación. El modo en que había reaccionado ante sus flirteos en la cocina aquella mañana no había sido precisamente el modo en que habría reaccionado una mujer experimentada. ¿Habría mentido también respecto a aquello?

Apretó la mandíbula irritado. Nunca más podría volver a confiar en ella, porque si le había mentido una vez, sin duda podría hacerlo de nuevo. ¡Dios!, ¿por qué tenía que haberlo traicionado de aquel modo? De pronto, volvió a su mente algo que Ben había mencionado.

–Antes dijo que Pepi sabía que yo tenía dinero, que provengo de una familia adinerada.

Ben contrajo el rostro, imaginando lo que estaba pensando.

–He dicho que lo cree, no que lo supiera. Yo mismo también lo he pensado varias veces. No eres un hombre inculto y sin educación como muchos de los peones que he contratado. Pero sí, Pepi lo cree, y me dijo que estaba segura de que pensarías que se casó contigo para conseguir tu dinero –le explicó meneando la cabeza–. Hijo, el enfado no te deja ver la realidad, y estás siendo demasiado duro con ella.

C.C. lo miró incómodo.

–Estaremos en contacto –le prometió–. Siento dejarlo en un momento como este. Dios sabe que todo este asunto no es culpa suya.

–Tampoco lo es de Pepi –repuso Ben–. Deberías pedirle que te contara su versión de los hechos, la versión completa, pero sí, quizá sea mejor que primero se enfríen un poco los ánimos. Que tengas un buen viaje, C.C.

Connal iba a responder algo a eso, pero finalmente solo dijo:

–Cuídese.

–Hasta pronto.

Ben lo vio entrar en su coche y alejarse. Se quedó un momento pensativo, y regresó dentro, inseguro respecto a si entrar en la cocina o no, pero cuando se asomó a la puerta, la encontró bastante calmada, sirviendo la cena.

–¿Quieres comer ya, papá? –le preguntó amablemente. Únicamente sus ojos enrojecidos delataban lo infeliz que se sentía.

–Claro. ¿Estás bien? –inquirió su padre.

Ella asintió con la cabeza.

–Sí, pero hazme un favor. No volvamos a hablar de ello, ¿de acuerdo?

–Como quieras, cariño –contestó él sentándose a la mesa.

Penélope se sentía en efecto algo más calmada, y en el fondo aliviada de que al fin su secreto se hubiera revelado. En ese momento estaba muy segura de que ya no amaba a C.C. Un hombre que se comportaba de un modo tan cruel no merecía ser amado. Además, después de todo era culpa suya, se dijo. Era él quien la había obligado a casarse con él. ¿Por qué diablos entonces hacía que pareciera como si ella le hubiera tendido una trampa? ¡Pues se iba a enterar! ¡Que no esperara volver a tenerla a sus pies cuando regresara!

Tras la cena, le dio los regalos a su padre: una pipa nueva y un encendedor de diseño, y puso las velas en la tarta para que las soplara, cortándole después un gran trozo. Todo el tiempo fingió estar feliz, esperando que él no se diera cuenta de ello. No quería estropearle el final del día de su cumpleaños.

–¿Sabes qué, Pepi? –le dijo su padre antes de subir las escaleras para acostarse–. Un hombre que se siente atrapado contra su voluntad no se rinde sin luchar.

–¡Pero si yo no lo he...! –comenzó ella irritada.

–No me estás escuchando. Me refiero a un hombre que está luchando contra sus sentimientos. Creo que sí siente algo por ti, pero no quiere admitirlo, ni afrontarlo.

La joven, sin embargo, ya había aprendido la lección y no quería dejarse engañar de nuevo por vanos sueños, para luego sentirse decepcionada otra vez.

–Ya no quiero nada con él, papá –le dijo con aspereza–. Haría mejor en casarme con Brandon. Al menos él no me grita ni me acusa de cosas que no he hecho. Y además es divertido. Ya sé, ya sé, no estoy enamorada de él, pero me gusta, y me llevo bien con él...

–Casarte con un hombre por despecho hacia otro es lo peor que podrías hacer –le advirtió su padre–. Solo lograrías hacerle daño a Brandon y a ti misma.

–Supongo que sí –suspiró la joven–, pero tal vez podría aprender a amarlo. Sí, eso es lo que voy a hacer, voy a esforzarme por amarlo, por ver todas las buenas cualidades que tiene. ¡Y espero que C.C. Tremayne no vuelva nunca por aquí! –gritó dejándose llevar por la rabia.

–Dios no lo quiera –farfulló su padre riéndose suavemente–. Si eso ocurre, el rancho se irá a pique.

La joven lanzó los brazos al aire y subió a acostarse, pero no logró dormir. No hacía más que oír en su mente una y otra vez los insultos y las acusaciones de Connal.

Finalmente, tras dar vueltas en la cama durante horas, se levantó y se fue a limpiar la cocina por hacer algo que la mantuviera ocupada. El alba la sorprendió cuando ya todo brillaba como los chorros del oro, y decidida a seguir con su vida, subió al baño, se duchó, y cuando su padre bajó a desayunar, lo encontró todo listo, y a ella arreglada ya para ir a la iglesia.

Ben no dijo una palabra, pero cuando regresaban a casa una hora después, se dio cuenta de que Pepi seguía cabizbaja y meditabunda.

El coche de Brandon Hale estaba aparcado frente a la casa y, en cuanto el señor Mathews detuvo su vehículo, su hija se bajó y fue corriendo hasta donde estaba el veterinario.

El ranchero los observó sentado aún frente al volante, con el ceño fruncido, preguntándose que nuevas complicaciones les deparaba el futuro.

Capítulo Seis

Brandon se quedó boquiabierto cuando Penélope le contó lo que había ocurrido. Acababan de terminar de almorzar, y estaban tomando el café en el salón con su padre.

–Entonces... ¿estás casada? –repitió el veterinario sin salir de su asombro.

–Bueno, sobre el papel es legal, claro, pero se puede anular –se apresuró a decir Pepi, jugueteando nerviosa con los pliegues de su falda.

–Y C.C... está enterado de esto, imagino –dijo Brandon.

–¡Que si está enterado...! –farfulló irónico el señor Mathews, tomando un sorbo de su humeante café.

–Bueno, ¿y qué dijo? –insistió Hale.

–Se puso furioso –le respondió Pepi–, pero es que no sabe toda la historia, y yo me sentía demasiado nerviosa como para tratar de hacerle escuchar. De todos modos ya no importa –murmuró con desconsuelo–, porque me dejó muy claro que lo último que haría sería casarse con alguien como yo.

–No creo que hablara en serio. Es solo que lo pilló tan de sopetón... –replicó su padre queriendo animarla–. Un hombre necesita tiempo para digerir una noticia así.

–¿Y cuánto tardaréis en obtener una anulación? –inquirió Brandon.

–No lo sé, pero lo averiguaré mañana –respondió Pepi–. Papá me ha aconsejado que vaya a ver a nuestro abogado, el señor Hardy, y me parece que es lo que voy a hacer, aunque me temo que no sirva de mucho, porque C.C. se llevó el certificado.

–Bueno, no debes preocuparte –le dijo Brandon amablemente a Pepi, dándole unas palmaditas en la mano–. Verás como pronto se solucionará todo este embrollo.

Brandon se quedó hasta tarde aquella noche, y Penélope agradeció enormemente su compañía, pero finalmente se marchó, y no tuvo más remedio que afrontar otra noche sin pegar ojo.

A la mañana siguiente, tal y como tenía pensado, fue a ver al abogado de la familia. El señor Hardy había cumplido ya los sesenta años y era un hombre bastante seco y brusco, pero era muy amigo de su padre, un magnífico abogado, y siempre había defendido bien sus intereses.

–¿Y dices que no tienes el certificado? Hmm... –murmuró cuando Pepi le hubo expuesto el caso–. Bueno, no pasa nada. Puedo empezar a tramitar la anulación. Solo tienes que conseguir que él venga aquí el viernes y firme una serie de documentos.

«Ya está», se dijo Pepi, la anulación estaba en marcha. «Dentro de poco dejaré de ser Penélope Tremayne y volveré a ser Penélope Mathews». La idea la deprimía. Había ansiado tanto poder mantener ese apellido, que Connal se enamorara de ella, que aquel matrimonio hubiera sido deseado por los dos... Sin embargo, aquello no era más que un sueño imposible. La joven suspiró y se preguntó si la herida que se había abierto en su corazón se curaría jamás.

Mientras caminaba por la calle, pasó por delante

de una empresa de trabajo temporal, y en un impulso decidió entrar. La suerte le sonrió por una vez: había entre las ofertas un puesto de recepcionista suplente en una aseguradora de la ciudad. Se acercó al lugar, y le hicieron una breve entrevista, tras la cual decidieron contratarla por un periodo de prueba. Le dijeron que comenzaría la semana siguiente, pero también le advirtieron que estaban pendientes de que la chica a la que iba a reemplazar mientras estaba de baja por maternidad les diera una respuesta definitiva de si quería volver al trabajo o no.

«Bueno, si esto no me sale bien, ya buscaré otra cosa», se dijo la joven. En cualquier caso no tenía intención de seguir en el rancho sin hacer nada, porque, si C.C. regresaba, cada vez que lo viera sentiría abrirse las heridas de su corazón. Y si se burlara de ella, o hacía comentarios crueles acerca de lo ocurrido... sencillamente no podría soportarlo. Además, su padre lo necesitaba al frente del rancho, y no había más remedio que encontrar una solución para todos. Sí, era lo mejor. En cuanto encontrara uno a un precio razonable, alquilaría un apartamento en El Paso. Brandon vivía allí, así que seguramente la ayudaría a acomodarse, y no se sentiría tan sola. Quizá incluso se casara con él una vez obtuviese la anulación. Después de todo, el joven veterinario siempre la trataba con mucha amabilidad, y sabía que sentía por ella un afecto sincero.

Sin embargo, el miércoles por la tarde, C.C. no había regresado aún. Esa noche, Brandon llevó a Pepi a la cena de la Asociación de Ganaderos, y la joven disfrutó de la velada. La comida era excelente y, aunque nunca lo hubiera dicho, le resultaron interesantes las discusiones sobre los nuevos métodos de la crianza y el cuidado de las reses.

Se había puesto una falda de color mostaza con sus botas de ante preferidas, una blusa blanca con dibujos geométricos; se había soltado el cabello, y se había maquillado cuidadosamente. Estaba realmente bonita, y así lo corroboraron Brandon y varios de los caballeros presentes, contribuyendo a que los ánimos de la joven se recuperaran un poco. Era la primera vez en días que volvía a sonreír y charlar, y cuando salieron del restaurante se encontraba relajada y alegre.

Sin embargo, el buen humor no le duró más que hasta el momento en que Brandon estaba con ella en el porche, despidiéndose. Justo cuando el veterinario estaba inclinándose hacia ella para darle un beso de despedida, un furibundo Connal surgió de la penumbra.

–Ah, hola, C.C. –dijo Brandon sin saber muy bien qué esperar. Se pasó una mano por el cabello, y se volvió hacia Pepi, observando preocupado su rostro, repentinamente pálido–. Bueno, ya te llamaré por la mañana. Buenas noches, Pepi.

Y se alejó a toda prisa. Penélope se quedó mirándolo hasta que hubo arrancado el automóvil, desapareciendo en la noche, porque se sentía incapaz de subir la vista hacia Connal. Lo había mirado de reojo momentos antes, y tenía una expresión verdaderamente peligrosa en el rostro.

–¿Dónde habéis estado? –exigió saber C.C., en un tono acusador.

–He acompañado a Brandon a una cena de la Asociación de Ganaderos –le respondió ella, tratando de mantener la calma–. ¿Acaso es algo malo? –rebuscó en su bolso de mano hasta que encontró la llave de la casa y le dio la espalda–. Estoy cansada, C.C., así que me voy a dormir. Mañana hablaremos de lo que quieras.

Sin embargo, en cuando hubo girado la llave y pasado al vestíbulo, él la siguió.

–¿Es que no vas a darme la bienvenida? –le preguntó sarcástico.

Penélope no le respondió; se dirigió hacia las escaleras, pero antes de que pudiera alcanzar el primer escalón, él la retuvo por la muñeca. Connal nunca se hubiera esperado la reacción de la joven. Se zafó de su presa, se echó hacia atrás, chocando con la pared, y se quedó mirándolo con los ojos muy abiertos, y el pecho subiendo y bajando por la respiración entrecortada.

C.C. se acercó muy despacio.

–Por Dios, ¿no tendrás miedo de mí? –inquirió frunciendo el ceño.

La joven apartó el rostro.

–Ya te he dicho que estoy cansada. El señor Hardy está preparando el trámite de la anulación, y me ha dicho que el viernes tendrás que ir a firmar –le dijo–. Además, yo pagaré todos los costes. Haz el favor de marcharte. No quiero que despiertes a mi padre.

–No está en la casa, está en el barracón, hablando con Jed. Y ahora escúchame, y escúchame bien. No quiero volver a verte con Hale mientras aún estés casada conmigo.

¿Por qué se creía con derecho a hacerle esa clase de exigencias? Pepi quería protestar, pero no tenía ganas de iniciar una discusión. Después de todo, tampoco era mucho pedir, considerando que todo terminaría el viernes.

–De acuerdo –accedió–. Tal vez obtengamos pronto la anulación.

Connal entornó los ojos enfadado.

–¿Tanta prisa tienes por que Hale te ponga un anillo en el dedo?

–No quiero pelear contigo, C.C. –le dijo ella quedamente, rehuyendo su mirada. ¿Por qué la turbaba de aquel modo? ¿Por qué le temblaban las piernas?–. He conseguido un trabajo, y empiezo el lunes. Voy a buscar un apartamento en El Paso, así que no... no tendrás que preocuparte por verme por aquí todo el tiempo y...

–Pepi... –la interrumpió él con voz ronca.

–Buenas noches, C.C.

Se dio la vuelta y corrió escaleras arriba, entrando en su habitación y cerrando la puerta con manos temblorosas y lágrimas rodando por sus pálidas mejillas. De modo que estaba de vuelta... de vuelta y buscando problemas.

Se puso el camisón, se lavó la cara, y se metió en la cama con un profundo suspiro. Tenía el brazo extendido hacia el interruptor de la lámpara de la mesilla de noche, cuando la puerta se abrió de pronto, y entró C.C., cerrando tras de sí.

Pepi se quedó de piedra en la postura en la que estaba, demasiado consciente de que el camisón verde que se había puesto era casi transparente, y de que el escote dejaba al descubierto la parte superior de sus senos. Además, el cabello castaño rojizo cayéndole sobre los hombros, le daba una apariencia delicada y femenina. Connal, durante un instante, se quedó fascinado por aquella etérea visión.

–¿Qué es lo que quieres? –le espetó ella nerviosa.

–Hablar.

Connal acercó una silla a la cama y se dejó caer sobre ella. Se había quitado la chaqueta, y había enrollado las mangas de su inmaculada camisa blanca, desabrochando varios botones del frontal, dejando entrever el musculoso tórax cubierto de vello oscuro y rizado. Pepi tuvo que obligarse a alzar la vista a su rostro para concentrarse en la conversación.

–¿De la anulación? –inquirió. Apoyó la espalda en la almohada, tapándose púdicamente con el edredón, hecho que no paso inadvertido a C.C.

Connal estaba observándola con deseo. Durante los días que había estado fuera, varias cuestiones habían ido aclarándose en su mente. Si bien al principio solo había estado pensando en sí mismo, en su situación, después se había parado a considerar la de Pepi. Y había sido entonces cuando se había dado cuenta de cuánto le debía. Había sido la mejor amiga que había tenido desde que empezara a trabajar en el rancho. ¿Y cómo se lo había pagado? Hiriéndola, insultándola en su feminidad. Pero había decidido regresar, regresar y comportarse como un hombre: tenía que arreglar las cosas si no era ya demasiado tarde. ¿Por dónde empezar? Quizá contándole la historia de su pasado. Si lograba comprenderlo, tal vez le perdonaría las cosas que le había dicho.

–No –contestó al cabo de un rato–. Ahora no quiero hablar de eso. Quiero hablarte de mí –se recostó en la silla y cruzó una pierna sobre la otra–. Nací en Jacobsville, al sur, cerca de Victoria –comenzó–. Tengo tres hermanos, dos mayores que yo, y otro más joven. Mi familia se dedica a la cría de ganado, pero no de cualquier ganado, sino de ganado de raza, reses de Santa Gertrudis. Las tierras que poseemos han pasado de una generación a otra desde hace siglos, somos lo que se dice «de rancio abolengo».

Penélope estaba mirándolo, atónita por la revelación. Había imaginado que provenía de una familia adinerada, pero...

–Hace años me casé. Ya había pasado la barrera de los veinticinco, y me sentía solo –le explicó encogiéndose de hombros–. Marsha tenía mi misma edad, y era una mujer verdaderamente salvaje y aventurera. Me volvía loco. En ese sentido teníamos un temperamento similar, y a los dos nos gustaban los deportes de riesgo, como el *rafting* –se quedó callado un momento, y a Pepi le pareció ver una mirada atormentada en sus ojos negros–. Era muy posesiva, y al principio aquello me divertía, pero con el tiempo empezó a agobiarme. Empezamos a tener discusiones muy fuertes por eso. Quería pasar conmigo cada minuto del día. Era tremendamente celosa. Unos amigos me habían invitado a una excursión en la que planeaban bajar los rápidos del Colorado, y, cuando acepté, ella se empeñó en acompañarme, a pesar de que en los últimos días había estado teniendo mareos y náuseas. Discutí con ella y traté de convencerla de que era mejor que no fuera, pero no me hizo ningún caso. Creo que estaba obsesionada con que la engañaría con alguna de las otras mujeres del grupo. Siempre estaba viendo fantasmas donde no los había. Cuando íbamos en la balsa, descendiendo por el río, nuestra embarcación zozobró en un recodo, y ella cayó al agua. La buscamos durante más de una hora, pero cuando al fin la encontramos ya era demasiado tarde –levantó la vista hacia Pepi, y la luz había abandonado sus ojos–. Entonces me enteré de que estaba embarazada de tres meses.

–Lo siento –musitó Pepi–. Debió ser muy duro para ti.

Él asintió con la cabeza.

–Ella no me había dicho nada, así que ignoro si no sabía que estaba en estado, o si me lo había ocultado intencionadamente –se quedó callado de nuevo–. Me ha llevado tres años empezar a aceptarlo. Cuando murió, yo heredé su fortuna, y eso es decir mucho, porque era tan rica como yo. Esa es la razón por la que vine aquí, para empezar de cero. Quería apartarme de todo ese dinero, un dinero que no había ganado yo, sino que simplemente había llegado hasta mí; quería averiguar si sería capaz de llegar a algún sitio con el sudor de mi frente. Y en cierto modo ha sido divertido, abrirme camino por mí mismo.

–A nosotros nos salvaste la vida, C.C. –murmuró Pepi–. Te debemos muchísimo. Para mi padre y para mí siempre fuiste un misterio, pero aun así, desde el principio te adaptaste muy bien al rancho, a nuestro estilo de vida. Tú encajas aquí.

–Excepto por un día al año –contestó él con amargura–. Cada año, cuando llega esa fecha, es como si perdiera la cordura. Es extraño que no me diera cuenta de cuánto deseaba tener un hijo hasta que ya era tarde.

La joven no sabía qué decir para reconfortarlo.

–Aún eres joven –le dijo finalmente–. Puedes volver a casarte y tener otros hijos, C.C.

–Pero ya lo estoy, Pepi –respondió Connal entornando los ojos–, estoy casado contigo, ¿o lo has olvidado?

Pepi sintió que le ardían las mejillas. Bajó la vista a la colcha.

–No por mucho tiempo. El señor Hardy me dijo que estando de acuerdo los dos, no deberíamos tener problemas para obtener la anulación.

–Me gustaría escuchar la versión completa de lo que ocurrió esa noche, Pepi –dijo él, sorprendiéndola.

Ella se encogió de hombros.

–No hay mucho más que contar aparte de lo que ya te dije. Te encontré borracho como una cuba en una cantina de Juárez. Traté de convencerte para hacerte salir de allí, pero tú me lanzaste una serie de comentarios insultantes, y me dijiste que, ya que parecía que siempre estaba queriendo hacer de tu niñera, lo mejor sería que me casara contigo. De hecho, me amenazaste con hacer que los dos acabáramos en la cárcel si no aceptaba. Yo no estaba segura de poder tomar esa amenaza a la ligera, porque no sabía si llevabas la pistola encima, y borracho como estabas… Además, no hace falta mucho para que te metan en una cárcel mexicana, pero no es igual de sencillo salir. De pronto empezaron a pasar por mi mente imágenes de los dos en una prisión, muriéndonos de asco allí durante meses, mientras mi padre perdía el poco dinero que tenemos pagando a abogados para sacarnos.

–¡Por todos los santos! ¿Y por qué no me contaste todo eso?

–Tú ni siquiera querías escucharme –contestó ella molesta–. Estabas convencido de que era una mujer mercenaria que solo quería sacarte los cuartos.

Connal dejó escapar un suspiro de frustración.

–En eso tendrás que perdonarme, pero es que toda mi vida he tenido que lidiar con gente de esa calaña por mi condición.

–¡Eso no excusa para que pensaras que yo era una cazafortunas! –replicó Pepi–. He cuidado de ti siempre que lo has necesitado, y me gustaba pensar que éramos amigos, pero eso era todo –mintió, queriendo salvar lo poco que quedaba de su orgullo–. ¡Nunca cruzó por mi mente la idea de casarme contigo!

C.C. escrutó el rostro de la joven mientras sopesaba aquella vehemente declaración. No la creía. Estaba convencido de que sentía algo por él. Tal vez si procedía con cuidado y cautela, lograría que lo admitiera.

–¿Recuerdas aquella ocasión en que te dije que no me quedaba ningún amor que dar? –comenzó–.

Durante mucho tiempo después de la muerte de Marsha me vi incapaz de reaccionar ante cualquier demostración de afecto por lo culpable que me sentía. Era como si se me hubiese dormido el corazón.

–Lo comprendo –le dijo ella bajando la vista–, pero yo jamás he sido una amenaza para ti, C.C.

–¿Eso crees? –murmuró él, sonriendo débilmente–. A mí me pareciste desde el principio la persona más cariñosa que he conocido en mi vida. Te preocupaste de mí como una madre, y es gracioso cómo llegué a disfrutar con tus atenciones: pastel de manzana cuando estaba melancólico; galletas caseras en las alforjas de mi caballo, cuando tenía que pasar el día en los pastos… Sí, desde el principio te me metiste en el alma, y lo extraño es que hasta ahora no me haya dado cuenta de hasta qué punto.

–No trates de arreglarlo, C.C. Sé que lo que me dijiste cuando te enteraste de que sí nos habíamos casado es lo que piensas en realidad de mí, que soy un marimacho, una chica gorda y fea.

–¡Pepi!

–¿Y sabes qué? Me da igual que sea verdad –masculló la joven–. Soy fea, y estoy gorda, y soy provinciana. Edie, en cambio, siempre ha sido tu estilo, tan bonita y tan sofisticada.

–Edie no quiere una casa en el campo, ni dos o tres hijos –respondió Connal calmadamente.

¿Se trataba de eso? ¿De que si Edie no estaba dispuesta a darle lo que quería, sería capaz de conformarse con ella, como si fuese la opción más práctica, aunque menos apetecible? ¿Qué se había creído? Estaba loca por él, pero eso no significaba que iba a dejar que la tratase como un segundo plato.

–Pues hazla cambiar de idea. ¿O es que no te ves capaz? ¿Tiene demasiado carácter para ti?

–No quiero hacerla cambiar de idea –le respondió él irritado, sorprendiéndola–. Estoy casado contigo.

–Eso no es problema –se obstinó Pepi–. Ya te he dicho que el señor Hardy está tramitando la anulación, y que solo tendremos que firmar unos papeles el viernes.

Connal la miró fijamente.

–Escucha, ni siquiera te has parado a considerar las opciones: el negocio de tu padre aún no está saneado, y yo podría darle el empujón que necesita. De hecho, habrá alguna cosa que tú quieras. Puedo comprarte lo que quieras. Después de todo, soy rico.

–No quiero tu dinero –le espetó Penélope indignada–. Como cualquiera necesito comida en la mesa y un techo sobre mi cabeza, pero el dinero nunca me ha importado, y creía que tú lo sabías, pero parece que no.

C.C. resopló irritado.

–¿Es por Hale? –exigió saber–. ¿Es él la razón de que tengas tanta prisa por obtener la anulación?

–¿Pero qué dices? –exclamó ella indignada–. ¡Eras tú quien quería poner fin a esto cuanto antes!

–Bueno, sí, lo sé, pero lo he pensado mejor –contestó él descruzando las piernas–. Verás, lo cierto es que es ventajoso para mí, porque, al estar ya casado, no tendré que preocuparme por espantar a las cazafortunas que acuden a mí como abejas a la miel.

¡Aquello ya era demasiado! Pepi se irguió en la cama.

–Escúchame bien, C.C.: no voy a convertirme en una especie de tabla de salvamento para ti. ¡Lo de casarnos fue idea tuya!

–Bueno, tú no te negaste, ¿no? –repuso él con malicia.

–¡Ya te he dicho por qué no lo hice, idiota! ¡Porque no quería pasar el resto de mi vida en una cárcel mexicana!

–¡Oh, vamos, Pepi! Si como me has contado estaba tan borracho que me caí redondo después de casarnos, ¿cómo iba a causar problemas?

Ella lo miró sin pestañear, pero no podía refutar eso.

–Tienes respuestas para todo, ¿verdad? –le dijo molesta.

Connal bajó un instante la vista, como pensativo.

–Una vez me diste a entender que Hale y tú erais amantes… ¿Lo sois? –inquirió alzando la vista otra vez.

Pepi lo miró recelosa. ¿Habría leído entre líneas?, ¿se habría dado cuenta de que le había mentido cuando le había hecho creer que era muy experimentada?

–Eso no es asunto tuyo.

–¡Ya lo creo que lo es! Ahora eres mía.

El corazón de Pepi dio un brinco, pero no podía permitir que él viese cómo la habían afectado esas palabras.

–No, no lo soy. Solo te casaste conmigo por accidente. No tienes derecho a entrometerte en lo que haya entre Brandon y yo.

–Te equivocas –dijo C.C., poniéndose de pie y acercándose a la cama. Se quedó allí de pie, observándola con los ojos entornados y llameantes, como advirtiéndole que no lo desafiase–. No vas a volver a acostarte con él –le ordenó–. Y no más citas.

–¡¿Quién te has creído que eres?! –exclamó ella, mirándolo de hito en hito, boquiabierta.

–Su marido, «señora Tremayne».

–No me llames así –murmuró ella, sintiendo mariposas en el estómago al oír ese nombre de sus labios.

–Ahora ese es tu nombre. Y ya puedes irte olvidando de la anulación, porque no pienso firmar esos papeles.

–¡Pero tienes que hacerlo! –exclamó Penélope. ¿Por qué estaba jugando con ella de aquel modo?

–¿De veras? ¿Por qué? –inquirió él, mirándola con interés.

–¡Porque es la única manera de deshacerte de mí! ¿No es eso lo que querías?

Connal frunció los labios y le dedicó una larga mirada.

–No estoy muy seguro. Después de todo, llevas tres años cuidando de mí, tres años a mi lado, en las duras y las maduras. Eres un tesoro, Pepi, y no pienso renunciar a ti y dejar que se quede contigo ese veterinario pelirrojo. Ya puedes ir diciéndoselo.

–¡Pero yo no quiero ser tu esposa! –exclamó la joven desesperada. No comprendía aquel cambio repentino de opinión en él, y la asustaba.

–¿Cómo puedes decir eso? –inquirió él burlón, enarcando las cejas–. Espera a que te haya hecho el amor.

La joven se puso roja como la grana. Connal dio un paso hacia ella, y vio como se ponía tensa, abriendo los ojos como platos por el temor.

El vaquero meneó la cabeza y chasqueó la lengua.

–Por amor de Dios, Pepi, si persistes en esa actitud, nos será muy difícil tener hijos.

–¡No pienso tener ninguno contigo! –musitó ella incómoda, echándose hacia atrás, y encontrándose acorralada contra el cabecero de la cama–. ¡Sal de mi cuarto! –casi chilló cuando él se inclinó hacia ella.

Justo cuando Connal había apoyado las manos en el colchón, aprisionando a Pepi, se abrió la puerta del dormitorio, y entró el padre de la joven.

–¿Qué demonios está pasando aquí? –farfulló–. ¡C.C! –exclamó sorprendido–. ¿Qué estás haciendo el dormitorio de mi hija?

–Estamos casados –le recordó Connal con socarronería, sacando el certificado de su bolsillo–. Y esto lo prueba.

–Sí, pero tú no querías estar casado con ella –repuso Ben frunciendo el ceño–. Creía que te habías marchado para obtener una anulación.

–He cambiado de idea. Es una excelente cocinera, y que yo sepa no tiene ningún vicio. Podría haber sido peor.

–¿¡Cómo te atreves!? –le gritó Pepi roja de ira–. ¡Sal de aquí ahora mismo, Connal Tremayne! ¡Por mí puedes irte al infierno! Voy a conseguir esa maldita anulación con o sin tu colaboración.

C.C. intercambió una mirada divertida con Ben

–Me parece que habla en serio, C.C. –murmuró el ranchero enarcando una ceja–. Nunca la había visto tan enfadada.

–Pues claro que no –contestó Connal sonriendo–. Me llevará algo de tiempo convencerla, pero al final verá que es lo mejor para todos. Pero, entre tanto –dijo rodeando los hombros de su suegro con su brazo–, me gustaría hablar con usted de algunas mejoras que tengo en mente para el rancho.

–¡No lo escuches, papá! –gritó Pepi iracunda–. ¡Está tratando de comprarnos!

–No es verdad –se defendió C.C., fingiéndose ofendido–. Solo estoy tratando de vencer tus objeciones, y estoy seguro de que a tu padre no le importaría tener un socio, sobre todo tratándose de su flamante yerno, verdad, ¿«papá»? –añadió, dirigiendo al ranchero una amplia sonrisa.

–Cierto, «hijo» –asintió Ben sonriendo también–. La verdad es que no lo había visto desde ese punto de vista. Serás para mí el hijo que siempre quise tener.

Pepi los estaba mirando sin dar crédito a lo que oía.

–¿No os estáis olvidando de un pequeño detalle? –les dijo, sonriéndoles con fingida dulzura–: ¡No pienso seguir casada con ese oportunista! –masculló irritada, señalando acusadora a C.C.

–No te preocupes, papá –le dijo Connal a Ben–. Me necesita para la anulación, y yo no pienso firmar nada. Nunca creí que hubiera una mujer tan dura de corazón como para querer deshacerse de su marido antes incluso de la luna de miel.

–Es cierto, cariño, ni siquiera habéis tenido un viaje de luna de miel –le dijo el ranchero a su hija, como cayendo en la cuenta de repente.

–¡Por mí puede irse él solo de viaje! –gruñó Pepi–. ¡Al Triángulo de las Bermudas! Con suerte, tal vez desaparezca y no tenga que volver a verlo.

–Ahora no tenemos tiempo para viajes –contestó C.C. como si tal cosa–. Hay mucho trabajo por hacer aquí en el rancho. He pensado en invitar a mis hermanos a que vengan para hablar de la compra de uno o dos sementales de la ganadería de Santa Gertrudis, y...

–¡Ya basta, C.C.! ¡No tiene gracia! No pienso dejar que...

–¿Y qué tienes que ver tú en todo esto? –le espetó C.C. con aire inocente–. Somos tu padre y yo los que vamos a hacernos socios.

–¡Papá, no puedes dejarle hacer esto! –exclamó Penélope, mirando suplicante a su padre.

–¿Por qué no? –inquirió Ben enarcando las cejas–. Unos sementales de Santa Gertrudis nos vendrían estupendamente para el rancho.

–Déjala, papá, es solo que se siente algo frustrada –le dijo C.C. llevándose al ranchero hacia la puerta–. Tras un par de noches de pasión la tendré comiendo de mi mano.

–¡Si te atreves a volver a poner un pie en mi habitación te abriré la cabeza con el mango de una escoba! –rugió Pepi.

C.C. le dirigió una sonrisa lobuna a través de la puerta entreabierta.

–Me encantan las mujeres con carácter –murmuró.

–¡Lárgate ya! –le gritó ella–. Quiero dormir.

–Creo que lo necesitas –respondió él–. Tal vez así se mejore un poco tu humor.

Pepi le había tirado un almohadón, pero él cerró la puerta antes de que pudiera acertarle.

–Mejorar mi humor… –farfulló Penélope, observando furiosa la puerta cerrada–. Primero me insulta, después se larga con un berrinche de mil demonios, exigiéndome la anulación, y ahora dice que quiere hacerse socio de mi padre. ¡No entenderé jamás a los hombres!

Capítulo Siete

No era inusual que C.C. desayunara con Pepi y su padre, pero, como en los últimos meses se había mostrado tan distante y reservado, a la joven le sorprendió encontrarlo sentado en el comedor a la mañana siguiente con su padre. Sin embargo, lo que más le chocó fue encontrar el desayuno ya hecho.

–¿Sorprendida? –murmuró C.C. divertido, recorriendo posesivamente la figura de Pepi con sus ojos negros–. ¿Por qué será que todas las mujeres piensan que los hombres somos unos inútiles? Vamos, siéntate antes de que se enfríen las tortitas, el bacon y los huevos revueltos.

Penélope tomó asiento frente a él, al lado de su padre. Observó extrañada que este estaba vestido con su mejor traje.

–¿Me he perdido algo, hay una celebración hoy, o algo así?

–Um, no –contestó el ranchero incómodo–. Voy a... bueno, esta mañana voy a ir al banco para pagar la hipoteca sobre la propiedad.

–¿Con qué dinero? –inquirió ella suspicaz.

–Ya te lo contaremos más tarde –intervino Connal–. Ahora come.

–¿Papá? –insistió Pepi, mirándolo. Su padre tenía un aire de culpabilidad, y cuando la joven se volvió a mirar a C.C., una sonrisa de satisfacción brillaba en sus labios–. Esto es cosa tuya, ¿no es cierto?

¿Le has dado el dinero para pagar la hipoteca? –exigió saber.

–Ahora es mi suegro –contestó C.C. calmadamente–, y pronto seremos socios. De hecho, tu padre va a encargarse del papeleo hoy mismo, cuando vaya a la ciudad.

–¿Y tú?, ¿no vas con él? –inquirió ella extrañada, fijándose en que se había puesto la ropa de trabajo.

Él se encogió de hombros a modo de disculpa.

–Hoy nos llega una partida nueva de ganado, y alguien tiene que quedarse aquí para firmar los recibos y supervisar su descarga.

–¿Una partida nueva? –repitió la joven perpleja–. ¿Qué partida nueva?

–Unas cuantas vaquillas, eso es todo –contestó él, y añadió con una sonrisa–. Pero vamos a tener dos toros de Santa Gertrudis. Mis hermanos vienen mañana para cerrar el trato.

–¿Cuántos hermanos dijiste que tenías? –inquirió ella, recordando vagamente que los había mencionado la noche anterior.

–Tres.

–Dios nos asista –murmuró ella–. ¿Y están casados?

Él la miró con los ojos entornados.

–Uno sí, el más joven. Los dos mayores aún están solteros, y más vale que no empieces a tener ideas raras, porque ya tienes marido, por si no lo recuerdas.

–Solo hasta que consiga que me firmes cierto papelito –contestó ella sonriendo dulcemente.

–Cuando nieve en el infierno.

–Primero quieres una anulación, y de repente ya no la quieres. ¿Se puede saber de qué va todo esto?

–Digamos que recobré el sentido común justo a tiempo –le contestó C.C., sonriendo mientras untaba margarina en una tostada. Bajó la vista a los generosos labios de Pepi, donde se detuvo largo rato antes de volver a fijarse en los ojos de la joven–. Reconozco la calidad cuando la veo.

El corazón de Penélope se disparó de pronto. No era justo que le hiciera aquello, que jugara con sus sentimientos de esa manera.

–Pensaba que solo me necesitabas para «espantar a las cazafortunas» –le espetó Pepi.

–Y es verdad –asintió él–. Voy a establecer aquí una rama del negocio familiar –le explicó–. La mayoría de la gente del sur de Texas conoce las propiedades de los Tremayne, así que muy pronto la noticia de que nos expandimos hacia El Paso correrá como la pólvora, y me veré perseguido por toda una horda de mujeres sedientas de dinero, como me ocurría en Jacobsville, mi ciudad natal. Pero en cuanto vean a mi dulce mujercita a mi lado, eso las disuadirá de su propósito.

–Yo no soy dulce, y tampoco soy tu mujercita –masculló ella, dejando la taza de café–. Soy un chicazo, soy fea y estoy gorda, tú mismo lo dijiste.

Connal contrajo el rostro, como si le hubieran pegado un puñetazo en el estómago.

–Escucha, Pepi, te dije un montón de cosas de las que me arrepiento –le contestó–. Espero que no vayas a pasarte los próximos veinte años echándome eso en cara cada vez que te enfades por algo.

La joven bajó la vista y no contestó. Empezaba a estar cansada de todo aquello. No comprendía nada, ya no sabía si Connal hablaba en serio o si se estaba burlando de ella.

–¿No estás bien, Pepi? –preguntó su padre, mirándola preocupado.

–No es nada, solo que no he dormido muy bien –murmuró la joven.

–Pobrecilla, no ha podido dormir pensando en mí –la picó C.C., sonriendo con malicia.

La joven lo habría fulminado con la mirada si hubiera podido.

–¡No es verdad!

–Como quieras, Pepi, lucha contra lo que sientes, niégalo, pero al final ganaré yo, y lo sabes –le contestó Connal poniéndose de pie y mirándola.

La joven alzó el rostro hacia él, confundida.

–Estás totalmente perdida, ¿no es verdad? –murmuró él–. Bueno, es normal. Tardarás algún tiempo en hacerte a la situación, pero a todo se acostumbra uno. Hasta luego, Ben –apuró de un trago el resto de su café, se puso el sombrero, y miró una última vez a Pepi antes de salir del comedor–. ¿Por qué no vienes a vernos descargar a las vaquillas en el embarcadero? –le dijo.

Era la primera vez que le hacía una invitación así, expresamente, como si deseara su compañía. Penélope no sabía qué responder. Abrió la boca, pero no acertó a articular palabra.

–Si te decides ya sabes dónde voy a estar –murmuró él ahorrándole el esfuerzo. Y se marchó.

La joven se volvió hacia su padre anonadada.

–¿Qué diablos está pasando aquí? ¿Por qué de repente está tan cambiado?

–No tengo ni idea –le contestó Ben–, pero desde luego no puedo decir que esté descontento con su cambio de actitud y lo que está haciendo por nosotros. Estas tierras han pertenecido a nuestra familia desde el final de la Guerra Civil, y me dolería mucho ser yo quien las perdiera por mi mala gestión.

Pepi sabía lo mucho que el rancho significaba para su padre, y sintió una punzada de culpabilidad por estar mostrándose tan difícil cuando C.C. era la respuesta a sus problemas y en el fondo lo que ella siempre había soñado.

–¿Qué opinas tú de todo esto, hija? –inquirió Ben.

–Que C.C. simplemente está sacando provecho de la situación. O tal vez crea que anular el matrimonio sería como un golpe a su masculinidad –aventuró encogiéndose de hombros–. O quizá sea verdad lo que dijo ayer, que es para mantener a raya a las cazafortunas. Lo único que no me cuadra, es que hace unos días casi quisiera matarme cuando se enteró de lo que había pasado en Juárez, y de repente esté tan suave.

–Bueno, tal vez mientras ha estado fuera se le hayan aplacado un poco los ánimos –murmuró Ben pensativo–. Tal vez haya decidido como dice que no era tan malo.

La joven recordó en ese momento lo que Connal le había insinuado acerca de que él quería formar una familia, y como Edie no le parecía la pareja adecuada porque se negaba a tener hijos.

–¿Ya estás dándole vueltas otra vez a algo, Pepi? –dijo el señor Mathews sacándola de sus pensamientos–. Vamos, ¿por qué no intentas vivir el presente y esperar a ver qué pasa?

–Supongo que tienes razón –murmuró la joven–. Oh, y hablando del presente. Aún no te he dicho que he conseguido un empleo.

–¿Un empleo?

–Bueno, aún no es definitivo, pero de momento voy a hacer la suplencia de una recepcionista en una aseguradora de El Paso. Acaba de tener un bebé, y todavía no les ha dicho si va a volver o no –explicó. Su padre estaba mirándola con el ceño fruncido, como si no acabase de aceptar la idea de que fuera a trabajar–. ¿Qué? ¿Qué hay de malo en que haya conseguido un empleo? Tendrías que estar contento por mí.

–Pero, Pepi, ¿pero que voy a hacer sin ti aquí?, ¿cómo me las voy a apañar?

–Papá, no puedo quedarme en casa para siempre –repuso ella, enarcando las cejas.

–Pero ahora que estás casada no te hace falta trabajar fuera –insistió su padre–. Yo pensé que estarías contenta: tienes un marido atractivo, rico, inteligente...

–...y también cabezota, irrazonable, despótico...

–Oh, vamos, Pepi, es un buen hombre, y además le gustan los niños –continuó su padre–. Y a mí me encantaría tener nietos. ¿Te imaginas nuestra casa llena de niños? Nada me haría más feliz.

–Estupendo –farfulló Penélope–. Si eso es lo que quieres, en cuanto obtenga la anulación, me casaré con Brandon y te daremos un montón de nietos, todos pelirrojos –le dijo con una sonrisa maliciosa.

–¡Pero yo no quiero nietos pelirrojos! –exclamó Ben irritado.

–Peor para ti –replicó Pepi muy calmada mientras terminaba su desayuno–, porque no pienso pasarme el resto de mi vida espantándole cazafortunas a C.C.

–¿No se te ha ocurrido que quizá tenga otras razones para querer seguir casado contigo? –inquirió su padre al cabo de un rato–. ¿Razones más personales de las que te ha dado?

–¿Te refieres a lo de su esposa y su hijo?

Ben asintió con la cabeza.

–Aquello debió ser durísimo para él, y entiendo muy bien que se haya sentido culpable todo este tiempo. Nadie sabe mejor que yo lo que es eso, echarte la culpa todo el tiempo. ¿Cuántas veces me habré preguntado si tu madre no habría muerto si yo no hubiese bebido aquella noche? Tardé mucho en comprender que el mortificarme no la haría volver, y que no podía seguir viviendo en el pasado, así que me eché mi cruz al hombro y seguí adelante. Creo que él está comenzando a darse cuenta de eso mismo ahora. Tal vez haya decidido que es el momento de volver a empezar.

–Puede que tengas razón, papá, pero, ¿qué pasa conmigo? A mí no me basta con ser un bálsamo curativo para él, yo quiero sentirme amada, deseada, necesitada.

–¿Y acaso no te necesita C.C., hija? Te necesita muchísimo, y eso ha quedado patente a lo largo de estos tres años –le recordó su padre.

–Oh, sí, claro, la tonta de Pepi: sacándolo siempre de apuros, asegurándose de que se pone el chubasquero cuando llueve, de que come bien… eso no es lo que él necesita, papá. Necesita a una mujer a la que pueda amar. Edie es la mujer que le conviene. Al menos ellos tenían una relación de verdad. C.C. y yo nunca… Ni siquiera me ha besado –confesó sonrojándose.

–Bueno, podrías pedirle que lo hiciera –contestó Ben con una sonrisa maliciosa–. Para… comprobar que estás satisfecha con la «mercancía» que has adquirido.

La joven enrojeció aún más y bajó los ojos al plato.

–Yo no quiero que me bese.

–Pues hasta que no lo haga, no sabrás lo que te estás perdiendo –dijo su padre con sorna–. A pesar de los intentos de Hale, has llevado una vida de monja todos estos años.

–¡Papá! –exclamó Pepi–. No le habrás dicho eso a C.C., ¿verdad?

–Me temo que ya se lo habrá figurado por sí mismo –contestó Ben–. C.C. no está ciego, hija mía, y tú te sonrojas con demasiada facilidad.

–¿Qué voy a tener que hacer? ¿Ponerme polvos de arroz en la cara o llevar una máscara? –gruñó Pepi desesperada–. ¡Hombres!

–Vamos, vamos... –trató de calmarla Ben.

–Y tú... tú... mi propio padre, confraternizando con el enemigo...

–Yo solo quiero lo mejor para ti, cariño.

–Y el que él te haya prometido pagar tus deudas es como la guinda del pastel, ¿no es así? –lo acusó Penélope.

–Bueno, no puedo negar que una oportunidad así no se presenta todos los días –dijo su padre sonriendo conciliador–. Pero tienes que entenderlo, Pepi, estas tierras son el legado de los Mathews. Han pasado de una generación a otra durante años. Sí, hija mía, esta es una propiedad cargada de historia, y yo querría que tus hijos la heredasen y se sintiesen tan orgullosos de ella como yo.

La expresión de la joven se suavizó, y puso su blanca mano sobre la mano arrugada de su padre.

–Lo comprendo, pero es que el matrimonio ya parece bastante duro cuando uno se casa con alguien a quien ama, conque un matrimonio sin amor...

–Pero tú sí lo amas –replicó Ben–. Me he fijado en cómo lo miras, en el modo en que se ilumina tu rostro cuando entra en la habitación en la que tú estás. Él simplemente no lo ha visto nunca porque no se ha molestado siquiera en mirar, pero me parece que el hecho de que no quiera esa anulación debería darte alguna esperanza.

–Pero, papá, está muy claro por qué ya no quiere anular nuestro matrimonio: porque cualquier mujer dispuesta a tener hijos y llevar una casa le valdría, ¿es que no lo ves?

–No, me niego a creer eso –dijo su padre mientras sacaba su reloj de bolsillo y comprobaba la hora–. Vaya, me temo que debo marcharme o llegaré tarde. No me esperes para almorzar –le dijo poniéndose de pie–. Oh, pero C.C. me dijo que sí vendría para comer contigo.

–Estupendo –mascullo la joven–. Tranquilo, le dejaré algo en el horno.

–Vamos, chiquilla... ¿Es esa forma de tratar al hombre que va a sacar a tu anciano padre del atolladero?

La joven contrajo el rostro.

–Supongo que no. Oh, está bien, no tienes que preocuparte, solo era una broma –le aseguró levantándose y empezando a apilar los platos–. Y si me disculpas tú a mí también, tengo cosas que hacer. Ah, y no pienso renunciar a ese trabajo –le dijo mirándolo por encima del hombro mientras metía las cosas en el lavavajillas.

El señor Mathews salió del salón lanzando los brazos al aire, dejando a Pepi sola. Mientras recogía la mesa, la joven no podía dejar de pensar en C.C., y en su invitación a que fuera a verlo trabajar. Tal vez precisamente porque no la había presionado, decidió ir.

Montó en un caballo, y cabalgó hacia el embarcadero sin prisas. Ya a lo lejos pudo distinguir las embarcaciones que transportaban el ganado por el río, y a los peones haciendo bajar a las reses para conducirlas a los pastos vallados del rancho.

Y entonces divisó a C.C., supervisando la operación. Debió verla acercarse porque de pronto se giró hacia ella, sus ojos se encontraron, y a Pepi le pareció que sonreía. El corazón de la joven dio un vuelco. ¿Por qué tenía que ponerse nerviosa como una tonta?

Connal se alejó del embarcadero, caminando hacia ella con sus andares elegantes, casi felinos. Penélope se dijo que nunca en su vida había visto a un hombre tan sexy como él.

–Vaya, así que al final has decidido unirte a nosotros –le dijo C.C. divertido–. Muy bien. Desmonta.

La joven se apeó del caballo y se quedó de pie al lado de él, con las riendas en la mano y observando el ganado que los hombres estaban descargando.

–Qué cantidad de reses... –comentó admirada, mientras dejaba que Connal atase las riendas a un poste del vallado.

–Un ranchero necesita muchas cabezas para salir adelante hoy día –apuntó él mirándola a los ojos–, sobre todo si no se emplean atajos.

–¿Atajos? –repitió ella frunciendo el entrecejo.

–Implantes de hormonas, complejos vitamínicos... esa clase de cosas.

–¿Y finalmente vamos a comprar a tus hermanos esos toros de Santa Gertrudis? –inquirió ella recordando la conversación que habían tenido durante el desayuno. Él asintió con la cabeza–. ¿Y cómo son?, tus hermanos quiero decir –preguntó curiosa–. ¿Se parecen a ti?

–Evan sí –contestó Connal–. Es el mayor de los cuatro. Sin embargo en el carácter no nos parecemos demasiado. Él es muy reservado. Harden es el segundo, y todo el mundo dice que nos parecemos un poco en los rasgos de la cara, pero él tiene los ojos azules. Y después está Donald, el más joven de nosotros. Se casó un mes antes de que yo viniera aquí. Su esposa es una chica encantadora. Se llama Jo Ann.

–¿Y vuestros padres?, ¿aún viven?

–Nuestro padre murió cuando éramos chiquillos, pero mi madre sigue con nosotros. Se llama Theodora –añadió–. Si tenemos una hija me gustaría que le pusiéramos su nombre –le dijo a Pepi sonriendo–. Es una mujer muy especial: resuelta y eficiente, y muy cariñosa. Estoy seguro de que le encantarás, Penélope Mathews Tremayne.

La joven se sintió enrojecer por momentos. De pronto le pareció que Connal estaba demasiado cerca de ella, y se sintió intimidada por esa turbadora proximidad. Se apartó un poco, pero él volvió a colocarse a su lado, sonriéndole de un modo que daba a entender que sabía muy bien lo atraída que se sentía por él.

–No seré una Tremayne por mucho tiempo –le dijo Penélope desafiante.

–Lo serás mientras yo no quiera que dejes de serlo –murmuró él seductor–. El matrimonio no es algo que pueda tomarse a la ligera. Si no querías casarte conmigo, no deberías haber entrado conmigo en aquella capilla.

En eso tenía toda la razón, pero Pepi no estaba dispuesta a admitirlo. La joven se metió las manos en los bolsillos para ocultar su temblor. Ni siquiera se atrevía a levantar la vista más allá de la camisa de cuadros azules que llevaba C.C. Una vez, mientras él estaba trabajando en los pastos, lo había visto sin camisa, a lo lejos, y desde ese día siempre había fantaseado con ver su torso desnudo de cerca. De repente notó que las mejillas le ardían. ¿Por qué habría tenido que ponerse a pensar en eso?

–Vaya, vaya… parece que estás un poco acalorada, ¿eh? –dijo Connal divertido, enarcando una ceja–. ¿Quieres que me quite la camisa, Pepi?

La joven apartó el rostro, girando la cabeza hacia el ganado. Se notaba la garganta terriblemente seca.

–No… no es verdad, solo estaba mirando el diseño –balbució.

–Querrás decir que estabas desnudándome con la mirada –corrigió C.C. sacando un cigarrillo y encendiéndolo–. Si quieres puedes quitarme la camisa y tocarme. No me importaría. Después de todo, estamos casados.

La joven dejó escapar un gemido ahogado, y trató de dar un paso atrás, pero Connal enredó sus dedos en un mechón de su larga cabellera, haciéndola detenerse, como si se hubiera quedado paralizada.

–No huyas de mí –le dijo con una voz profunda que destacaba por encima de los mugidos de los animales y el voceo de los peones–. Creo que ya es hora de que empieces a afrontar la realidad de nuestra situación.

–Nuestra situación se resolvería muy rápido si aceptaras firmar la anulación –murmuró ella en un hilo de voz.

Los dedos de Connal se deslizaron hasta la nuca de la joven, obligándola con un suave masaje a echar la cabeza hacia atrás y mirarlo a la cara. Pepi observó que había un brillo extraño en sus ojos negros, un brillo casi salvaje.

–Una anulación es para las parejas que no pueden resolver sus diferencias –murmuró C.C.–, pero nosotros vamos a darle una oportunidad a este matrimonio aquí, ahora mismo.

–¿Qué estás…? ¡C.C.!

Los labios de Connal ahogaron sus protestas, y ni

siquiera la dejó ir cuando se revolvió contra él, intentando zafarse de su abrazo. El vaquero levantó la cabeza un instante, tiró el cigarrillo a un lado, lo apagó con la punta de su bota, y atrajo a la joven más hacia sí con su fuerte brazo. El calor del cuerpo de C.C. estaba anulando el deseo de luchar de Penélope, y cuando él inclinó la cabeza hacia ella para tomar sus labios de nuevo, se lo permitió, disfrutando el lento y sensual beso, incluso cuando se fue haciendo más insistente, más apasionado.

Brandon la había besado y también otros chicos, pero nunca había experimentado nada similar a aquello. Apenas sentía el calor del sol, ni escuchaba el ruido de los animales, ni le molestaba la polvareda que levantaban.

Connal volvió a despegar los labios de ella cuando no hubo más remedio, porque los dos necesitaban respirar. La joven se había derretido en su abrazo, y pudo leer el placer en su rostro. Sus ojos lo estaban mirando fascinados por entre las densas pestañas, llenos de curiosidad y una acuciante necesidad.

–C.C., los hombres… –acertó a balbucir–. Nos van a ver…

–¿Qué hombres, cariño? –susurró él contra sus labios, acariciando la boca de la joven con la suavidad de las alas de una mariposa. Tomó los brazos de Pepi e hizo que lo rodeara con ellos, para a continuación comenzar a mordisquearle ligeramente el labio inferior–. Ven aquí… –y la atrajo más hacia sí.

Ella se abandonó a aquel delicioso placer recién descubierto, notando que todo su ser palpitaba con aquellas nuevas sensaciones que se estaban despertando en ella. De pronto se descubrió subiendo las manos hacia el estómago de él, y después ascendiendo hacia el tórax y los hombros. Resultaba tan extraño y tan perfecto a la vez, el modo en que sus cuerpos parecían encajar, como las piezas de un puzzle.

Connal hizo que abriera la boca y el beso se hizo más profundo. Penélope estaba en el cielo, regocijándose en la presión variable que los labios de C.C. ejercían sobre los suyos: primero suave y delicada, después más fuerte, más ardorosa. Sintió que las piernas le temblaban. Quería más.

Sin embargo, de pronto, Connal se apartó de ella. Tenía la mandíbula apretada, y los ojos le brillaban otra vez de un modo extraño.

–Es el momento equivocado, y el lugar equivocado –le dijo con voz ronca. Inspiró profundamente, y escrutó el rostro de Pepi, asintiendo satisfecho, al comprobar que la había excitado–. Me deseas, puedo verlo. Al menos eso es un comienzo –murmuró.

La joven quería preguntarle qué había querido decir con aquello, pero él la tomó de la mano, llevándola hacia el embarcadero, y empezó a hablarle de los terneros que habían comprado, como si no hubiera pasado nada. Penélope no podía dejar de mirarlo, y sentía como si estuviese ardiendo por dentro. Era como si hubiesen cruzado un puente, y la joven sintió una emoción que no había creído posible, y que en cierto modo le preocupaba, porque se dio cuenta de que estaba empezando a albergar esperanzas.

Capítulo Ocho

Las cosas empezaron a complicarse muy pronto, cuando Brandon fue a visitar a Pepi a la mañana siguiente. Estaban sentados en el salón, tomando café, cuando apareció Connal y se sentó frente a ellos, erigiéndose en carabina. El joven veterinario, que no estaba al tanto de los acontecimientos más recientes, no comprendía por qué C.C. estaba lanzándole miradas asesinas, cuando Pepi le había asegurado que lo de su matrimonio no era más que un error y que iban a anularlo.

–Um… yo había pensado que, em… si te apetecía –comenzó inseguro, mirando a la joven y tratando de ignorar la fija mirada de C.C.–, podíamos ir mañana por la noche al cine.

Pepi no había estado jamás en una situación tan incómoda, pero antes de que pudiera responder, intervino Connal.

–Penélope es mi esposa –le dijo a Brandon, recostándose en el sillón y dando una calada a su cigarrillo con un aire de suprema arrogancia–, y no me parece que una dama casada deba salir con otros hombres. Es una pequeña manía que tengo –añadió, con un relampagueo peligroso en los ojos.

Brandon lo miró sorprendido.

–Pero… yo creía que… Pepi me dijo que… –se volvió hacia la joven, como esperando que lo ayudara–, bueno, que fue un error…

–Tal vez empezara así –contestó Connal–, pero ahora estamos decididos a sacar el mejor partido de la situación, ¿no es así, Penélope?

Pepi lo miró confundida. Desde que C.C. la besara con tanta pasión, se sentía muy extraña, como si no fuera ella misma. Estaba acorralándola, y no veía el modo de escapar.

–Oye, C.C., escucha... –comenzó.

El vaquero le dirigió una sonrisa calmada:

–Connal, cariño, ahora que ya sabes cuál es mi nombre de pila no tienes por qué llamarme por mis iniciales, como los demás. ¿O es que habías olvidado mi nombre? Pobre criatura –dijo mirando a Brandon–, la memoria le va y le viene.

–¡No es verdad! –exclamó ella irritada–. ¡Yo nunca me olvido de nada!

–Pues yo diría que sí habías olvidado algo al dejar que Hale venga a verte: que eres una mujer casada. No creo que se le pueda reprochar a un hombre que se preocupe cuando su esposa se olvida de sus votos matrimoniales –dijo encogiéndose de hombros.

Pepi sentía deseos de estrangularlo por ponerla en ridículo de aquel modo, mientras que Brandon se removía incómodo en su asiento.

–Em... En realidad no venía a ver a Pepi, solo he pasado por la casa –se disculpó–. Vengo de ver a esas dos vaquillas que tenían parásitos. Por cierto, ¿qué tal van los terneros a los que estábamos tratando de diarrea? –inquirió, cambiando de tema.

–Mejor –respondió C.C. con los ojos entornados–, pero ahora hay otro que está mostrando síntomas parecidos.

–Creo que deberíamos echarle un vistazo a los pastizales –sugirió Brandon, agradecido por que el capataz hubiera aceptado que se desviara del asunto de Pepi–, quizá estén ingiriendo algo tóxico.

–Yo había pensado lo mismo –asintió C.C.–. Y también voy a hacer que revisen los tanques de agua. Es posible que se haya estado filtrando alguna sustancia nociva.

Como decidiendo que la conversación había terminado, C.C. se puso de pie y le dijo a Brandon:

–Te acompañaré hasta el establo y le diré a Darby que vaya contigo a ver a los terneros.

–Yo también voy –dijo Pepi poniéndose de pie también..

C.C. la miró con una ceja enarcada, pero no dijo nada, así que salieron los tres de la casa y después de que Connal diera instrucciones a Darby, uno de los peones, dejó a Brandon con él y tomó a Pepi de la mano, llevándola donde tenía aparcado su Ford.

–¿Adónde vamos? –inquirió la joven extrañada.

–Al aeropuerto a recoger a mis hermanos. ¿O es que también lo habías olvidado? –inquirió con sarcasmo.

–No, por supuesto que no –mintió ella. Con el beso del día anterior lo había olvidado por completo–. Pero es que no sabía que querías que fuera contigo a recogerlos. Deja que vaya a cambiarme de ropa –le dijo deteniéndose junto al coche.

–Así estás bien –repuso él repasando con una mirada aprobadora las botas de ante, la falda larga y el jersey de punto–. Pero podrías soltarte el pelo –sugirió.

–Como si eso fuese a suponer alguna diferencia –dijo ella con un mohín. Sin embargo, levantó un brazo y se quitó la pinza con que lo había sujetado, liberándolo–. En fin, así al menos mi cara no parecerá un pandero, ¿no? Dicen que el pelo suelto te hace menos gorda.

Iba a girarse para abrir la portezuela del coche, cuando él la retuvo por la mano. Había en sus ojos una mirada seria y mortificada al mismo tiempo.

–Escucha, Pepi, no sabes cuánto siento aquello que te dije. A mí me gustas tal y como eres. Yo solo dije aquello con intención de herirte porque en ese momento estaba enfadado, pero nunca he pensado que estés gorda, ni que seas fea, ni un marimacho.

–Antes éramos amigos –le dijo Penélope mirándolo a los ojos–, ¿no podríamos volver a serlo?

–¿Es eso de verdad lo que quieres? –inquirió él con voz acariciadora, acercándose un poco a ella–. Después de lo de ayer no creo que ninguno de los dos seamos capaces de conformarnos simplemente con ser amigos –sus ojos negros descendieron hasta los carnosos labios de la joven–. Te deseo, Penélope.

–También deseas a Edie –repuso ella, dando un paso atrás, con la indecisión escrita en el rostro.

–¿Y tú?, ¿qué me dices de Hale? –la picó Connal frunciendo el entrecejo–. ¡Vaya un pretendiente!, se ha acobardado en cuanto lo he azuzado un poco –se quedó callado un momento y alzó la barbilla, mirándola con seriedad–. Necesito saber si de verdad ha habido algo entre tú y él, Pepi –levantó una mano y pasó las puntas de los dedos por el contorno del rostro de la joven, descendiendo hacia el cuello, observando cómo se sonrojaba y se le entrecortaba la respiración.

–C.C... –murmuró la joven, queriendo apartarlo, pero sintiéndose incapaz de hacerlo.

–Shhh, está bien –le susurró él–. No pasa nada, soy tu marido.

Pepi sentía que ni siquiera podía pensar, pero no le importó al sentir que la mano de Connal seguía bajando, hasta alcanzar la curva de uno de sus senos, acariciándolo con tal ternura y delicadeza, que le pareció que estaba en el cielo. Se había quedado sin aliento, y todo su cuerpo estaba ardiendo de deseo.

C.C. vio que se estremecía y, como si intuyera su necesidad, dobló el índice, y deslizó el nudillo por el pezón de la joven, haciéndolo ponerse erecto, y obteniendo un suave gemido de Pepi.

C.C. observó cómo se teñían de rubor sus mejillas y un nuevo estremecimiento de Penélope le produjo una satisfacción que jamás habría esperado.

–Me mentiste –le dijo–: nunca has hecho nada con Hale. De hecho, dudo que hayas hecho nada con ningún hombre.

La joven quería negarlo, pero parecía que su cuerpo hubiese caído bajo un encantamiento. Era como si estuviera embriagándola el placer que le proporcionaban las caricias de C.C.

Los labios de Connal volvieron a tomar los suyos, mientras metía las manos por debajo de las suaves curvas de sus senos, para levantarlos, mientras acariciaba en círculos los pezones con los pulgares.

Pepi suspiró contra sus labios, y le echó los brazos al cuello, queriendo estar más cerca de él, de aquellas manos expertas sobre sus senos, pero de pronto él bajó las manos a sus caderas, y la atrajo hacia sí.

El gemido de sobresalto de Pepi quedó ahogado por los labios de C.C. El vaquero la hizo frotarse contra su excitada anatomía, pero de pronto la apartó de él.

–No –la detuvo cuando ella, confusa, hizo ademán de volver a sus brazos–. Vamos –y la hizo entrar en el coche tomándola por el brazo.

La había agarrado con cierta brusquedad, pero Penélope apenas lo había notado. Estaba temblando de pies a cabeza. ¡De modo que eso era lo que sentía al hacer el amor! Le habría gustado tanto seguir hasta el final... De pronto se encontró imaginando cómo sería que las manos de Connal recorrieran su cuerpo desnudo, estar piel contra piel, y notó que las mejillas le ardían.

–Vaya con doña Experiencia... –masculló C.C. con sorna, mirándola de reojo, cuando se hubo sentado frente al volante–. ¿Por qué me mentiste?

–Pensé que me haría parecer menos vulnerable –contestó ella sin pensar.

–Oh, sí, muchísimo menos vulnerable, ya lo creo...

–No te burles de mí, C.C. –dijo ella molesta–. No he podido evitar sentirme como me sentía mientras me tocabas.

–No me estaba burlando de ti –susurró él mirándola muy serio–. Si quieres saber la verdad, lo cierto es que me excita muchísimo que te tenses de ese modo, con timidez y pudor, cuando te acaricio.

La joven lo miró insegura.

–Lo que me has hecho... –comenzó balbuceante–: ¿es igual... en la cama?

El corazón de Connal comenzó a latir más rápido, excitado por su inocencia, y escrutó los ojos pardos de Penélope, leyendo en ellos el deseo.

–¿Por qué no vienes al barracón esta noche? Podría enseñártelo... –le dijo quedamente.

Los ojos de la joven se abrieron como platos.

–¿Quieres decir... dormir contigo? –musitó en un hilo de voz, tragando saliva con dificultad.

–Los peones temporales ya se han marchado. Tengo el barracón para mí solo, y tú eres mi esposa –murmuró, sintiéndose estremecer por dentro–. No hay nada de lo que avergonzarse, Pepi –añadió al ver la duda escrita en su rostro–. Solo sería la consumación de nuestros votos matrimoniales –le tomó la mano y se la llevó hambriento a los labios–. Hasta que no duermas conmigo, nuestro matrimonio no será del todo definitivo, ¿lo sabías? –añadió con voz ronca.

–N… no lo sabía –balbució Penélope.

–¿Te da miedo hacerlo?

–Un… un poco –admitió ella.

–Si lo hiciéramos, te trataría con muchísima delicadeza –le dijo Connal poniendo la mano de Pepi sobre su tórax, para que pudiese sentir los fuertes latidos de su corazón.

–Pero me dolería de todos modos –insistió Penélope–. Me han dicho que la primera vez duele.

–Tal vez te dolería un poco, pero te aseguro que te volvería tan loca de deseo, que esa pequeña punzada de dolor no te importaría.

–Pero, ¿y Edie? –inquirió Pepi. ¿Por qué jugaba de aquel modo con ella cuando era Edie quien le gustaba?

Connal tomó el rostro de la joven entre sus manos y se inclinó para imprimir en su frente un beso de una ternura exquisita.

–Edie no era más que una compañía agradable –susurró–. No me he acostado con ella, Pepi, nunca.

–No… no te creo –replicó ella confusa.

–Pepi, escucha, no sé explicártelo muy bien, pero desde que murió Marsha, no sé, tal vez haya sido la culpabilidad… en todo este tiempo no he sido capaz de tener relaciones con una mujer. No había sentido deseos de volver a hacerlo… hasta ayer.

–Entonces tú… ¿me deseas? –dijo ella insegura.

–Dios, sí, te deseo, te deseo de una manera que no puedes imaginar –admitió él apasionadamente–. Escucha, Pepi, si no quieres que tengamos hijos inmediatamente, yo podría usar algo, no tienes por qué preocuparte por eso, ¿me entiendes?

La joven sentía que la cabeza le daba vueltas. Aquello estaba yendo demasiado rápido.

–Yo... yo no sé si...

–No pongas esa cara –le dijo él con ternura, alzándole la barbilla para que lo mirara–. No hay prisa. Tenemos mucho tiempo por delante. No voy a presionarte.

–Gracias, C.C., eres un buen hombre –dijo Penélope sonriendo tímidamente.

Cuando llegaron al aeropuerto el lugar estaba atestado de gente, y Pepi se agarró a la mano de Connal para no perderse entre la multitud.

–¡Ahí están! –exclamó Connal de pronto, mirando por entre las personas que tenían delante–. ¡Evan!, ¡Harden! –los llamó alzando el brazo y agitándolo.

Pepi vio a dos hombres jóvenes, muy parecidos a C.C. dirigirse a ellos. Los dos llevaban trajes de ejecutivo, uno gris perla y el otro azul oscuro. El primero, más alto, era también más robusto. Parecía un boxeador, y tenía los ojos negros, como Connal, aunque tenía el cabello más oscuro. El otro era más bajo de estatura, y también tenía el cabello oscuro, pero cuando lo tuvo más cerca, la joven pudo apreciar que tenía los ojos de un azul muy claro.

Connal saludó a sus hermanos, y los condujo hasta donde se había quedado Penélope, de pronto algo insegura de sí misma.

–Evan, Harden, esta es mi esposa, Penélope –la presentó, rodeándole los hombros con el brazo.

–Es justo como nos la describiste –murmuró Harden en un tono bastante seco, tendiéndole la mano a Pepi. Sus pálidos ojos la escrutaron largo rato, pero la expresión de su rostro no dejó entrever a la joven si la aprobaba o no–. Según tengo entendido, eres hija de un ranchero, ¿no es así?

–Sí, he crecido entre caballos y ganado –dijo ella con una sonrisa tímida–. Aunque me temo que nuestros Hereford no os parecerán nada en comparación con las reses de Santa Gertrudis que Connal me ha dicho que criáis.

–Bueno, tampoco pienses que somos unos esnobs –intervino Evan tendiéndole su enorme mano y estrechando la de Pepi con suave firmeza–. Y por favor, no estés nerviosa. Estamos domesticados.

Penélope se echó a reír, relajándose al fin.

–Habla por ti –le espetó Harden a su hermano–. El día que esté domesticado significará que una mujer me ha echado el lazo y, si eso ocurre, me tiraré por un barranco.

–Harden es el soltero de oro –se burló Evan.

–Mira quien fue a hablar –contestó Harden.

–No es culpa mía que las mujeres no sepan apreciar mi increíble atractivo físico y mi encantadora personalidad –replicó Evan encogiéndose de hombros, sin perder la sonrisa–. Ni tampoco lo es que se fijen en ti cuando no quieres nada con ellas. Si dejaras de hacerte el misterioso ni te mirarían, y entonces verían lo que se están perdiendo conmigo.

Pepi no podía parar de reírse. ¡Y pensar que al verlos le habían parecido muy serios!

–Vamos, podéis seguir peleándoos en el rancho –les dijo C.C., tomando a Pepi del brazo.

–Qué rabia que la conocieras antes que nosotros –le dijo Evan meneando la cabeza–. Tal vez quieras reconsiderarlo, Penélope, yo soy una opción mucho mejor que él: sigo teniendo todos mis dientes.

–Solo porque Connal estaba demasiado aturdido

como para devolverle el puñetazo cuando le rompió dos –le explicó Harden a la joven.

–Bueno, de eso ya hace mucho –se defendió Evan–. De adolescentes éramos como gallos de pelea, pero ahora ya estamos más calmados.

–Pues C.C. no ha estado lo que se dice calmado últimamente –murmuró Pepi mirándolo de reojo–. Creí que iba a matarme cuando se enteró de que nos habíamos casado en aquella capilla de Juárez.

–Se lo merecía por haberse emborrachado –dijo Evan con cierta dureza.

–¿Todavía sigues haciendo campaña contra el alcohol, eh? –se rio C.C.

–Últimamente lo está llevando a extremos insospechados –intervino Harden–: Justin y Shelby Ballenger no volverán a invitarlo a otra fiesta. Cuando estábamos cenando se levantó de la mesa para llevar a la cocina la copa de vino que por accidente le había servido el camarero. ¿Te imaginas?

–El alcohol es igual que las drogas –se defendió Evan ante las risas de Connal–, hace que pierdas el control sobre ti mismo, y puede crear dependencia.

–Vas a caerle muy bien a mi padre –le dijo Pepi, sonriéndole mientras entraban en el coche de C.C.

Y en efecto, cuando llegaron al rancho, Ben Mathews hizo buenas migas enseguida con Evan, pero, como le ocurriera a Pepi, Harden le causaba más respeto. Exteriormente podía mostrarse calmado, pero Penélope intuía aguas revueltas en su interior.

Mientras hablaban de negocios con su padre, la joven preparó un almuerzo rápido, ya que Evan y Harden solo podían quedarse un par de horas antes de tomar el avión de vuelta a Jacobsville. Cuando Connal fue a llevarlos al aeropuerto, Pepi no los acompañó, porque justo cuando iban a salir, recibió una llamada de la aseguradora para la que iba a trabajar, y tuvo que despedirse de ellos.

No eran buenas noticias. Finalmente la recepcionista había decidido que sí quería continuar con el trabajo. El gerente se disculpó con Pepi y le prometió que en cuanto tuvieran una vacante la llamarían, pero para la joven aquello no fue un gran consuelo.

–Adivina qué: ¡vamos a tener un toro de Santa Gertrudis! –le comunicó su padre entusiasmado–. De la ganadería Checker, una de las mejores de Texas.

–Y me imagino que será bastante caro –apuntó Pepi suspicaz–. ¿Va a financiar C.C. la compra?

–Bueno, hija, somos socios plenos, ¿recuerdas? –le dijo su padre–. Además, los tres estamos en esto para lograr que el rancho salga adelante, ¿no es cierto?

–Supongo que sí –murmuró la joven con un suspiro–. ¿Qué te han parecido sus hermanos? –le dijo cambiando de tema.

–Oh, Evan parece un buen chico, y sin duda debe ser el cerebro de la familia.

–¿Y Harden?

–Pues no sé –respondió su padre–, me da la impresión de que es un hombre difícil, la clase de hombre que no quisiera tener por enemigo. Sus modales son impecables, pero es bastante… oscuro.

–Sí, es como si tuviera un dolor muy adentro –asintió Pepi pensativa–, como si estuviera enfadado con el mundo, muy enfadado.

–En fin, en cualquier caso espero que cuando tengamos que hacer otros negocios sea con Evan –dijo el señor Mathews–. Es más parecido a C.C.

–Es más como dos C.C. –se rio Pepi,–. En mi vida había visto a nadie tan fornido. Me pregunto cómo será el otro hermano, el que está casado.

–Seguramente se parezca a Evan y a C.C., porque

Harden no parece que salga a ellos, desde luego, con esos ojos azules.

–Será que ha salido a alguien de una generación anterior de la familia –respondió Penélope encogiéndose de hombros.

–Sí, supongo que será eso –dijo su padre–. ¿Qué querían los de la aseguradora?

–Al final la cosa no ha salido –murmuró Pepi bajando la cabeza–. La recepcionista a la que iba a sustituir va a volver al trabajo, así que no les hago falta.

–Cuánto lo siento, cariño –le dijo Ben–. ¿Sabes?, podrías encargarte tú de la contabilidad del rancho. No podemos dejar que siga haciéndolo Jack. Me da mucha lástima, pero es un desastre como contable, y si queremos que el rancho prospere... C.C. y yo habíamos estado hablando de contratar a alguien, pero pudiendo hacerlo tú, creo que sería una tontería. ¿Qué me dices?

–No sé, lo pensaré.

Pepi recogió la cocina y se entretuvo haciendo un pastel de manzana. Justo cuando estaba sacándolo del horno, entró Connal por la puerta trasera.

–¿Tomaron bien el avión? –le preguntó la joven.

–Sí, el vuelo llegó muy puntual –contestó C.C.–. ¿Qué te han parecido mis hermanos?

–Me han caído muy bien –dijo ella sonriendo.

–Tú también les has caído bien a ellos. Evan se ha quedado muy impresionado contigo.

–Eso es porque tiene un carácter muy afable. Seguro que se lleva bien con todo el mundo. Harden en cambio es... –se quedó dudando sobre cómo calificarlo–, diferente.

–Más de lo que te imaginas –asintió Connal.

Él se acercó a ella y tomó un mechón del largo cabello de Pepi entre sus dedos, enroscándolo.

–¿Te gustaría que saliéramos a cenar fuera esta noche y después ir a ver una película?

–Pero es que tengo que prepararle algo de comer a mi padre –contestó ella indecisa.

–Bueno, podemos llevarle a él también –contestó C.C., pero la joven frunció los labios.

–No creo que quiera. Hoy es su noche de póquer. Le prepararé algo antes de que nos vayamos.

–Bien –asintió Connal.

Penélope pensó que saldría de la cocina para dejarla trabajar, pero se quedó allí de pie, observándola pensativo mientras apagaba el horno y cubría el pastel.

–Pepi, ¿qué te parecería mudarte a una casa conmigo? –le preguntó de improviso.

–Pero… pero, ¿y mi padre? –inquirió ella aturdida por la repentina proposición.

–Podría contratar a una mujer para que le cocinase y limpiase –propuso C.C.–. Además, no saldríamos del rancho. ¿Sabes esa casita que tu padre les alquilaba a los Dobb, el matrimonio que se fue al Este el mes pasado? Es pequeña, pero sería perfecta para nosotros dos.

Las cosas estaban yendo demasiado deprisa para Pepi. La cabeza le daba vueltas.

–¿Q… quieres decir… vivir contigo… todo el tiempo? –balbució–. ¿Incluso de noche?

Connal se rio suavemente y se frotó la nuca.

–Bueno, sí, esa es la idea cuando dos personas se casan.

–Pero tú no querías una esposa, tú mismo lo dijiste.

–Lo sé, lo sé… –asintió él–, pero la gente puede cambiar de opinión, ¿no es cierto?

–¿Tan radicalmente? No querría sentirme culpable el resto de mi vida, pensando que puedas estar sintiéndote atrapado en un matrimonio que no querías.

–Pepi, lo que yo creo es que lo mejor que podemos hacer es intentar sacar partido de esta situación. Piensa por ejemplo en el bien que esto le va a hacer a tu padre ahora que él y yo nos hemos asociado.

–Sí, pero, ¿y tú? ¿Quieres tú esto?

–Por supuesto que sí.

La joven lo miró sin acabar de creerlo. Estaba convencida de que lo decía solo para tranquilizarla.

–¿Podría pensarlo un poco antes de darte una respuesta? –inquirió insegura.

Connal se quedó mirándola. Después del beso, y de haber conocido a sus hermanos había pensado que ella se mostraría más receptiva hacia él, pero parecía que le había entrado pánico ante la idea de avanzar en su relación, y lo último que quería era presionarla.

–Está bien –le dijo finalmente–. Pero, aunque no vivamos juntos, vamos a empezar a hacer cosas juntos, Pepi. Creo que al menos deberíamos actuar como un matrimonio en público. No tenemos por qué esconderlo.

–De acuerdo –asintió ella.

Capítulo Nueve

Connal la llevó al mismo restaurante al que la llevara Brandon la noche antes al cumpleaños de su padre. Pepi escogió para la ocasión un vestido de punto gris claro y se dejó el pelo suelto. No había querido dar muchas vueltas a lo que iba a ponerse, para que C.C. no pensara que estaba tratando de agradarlo. Para su sorpresa, Connal le dijo que estaba preciosa. Aún en el caso de que lo hubiera dicho solo a modo de cumplido, había sido agradable oírselo, y le resultaba emocionante el estar teniendo una verdadera cita con él, y el notar su intensa mirada sobre ella mientras caminaban hacia la mesa que les habían reservado.

Además, C.C. estaba tan elegante que la joven no podía dejar de echarle miradas furtivas.

Sin embargo, cuando se sentaron, ella giró un momento la cabeza hacia el otro extremo del comedor, y vio a Edie sentada sola en una mesa, queriendo fulminar a Connal con la mirada. Él también la había visto.

–Creo que será mejor que vaya hablar con ella –le dijo a Pepi muy serio–. Será solo un momento.

Se levantó y fue hacia Edie, quien de pronto se tornó sonriente, obviamente creyendo que le había robado a Pepi su atención. La joven la miró deprimida, comparándose con ella, y diciéndose que nunca tendría su elegancia ni su sofisticación. No podía apartar los ojos de Edie y Connal, por mucho que le doliese el corazón al hacerlo: parecían la pareja perfecta juntos, y a pesar de la insistencia de C.C. en que debían sacar el máximo partido de la situación, no podía dejar de sentirse culpable y avergonzada por haberlo atrapado de aquel modo en un matrimonio que él no había querido, sobre todo cuando seguramente habría preferido pasar el resto de su vida con alguien como Edie.

Sin embargo, de pronto, ocurrió algo que la dejó atónita. Las perfectas facciones de Edie se habían puesto rígidas, y se había quedado mirándola, como en estado de shock, que rápidamente dio paso a un acceso de ira apenas controlado. Se volvió hacia C.C., y rompió a llorar llena de rabia.

Connal la ayudó a la levantarse, le rodeó los hombros con el brazo, y la condujo fuera del restaurante. No hacía falta demasiada imaginación para averiguar que le había contado lo de su matrimonio. ¿Le habría contado que no había sido por su voluntad?, se preguntó la joven. ¿Iría a llevarla a casa, o la habría acompañado a tomar un taxi?

Pasaron más de diez minutos, y Pepi se sintió irremediablemente celosa al comprender que era probable que la hubiese llevado a casa él mismo. Y quizá la cosa no quedaría en despedirse de ella en la puerta. Después de todo, aunque él le hubiera asegurado que no eran amantes, ella no lo tenía tan claro.

El camarero volvió a acercarse por tercera vez para preguntarle si no deseaba pedir sin esperar a su acompañante, y en un arranque de ira la joven decidió que lo haría, así que pidió un consomé y la ensalada del chef. En realidad no tenía ningún apetito, pero si Connal volvía, no quería que la encontrase esperándolo ansiosa.

Minutos más tarde, cuando el camarero estaba retirándole el consomé, reapareció C.C. Penélope alzó la vista hacia él cuando retomó su asiento frente a ella, pero su rostro no dejaba entrever ninguna emoción.

El camarero le preguntó si deseaba tomar algo, y C.C. pidió un solomillo con ensalada.

Permanecieron en un tenso silencio hasta que el camarero volvió con el plato de C.C.

–Imagino que Edie estará enfadada –murmuró de repente Penélope sin girar la cabeza hacia él.

–Está rabiosa –corrigió.

–Y supongo que intentaría aconsejarte sobre cómo obtener una anulación del modo más rápido posible –murmuró Pepi, dejando escapar una carcajada amarga.

–Le dije que era imposible que nos la dieran –fue la contestación de Connal.

–¿Y ella se ha tragado eso? –le espetó Pepi incrédula, girándose hacia él–. Si ni siquiera hemos... –de pronto se quedó callada al comprender lo que C.C. debía haberle dicho–. ¿No... no le habrás dicho que hemos...? –balbució con los ojos abiertos como platos.

–Era la única manera de convencerla de que no había vuelta atrás, de que tirara la toalla –respondió él–. Aunque no estuviera sobrio cuando pronuncié nuestros votos, para mí este matrimonio sigue siendo igualmente válido, y por eso no podía dejar que siguiera habiendo otra mujer en mi vida. Respecto a ese otro punto... Puede que aún no hayamos dormido juntos, pero antes o después lo haremos, porque sé que tú sientes el mismo deseo que yo, o quizá más. Recuerdo muy bien cuánto lo deseaba yo la primera vez. Deseaba tanto a Marsha que, por la noche, antes de casarnos, ni siquiera podía conciliar el sueño.

Ella tampoco podía dormir, pensando en él, pero era algo que no estaba dispuesta a admitir.

–¿Estabais muy enamorados? –inquirió Pepi bajando la vista. Cuando hablaba de ella su tono no parecía indicar aprecio, sino solo culpabilidad.

Él se encogió de hombros.

–Al igual que Edie, y las mujeres con las que salí después de su muerte, Marsha solo me veía como un tipo con clase, un trofeo, algo que exhibir –contestó con un cinismo que sorprendió a la joven, la clase de cinismo que daba a entender que conocía muy bien a las mujeres, y que no confiaba en ninguna.

–Entonces Edie… ¿ya sabía quién eres en realidad?

–¿Crees que habría salido conmigo si pensase que solo era un vaquero? –le contestó él–. Nos conocimos por un amigo mutuo, un amigo de mi antigua vida. Así que, ya ves, no estaba loca por mí, simplemente le gustaba salir a cenar y a bailar a sitios caros, y pasarlo bien con alguien de su estatus social. Para ella los peones de rancho no son más que paletos. Si te digo la verdad, me siento mal por la decepción que le he causado, pero no me preocupa, encontrará a otro hombre con el que reemplazarme. No soy el único soltero de Texas.

–No creía que pudieras ser tan cínico –le espetó Penélope.

–Marsha era bonita y yo la deseaba –explicó C.C. encogiéndose de hombros–, pero mucho antes del accidente me arrepentí de haberme casado con ella. Le importaba más lo que tenía y mi posición que mi amor.

Pepi bajó la cabeza, preguntándose si Connal no acabaría arrepintiéndose también de no haber solicitado la anulación cuando todavía podían haberlo hecho.

–Pero aún así, su pérdida debió ser muy dura para ti –murmuró.

–Lo fue –asintió él–, y todavía más la pérdida de nuestro hijo. Si hubiera sabido que estaba embarazada no la habría dejado subir siquiera a la balsa, pero ella era demasiado posesiva como para permitir que fuera sin ella. Había otras dos mujeres en el grupo, y estaba convencida de que las dos me atraían.

Pepi alzó la vista algo asombrada.

–Entonces no debía conocerte muy bien, porque si algo puedo asegurar de ti es que eres la clase de hombre que se toma muy en serio el cumplimiento de aquello en lo que se compromete –murmuró.

–Si de verdad piensas eso, ¿por qué me miraste de ese modo tan acusador hace un rato, cuando volví de llevar a Edie a su casa? ¿Acaso creíste que estaría en la cama con ella?

–Hay una gran diferencia entre casarse por voluntad propia y hacerlo cuando tu mente está nublada por el tequila –le espetó ella molesta–. Esto no funcionará nunca, C.C. –añadió con voz cansada.

–Maldita sea, por supuesto que va a funcionar –contestó él–. Es solo que aún estamos en un… «proceso de adaptación». Para mí hasta hace poco no eras más que una chiquilla, la hija adolescente de mi patrón.

–O tu niñera –añadió Pepi–, ¿no es así? Al menos es lo que me dijiste en Juárez.

–Es cierto que desde que nos conocimos siempre has cuidado de mí –asintió él–, pero nunca había pensado en ti como mujer, en el sentido físico, y a mí me sorprendió tanto como a ti aquella atracción que pareció surgir entre nosotros aquella mañana en la cocina, cuando tu padre nos interrumpió.

Penélope apartó la mirada, incómoda. Recordaba muy bien esa mañana. Había pensado en ello una y otra vez, sintiéndose siempre terriblemente turbada, aunque ni siquiera la había besado.

En ese momento se acercó un vez más el camarero para recoger sus platos y preguntarles si tomarían postre, pero ambos habían perdido el apetito y solo pidieron café.

–Supongo que, si hubiésemos llegado a esta situación de mutuo acuerdo –continuó él–, las cosas serían muy distintas.

–Nunca habríamos acabado en esta situación de mutuo acuerdo –replicó Pepi riéndose con amargura–. Ni en un millón de años llegarías a sentir algo por alguien como yo. De hecho, si no te hubieras emborrachado y esto no hubiera ocurrido, creo que habrías terminado casándote con Edie.

–¿No has oído una palabra de lo que te he dicho, acerca de por qué Edie salía conmigo? –la interrumpió él irritado.

–Edie te ama –masculló ella obstinadamente–. No estoy ciega, aunque me parece que tú sí, o que al menos estás cerrando los ojos a la realidad. Ella te quiere, a su modo, pero te quiere. No me parece exactamente la clase de mujer mercenaria. Le gustan los lujos, sí, pero estoy convencida de que ha visto en ti algo más que solo el dinero.

–¿De veras? –inquirió él, enarcando una ceja–. ¿Cómo qué?

–Pues que eres... que eres un hombre amable –murmuró Pepi, ignorando su sarcasmo–, que no eres de los que van por ahí buscando bronca, pero sí se defienden cuando tienen que hacerlo, que eres justo y abierto de mente, y que tienes buen corazón.

Connal se quedó un momento callado, conmovido por aquella ingenua y halagadora opinión que tenía de él.

–Eres demasiado buena conmigo, sobre todo después de las cosas que te dije, del modo detestable en que me he comportado.

–Supongo que yo también me enfadaría si a la mañana siguiente de una borrachera me enterara de que me había casado contra mi voluntad –respondió ella encogiéndose de hombros–, pero lo que no comprendo por más que lo intento es porque cambiaste de opinión sobre la anulación mientras estuviste fuera.

–Fue Evan quien me hizo cambiar de opinión –explicó C.C. una vez el camarero los hubo servido el café–. Me dijo que era un cobarde, que estaba huyendo del compromiso –sacó un cigarrillo y lo encendió –. Tenía razón, pero no estaba seguro de estar preparado para volver a tener una relación sentimental. Además, aún no he superado del todo la muerte de Marsha, la culpabilidad que sentí al perderla. Pero Evan me hizo ver que debía seguir adelante contigo si tú tenías el coraje de cargar conmigo –le dijo mirándola fijamente–. Me dijo que, por lo que le conté, le daba la impresión de que eras exactamente la clase de mujer que necesitaba. Y quizá sea cierto, porque si hay algo en lo que no te pareces a Marsha, es que no eres nada posesiva.

Pepi sintió deseos de reír ante semejante frase. ¡Qué no era posesiva! Estaba desesperadamente enamorada de él, pero era obvio que Connal Tremayne no quería sentirse atado a nada ni a nadie. Solo quería una relación superficial que le permitiera seguir siendo libre emocionalmente, y aquello era algo con lo que ella no se podía contentar.

–Connal, yo… no estoy segura de ser capaz de sobrellevar esto –le confesó al fin–. Tú y yo somos muy distintos, C.C., y yo no creo que pueda adaptarme nunca a la clase de vida a la que tú estás acostumbrado, a la alta sociedad –le dijo con honestidad.

–Pepi, ¿acaso te he dado en estos tres años la impresión de ser un hombre que va de fiesta en fiesta? –inquirió él alzando la barbilla y entornando los ojos.

–Estos tres años has estado ocultándote –le recordó ella–, llevando un estilo de vida que seguramente no tiene nada que ver con el que llevabas antes de venir aquí. Apenas sé quién eres en realidad.

–¿Te gustaría saberlo? –inquirió él de repente–. Nada más fácil: Podríamos ir a Jacobsville unos días y visitar a mi familia –propuso. La joven se quedó dudando.

–¿Crees que le caería bien a tu madre? –preguntó.

–Estoy convencido. Seguro que os llevaréis muy bien.

–Pero, ¿y Harden? No me dio la impresión de gustarle demasiado.

–Harden detesta a las mujeres, cariño –le dijo Connal–. Y a nuestra madre por encima de todas las demás –añadió–. Por eso, aunque está soltero ya no vive en casa. Hace tiempo que compró un apartamento en Houston, en el mismo edificio en el que tenemos nuestras oficinas. Evan en cambio sí sigue viviendo en el rancho con nuestra madre.

La joven quería haberle preguntado por qué Harden odiaba a su madre, pero decidió que tal vez no era el mejor momento para indagar en los secretos familiares.

–Si fuéramos de visita como propones… ¿compartiríamos el dormitorio? –le preguntó preocupada.

Los ojos negros de Connal buscaron los suyos y escudriñó en ellos largo rato.

–Sí.

–¿Camas separadas? –inquirió Pepi, esperando que la respuesta fuera «sí». Pero él meneó la cabeza–. Oh –musitó la joven, jugueteando nerviosa con la cucharilla del café, y sintiéndose turbada ante la idea de dormir con él.

–Aún estás a tiempo de echarte atrás –la desafió él con sutileza.

Penélope alzó la mirada hacia él y se quedó dudando un instante, solo un instante. ¿Cómo podría negarse? Lo amaba. Si Connal había hablado en serio acerca de intentar que su matrimonio funcionara, ese era el primer paso. No podía desaprovechar la ocasión.

–No, no voy a echarme atrás –le respondió con firmeza.

Las facciones de C.C. se tensaron por la sorpresa, y a Pepi le dio la impresión de que de repente le costaba respirar.

–Valientes palabras –murmuró con voz acariciadora–. Pero, ¿y si yo tuviera en mente algo más que compartir la almohada?

Pepi se mordió el labio inferior.

–Eso es inevitable, ¿no? –le contestó con algo de incertidumbre–. Quiero decir, en el supuesto de que sigamos casados –añadió. C.C. asintió con la cabeza.

–No me conformaré con un matrimonio platónico, Pepi: quiero un hijo –añadió mirándola fijamente.

La joven bajó la vista a sus manos, entrelazadas sobre el regazo.

–Yo… yo también querría tener hijos –balbució–. Es solo que la idea me hace sentirme un poco nerviosa, nada más. Las mujeres de hoy en día son tan experimentadas…

–Y precisamente por eso no te imaginas lo exquisita y rara que resulta una novia virgen para cualquier hombre –le dijo él–. Tu inocencia me excita, Pepi. Solo de pensar en nuestra primera vez, me tiemblan las rodillas del deseo.

La joven sintió eso mismo en ese momento, pero por nada del mundo lo habría confesado. Alzó la vista hacia los ojos de Connal, pero la estaba mirando con tal intensidad, que tuvo que volver a bajarla.

–¿Y cuándo… cuándo quieres que vayamos? –le preguntó, cambiando de tema.

–Podríamos salir mañana mismo. De hecho mi madre me dijo que estaba deseando conocerte, y yo estoy ansioso por hacerle ver que no he vuelto a cometer el mismo error que hace años.

–Tal vez no sea el mismo, pero quizá sí sea un error –murmuró Pepi insegura–. ¡Oh, C.C., si supieras cuánto siento habernos metido en este lío! –gimió mirándolo a los ojos–. Si hubiera sido Edie o alguien como ella, habría sabido reaccionar, pero me acobardé, y luego quise convencerme de que el certificado era falso, de que no pasaría nada.

–Edie en tu caso habría hecho lo mismo, solo que luego no estaría atormentándose con esos remordimientos de conciencia –repuso Connal.

–Pero, ¿por qué ya no quieres la anulación? Si te parece que podríamos tener un futuro juntos así al menos podrías decidirlo libremente y…

–Maldita sea, Pepi, ¿todo esto es por ese condenado veterinario? –le espetó el vaquero de repente muy enfadado–. ¿Es por él?

–¿Qué quieres decir? –balbució la joven, aturdida por el veneno que había en su voz.

Connal se inclinó hacia delante, con los ojos brillándole como carbones encendidos.

–Sabes muy bien a qué me refiero. Está enamorado de ti, ¿no? Yo solo quiero saber de una vez si es mutuo o no. Vamos, dime, ¿es Hale la razón por la que no haces más que insistirme con lo de la anulación?, ¿para poder librarte de mí y casarte con él?

–Bueno, Brandon me pidió que me casara con él, pero… –se defendió Pepi.

–Pero como siempre, tus instintos maternales fueron más fuertes, y tuviste que seguirme a Juárez para hacer tu papel de niñera –la cortó él–. Pues lo siento por ti, pero tendrás que aguantarte y cargar con las consecuencias. Estamos casados lo quieras o no, y no pienso dejar que sigas flirteando descaradamente con ese payaso pelirrojo.

–¿Cómo te atreves a acusarme de ese modo? ¡No

tienes derecho! –exclamó Pepi boquiabierta –. Aunque este matrimonio no fuera de mutuo acuerdo, yo me tomo mis votos tan en serio como tú. ¿Qué te has creído?

–¿Ah, sí? Pues demuéstralo.

–¿Que lo... demuestre? –repitió ella sin comprender.

–Sí, ya sabes dónde está el barracón –le dijo él con una sonrisa burlona.

La joven apartó el rostro irritada. Tal vez sobre el papel fueran marido y mujer, pero ella necesitaba tiempo.

–Gallina –la pinchó Connal–. Está bien, no pasa nada. Salvarás tu orgullo por esta vez, pero cuando estemos en mi casa, dormirás conmigo, y quiero tu palabra.

–¿No hace falta que lo jure sobre la Biblia, verdad? –repuso ella, doblando la servilleta y colocándola sobre la mesa–. ¿Podemos irnos ya, por favor?

–Por supuesto.

Connal dejó escapar un profundo suspiro. Él mismo se había cerrado todas las puertas, y no sabía qué hacer para volver a abrirlas. Lo único que sabía era que, si perdía a Pepi, su existencia parecería totalmente vacía.

Se montaron en el coche, y C.C. lo puso en marcha, recorriendo en silencio la carretera paralela al río hasta llegar al desvío del rancho. Aquella zona era campo abierto, y estaba desierta a esa hora.

Pepi iba absorta en sus pensamientos, mientras retorcía entre los dedos las finas asas de su bolso. La tensión entre ellos se mascaba en el ambiente. Connal podía parecer muy tranquilo, e incluso impasible con la vista fija en la carretera y el cigarrillo en los labios, pero la joven intuía que en su interior se agitaban turbulentas corrientes. Lo más probable era que estuviera arrepintiéndose de haber renunciado a Edie, porque Pepi era incapaz de tomarse en serio sus comentarios acerca de ella y Brandon. ¿Acaso no era obvio que ella no sentía nada más que amistad hacia el joven veterinario? Además, era ridículo pensar que pudiera estar celoso, porque eso significaría que sentía algo por ella, y Pepi sabía que no era así. Se lo había dicho él mismo.

La joven echó la cabeza hacia atrás con un pequeño suspiro, deseosa de llegar a casa, de que al fin terminara aquella larga y horrible velada. Sin embargo, de pronto C.C. detuvo el coche, saliéndose al arcén, a la sombra de un grupo de árboles, cuya silueta se recortaba contra el negro horizonte nocturno, y apagó el motor.

Penélope abrió los ojos y giró la cabeza para mirarlo. A la pálida luz de la luna, sus ojos brillaban, peligrosos como los de un felino agazapado en la oscuridad.

–¿Asustada?

–N-no –balbució ella–. ¿Por qué habría de estarlo?

Connal apagó el cigarrillo, desabrochó su cinturón de seguridad, luego el de ella, le arrancó el bolso de las manos, lo lanzó sobre el panel de mandos y, con una destreza pasmosa, la alzó en volandas, sentándola sobre su regazo.

–Mentirosa –murmuró–. Estás muerta de miedo. Deja que te diga algo, Pepi: el amor físico no es algo que tengas que temer. Es una forma exquisita de compartirse con la otra persona, una expresión íntima de respeto y deseo mutuos.

C.C. parecía más amable de lo que se había mostrado nunca con ella, y eso hizo que la joven perdiera un poco de la aprehensión que sentía. Apoyó la mano en el pecho de Connal mientras escrutaba su rostro.

–Tú... tú... ¿me deseas? –inquirió incrédula.

–Mi pequeño topo... –murmuró él divertido.

La atrajo más hacia sí, de modo que pudiera notar lo excitado que estaba. Penélope gimió y se puso tensa.

–¿Contesta eso a tu pregunta? –le dijo con voz seductora. Ella quiso apartarse, aturdida, pero él puso una mano firme en la parte baja de su espalda para evitar que pudiera hacerlo–. ¿No quieres saber cuánto tiempo hacía que una mujer no me excitaba de este modo?

Los dedos de Pepi se cerraron como garras sobre las solapas de la chaqueta de Connal, pero ya no quería apartarse de él. Su cuerpo estaba empezando a traicionarla, reaccionando de un modo inesperado ante la evidencia del deseo de C.C., y de pronto se encontró tratando de pegarse aún más a él.

–¡Pepi! –gimió él asombrado, conteniendo el aliento.

La joven lo había sentido estremecerse, y lo miró sin comprender. Repitió el ligero movimiento que había hecho con las caderas. Sí, a Connal le gustaba, podía verlo en el modo en que se contraían sus facciones y cerraba los ojos, en cómo su cuerpo parecía ponerse rígido y se detenía su respiración.

–¿Te gusta... esto? –inquirió, poniéndose roja como una amapola.

–Sí, oh, sí... –jadeó él. Enredó la mano libre en sus cabellos y le masajeó la nuca–. Hazlo otra vez, cariño –susurró–. Otra vez...

Los labios de Connal se cerraron sobre los suyos, y el vaquero comenzó a invadir la boca de la joven con su lengua de un modo sensual, insistente. Ella se arqueó hacia él, y sintió que la mano de C.C. se aventuraba por debajo de la falda de su vestido, y subía por su pierna. Connal le acarició la cara interna del muslo, mientras le mordisqueaba los labios con fruición. Cuando alcanzó la parte más íntima de la joven, ella ni siquiera protestó. Se sentía en el cielo con todo lo que le estaba haciendo.

La mano de Connal se retiró y subió por la espalda de Pepi hasta encontrar la cremallera del vestido, y la fue bajando despacio, para desabrochar después el enganche del sostén de encaje.

–No tengas miedo –le dijo cuando ella trató de detenerlo–. Quiero ver tus senos, Pepi, quiero tocarlos.

Penélope se estremeció al oír aquellas palabras, y lo dejó hacer. El vestido cayó hasta su cintura junto con el fino sostén. Connal la apartó un poco para poder mirarla mejor, y sus ojos negros se deleitaron en la desnudez de la joven. Durante largo rato C.C. no se movió ni pronunció palabra, y bajo su ardiente mirada, los pezones de Pepi comenzaron a endurecerse. La joven estaba maravillada con aquellas reacciones de su cuerpo, y sin darse cuenta se arqueaba más hacia él, como rogándole que hiciera algo más que solo mirar.

Las manos de Connal se deslizaron arriba y abajo por la espalda de la joven, y de pronto sus labios rozaron la sedosa turgencia de uno de sus senos. Penélope se estremeció. A él le gustó aquella reacción y volvió a hacerlo una vez, y otra, y otra... siempre evitando el duro pezón. Pepi tenía los puños cerrados, sintiendo que todo su ser latía.

–¡C.C.! –gimió–. Por favor... no pares...

Connal subió la mano hasta el otro seno, acariciando el contorno, y siguió volviéndola loca con suaves besos hasta que la joven gritó otra vez suplicándole más. Solo entonces abrió la boca y engulló una de aquellas cumbres, succionando despacio, y haciéndola gemir con mayor intensidad aún. Penélope enredó los dedos en el oscuro cabello de Connal, jadeando de placer.

–¡Oh, Dios...! –exclamó él, sorprendido por el modo en que ella estaba reaccionando.

Si estaba tan excitada cuando apenas habían hecho nada, ¿cómo sería si estuviesen los dos en la cama, desnudos, con ella rodeándolo con sus largas piernas?

–Connal... Connal, por favor... Por favor... –balbucía Pepi sin saber siquiera qué le estaba pidiendo.

–No puedo –masculló él, levantando de pronto la cabeza. Apenas podía hablar, y las manos le temblaban–. Aquí no... Esta no es manera de... No para una primera vez...

La atrajo hacia sí, y la abrazó, tratando de respirar para recobrar el control. Al cabo de unos minutos seguían el uno en brazos del otro, callados, pensativos.

–Connal –dijo ella al fin, rompiendo el silencio–. Lo que hemos hecho... ¿se siente lo mismo cuando se va... hasta el final?

–Sí –murmuró él contra su oído–, pero es mucho más intenso –le mordió el lóbulo de la oreja, y le acarició la espalda desnuda con sensualidad–. ¿Te ha visto Hale desnuda alguna vez?

–No, nadie... excepto tú.

Connal la apartó un poco de él, admirándola, y acarició suavemente uno de sus pezones, observando satisfecho cómo se endurecía y ella temblaba.

–Si seguimos así, acabaré tomándote aquí mismo. Será mejor que te lleve a casa.

La joven quería protestar, pero él volvió a depositarla en su asiento.

–Yo no quería parar, Connal –le dijo mientras volvía a vestirse con un mohín en los labios.

–Yo tampoco quería, cariño, pero será mejor que esperemos un poco. Iremos a ver a mi familia, pasaremos esos días juntos, y después... después vendrá lo demás.

Penélope no se atrevía a albergar esperanzas, pero su corazón daba brincos de alegría. Aquello tenía que significar que ella le importaba, aunque solo fuera un poco. De otro modo, ¿por qué iba a querer esperar?

Capítulo Diez

Pepi y C.C. salieron hacia Jacobsville a la mañana siguiente. Mientras hacía el equipaje, la joven había estado dudando qué ropa llevarse, pero finalmente había escogido las prendas más elegantes y clásicas que había en su ropero. Estaba segura de que a la madre de Connal le parecería muy provinciana su forma de vestir, pero no le expresó sus temores a él, quien, desde que se sentara al volante, estaba muy callado.

–¿No estarás arrepintiéndote, verdad? –le preguntó insegura–, de presentarme a tu madre, quiero decir.

–¿Por qué tendría que arrepentirme? –inquirió C.C. mirándola atónito.

–Bueno… –comenzó la joven girando el rostro hacia la ventanilla–, es que yo no sé nada de refinamientos ni de etiquetas. La verdad es que me he pasado la mitad de la noche despierta, preocupándome por qué pasaría si me pongo nerviosa y derramó el café en una alfombra o algo así.

Connal extendió el brazo y le tomó la fría mano, entrelazando los dedos con los de ella y apretándoselos suavemente. Penélope se volvió para mirarlo.

–Escucha, Pepi, mi madre es la esposa de un ranchero, y tan llana como tu padre. Nuestra casa no es como esas que salen en las revistas de diseño y, si derramaras el café, simplemente te pediría que fueras a la cocina a por algún producto para limpiar la mancha. Y respecto a esa bobada de la etiqueta, Jeanie

May, la mujer que ayuda a mi madre en las tareas de la casa desde hace años, prepara unas comidas tan buenas que nadie es capaz de preocuparse por cursilerías cuando se sienta a la mesa. La única hostilidad que encontrarás es la de Harden. Le fastidiará tener que darte conversación o entretenerte en un momento dado, pero no se lo tomes en cuenta. No tiene nada contra ti, es así de asocial.

–Connal... ¿qué le ocurrió? Alguien debió herirlo terriblemente para que esté tan resentido.

El vaquero la miró un instante antes de contestar.

–Bueno, antes o después te enterarás, así que supongo que será mejor que te lo cuente yo: aproximadamente un año después de que Evan naciera, nuestros padres se separaron, y al poco mi madre conoció a un sargento de los marines, y se enamoraron. Eran los años sesenta, y él tuvo que ir a luchar en la guerra de Vietnam. No regresó. Mi madre se había quedado embarazada de Harden, y acabó volviendo con mi padre, que llevaba todo ese tiempo rogándole que lo perdonara y que le diera otra oportunidad. Mi padre adoptó a Harden, dándole su apellido, pero Jacobsville es una ciudad pequeña, y los niños son muy crueles, así que, cuando Harden empezó a ir al colegio pronto descubrió de un modo muy poco delicado que no era hijo de quien él creía.

–Y le echa la culpa a tu madre –adivinó Penélope.

–Así es. Harden no puede perdonarle que se lo ocultara, y tampoco que sea el fruto de una relación que tuvo lugar cuando ella y nuestro padre aún estaban casados ante la ley. No soporta la idea de ser hijo bastardo, se siente como una especie de paria.

–Pero tu padre lo adoptó, ¿es que eso no cuenta para él? –inquirió. Connal meneó la cabeza.

–Harden es de la vieja guardia, tremendamente

conservador, con unos principios rígidos y anticuados –dijo mirándola con una media sonrisa–. Te apostaría lo que fuera a que aún es virgen.

Penélope abrió mucho los ojos, incrédula. ¿Harden... virgen? Era imposible. Con lo increíblemente atractivo que era, con ese físico, y aquel halo de misterio a su alrededor...

–¡Oh, vamos, C.C., no digas bobadas! –dijo riéndose.

–Lo digo en serio –respondió él frunciendo el entrecejo–. Harden es diácono en nuestra parroquia, y canta en el coro. De hecho, durante un tiempo estuvo considerando el hacerse sacerdote.

La joven nunca lo hubiera dicho.

–¿Qué edad tiene ahora?

–Tiene un año más que yo, treinta y uno –contestó Connal–. ¿Sabes? Lo más gracioso es que, aunque él tiene mucho resentimiento hacia ella, para mi madre Harden siempre será el favorito. Creo que realmente amaba a aquel hombre. Arregló las cosas con mi padre, y fueron felices mientras él vivió, pero me parece que nunca llegó a olvidar aquel amor.

–Supongo que es comprensible que a Harden le resulte difícil perdonarla, pero a mí tu madre me da mucha lástima.

–Te aseguro que cuando la conozcas no sentirás lástima en absoluto. Es una mujer con mucho espíritu, igual que tú.

Penélope echó la cabeza hacia atrás y sonrió, mirándolo amorosa. Los recuerdos de la noche anterior acudieron en tropel a su mente, haciendo que se le colorearan las mejillas.

C.C. detuvo el coche al llegar a un cruce, y la miró, leyendo en sus ojos.

–¿Rememorando la noche pasada? –inquirió en un tono quedo, girándose hacia ella.

–Sí –murmuró ella.

La respiración de Connal se había tornado más rápida, como si él también estuviese recordando, y de pronto bajó la vista al pecho de la joven.

–Anoche, cuando te besaba, me parecía como si tu piel fuera seda –le dijo.

La joven lo miró llena de deseo, y se inclinó hacia él, pero él la tomó por la barbilla y la miró a los ojos.

–Este no es el lugar más apropiado... Ni tampoco el momento... –farfulló tragando saliva.

Pero aun así, miró detrás de ellos y, al cerciorarse de que no había ni un solo coche a la vista, puso el coche en punto muerto.

–Aunque por otra parte, qué diablos... Ven aquí –dijo desabrochándole el cinturón de seguridad y atrayéndola hacia sí.

La besó apasionadamente, mientras Penélope le echaba los brazos al cuello, respondiéndole con fervor, pero cuando ya estaban derritiéndose el uno contra el otro, la molesta bocina de un vehículo detrás de ellos los sobresaltó, haciendo que Connal se apartara de ella. Miró por el retrovisor y vio que se trataba de un enorme camión. El conductor parecía estar impacientándose.

–Obviamente no es un hombre casado –mascultó C.C. con fastidio. Volvió a poner el coche en marcha, pisó el acelerador, y tomó la autopista, volviendo al rato la cabeza hacia la joven, con una mirada hambrienta–. Esta noche te tendré, no pienso esperar más.

–Pero tu familia... nos oirán... –balbució Pepi insegura, y más roja que la grana.

–La casa es enorme. Dormiremos en un dormitorio apartado de los otros.

–Es que no puedo estar callada cuando empiezas a besarme y acariciarme... –murmuró Pepi–. Es como si perdiera el control.

–Yo también lo pierdo cuando estoy contigo –le aseguró él con una sonrisa.

Ella volvió a sonrojarse, y lo miró embelesada, como si quisiera aprender cada uno de sus rasgos de memoria.

–Cariño, si no dejas de mirarme de ese modo, voy a tener que aparcar el maldito coche y hacerte el amor en la cuneta –le advirtió él.

–No me importa donde sea –susurró ella temblorosa–. Oh, Connal, por favor… te deseo tanto…

C.C apretó la mandíbula, sintiendo que se estremecía por dentro. A lo lejos vio el cartel de un motel, y, sin pensarlo dos veces, tomó el desvío y detuvo el coche en el aparcamiento.

–¿Estás segura? –inquirió mirándola muy serio.

La necesidad de la joven era tan grande que ni siquiera su timidez la hizo echarse atrás.

–Sí –musitó en un hilo de voz, sonrojándose aún más.

Connal apagó el motor, salió del vehículo, y al cabo de unos minutos regresó con una llave en la mano. No dijo otra palabra hasta que no estuvieron en la habitación, con la puerta cerrada.

–¿Quieres que use algo? –preguntó antes de tocarla.

Penélope no dudó. Lo amaba, y si de aquello nacía una vida, sería lo mejor que le podría pasar. Además, él quería un hijo desesperadamente.

–No –le dijo acercándose a él confiada–, no uses nada.

Connal la atrajo hacia sí. Estaba ya tan excitado, que todo su cuerpo temblaba.

–No sé cuánto tiempo podré resistir –susurró contra sus labios–, pero intentaré excitarte lo bastante como para hacerte soportable el dolor. Y, si pierdo el control, te prometo que te compensaré después.

Las manos de C.C. empezaron a desabrochar uno tras otro los botones del vestido de Pepi, y ella se quedó muy quieta, dejándolo hacer, hasta que estuvo completamente desnuda ante él.

El modo en que la estaba mirando hacía que a la joven le ardiesen las mejillas de rubor, pero también la halagaba inmensamente sentirse tan deseada. Connal echó hacia abajo la colcha y la sábana, depositándola sobre el colchón, y se dispuso a quitarse él también la ropa.

Pepi había visto imágenes y fotografías de hombres desnudos, pero nada la había preparado para la visión de Connal sin ropa encima. Era magnífico, tan musculoso y varonil. Excitado como estaba, cierta parte de su anatomía resultaba un poco amenazante, por lo que la joven contuvo el aliento cuando fue hacia ella.

–No tengas miedo –le dijo él, echándose junto a ella–. Cuando llegue el momento te aseguro que estarás lista para recibirme dentro de ti.

Tomó los labios de Pepi y deslizó la mano desde el pecho de la joven hasta la cadera, el muslo... y otra vez volvió a ascender hacia la turgencia de su seno.

El pudor de Penélope comenzó a disiparse a medida que los expertos dedos de C.C. avanzaban con seguridad y delicadeza por su cuerpo virginal. De pronto Connal levantó la cabeza y se quedó observándola mientras le acariciaba los senos, el estómago, y finalmente aquel lugar que la definía como mujer. Cuando la tocó en ese punto, en lo más íntimo, Penélope se estremeció, y trató de apartarse de él.

–No –le susurró él tiernamente, besando sus párpados–. Esto es necesario. Tienes que entregarte a mí por completo, o podría hacerte daño aún sin pretenderlo. Vamos, solo quiero enseñarte cómo será. Relájate, pequeña, y entrégate a mí.

Connal la besó con sensualidad, mientras Pepi dejaba que sus dedos la exploraran. Su cuerpo reaccionó extasiado ante las nuevas sensaciones que estaba despertando en ella, y empezó a arquearse hacia él.

–No te resultará difícil, cariño, ya lo verás –murmuró C.C. sonriendo contra sus labios–. Ahora empieza, pequeña, ahora...

El beso se hizo más profundo mientras los dedos de Connal seguía atormentándola dulcemente, moviéndose dentro de ella con un ritmo delicioso que la hacía arquearse y jadear. Era una sensación tan intensa, que Pepi creyó que no podría resistirlo, y le clavó las uñas en los hombros desnudos.

Connal sonrió al ver el placer reflejado en el rostro femenino, y se inclinó para tomar uno de sus pechos en la boca, succionando al mismo ritmo que sus dedos se introducían en ella. Y, de pronto, Penélope empezó a convulsionarse. Estaba alcanzando el éxtasis.

C.C. retiró la mano, le abrió las piernas, y la penetró con suavidad, pero sin dudar. Penélope gritó, y los ojos de ambos se encontraron en el mismo momento en que él la poseyó. A pesar del dolor, Pepi no se apartó de él, y la molestia poco a poco fue disipándose, dejando lugar solo al goce que le producía cada embestida de Connal.

Por unos segundos el rostro contraído de Connal se convirtió solo en una mancha borrosa, y Pepi cerró los ojos, concentrándose en el placer, hasta que de repente lo oyó gritar a él también, y convulsionarse como ella lo había hecho momentos antes.

Al cabo de unos segundos volvió a abrir los ojos sintiéndose una mujer nueva, renacida. Su piel estaba húmeda y fría, y también la de él. Connal estaba tumbado sobre ella, habiendo caído exhausto por la pasión, que le había exprimido hasta la última gota de energía. Penélope lo rodeó con sus brazos tiernamente, apretándolo contra sí. Se movió un poco, y lo notó todavía dentro de ella, como si se hubieran convertido en uno solo.

–¿Te he hecho mucho daño? –inquirió C.C. en su oído.

–No –murmuró ella dulcemente–. Ha sido tan hermoso… Ojalá tenga un bebé –susurró–. ¿Te molestaría que me quedara embarazada tan pronto? –inquirió insegura.

Connal meneó la cabeza con una sonrisa.

–Te dije que me gustaría tener un hijo, ¿no?

Pero ella se había quedado mirándolo pensativa.

–Pero, ¿y si…? Si no pudiera dártelo… tú… ¿te divorciarías de mí? –le preguntó angustiada ante la idea.

–¡No!, ¡claro que no! –exclamó él frunciendo las cejas–. Este no es un matrimonio basado en condiciones, Pepi. Si no pudieras tener hijos, no pasaría absolutamente nada, así que deja de preocuparte.

–De acuerdo –murmuró ella sonriendo y relajándose al fin, dejando escapar un suspiro de felicidad–. ¿Podríamos hacerlo otra vez, Connal?

–No digo que no me gustaría –contestó él con una sonrisa seductora, haciéndola rodar hacia el lado–, pero le dije a mi madre que llegaríamos para el almuerzo, y puede matarme si nos retrasamos.

La joven se levantó rezongando, y minutos después, cuando salió del cuarto de baño, Connal estaba ya listo y esperándola.

–Connal, ¿te parece que este vestido está bien?, ¿debería ponerme otra cosa? –le preguntó Pepi preocupada. Él la tomó de la barbilla y la besó.

–Así estás perfecta –susurró contra sus labios–. Jamás había alcanzado un éxtasis semejante con ninguna mujer–le confesó–. No, nunca había experimentado nada igual. Me has hecho gritar y, Dios, casi perdí el conocimiento por el placer tan increíble que sentía. No estoy seguro de que me guste perder el control de esa manera.

Penélope se sintió orgullosa de haberlo excitado hasta ese extremo, y así se lo hizo saber, sonriéndole con los ojos.

–Tal vez yo consiga que llegue a gustarte –le susurró en un tono sensual. El corazón de Connal comenzó a palpitar con fuerza contra sus costillas.

–¿Tú crees? –la desafió.

Penélope se acercó a él y, con el índice, jugueteó con el botón blanco del cuello de la camisa.

–Espera y verás –le dijo con picardía. Se puso de puntillas para besarlo en los labios, en una caricia tentadora, y se alejó, mirándolo coqueta por encima del hombro mientras salía de la habitación.

C.C. la observó atravesar la puerta, sintiendo que le acababa de entregar a Pepi una parte de sí.

El resto del viaje, a pesar del interludio en el motel, que los había dejado saciados a ambos, lo hicieron en un tenso silencio. A pesar de que le había asegurado que le encantaría a su madre, parecía bastante nervioso.

Entonces, de pronto, Connal le dijo que no quedaba mucho. Tomaron una desviación, y al cabo de unos minutos pasaron bajo un arco de madera pintado de blanco, en el que se leía *Rancho Tremayne.*

–Ya estamos en casa –anunció C.C. dirigiéndole una breve sonrisa.

Y pisó el acelerador, mientras Pepi se retorcía nerviosa las manos en el regazo, rogando por que todo saliera bien. El hogar de los Tremayne era una enorme casa de estilo victoriano, y frente a ella había un cuidado jardín con coloridos parterres y frondosos árboles.

–Es preciosa –musitó Pepi admirada.

–A mí siempre me lo ha parecido –asintió Connal con una sonrisa de satisfacción–. ¡Mira, ahí viene mi madre!

La joven dio un respingo, pero al girarse no se encontró con una señorona adusta, sino a una mujer bajita, delgada y morena, de cabello entrecano, vestida con unos viejos pantalones vaqueros y una sudadera. Tenía las manos, la cara y la sudadera mojadas, y le chorreaban gotas de agua del cabello.

–¡Dios mío, pero si ya estáis aquí! –dijo corriendo hacia ellos y abrazando efusivamente a su hijo. Después se volvió hacia la joven–. Y tú, claro, tienes que ser Pepi –dijo dirigiéndole una amplia sonrisa mientras la sostenía por los hombros, como escrutándola. Sin embargo, Penélope pareció obtener su aprobación, ya que al instante la besó sonoramente en ambas mejillas y la abrazó–. ¡Qué alegría conocerte, querida! No podíais haber llegado más a tiempo: Connal, se nos está saliendo el agua a borbotones en la cocina, Jeanie May no está porque me pidió el día libre y yo soy incapaz de arreglarlo. ¡Si al menos supiera dónde diablos se ha metido Evan! –y sin formalidad alguna volvió corriendo a la casa, farfullando entre dientes y esperando que la siguieran.

Pepi se echó a reír. ¡Qué tonta había sido estando nerviosa! Theodora Tremayne parecía una mujer sencilla y dicharachera.

–¿No más preocupaciones? –le preguntó Connal con una sonrisa divertida.

–Ninguna –le dijo Pepi con convicción.

C.C. le rodeó la cintura con el brazo y la atrajo hacia sí, besándola en la frente mientras echaban a andar hacia el porche.

Capítulo Once

Por desgracia para Pepi, la calidez de Connal hacia ella pareció desvanecerse a medida que avanzaba el día. Tras arreglar la rotura del grifo, dejó a Pepi ayudando a su madre a poner la mesa.

–Me alegra tanto ver que al fin está dejando atrás el pasado –le dijo Theodora con sincera gratitud–. No puedes imaginarte lo terrible que ha sido para nosotros verlo mortificarse por algo que jamás podría haber evitado. Desde que se marchó, hace tres años, me ha llamado por teléfono, y me ha escrito, pero no es lo mismo que poder verlo y tenerlo aquí.

–Nosotros hasta hace poco no sabíamos nada de su pasado –le dijo Pepi–. Mi padre y yo, quiero decir –aclaró–. Pero siempre nos pareció que Connal tenía clase, era imposible no darse cuenta de que era distinto a los demás hombres que tenemos empleados en la hacienda. La verdad es que yo no hacía más que preguntarme cómo un hombre así podía haber acabado en un rancho tan ruinoso como el nuestro.

–Connal buscaba un lugar donde pudiera ser útil, donde empezar de cero –le contestó Theodora–. Además, siempre me ha hablado muy bien de tu padre. Bueno, y... em... también tenía mucho que decir sobre ti la última vez que estuvo aquí.

La joven se sonrojó y bajó la vista al plato que estaba poniendo en la mesa.

–Lo imagino –murmuró–. Estaba furioso cuando se marchó, y no lo culpo –dijo alzando el rostro hacia la mujer–: tenía todo el derecho a odiarme por no haberle dicho la verdad.

Theodora la miró a los ojos.

–Te ha hecho mucho daño, ¿no es verdad? –le preguntó de repente, sorprendiendo a Penélope–. ¿Sabe siquiera lo que sientes por él?

La joven se sonrojó aún más.

–No –contestó. La mano le temblaba al depositar los cubiertos junto al plato–. Creo que debe pensar que siento una especie de atracción de adolescente por él. Algo físico. Y tal vez sea lo mejor que piense así, porque no creo que jamás pueda llegar a ser la clase de esposa que necesita. Yo... yo no soy nada sofisticada y...

La madre de Connal la interrumpió, rodeando la mesa y dándole impulsivamente un cálido abrazo.

–Si se le ocurre apartarse de tu lado, lo perseguiré con el palo de la escoba –le dijo con convicción. Cuando se separó de la joven, le dirigió una sonrisa amable y cariñosa–. Iré a llamar a Connal, a Evan y a Harden. No pongas esa cara de preocupación, Penélope –le dijo riéndose al ver la aprehensión en su rostro–, Harden no te morderá.

La joven se sentó en el sitio que Theodora le había indicado, y al cabo de unos minutos reaparecía la dueña de la hacienda con una enorme bandeja cargada de carne estofada, y sus tres hijos detrás.

–Hola de nuevo –la saludó cordialmente Evan, sentándose al lado de Pepi–. ¿Sabes?, para variar no está mal tener algo agradable que mirar mientras como –añadió con una sonrisa socarrona–. Normalmente se me indigesta la comida teniendo que ver siempre la expresión torva de Harden.

El interpelado enarcó una ceja, y lanzó a Pepi una breve mirada de indiferencia.

–Ya te he dicho que te pongas una venda si no te gusta verme la cara mientras comes –le esperó a Evan.

–¡Solo faltaría eso! –se rio Theodora–. Siéntate, Connal, no te quedes ahí como un pasmarote.

C.C. esbozó una media sonrisa mientras tomaba asiento, pero miró con desagrado a Evan por haberse sentado junto a Pepi.

Teodora bendijo la mesa, y al rato estaban todos comiendo. Entre bocado y bocado, Evan empezó a hablarle a Pepi de la historia del rancho. Harden masticaba en silencio, y Teodora estaba interrogando a Connal acerca de sus planes para el futuro.

Pepi no pudo oír nada de lo que C.C. estaba diciendo, pero sí pudo sentir cómo la miraba de reojo enfadado. Se preguntó qué habría hecho para que de pronto se comportara con tanta frialdad. ¿Estaría arrepintiéndose de aquel arranque de pasión que había tenido al llevarla al motel? La joven se sonrojó un poco al recordar lo que habían hecho allí. Casi podía sentir aún el calor de las manos y los labios de Connal por todo su cuerpo.

Tal vez para los hombres fuera distinto cuando hacían el amor a una mujer a la que no amaban. No cabía duda de que Connal sentía deseo por ella, una pasión desenfrenada, pero quizá a posteriori había lamentado el haber perdido el control y haber hecho que, con ello, su matrimonio fuera definitivamente legal. Era probable que incluso estuviese arrepintiéndose de haber renunciado a Edie. Fuera como fuera, estaba muy extraño y taciturno.

–Siempre había querido tener una hermana –le dijo Evan sacándola de sus pensamientos–, pero lo único que conseguí fue un Connal, y un Donald y... a él –añadió sacudiendo la cabeza en dirección a Harden y haciendo que se estremecía de espanto. Harden, sin embargo, siguió comiendo como si nada, sin dignarse a mirarlo.

–No lograrás atravesar su coraza con insultos, Evan –le dijo su madre–. De hecho, creo que se crece ante ellos.

–Tú lo sabes mejor que nadie, ¿verdad, madre? –le espetó Harden con una gélida sonrisa.

–Harden, no voy a consentirte esto delante de nuestra invitada –le dijo Theodora con firmeza.

–Pepi no es una invitada, ya es de la familia –repuso Evan.

–Será familiar vuestra, porque mía no lo es –masculló Harden mirando con dureza a su madre–. No es nada personal –añadió girándose hacia Connal.

–¿Piensas hostigarme por lo que hice hasta la tumba, no es cierto? –le preguntó Theodora irritada.

–Tengo que volver al trabajo –farfulló Harden poniéndose de pie, como si no la hubiera oído–. Hasta luego.

Y salió del comedor tieso como un palo, y sin volver la vista atrás.

–Bueno, ahora que el elemento en discordia nos ha dejado –dijo Evan con un cómico suspiro volviéndose hacia Pepi–, ¿qué opinas de nuestra humilde morada?

La joven se deshizo en vehementes alabanzas, aunque no lograba apartar de su mente aquella tensa escena que acababa de presenciar. Si las cosas iban a ser así todo el tiempo, no estaba muy segura de querer permanecer allí mucho tiempo.

Sin embargo, sin la presencia de Harden el ambiente se volvió más cordial, y antes de que Connal pudiera oponerse, Evan la tomó de la mano después del almuerzo y, diciendo que iba a llevarla a dar un paseo en el Jeep por el rancho, la arrastró fuera.

–Pe…pero, ¿y Connal? –inquirió Pepi inquieta, al ver cómo los miraba furibundo mientras salían por la puerta.

–Vamos, vamos… solo quiero tener contigo una pequeña charla amistosa –le dijo Evan mientras subían al Jeep.

–Yo creía que ibas a enseñarme el rancho.

–Era solo una excusa –contestó él mientras ponía el vehículo en marcha.

Cuando estuvieron lo bastante lejos de la casa, Evan detuvo el Jeep y apagó el motor, girándose en el asiento para mirar a Pepi de frente.

–Creo que conoces a Edie, ¿me equivoco? –le preguntó. La joven asintió confusa. ¿A qué venía aquello?–. Llamó esta mañana –continuó Evan–. Quería saber si Connal estaba aquí.

–¿Por qué me cuentas esto, Evan? No es asunto mío que…

–Escucha, Pepi, por supuesto que es asunto tuyo, si es que Connal te importa de verdad. Edie no es la clase de mujer que se da por vencida al primer revés. No cree que Connal y tú estéis legalmente casados. Piensa que estás engañándolo con un certificado de matrimonio falso.

–Si ese es el problema –suspiró la joven–, no es difícil comprobarlo: basta con que le llevéis el certificado a un abogado.

–No me has dejado terminar –replicó Evan–. No necesitamos comprobarlo, porque yo ya me encargué de hacerlo cuando Connal llegó aquí hecho una furia. No te ofendas –le pidió con una sonrisa culpable–, pero mi hermano heredará una fortuna cuando nuestra madre muera, y cuando apareció bramando y maldiciendo, nosotros no sabíamos nada de ti, ni qué clase de persona eras…

–Pero Connal me dijo que fuiste tú quien lo hizo cambiar de opinión respecto a la anulación –lo interrumpió ella de nuevo.

–Y es cierto –asintió él, echando hacia atrás su sombrero vaquero–. Un día de estos te dejaré leer el informe sobre ti que me hizo un detective privado que contraté. Gracias a él pude entrever cómo eras en realidad, que no podías ser una arpía mercenaria. No, tú eres la clase de esposa que las madres sueñan para sus hijos: sencilla, cariñosa, trabajadora… En este mundo tan falto de ternura y compasión, eres como una rara flor, Penélope, y así se lo dije a mi hermano. Solo quería que supieras que debes andarte con ojo respecto a Edie y no bajar la guardia. Puede haceros daño si no le paras los pies, ¿de acuerdo?

–De acuerdo –asintió ella con una débil sonrisa–. Gracias.

–Connal se merece un poco de felicidad –le contestó Evan muy serio–. Nunca lo fue demasiado al lado de Marsha: ella no podía soportar perderlo de vista cinco minutos. Ya es hora de que deje atrás el pasado.

–Yo pienso lo mismo –murmuró Pepi–. Cuidaré de él, Evan, te lo prometo. Si es que él me deja, claro –añadió con voz queda.

–Según tengo entendido, llevas haciéndolo ya tres años –dijo Evan con una sonrisa afectuosa–. Será mejor que regresemos –dijo poniendo otra vez el coche en marcha.

Cuando llegaron a la casa, Connal estaba furioso.

Lanzó una mirada furibunda a Evan en cuanto los vio aparecer, pero fue aún peor la que dirigió a Pepi, que casi sintió deseos de esconderse debajo de la mesa del salón.

Theodora fingió no haber advertido la tensión entre ellos mientras los conducía a ambos a su cuatro por cuatro para ir a Jacobsville a comprar algunas cosas. En realidad podría haber ido ella sola, pero Pepi comprendió que los había llevado consigo para intentar distender el enrarecido ambiente.

La matriarca de los Tremayne parecía conocer a todo Jacobsville, ya que a cada paso que daban, iban saludándola todas las personas que se encontraban.

–Aquellos son los Ballenger, Calhoun y Abby –le dijo Teodora a Pepi en la tienda de ultramarinos, señalando a un matrimonio que había junto a la caja. Ella era muy joven, y estaba pendiente de tres chiquillos que no paraban un momento–. Y esos son sus tres hijos: Terry, Matt y Edd. La cuñada de Abby, Shelby, es una mujer encantadora, y está casada con el hermano de Calhoun, Justin. He oído que ella está embarazada otra vez. Está empeñada en tener una niña, aunque es comprensible, después de tantos varones.

Mientras Pepi escuchaba a Theodora, advirtió mirando con el rabillo del ojo, que Connal seguía con la misma cara de pocos amigos, y, de vuelta a casa, durante la cena, Connal continuó igual de callado y taciturno.

–Connal nos ha dicho que haces un pastel de manzana buenísimo, Pepi –le dijo Evan por sacar conversación.

–Bueno, a mi padre al menos se lo parece –dijo ella con modestia–, y odia tener que compartirlos con nadie.

–No le culpo –dijo Evan–. Yo llevo soñando desde pequeño con poder comerme yo solo uno de los pasteles de Jeanie May. Mi madre siempre nos sirve unas porciones ridículas.

–Su idea de una porción es dos tercios del pastel –le aclaró su madre riendo.

–No le hagas caso, Pepi, nos mata de hambre –le dijo Evan siguiendo con la broma–. Cualquiera puede ver que me estoy quedando en los huesos...

Pepi no podía dejar de reírse, y sus ojos brillaban mientras escuchaba a Evan, mirándolo divertida. Sin embargo, Connal, sentado frente a ella, no se reía. Estaba atormentándose al ver que ella parecía preferir a Evan, y se le estaban ocurriendo las ideas más absurdas acerca de ellos dos. «Pepi se sintió atraída hacia él desde que lo conoció», se decía, «y hoy... hoy accedió a irse con él en el Jeep sin pensárselo dos veces. Y mírala ahora, escuchándolo embobada...» Creía estar perdiéndola. Pensaba que, si todo lo que había sentido por él no había sido más que la curiosidad propia de una virgen, habiéndola satisfecho, probablemente ya no le interesaría en absoluto. ¡Dios!, ¿qué iba a hacer si se enamoraba de Evan? Su rostro se contrajo, angustiado por los celos, pero bajó la vista al plato antes de que nadie pudiera notarlo.

Después de la cena se pusieron a ver en la televisión una comedia que a Pepi le encantaba, pero su entusiasmo se disipó pronto al ver que C.C. se levantaba en medio de la película diciendo que tenía que hacer unas llamadas.

Al cabo de un rato, Pepi se excusó también y fue al estudio, esperando poder hablar a solas con Connal, pero no estaba allí. Con un profundo suspiro salió al porche y se sentó en las escaleras, observando deprimida el oscuro horizonte.

De pronto, inesperadamente, escuchó abrirse y cerrarse la puerta detrás de ella y, pensando que era C.C., se levantó y se giró, pero se trataba de Harden. De todos los hombres a los que había conocido, ninguno le ponía tan nerviosa como aquel.

–¿Molesto? –le preguntó el hermano de Connal en un tono quedo.

–No, yo… solo quería tomar un poco de aire fresco –balbució Penélope–, pero hace bastante frío. Será mejor que vuelva dentro.

Él la retuvo agarrándola muy suavemente por el brazo.

–No tienes por qué tenerme miedo –le dijo–. Mi hostigamiento, como lo llama mi madre, no tiene nada que ver contigo.

Pepi se relajó un poco.

–Connal lleva toda la noche observándote –prosiguió Harden–. Parece preocupado. ¿Habéis discutido por algo?

–No –replicó ella–. De hecho, esta mañana las cosas entre nosotros iban mejor que nunca, pero desde que llegamos aquí… no sé, es como si se hubiera cerrado a mí. No hago más que pensar que tal vez haya vuelto a cambiar de idea respecto a nuestro matrimonio –suspiró lanzando las manos al aire–. Ya no sé lo que quiere. ¿Y si echa de menos a Edie y está enfadado porque se siente atrapado conmigo?

–¿No será que está celoso? –apuntó Harden–. Ya veo que no se te había pasado siquiera por la cabeza esa posibilidad –añadió al ver la estupefacción en el rostro de la joven–. Mi madre me ha dicho que no estaba precisamente contento cuando te fuiste con Evan en el Jeep.

–Um… pues sí –respondió ella confusa–. Pero es que Evan quería hablarme de la llamada de Edie.

Me ha dicho que telefoneó antes de que llegáramos. Tu hermano cree que quiere poner a C.C. en mi contra.

–¿Y se lo has explicado a Connal?

–No he podido –le dijo ella frustrada–. Parece que esté evitándome. ¿De verdad crees que sea que esté celoso? Me parece imposible. Ni siquiera me quería por esposa... Bueno, él me desea, pero... –murmuró sonrojándose.

Harden se echó a reír, sorprendiendo a la joven, que no hubiera creído que fuera a escuchar jamás ese sonido de su garganta.

–Piénsalo. Si dejas de infravalorarte, te darás cuenta de que le importas más de lo que crees.

Ojalá tuviera razón, se dijo Penélope. Tal vez tuviera razón en lo de los celos. Eso desde luego explicaría su repentino cambio de humor.

–Gracias, Harden. Creo que iré dentro, a buscar a mi marido –le dijo con una sonrisa.

–Verás como todo se arregla –la animó Harden–. Buenas noches.

–Buenas noches, Harden –respondió ella viéndolo bajar las escaleras del porche y dirigirse a su coche. En el fondo era muy agradable, igual que el resto de la familia de C.C. Volvió a entrar, dio las buenas noches a Theodora y Evan, y subió las escaleras, preguntándose si tendría el coraje suficiente como para tratar de seducir a su propio marido.

Capítulo Doce

Apenas eran las diez de la noche, pero cuando Penélope entró en el dormitorio al que Connal había subido sus maletas, lo encontró en la cama. No estaba segura de si estaba dormido o no. La luz de la mesilla estaba encendida, pero tenía los ojos cerrados, y su pecho, cubierto solo en parte por la sábana blanca, subía y bajaba rítmicamente.

–¿Connal? –lo llamó en voz baja.

Al ver que no contestaba, la joven dejó escapar un largo suspiro, sacó el camisón de la maleta y fue al cuarto de baño a cambiarse. Aquella no era la noche que había imaginado. Cuando volvió al dormitorio, minutos después, se sentó a su lado en la cama, observándolo largo rato, para finalmente apagar la luz con resignación y meterse bajo la sábana ella también.

Sin embargo, no conseguía dormirse. Empezó a dar vueltas, recordando tan vívidamente la pasión que había surgido entre ellos solo horas antes. Ahora que conocía lo que era el deseo, lo estaba sintiendo con tanta intensidad, que casi parecía dolor.

–¿No puedes dormir? –inquirió la profunda voz de C.C., sobresaltándola. No sonaba soñoliento. Seguramente se había hecho el dormido.

–La verdad es que no –murmuró ella.

Connal extendió el brazo y la atrajo despacio hacia sí. La mano de Pepi rozó su cadera, y solo entonces se dio cuenta de que no llevaba puesto nada.

Connal la notó tensarse de repente y se rio entre dientes.

–¿Todavía sientes vergüenza después de lo que hicimos esta mañana? –le preguntó–, ¿o es que soy el hombre equivocado? –añadió con sarcasmo.

–¿Qué quieres decir con eso? –inquirió Pepi.

–Llevas todo el día detrás de Evan –respondió Connal pasando sus manos por el cuerpo femenino, y acariciando los sensibles pezones con los pulgares–. ¿Ya te están resultando pesados los votos matrimoniales?

–C.C., eso no es cierto –protestó ella–. Tu hermano me parece muy agradable, pero no llevo todo el día detrás de él –se defendió. Los dedos de Connal se hundieron en su cintura.

–No esperaba que lo admitieras. Y supongo que tampoco puedo culparte porque, de un modo u otro, fui yo quien nos metió en este embrollo.

Un «embrollo», eso era lo que pensaba que era su matrimonio, se dijo Pepi entristecida.

–Creía que estabas hablando por teléfono, y fui al estudio a buscarte, pero no estabas allí –le dijo.

–Llamé desde aquí arriba –contestó él–. Tenía que telefonear a Edie.

Penélope sintió deseos de ir a retorcerle el cuello a aquella mujer. Las advertencias de Evan no habían sido en vano después de todo. Edie no estaba dispuesta a darse por vencida, y Connal no había tenido reparos en contestar a su llamada desde el hogar de su familia. Entonces ella estaba en lo cierto: se estaba arrepintiendo de haber renunciado a ella.

Connal notó cómo el cuerpo de Pepi se ponía rígido, y su corazón comenzó a latir apresuradamente. Aquel era el primer signo que le daba alguna esperanza de que no todo estaba perdido. Tal vez ella sentía algo por él.

–¿No tienes nada que decir? –la pinchó para hacerla hablar.

La joven apretó los dientes enfadada.

–Sí, que puedes soltarme. Creo que ahora ya podré dormir.

–¿Eso crees?

C.C. echó a un lado la sábana y, pillando a Pepi desprevenida, sus labios se cerraron sobre uno de sus senos, tomando el pezón a través de la fina tela del camisón.

El gemido que emitió Penélope fue como música para sus oídos. Sin dejar de besarla y acariciarla, se deshizo del camisón y deslizó las manos arriba y abajo por su suave cuerpo desnudo.

–¿Puedo tenerte sin tener que forzarte? –le preguntó en el oído.

–Sí –musitó ella en un hilo de voz. Le hincó las uñas en la espalda, atrayéndolo hacia sí, y abriendo las piernas para darle acceso a la parte más íntima de su cuerpo–. ¡Connal...!

C.C. jadeaba extasiado, invadiéndola una y otra vez, y ella repetía su nombre de un modo incoherente, agarrándose a él.

–¡No pares, Connal, no... pares..!

–Eres muy ruidosa, y eso me encanta... –le dijo él con voz ronca–. Y me encanta tu tacto, y tu sabor... Dime que me deseas, Pepi.

–¡Te... te deseo... aaah! –Penélope apenas podía pronunciar las palabras. Estaba matándola. El placer parecía demasiado increíble como para soportarlo, y tenía la sensación de que iba a perder el conocimiento.

Finalmente C.C. no pudo seguir con aquel frenético ritmo, y los satisfizo a ambos, dejando escapar un grito salvaje.

Minutos más tarde yacían juntos, empapados en sudor. Pepi se sentía exhausta, y los párpados le pesaban de tal modo que, al cabo de un rato, se quedó dormida en brazos de C.C.

Al día siguiente regresaron al rancho Mathews. Connal estuvo más distendido durante el viaje, pero al final del día parecía otra vez taciturno y malhumorado, y no le dijo a Pepi nada sobre volver a dormir juntos aquella noche. Los días siguientes fueron iguales: ella siguió durmiendo en su habitación, en la casa, y él en el barracón, como si no fueran un matrimonio.

Extrañamente, él se mostraba amable con ella, incluso afectuoso, pero no la besaba ni la tocaba. En cambio sí la observaba, todo el tiempo, con los ojos entornados, como si estuviera decidiendo qué rumbo iba a tomar su relación.

Penélope seguía preocupada por la llamada que Connal había hecho a Edie, y no hacía más que preguntarse si su deseo por ella habría disminuido a causa de la influencia de la otra mujer.

–¿Qué os ocurre a C.C. y a ti? –le preguntó a Pepi su padre una mañana en la cocina, después del desayuno.

–¿A qué te refieres? –respondió ella poniéndose a la defensiva. Sabía muy bien a qué se refería. C.C. llevaba un par de días sin aparecer para el desayuno.

–Bueno, pues a que Connal y tú estáis casados –dijo Ben–, pero no actuáis como un matrimonio. Además, desde que volvisteis de visitar a su familia, los dos parecéis estar muy serios y callados.

–Connal telefoneó a Edie mientras estábamos allí –le contestó Pepi quedamente–. No sé si está buscando una salida, o tratando de hacer que yo le pida el divorcio, pero sé que no es feliz a mi lado –se quedó callada un buen rato–. ¿No tenías que estar en El Paso a las once para una reunión? –inquirió, tratando de evitar más preguntas personales.

–Sí, sí, me iré dentro de un minuto, pero, si no quiere estar contigo, ¿por qué no tramita la anulación?

La joven se sonrojó profusamente.

–Por las razones obvias –contestó sin mirar a su padre.

Ben enarcó las cejas, y comprendió.

–Bueno, pero, si vosotros ya... en fin... ¿por qué no estáis viviendo juntos entonces? Podríais quedaros con la casa que les alquilaba a los Dobb, si ese es el problema.

–Es más que eso, papá –murmuró la joven, sintiendo que las lágrimas le quemaban los ojos.

–¿Qué es entonces?

A Pepi se le cayó la tapadera que tenía en las manos, y con el estruendo que provocó ni ella ni su padre oyeron entrar a C.C. por la puerta principal. El capataz se quedó escuchando en el vestíbulo al oír la voz de Pepi, entrecortada por la emoción.

–Te diré qué –sollozó la joven–: Connal no me ama. Nunca me ha amado. Tampoco es que yo esperara que pudiera llegar a enamorarse de mí, pero tenía la esperanza de que...

No pudo acabar la frase, porque la angustia no dejaba que las palabras saliesen de su garganta, y su padre la abrazó, dejando que llorase en su hombro.

–Mi pobre niña –le dijo dándole unas palmadas en la espalda–. Y seguro que ni siquiera le has dicho que estás loca por él, ¿no es así?

Connal se quedó de piedra al oír aquellas palabras.

–N...no, no he sido capaz –gimió Pepi–. Nunca, en

estos tres años... no he sido capaz. Y luego nos casamos por accidente, y yo... yo sabía que él nunca querría por esposa a alguien como yo... pero, ¡oh, papá, lo amo tanto...! ¿Qué puedo hacer?

Connal entró en la cocina muy despacio, y se quedó allí de pie, mirando a padre e hija, abrazados.

–Podrías intentar decírmelo –le dijo con aspereza.

Pepi dio un respingo y alzó la cabeza sorprendida. Su padre se apartó de ella, con una sonrisa traviesa en los labios, y se despidió.

–Ya voy tarde. Nos vemos después del almuerzo.

Connal y Pepi ni siquiera lo oyeron marcharse. Él seguía mirándola fijamente, pero ella apenas podía distinguir la expresión de su rostro por las lágrimas que rodaban incesantes por sus mejillas.

–¡Oh, Dios mío! –exclamó desesperada–. ¿Por qué tenías que estar escuchándonos?

–¿Y por qué no? –inquirió él acercándose a ella, y tomándola por los brazos–. Vamos, dímelo a la cara, dime que me amas –la desafió con la mandíbula apretada, sin dejar que su rostro delatase sus sentimientos.

–¡Muy bien!, ¡te amo sí, te amo! –le gritó Pepi con el rostro rojo de ira–. ¿Ya estás satisfecho?

–Todavía no –murmuró él en un tono seductor–. Pero creo que puedo solucionarlo ahora mismo...

Empezó a besarla de un modo muy sensual. Parecía que hubieran pasado siglos desde la última vez que habían hecho el amor. Días de educadas conversaciones, noches de solitario tormento... Pepi se abrazó a él, recibiendo encantada las caricias enloquecedoras en sus senos, y la presión de las caderas de Connal contra las suyas.

–Solo un minuto... dame un minuto... –farfulló él apartándose un momento para ir a cerrar la puerta.

En cuanto estuvo de nuevo a su lado, sus manos se

fueron directas a los botones de la blusa de Pepi, y después a los de sus vaqueros. Tras deshacerse de la ropa, se sentó en una silla de la cocina, y la colocó a horcajadas sobre él.

Se desabrochó el cinturón con urgencia, dejándolo caer al suelo, y a continuación se oyó el ruido de una cremallera bajándose. Al fin liberado, Connal la hizo descender sobre él, mirándola a los ojos mientras ella lo admitía dentro de sí.

–Perdóname –mascullló–, no podía esperar más…

–Yo tampoco –respondió ella besándolo–. Te quiero, Connal, te quiero… –gimió extasiada mientras él se movía debajo de ella.

–Y yo a ti, vida mía, y yo a ti… –murmuró él–. ¡Oh, Dios, te amo más que a mi propia vida…! –oyó como ella contenía la respiración, aturdida, y lo repitió una y otra vez, haciéndola subir y bajar sobre él, a un ritmo que, al cabo de un rato, los llevó a los dos a los cielos.

La explosión que se desató en el interior de ambos los dejó temblando de pies a cabeza. Connal se rio suavemente y la besó con dulzura.

–Basta de nuevas técnicas surgidas de la desesperación –murmuró–. Vamos arriba, estaremos más cómodos.

Horas después seguían en la cama, Pepi con la cabeza apoyada en el hueco del cuello de Connal.

–Deberíamos vestirnos –murmuró la joven con desgana–. Mi padre volverá en cualquier momento.

–Le eché el cerrojo a la puerta de la entrada antes de subir –respondió C.C., besándola suavemente.

–Siempre tan previsor –se rio Pepi, acomodándose en sus brazos–. Connal –le dijo al cabo de un rato–, Harden me dijo que estabas celoso de Evan.

–Es verdad, lo estaba. Celoso de él, de Hale… lo estaría de cualquier hombre que se te acercase. No sé cómo he podido estar tan ciego estos tres años, teniéndote todo el tiempo a mi lado, y haber sido incapaz de comprender que te amaba. Lo habría echado todo a perder si no hubiera sido porque Evan me convenció de no tramitar la anulación –bajó la vista hacia ella–. Pero tú tampoco me has puesto las cosas demasiado fáciles. La primera vez que hicimos el amor, estaba convencido de que lo único que sentías era curiosidad y atracción física.

–He estado enamorada de ti desde el día en que llegaste al rancho –le dijo Pepi–. Desde entonces has sido todo mi mundo.

–Y tú el mío –respondió él abrazándola–. Es solo, que me ha llevado demasiado tiempo darme cuenta. Sin ser consciente de ello, no hacía más que alejarme de ti cada vez que tú intentabas acercarte, tal vez porque sentía que no tenía nada que ofrecerte. No es fácil perder el miedo al compromiso.

Se quedaron callados largo rato, y finalmente Pepi formuló la pregunta que estaba atormentándola desde hacía días:

–Connal, ¿por qué llamaste a Edie el otro día?

–Ya sabía yo que antes o después llegaríamos a eso –dijo él con una sonrisa maliciosa–. Evan me dijo que había llamado, y que estaba decidida a crear problemas entre nosotros, así que yo le devolví la llamada, para que le quedara claro que nuestro matrimonio no solo era perfectamente legítimo, sino también que estoy desesperadamente enamorado de mi esposa. No creo que volvamos a saber de ella. Nunca pensé que pudiera ser una persona tan vengativa.

Pepi suspiró aliviada, y se incorporó un poco para mirarlo a los ojos, mientras Connal no dejaba de mirar embelesado sus senos.

–Connal, por eso me llevó Evan a dar el paseo en

el Jeep, para advertirme de lo que Edie se traía entre manos –le explicó–. Quería habértelo explicado, pero tú me rehuías todo el tiempo.

–¡Y el muy canalla no me dijo nada! –exclamó Connal echándose a reír.

–Cuando Harden me dijo que tal vez estuvieras celoso, eso me dio esperanzas –murmuró ella–, el primer atisbo de esperanza de que sentías algo por mí.

–Lo mismo me pasó a mí aquella primera noche que pasamos juntos en casa de mi familia –le confesó él–, cuando te pusiste a la defensiva por esa llamada que hice a Edie. Nunca olvidaré la pasión con que hicimos el amor –susurró contra sus labios.

–Yo tampoco –respondió ella, mirándolo a los ojos. De pronto notó que su cuerpo se tensaba, y que el fuego se estaba reavivando en su interior–. Connal…

La mandíbula de C.C. se puso rígida. La tomó por la cintura y la alzó, colocándola encima de él.

–Lo sé… –murmuró–, yo también te necesito otra vez, cariño…

–Pero yo… no creo que pueda hacerlo de este modo… –balbució Pepi insegura.

–Claro que puedes –se rio él entre dientes–. Yo te enseñaré. Así, Pepi, así…

A la joven le sorprendió ver que sí podía, y pasó bastante tiempo antes de que volvieran a levantarse y a vestirse.

–Y yo que creía que eras una chica tímida de campo… –se rio Connal cuando estuvieron sentados en el comedor, tomando café y pastel de manzana.

–Es culpa de la compañía que frecuento –replicó ella divertida–. Y por cierto, tenemos un problema.

–¿Estás embarazada? –inquirió Connal en un tono esperanzado.

–Eso no sería un problema –repuso ella riéndose–.

Me refería a que estamos casados, pero no tengo anillo de matrimonio. ¿Te parece bonito?

Connal sonrió con malicia y sacó una cajita del bolsillo del pantalón.

–Ahora sí.

Se la tendió a Pepi, y la joven la abrió con las manos temblorosas por la emoción, hallando en su interior un sencillo anillo de oro con incrustaciones de diamante.

–Es precioso, Connal –murmuró admirada–. Pero, ¿y el tuyo? –inquirió fingiéndose enfadada–. Vas a llevar un anillo de casado, Connal Cade Tremayne. No pienso dejar que todas las solteras de Texas intenten traspasar mis dominios.

–Está bien, está bien... –accedió él riéndose–. Hoy mismo iremos a la ciudad y me compraré uno.

Pepi y Connal se trasladaron a la casita que Ben había tenido alquilada a los Dobb, y varias semanas después, la joven subió una tarde al que fuera su hogar, para darle a su padre dos regalos: uno de sus estupendos pasteles de manzana, y la noticia de que iba a ser abuelo. Ben Mathews no podría haber dicho cuál le había hecho más feliz.

Trato de pasión

MAUREEN CHILD

Sean King se había metido en un buen lío. A pesar del idílico paisaje y su exquisita novia de conveniencia, su matrimonio con Melinda Stanford debería ser solo un acuerdo por el que los dos se beneficiarían. Lo único que tenía que hacer era casarse con la nieta de Walter Stanford... y no tocar a su nueva y guapísima esposa.

Melinda había impuesto las reglas, pero de repente su matrimonio le parecía demasiado práctico. ¿Era el calor del Caribe lo que hacía que ardiese de deseo por su flamante esposo o había decidido que el acuerdo temporal se convirtiera en uno permanente?

Casada por un momento...

¡YA EN TU PUNTO DE VENTA!

Acepte 2 de nuestras mejores novelas de amor GRATIS

¡Y reciba un regalo sorpresa!

Oferta especial de tiempo limitado

Rellene el cupón y envíelo a

Harlequin Reader Service®

3010 Walden Ave.

P.O. Box 1867

Buffalo, N.Y. 14240-1867

¡Si! Por favor, envíenme 2 novelas de amor de Harlequin (1 Bianca® y 1 Deseo®) gratis, más el regalo sorpresa. Luego remítanme 4 novelas nuevas todos los meses, las cuales recibiré mucho antes de que aparezcan en librerías, y factúrenme al bajo precio de $3,24 cada una, más $0,25 por envío e impuesto de ventas, si corresponde*. Este es el precio total, y es un ahorro de casi el 20% sobre el precio de portada. !Una oferta excelente! Entiendo que el hecho de aceptar estos libros y el regalo no me obliga en forma alguna a la compra de libros adicionales. Y también que puedo devolver cualquier envío y cancelar en cualquier momento. Aún si decido no comprar ningún otro libro de Harlequin, los 2 libros gratis y el regalo sorpresa son míos para siempre.

416 LBN DU7N

Nombre y apellido (Por favor, letra de molde)

Dirección Apartamento No.

Ciudad Estado Zona postal

Esta oferta se limita a un pedido por hogar y no está disponible para los subscriptores actuales de Deseo® y Bianca®.

*Los términos y precios quedan sujetos a cambios sin aviso previo.

Impuestos de ventas aplican en N.Y.

SPN-03 ©2003 Harlequin Enterprises Limited

Bianca™

Había llegado el momento de que se hiciera justicia
con el hijo de la sirvienta

Lázaro Marino no se iba a detener hasta llegar a la cumbre. Había escapado de la pobreza, pero todavía le faltaba una cosa: subir al escalón más alto de la sociedad. Y Vannesa Pickett, una rica heredera, era la llave que abría la puerta de ese deseo.
Con su negocio en horas bajas, Vanessa estaba en una situación límite. Casarse con Lázaro era lo más conveniente para los dos. Pero el precio de aquel pacto con el diablo sería especialmente alto para ella.

Pacto amargo

Maisey Yates

¡YA EN TU PUNTO DE VENTA!

No dudes de mí

SARAH M. ANDERSON

La abogada Rosebud Donnelly tenía un caso que ganar. Sin embargo, su primera reunión con Dan Armstrong no salió según lo planeado. Nadie la había avisado de que el director de operaciones de la compañía a la que se enfrentaba era tan... masculino. Desde sus ojos grises a las impecables botas, Dan era un vaquero muy atractivo. Pero ¿era sincero?
El deseo de Rosebud por el ejecutivo texano iba contra toda lógica, contra la lealtad familiar y contra todas sus creencias. Y aun así, cuando Dan la abrazaba, Rosebud estaba dispuesta a arriesgarlo todo por besarlo otra vez.

Un hombre de palabra

¡YA EN TU PUNTO DE VENTA!